Die Handlung und alle handelnden Personen in diesem Kriminalroman sind frei erfunden. Ähnlichkeiten zu Geschehnissen mit Bezug auf reale Personen oder Unternehmen, Persönlichkeiten des öffentlichen Lebens oder Institutionen wären rein zufällig und nicht beabsichtigt.

Umschlag- und Klappengestaltung
unter Verwendung folgender Abbildungen:
Uferpromenade in Riva del Garda (Flaviu Boerescu/stock.adobe.com),
Glas (DenisMArt/stock.adobe.com),
Flasche (Laimdota Grivane/stock.adobe.com),
Soave mit Weinhängen (isaac74/stock.adobe.com),
Olivenhain (Khorzhevska/stock.adobe.com),
Chinesischer Drache (prapann/stock.adobe.com),
Marta Donato (Thomas Endl)

Gedruckt in Europa

Italienisches Lektorat: Maria Volo

Originalausgabe (2022)
ISBN 978-3-944936-62-8

Der Titel ist auch als E-Book erhältlich.

© edition tingeltangel, München
Alle Rechte vorbehalten. Das Werk ist in all seinen Teilen urheberrechtlich geschützt. Jede Verwendung außerhalb der engen Grenzen des Urheberrechts ist ohne Zustimmung des Verlags nicht zulässig und strafbar. Das gilt insbesondere für Vervielfältigungen, Übersetzungen und digitale Verarbeitung.

Marta Donato

Gardasee-Gold

Fontanaros & Breitwiesers
fünfter Fall

Ein Italien- &
Bayern-Krimi

Für Elke,
meine unvergessene Freundin

1

Sonntag, 09.04.2017

Verona, 8.00 Uhr

»Hast du noch einmal darüber nachgedacht?«, fragte Elisabetta di Castello ihre Cousine. Doch Stefania schwieg, sah nicht mal von ihrer Arbeit auf. Sie schnitt ein Baguette in Scheiben und schichtete diese auf ein Tablett. Daneben hatte sie griffbereit eine Schüssel mit Lachscreme stehen. Sie und ihre Cousine waren gemeinsam in der kleinen Teeküche des Messestands, den sie für ihr Weingut *Castello del Belvedere* angemietet hatten, mit letzten Vorbereitungen beschäftigt.

»Warum sollte ich?«, fragte Stefania schließlich zurück, sah auf ihre Armbanduhr und signalisierte damit, dass sie sich beeilen musste, wenn sie die Brötchen und die anderen *antipasti* für die Weinproben bis zur Eröffnung der *Vinitaly*, der größten Weinmesse Europas, fertig haben wollte. »Ja, dein Bruder ist ein Ass am Computer! Sein Werbekonzept auf *Instagram* für unser Weingut lässt keine Wünsche offen. Das kann er wirklich ganz hervorragend. Dafür wird er bezahlt. Aber arbeiten im Weinberg kommt für ihn nicht in Frage. Da hat der Herr Ökonom zwei linke Hände. Schließlich will er sich seine sensiblen Finger, die hurtig über die Tastatur seines PCs tanzen, nicht mit popeliger Erde beschmutzen. Die heiße August- oder Septembersonne, die bei der Ernte auf seine polierte Glatze brennt, kann er nicht vertragen. Und ein Kundengespräch am Messestand ist entschieden unter seiner Würde.« Energisch schmierte Stefania die Lachscreme auf die Weißbrotscheiben, als könnten diese etwas für die Besonderheiten von Francesco di Castello. Wie oft hatten sie und ihre Cousine in letzter Zeit diese Diskussion geführt? Sie war es leid. Es gab keinen Grund, Francesco neben den Honoraren auch noch ein Gehalt zu bezahlen.

Das Weingut *Castello del Belvedere* war ein Familienbetrieb, seit drei Generationen in der Hand der di Castellos. Jede und jeder wurde gebraucht. Ausnahmslos! Es ging nicht, dass sich ein Familienmitglied zu schade für die grobe Arbeit war. Wo kämen sie denn da hin? Die Weinlese am PC digital zu lösen, das ging zumindest bis jetzt noch nicht.

»Außerdem ist Francesco zwischenmenschlich eine Null! Das muss ich dir, seiner Schwester, doch nicht erklären.« Endlich sah Stefania auf und blickte kritisch zu ihrer Cousine. Beide Hände in die Taschen der Jeans geschoben, reckte Elisabetta die rechte Hüfte linkisch nach vorne. Stefania fragte sich, ob sie es noch erleben würde, dass ihre Cousine mehr Rückgrat bekam, lernte, sich gegen ihren Egomanen von Bruder durchzusetzen. Oder ob sie irgendwann in der Lage sein würde, auch Repräsentationspflichten für das Weingut zu übernehmen. Sie hoffte es sehr, denn die Cousine würde bald noch mehr Aufgaben erledigen müssen. Elisabetta war im Gegensatz zu ihrem Bruder ein Arbeitstier, ohne Scheu vor Dreck und Schinderei. Aber auf ihr Äußeres achtete sie kaum. Das war ihr nicht wichtig. Doch darauf kam es natürlich auch an!

Stefania hatte insgeheim gehofft, der Messeeinsatz, zu dem sie die Cousine mühsam überredet hatte, würde diese dazu bewegen, endlich einmal ein Kostüm oder ein Kleid anzuziehen. Stefania konnte unmöglich alle wichtigen Kundengespräche, die hoffentlich ab neun Uhr für den Rest des Tages ihr Programm bestimmen würden, selbst führen. Da hatte sie auf die Unterstützung der

Cousine gehofft. Denn Francesco war auch in dieser Hinsicht ein Totalausfall.

Der Umbau des Messestands hatte Unsummen verschlungen. Die *Vinitaly* bot nur einmal im Jahr die Chance, die Weine von *Castello del Belvedere* auch international bekannter zu machen. Und da war *bella figura* angesagt! Nur mit schönen Worten und einem guten Produkt machte man keine erfolgreichen Geschäfte. Es war nötig, sich selbst ins beste Licht zu rücken. Aber ihre Cousine erschien unverbesserlich in Cowboy-Stiefeln, Jeans und einer immerhin weißen Bluse. Auf ihre karierten Baumwollhemdchen hatte sie gottlob verzichtet. Stefania schraubte ein großes Glas mit schwarzen Oliven auf, kippte die Marinade in ein kleines Edelstahl-Spülbecken und die Früchte schließlich in eine Kristallschale. Dabei beobachtete sie aus dem Augenwinkel ihre Cousine. Elisabetta öffnete einen großen Weinkarton, der zwölf Doppelmagnum-Flaschen des Spumante Millesimato enthielt. Die 3-Liter-Flasche des Jahrgangssekts war 80 Euro wert und damit eines der teuersten Produkte des Weinguts. Nur der Recioto von 2013 hatte einen noch höheren Preis. Über neun Monate im Barriquefass ausgebaut, kostete der halbe Liter davon 35 Euro. Stefania hoffte, die wenigen Flaschen dieses einzigartigen Dessertweins, eine Spezialität der Soave-Region, an die Geschwister Wong aus der Provinz Shandong verkaufen zu können. Sie erwartete die Chinesen am nächsten Abend zur großen Tasting-Party auf dem Weingut. Bis dahin lag noch eine Menge Arbeit vor ihr. Nur gut, dass ihre Tante Renata, die Mutter von Elisabetta und Francesco, eine hervorragende Köchin war und ihr das kalte Buffet für dieses Ereignis abnahm. Wieder beobachtete sie die Cousine, die nun mit jeder Hand eine der großen Doppelmagnums am Flaschenhals festhielt.

»Wo willst du denn mit dem Spumante hin?«

Elisabetta beugte sich über den Tresen nah zu ihr und sagte spitz: »Was glaubst du wohl?«

2

Verona, 9.00 Uhr

Ein laues Lüftchen wehte durch die Altstadt von Verona und verbreitete Frühlingsgefühle. Georg Breitwieser stand neben dem Eingang des *Hotels Europa*, unweit der *Piazza Brà*. Er hielt sein Gesicht in die Sonne und freute sich über die unverhoffte Wärme auf seiner Haut. Am Brenner hatte es am Nachmittag zuvor noch geschneit. Es grenzte fast an ein Wunder, dass Italien immer wieder mit schönem Wetter seine Besucher begrüßte. Georg hatte sich ein Taxi bestellt und wartete nun schon einige Minuten darauf. Und so hatte er erneut Zeit, über seine Entscheidung nachzugrübeln. Gleichzeitig fragte er sich, warum er nicht unbeschwert das machen konnte, wonach ihm der Sinn stand. Warum fühlte er sich zusehends unwohl in seiner Haut? Zu Hause, in Chieming am Chiemsee, hatte sich das alles gut und richtig angefühlt. Vor allem deshalb, weil seine Mama, Katharina Breitwieser, so sichtbar gegen seine Reise gewesen war.

Gesagt hatte sie nichts. Ihn stattdessen nur angesehen aus ihren wissenden, blauen Augen, als er mit seinem Trolley in der Diele stand, um sich von ihr zu verabschieden. Ihr Blick hatte Bände gesprochen, war deutlicher ausgefallen als jeder geäußerte Widerspruch. Sie unterstellte, dass er seinen Kurzurlaub in Verona und den Besuch der *Vinitaly* dazu nutzen wollte, seine alte Liebe Stefania di Castello zu treffen. Die junge Frau verkörperte für seine Mutter eine Gefahr! Nichts weniger befürchtete Katharina Breitwieser, als dass die Winzerin ihr den Sohn nach Italien verschleppte.

Eine dunkle Wolke schob sich vor die Frühlingssonne und mit einem Mal war die laue Luft wie weggeblasen. Georg fröstelte in seinem neuen Leinensakko, das er sich rasch auf der Anreise in Bozen gekauft hatte. Wo blieb nur das verdammte Taxi? Auch sein Schuhwerk, neue Schnürer aus Wildleder, erstanden bei seinem Lieblingsschuster in den Laubengängen der Südtiroler Provinzstadt, waren eher für sommerliche Temperaturen geeignet. Seine freudige Urlaubslaune, die er noch vor wenigen Minuten in sich gespürt hatte, drohte zu schwinden. Und vor allem, das gestand er sich ein, beschäftigten ihn Zweifel am wahren Zweck seiner Reise und die dabei alles entscheidende Frage, ob er Stefania di Castello auf der *Vinitaly* an ihrem Stand treffen sollte. Vor seiner Mutter hätte er diese Bedenken niemals zugegeben. Aber jetzt holten sie ihn mit Macht ein. Endlich hielt das Taxi neben ihm am Straßenrand.

»Zur *Fiera* bitte!«

Der Fahrer nickte und gab Gas, um nur wenige Augenblicke später im Stau zu stehen. Nicht nur Georg wollte zum Messegelände. Hunderte andere ebenso. Ihm schwante Übles. Er würde in den Messehallen nicht allein sein, so viel stand fest. Der Blick aus dem Autofenster genügte, um seiner Vorfreude einen weiteren Dämpfer zu verpassen. Eine regelrechte Blechlawine – in drei Spuren – wickelte sich um die *Porta Nuova*. Der Platz mit dem Tor aus dem 16. Jahrhundert war ein Verkehrsknotenpunkt. Es stand strategisch wenig günstig zwischen der Altstadt und der Ausfallstraße Richtung *Verona Sud*, der Auffahrt zur Autobahn, die nach Venedig oder zum Brenner führte. Autodächer, soweit das Auge reichte. Alle wollten zum Messegelände, das an dieser meistbefahrenen Straße der Stadt lag.

Georg schloss die Augen. Aus dem gemütlichen Schlendern durch die Messehallen würde nichts werden. Und die Idee, Stefania mit einer netten Plauderei, einem kurzen Hallo von Kundengesprächen abzuhalten, war eine Schnapsidee von ihm, die er am besten gleich begrub. Er wusste aus leidvoller Erfahrung, dass Kunden immer Vorrang bei ihr hatten. Das Geschäft war für sie das Wichtigste. So wie für ihn die Toten. Das hatte sie ihm auch vorgeworfen, dem Hauptkommissar der Mordkommission Traunstein. Ihre Beziehung war nicht ohne Höhen und Tiefen gewesen. Eine grundlegende Meinungsverschiedenheit hatten sie heftig ausgetragen und schließlich hatte seine Freundin ihn einfach in der *Pasticceria Flego* sitzen lassen und war davongestürmt. Seither hatten sie sich nicht mehr gesehen oder gesprochen. Eineinhalb Jahre war das nun her. Warum also die alte Geschichte wieder aufwärmen? Das hatte doch keinen Sinn! Er schlug die Augen auf und schaute auf die Hausfassaden, die im Schritttempo vorbeizogen. Abbröckelnder Putz und blinde oder eingeschlagene Fensterscheiben einer alten Fabrikanlage waren kein Renommee für die reiche Stadt Verona. Es gab gerade im Messeviertel noch viele Schandflecke, die man als Tourist, wenn man von der Autobahn Richtung Altstadt fuhr, am besten ausblendete.

Georg wollte die fünf Tage, die er sich Urlaub genommen hatte, nach Strich und Faden genießen und allein, unabhängig und frei unterwegs sein. Nicht einmal seinem Spezl, Commissario Antonio Fontanaro von der Mordkommission hier in der Stadt, hatte er Bescheid gegeben. Er war als Privatmann unterwegs, hatte keine Lust auf Verbrechen und Mörder, auf Ermittlungen, die ihn Tage und Nächte beschäftigten, und schon gar nicht auf neugierige Fragen. Toni und er hatten schon einige Mordfälle gemeinsam gelöst. Doch jetzt wollte er keine Pläne machen, sondern sich Zeit für sich selbst nehmen. Wann hätte er sich jemals einen solchen Luxus gegönnt?

Das Taxi hielt vor dem Eingangsportal zu den Messehallen. Trauben von Besuchern stauten sich vor den Glastüren. Georg waren Menschenmassen zuwider und deshalb wäre er am liebsten umgekehrt. Er seufzte, drückte dem Taxifahrer einen 20-Euroschein in die Hand und stieg aus. Eine undurchdringliche Wand aus Körpern, angetan mit dunklen Anzügen und Kostümen, baute sich vor ihm auf. Seine Erfahrungen als Skifahrer am Lift konnte er sich jetzt zu Nutze machen. Er ging ganz nach rechts außen und überholte einen Teil der Menge seitlich. Die meisten waren bereits in Gespräche vertieft und achteten nicht darauf, ob sich jemand an ihnen vorbeischob. Georg wollte das Manöver nicht übertreiben und blieb stehen, als er zwischen zwei Rücken die Einlasstüren wenige Meter vor sich sehen konnte.

Einen Lageplan des Messegeländes hatte er sich bereits im Internet gesucht und ausgedruckt. Diesen zog er jetzt aus der Innentasche des Jacketts hervor. Der Messestand des Weinguts *Castello del Belvedere* lag im rechten hinteren Drittel der Messehallen ganz außen. Vermutlich gab es für Aussteller einen eigenen Eingang, der über eine Seitenstraße zu erreichen war. Ihm aber blieb nichts anderes übrig als zu warten, bis sich die Tore öffneten. Ein Blick auf die Uhr sagte ihm, dass es in wenigen Minuten soweit sein würde. Er starrte seine Schuhspitzen an und gab es auf, sich weiter mit Fragen herumzuplagen, die er schon in Chieming vor der Abreise für sich beantwortet hatte.

Er brauchte sich doch nichts vorzumachen. Das Treffen mit Stefania war der Dreh- und Angelpunkt seines Messebesuchs, aber er sollte es rasch hinter sich bringen, wollte er nicht seinen Urlaub mit unnötigem Hinauszögern ruinieren. Wer wusste schon, wie es verlief? Anschließend würde er den Kopf frei haben und könnte sich unbeschwert den Genüssen der Messe hingeben.

Unmerklich begann sich die Menschenmenge vor ihm zu bewegen. Sie schob ihn mit sich und durch die Glastüren in die große Vorhalle. Aufmerksames Messepersonal stand an den Drehkreuzen und wartete auf die Besucher. Sein Fachbesucher-Ticket, das auf den Namen ›Fabio Barone‹ ausgestellt war, wurde registriert und entwertet. Dann spülten die Besucher Georg mit sich in den rechten breiten Messegang. Er hastete an den ersten Messeaufbauten entlang. Regale mit Wein- und Sektflaschen säumten den Weg. Vitrinen mit Destillaten in Glasflaschen verschiedenster Formen und Größen luden zum Verweilen ein. Doch Georg nahm sich keine Zeit für diese Köstlichkeiten. Die hob er sich für später auf. Vorsichtshalber blieb er kurz stehen, konsultierte seinen Lageplan und sah sich um. Der Stand von *Castello del Belvedere* lag wenige Meter vor ihm. Einen Moment wollte er verschnaufen und seinen Puls, so gut es ging, unter Kontrolle bringen. Die Stände, die sich in seiner unmittelbaren Nähe befanden, gehörten alle zum Weinanbaugebiet Soave. Klangvolle Namen von Winzern wie *Coffele*, *Gini* oder *Pieropan* prangten gut lesbar an den Wänden und den Tresen, die die Messeboxen voneinander trennten. Am Stand des Weinguts *Castello del Belvedere* sprach eine Frau eindringlich auf einen Mann im dunklen Anzug ein. Sie hatten bereits vier Gläser vor sich stehen und diskutierten angeregt, vermutlich über die Qualität der grünlich bis strohgelb schimmernden Flüssigkeiten und über deren Preise.

In der Frau erkannte Breitwieser Elisabetta di Castello, die Cousine von Stefania. Er hatte sie einmal bei einem gemeinsamen Barbesuch kennengelernt. Ganz sicher würde ihn Elisabetta nicht wiedererkennen. Das Zusammentreffen lag Jahre zurück. Zögernd näherte er sich dem Stand. Die Vorderwand rechts neben dem Tresen bestand aus einem von oben bis unten gut gefüllten Regal aus hochwertigem Pinienholz. Die Regalböden waren jeweils mit ein und derselben Weinsorte bestückt: Soave Classico, Soave Classico Superiore und Recioto. Im unteren Drittel fiel eine Reihe mit dunkelgrünen Olivenölflaschen auf. Ein elfenbeinfarbiges Etikett mit Olivenzweig und Goldschrift ließ keinen Zweifel daran, dass der Inhalt exklusiv und hochpreisig war. Stefania besaß neben den Weinbergen auch einen größeren Olivenhain in Bardolino am See, wenn Georg sich richtig erinnerte. Uralte Bäume standen dort, seit Generationen gepflegt und gehegt. Das *olio extravergine* vom Gardasee galt allgemein als besonders hochwertig und gesund. Die Region besaß in *Cisano* eine eigene Olivenmühle mit Museum und machte damit erfolgreich Werbung. Die Touristen pilgerten in Scharen dorthin und kauften in Urlaubslaune fleißig ein.

Die unterste Regalreihe, die Georg jetzt in Augenschein nahm, war dem Spumante vorbehalten. Schwere Glasflaschen in dunklem Braun enthielten den italienischen Sekt, den Georg besonders als Aperitif schätzte. Er griff gerade nach einem der Exemplare, als ihn jemand ansprach.

»*Ciao*, Giorgio, welche Überraschung!« Elisabetta war neben ihn getreten und reichte ihm ganz selbstverständlich ihre rechte Wange zum Gruß. Völlig überrumpelt küsste er sie.

»*Ciao*, Elisabetta. Wie geht es dir?«

»Die Vorbereitungen waren stressig. Aber doch, es geht mir gut! Wir freuen uns alle auf die Messe und dass es endlich losgeht!« Sie wandte sich ihrem Stand zu und breitete die Arme weit aus. »Was sagst du zu unserer Präsentation? Gefällt sie dir? Stefania hat viel Zeit aufgewandt. Wir haben in diesem Jahr fünf Quadratmeter mehr. Die Messebauer haben uns bei der neuen Konzeption sehr unterstützt. Wir hoffen, dass wir die Kosten hereinbekommen.«

Es sprudelte nur so aus ihr heraus. Elisabetta hatte mit ihm damals keine zwei Sätze gewechselt. Georg war verblüfft über den Redeschwall. Bisher hatte er sie nur als sehr zurückhaltend erlebt. Und sie schien nicht überrascht, ihn auf der Messe zu sehen. Ganz im Gegenteil: Nichts anderes schien sie erwartet zu haben.

»Du willst sicher Stefania begrüßen!« Das war keine Frage, sondern eine Feststellung. »Sie wird sich freuen!«

Georg war sich da nicht so sicher.

»Du findest sie in unserer neuen Teeküche. Auf diesen kleinen Luxus sind wir besonders stolz. Endlich können wir die *antipasti* für die Weinproben und *espressi* für unsere Kunden problemlos zubereiten. Stefania richtet gerade die restlichen Sachen für unser kleines

Buffet her. Vielleicht kann sie noch eine Hand gebrauchen.« Sie wies mit dem rechten Arm in die Tiefe des Messestands, wo Georg eine schmale Tür entdeckte.

»Du entschuldigst mich bitte. Mein Kunde wartet!«

»Na, klar.« Georg bemühte sich um Abgeklärtheit, obwohl ihm der Blutdruck stieg. Nun konnte er keinen Rückzieher mehr machen. Er musste in die Teeküche gehen und Stefania begrüßen. Alles andere hätte mehr als seltsam ausgesehen. Mit wenigen Schritten hatte er die Tür erreicht und drückte sie auf. Im ersten Moment sah er nur eine Theke, auf der Platten mit belegten Weißbrotscheiben und mehrere Schalen mit Oliven standen. Dazwischen überragte eine ungeöffnete Doppelmagnum Spumante das Arrangement. Von Stefania war nichts zu sehen. Georg näherte sich der Theke und beugte sich über ihren Rand. Ungläubig und fassungslos zugleich blickte er zu Boden. Ihm wurde übel und das Atmen fiel ihm plötzlich schwer. Schon oft hatte er in seinem Berufsleben ein solches Bild vor Augen gehabt. Aber noch nie hatte es eine Person betroffen, die ihm nahestand. Doch jetzt war genau das eingetreten. Auf dem Fliesenboden lag Stefania in einer unnatürlich verrenkten Körperhaltung. Sie trug eine dunkelgraue, elegante Stoffhose, kombiniert mit hochhackigen, schwarzen Pumps und einer hellgrau-weiß-gestreiften Seidenbluse, die am Hals geöffnet war. Der Kragen schien beschmutzt, Stefanias Kinn aufgeschlagen und unter dem Kopf und den rötlich-braunen Locken breitete sich eine Blutlache aus. Sein erster Impuls war, zu ihr zu stürzen und zu sehen, ob er ihr helfen konnte. Doch seine berufliche Erfahrung hielt ihn davon ab. Ihr starrer Blick aus leblosen Augen und die große Menge Blut, die auf den Fliesen glänzte, ließen keinen anderen Schluss zu: Stefania di Castello war tot.

3

Verona, 9.30 Uhr

Scott Giuliano saß in seinem Büro und studierte die Mail, die ihm Professor Marco Poiano geschrieben hatte. Dieser war Agrarökonom und Önologe. Er lehrte an der Universität Padua und brachte den Studenten wissenschaftlich fundiert bei, was man als moderner Winzer alles beherrschen musste: vom Anbau der Reben über deren Pflege im Jahresverlauf bis hin zur Vermarktung des Endprodukts Wein. Poiano besaß vielfältige Beziehungen zur Agrarwirtschaft und zu Agrarkonzernen. Er galt als Koryphäe auf dem umfangreichen Forschungsgebiet genveränderter Agrarprodukte. Ganz oben auf der Liste seiner Forschungen standen Sojabohnen, Mais, Olivenbäume und seit Neuestem auch Weinstöcke. Letztere hatten sich bislang allerdings erfolgreich allen Versuchen widersetzt, sie gegen Fäulnis, Mehltau und andere Pilze, die als Hauptursache für Ernteausfälle galten, mit verändertem Genmaterial resistenter und robuster zu machen. Dagegen gelangen Poiano Neuzüchtungen von Olivensorten, die von Agrarkonzernen zu Tausenden sehr gewinnbringend an Bauern verkauft wurden. Scott Giuliano verlor mehr und mehr das Interesse an den Ausführungen des Wissenschaftlers, denn er war nicht in der Lage, diesen in allen Punkten geistig zu folgen. Seine Fähigkeiten lagen auf anderen Gebieten.

Giuliano war Key-Accounter eines Agrarkonzerns mit Hauptsitz in Los Angeles. *Montegrano*, sein Arbeitgeber, machte extensive

Geschäfte mit europäischen Ländern. Und Italien gehörte mit seinen großen Agrarflächen und mit den vielen klein- und mittelständischen bäuerlichen Betrieben, die über das ganze Land verstreut lagen, zu den vielversprechenden Abnehmern von Samen, Düngemitteln, Pestiziden, Herbiziden und weiterentwickelten Kulturpflanzen. So zumindest stellte es sich der an Expansionsgelüsten nicht gerade bescheidene amerikanische Mutterkonzern vor.

Giuliano hatte auch nach dem Studium des Anhangs so viel Ahnung von mehltauresistenten Weinreben wie vor Beginn der Lektüre. Nämlich null Komma null, wie er sich selbst frustriert eingestand. Sein Betriebswirtschaftsstudium half ihm nur begrenzt. Für Chemie und Botanik war er nicht geschaffen. Für Formeln und lateinische Begriffe fehlte ihm jedes Verständnis. In allererster Linie war er ein Vertriebsmann. Sein Auftrag lautete: Kunden an Land ziehen und Produkte verkaufen, was das Zeug hielt. Dazu musste er nicht verstehen, was er da im Einzelnen an den Mann oder die Frau brachte. Allerdings sollte er wissen, wofür die Präparate, die er zu vertreiben hatte, am besten geeignet waren. Doch die Informationen, die ihm Poiano zukommen ließ, waren einfach nur verkopft. Damit konnte man keine Marketingstrategie und auch kein Verkaufsgespräch entwickeln, um Kunden zu ködern. Scott Giuliano klappte den Laptop zu und starrte die kahle Betonwand vor sich an.

Das winzige Büro, dessen Einrichtung aus einem alten Schreibtisch und einem klapprigen Drehstuhl bestand, die er beide auf dem Trödelmarkt erstanden hatte, war wenig repräsentativ. Den einzigen Luxus stellte das elektronische Equipment dar, ohne das eine ordentliche Geschäftsabwicklung in digitalen Zeiten nicht mehr denkbar war. Kunden lud er entweder in eines der schicken Restaurants oder in angesagte Bars von Verona ein oder er traf sich vor Ort mit ihnen, in deren Weinbergen und Olivenhainen. Mit seinem kleinen Ableger von *Montegrano* war wahrlich kein Staat zu machen. Der Raum von knapp zehn Quadratmetern Fläche gehörte zu einem größeren Bürokomplex im Industriegebiet von *Verona Sud*. Eine Gemeinschaft von kleineren Unternehmen fand dort ihre Bleibe. Giuliano konnte bei Bedarf Damen des Schreibpools stundenweise mieten. Auch die Benutzung von Toilette und Kaffeeautomat am Gang waren großzügig im Mietpreis inbegriffen. Bislang hatte Giuliano keine Schreibarbeiten zu vergeben. Und der Kaffee war so grottenschlecht, dass sich Giuliano lieber auf Mineralwasser beschränkte, das er vom nahegelegenen Supermarkt alle paar Tage anschleppte.

Bald jedoch würde er Ergebnisse und vor allem Umsätze präsentieren müssen, wenn er seinen Job im schönen Veneto behalten wollte. In diese nicht gerade aussichtsreichen Gedanken hinein vibrierte sein Handy, das er auf dem Schreibtisch abgelegt hatte. Das Display zeigte eine amerikanische Nummer und der Name darauf lautete schlicht ›Bob‹. Sein Chef im fernen L.A. Der hatte ihm gerade noch gefehlt.

»Hi, Bob! Alles klar bei euch?« Munter und forsch wollte Scott Giuliano klingen, um keinen Preis zugeben, dass seine kleine Hütte am Brennen war.

»Klar doch, Scott, alles bestens! Wie schaut es bei dir aus? Bin gerade im Bordeaux und dachte mir, ich frag mal nach.«

Natürlich war Bob im Bordeaux! Wo auch sonst? Sicherlich machte er dort rasend gute Geschäfte. Diese Nachricht baute gar keinen Druck auf! Bob war einfach der Beste!

»Hast du deine Kontakte schon in die Mangel genommen?«

Von welchen Kontakten sprach der Typ, fragte sich Giuliano.

»Wir warten auf Zahlen und Bestelllisten!« Bob Muller lachte in den Hörer, um dann sehr laut und brutal nachzuhaken: »Du kannst dir nicht ewig Zeit lassen, Bursche! Du bist doch wohl heute den ganzen Tag auf der Messe, oder?«

Sicher, dachte Scott Giuliano zusehends erbost. Was sollte er auch sonst vorhaben an diesem Tag?

»Oder bist du etwa schon dort? Störe ich womöglich deine eifrigen Verhandlungen?« Wieder kam das harte Lachen, dass es Giuliano kalt über den Rücken lief. Bob Muller hatte eine unverhohlene Art, Stress zu machen. Scott war ihm nur einmal persönlich begegnet. Da hatte ihn der Amerikaner mit deutschen Wurzeln in München zu einem Vorstellungsgespräch eingeladen. Muller war der Meinung gewesen, ein Key-Accounter müsse für Bayern und das Veneto reichen. Nein, vielmehr hatte er ihm diese Kombination als besonders nützlich und finanziell hochinteressant verkauft. Nicht nur e i n Gebiet sollte er für Montegrano abgrasen. Nein, z w e i verheißungsvolle Agrarregionen sollte er für den Multi aus USA erschließen. Tirol, das nicht minder interessante bäuerliche Bundesland, das dazwischen lag und zu Österreich gehörte, war bereits an einen Kollegen vergeben, der ganz ausgezeichnete Umsätze generierte. Bob Muller hatte mit Zahlen jongliert, dass es Giuliano schummerig geworden war. Dieses Vorstellungsgespräch lag nun über ein halbes Jahr zurück. Die Schonfrist war vorüber. Er musste liefern.

»Also, Scott, was gibt es Neues? Und komm nicht wieder mit Ausreden. Von deinen schwierigen Gesprächen hab' ich schon genug gehört. Das ist dein Job, aus schwierigen erfolgreiche Gespräche zu machen. Das hast du schon verstanden, oder?«

»Ich spreche morgen Abend mit den di Castellos auf dem Tasting-Event. Da werde ich auch die Chinesen treffen.« Irgendeinen lukrativen Brocken musste er dem gierigen Amerikaner schon hinwerfen. Damit er wenigstens für einige Tage stillhielt.

»Da bin ich mal neugierig, ob du den Geschwistern Wong eine gehörige Menge von unserem Wunderpflanzenschutzmittel *Sanograno* andrehen kannst. Nur nicht zimperlich sein. Die Wongs sind steinreich! Aber das weißt du ja sicherlich auch. Und vergiss die Tomasellis nicht. Alvaro hat das Sagen im Soave. Aber wem erzähle ich das?« Erneut schallte das Lachen an Scotts Ohr, dass er zusammenzuckte. »Bye, bye und melde dich umgehend, wenn du Abschlüsse gemacht hast.«

Giuliano warf sein Handy zurück auf den Schreibtisch und stierte die Betonwand an. Er hatte sich auf das Wein-Tasting gefreut. Ein schöner Abend sollte das werden. Mit feinen Weinen, vorzüglichem Essen und attraktiven Frauen. Er war nicht ausgesprochen zurückhaltend, wenn es um Frauenbekanntschaften ging, sofern es sich geschäftlich lohnte. Doch er hatte eine andere Vorgehensweise als Muller. Er fiel nicht mit der Tür ins Haus. Solche Anbahnungen brauchten Zeit, mussten langsam wachsen. Eine Vertrauensbasis zum Kunden musste hergestellt werden. Dann konnte man fast alles verkaufen. Er musste sich vor allem hinter Francesco di Castello klemmen. Der verstand von Önologie so wenig wie er selbst. Stefania dagegen zeigte ihm seit Neuestem die kalte Schulter. Sollte sie. Es war ihm egal. Er war wahrlich nicht auf sie angewiesen. Francesco hingegen würde er alles verkaufen können, was *Montegrano* im Portfolio hatte. Und wenn er sich noch mit Alvaro Tomaselli einig wurde, hatte er das Soll, das ihm die Amerikaner vorgaben, übererfüllt. Dann hatte er erst einmal ausgesorgt. So schwierig konnte das doch nicht sein!

Scott Giuliano stand vom Stuhl auf, schob das Handy in die Gesäßtasche seiner Jeans und verließ das Büro. Er beschloss, in die Stadt zu fahren und auf der *Piazza Brà* einen Espresso zu trinken. Zuerst brauchte er frische Luft und einen klaren Kopf. Dann würde er entscheiden, wie er an diesem Tag weiter vorgehen wollte. So einfach, wie Muller sich das vorstellte, war es nicht. Zumal auf dem Weingut unter den di Castellos Krieg herrschte.

Und er fragte sich außerdem, ob er David Wong, den Chinesen mit dem riesigen Weingut in der Provinz Shandong, noch für ein Gegengeschäft gewinnen konnte. Im Sinne von ›eine Hand wäscht die andere‹. Der Einsatz von Chemie für maximalen Ertrag war Wong nicht fremd. Die Geschäfte mit ihm waren schon angelaufen. Davon hatte Bob in L.A. keine Ahnung und dabei sollte es auch bleiben.

4

Verona, 9.30 Uhr

Georg merkte, dass er sich krampfhaft an der Kante der Küchentheke festhielt, als könnte sie ihm in dieser furchtbaren Situation Halt bieten. Sein Blick war immer noch starr auf die tote Stefania gerichtet. Wie lange er schon wie festgenagelt dastand, wusste er nicht. Geräusche von der Messehalle drangen nur sehr gedämpft an seine Ohren, als hätte er Watte hineingestopft. Energisch schüttelte er den Kopf, damit er wieder zu sich kam. Er konnte hier doch nicht einfach tatenlos herumstehen! Entschlossen löste er sich von der Theke und ging um sie herum.

So vorsichtig wie möglich näherte er sich Stefania, ohne ihre Kleidung anzufassen oder in die Blutlache zu treten. Er wollte es der Spurensicherung nicht schwerer als nötig machen. Dann berührte er ihren Hals, suchte nach einem Pulsschlag in der Hoffnung auf ein noch schwaches Lebenszeichen. Vergeblich! Nur einen Moment lang kam ihm die eigene so absurde wie gefährliche Situation in den Sinn. Er fand eine Leiche. Niemand sonst war da! Außer ... Elisabetta. Doch weshalb sollte die Cousine Stefania töten? Warum sollte sie ihn in die Teeküche schicken, damit er diesen grauenhaften Fund machte? Sie hätte ohne Weiteres sagen können, dass Stefania noch nicht auf dem Messegelände eingetroffen war. Das wäre überhaupt nichts Besonderes gewesen. Aber was wusste er schon von den di Castellos? Nichts!

Was wusste er über Stefania? Nicht viel. Sie hatten Spaß miteinander gehabt, weil die Winzerin einen wunderbaren Humor und ein kristallklares, mitreißendes Lachen gehabt hatte. Und die Nächte, die er mit ihr hatte verbringen dürfen, würde er nicht vergessen. Oft lag er zu Hause nachts wach und die Sehnsucht nach ihr holte ihn ein. Seinen Körper konnte er nicht belügen. Dieser hatte nie Zweifel daran angemeldet, dass die Beziehung zu ihr richtig gewesen war. Er wünschte sich immer nur eins: dass sie bei ihm sei. Sie sollte sich an ihn drängen und er würde ihre Wärme und weiche Haut spüren, ihr nach Ingwer und Zitrone duftendes Parfum riechen, das Georg auch an diesem schrecklichen Ort wahrnahm.

Ihm graute schon jetzt vor den kommenden Nächten. Neue Bilder würden die alten verdrängen und ihm Alpträume bescheren.

Georg fasste sich an die Stirn. Sie fühlte sich feucht und kalt an. Hatte er den Verstand verloren? Hier in Tagträumen zu verharren, die zu nichts führten? Die seit zwei Jahren schon nicht mehr angebracht waren? Stefania und er hatten sich nicht ohne Grund getrennt. Jetzt hatte er nur noch eine Aufgabe, die er ihr schuldig war: diesen sinnlosen Mordfall zu lösen!

Georg riss sich am Riemen und überlegte, wer für diesen Mord verantwortlich sein könnte. Er fürchtete, dass im Laufe der Ermittlungen viele Personen in Frage kämen. Stefania hatte eine große Familie und sie leitete ein Weingut. Sie hatte Kunden, Bekannte, Freunde und sicherlich auch Neider. Er musste seine fünf Sinne beieinanderhaben und durfte nicht kopflos oder emotional reagieren. Diesen Mord musste er aufklären. Koste es, was es wolle! Mit nichts anderem würde er sich in der verbleibenden Zeit in Verona beschäftigen.

Er versperrte die Tür zum Messestand, damit niemand mehr die Teeküche betreten konnte. Diese verließ er durch eine rückwärtige Tür und gelangte über einen Abstellraum zu einem der Hinterausgänge der Messehalle. Dort türmten sich leere Weinkartons und Abfalltüten. Georg zog sein Handy aus der Hosentasche, um seinen Freund Antonio

Fontanaro anzurufen. Nun musste er doch Farbe bekennen und ihm erzählen, dass er sich heimlich, still und leise zur *Vinitaly* aufgemacht hatte. Aber das war unter den gegebenen Umständen seine kleinste Sorge. Georg suchte in seinen Kontakten die Telefonnummer von Antonio und merkte, wie sehr seine Hände zitterten. Er hatte alle Mühe, das kleine Telefon nicht fallen zu lassen. Als sich Antonio Fontanaro meldete, brachte Georg zunächst keinen Ton heraus.

»*Pronto!*« Dann nochmals: »*Pronto!* Giorgio, bist du das?« Natürlich, der Freund erkannte die Nummer. Las seinen Namen auf dem Display.

»*Sì!* Antonio! Ich bin's.«

»Was ist los? So hast du dich doch noch nie gemeldet!«

Das stimmte. Meistens begrüßte er Antonio mit »Alter Schwede« und freundschaftlichem »Toni«.

»Stefania ist tot!«

»Was ...?« Es dauerte einen Moment, bis Antonio weiter nachfragte. »Wo bist du? Woher weißt du, dass Stefania tot ist? Bist du auf der Messe?«

»Genau. Ich bin am Messestand. Jemand hat Stefania vermutlich erschlagen. So zumindest sieht es für mich aus.«

»Bleib, wo du bist! Wir kommen so schnell wie möglich.«

Georg beendete das Gespräch und ließ sich einfach zu Boden sinken. Er lehnte sich an die Wand und starrte auf die Kartonagen, die sich vor ihm stapelten. Über die Wangen liefen ihm Tränen, die er mit dem Handrücken unwirsch wegwischte. Er sollte Elisabetta vom Tod der Cousine informieren, ging es ihm durch den Kopf. Aber dazu fehlte ihm die Kraft. Wenn Antonio mit seinen Leuten eintraf, war immer noch Zeit. Einen Moment nur wollte er sich ausruhen, bevor es hier von den Kollegen der *polizia* nur so wimmelte.

Keine halbe Stunde später betrat Commissario Fontanaro mit Vice Fausto Castillio und Ispettore Enrico Brandino den Messestand des Weinguts *Castello del Belvedere*. Ihnen auf dem Fuß folgten der Kriminaltechniker Silvano Petrelli, beladen mit zwei schweren Alu-Koffern, die Gerichtsmedizinerin Flavia Di Silva, die ihre Doktortasche bei sich hatte, so wie drei weitere, junge Kollegen zur Unterstützung. Ispettrice Lavinia Strano hielt solange allein in der Questura die Stellung, wartete auf die ersten Rechercheaufgaben. Antonio Fontanaro hatte nichts dem Zufall überlassen und das ganz große Besteck mitgebracht. Stefanias Tod hatte ihn und seine Leute aufgeschreckt. Sie alle kannten die sympathische Winzerin. Jeder würde auf seine Weise dazu beitragen wollen, den Mord an ihr aufzuklären. Einzig Staatsanwalt Vincenzo Mauro fehlte in der Gruppe von Fontanaros Experten, die bei jedem Mordfall über kurz oder lang zum Einsatz kamen und am Tatort erschienen.

»*Non è vero!*«, hatte auch Mauro fassungslos reagiert, als ihn Antonio vom Auto aus im Gericht erreichte. »Das ist nicht wahr, Commissario! Was ist denn das für eine Sauerei?« Der Staatsanwalt war wie üblich wenig zimperlich in seiner Ausdrucksweise. »Ich komme, so schnell ich kann! Doch jetzt habe ich einen unaufschiebbaren Termin. Gehen Sie davon aus, dass Sie alle Beschlüsse bekommen, die Sie für die Klärung des Falls benötigen. Schonen Sie niemanden, *capisce?*«

Das waren ja ganz neue Töne, dachte Antonio. Sonst war der Dottore sehr bedacht darauf, der Prominenz Veronas nicht unnötig auf die Zehen zu steigen. Und der Staatsanwalt fügte sogar noch hinzu: »Das sind wir Signora di Castello schuldig! … Ich fasse es nicht!« Dann hatte Mauro die Verbindung beendet.

Am Messestand schien alles ruhig, als sich Antonio mit seinen Leuten im Schlepptau näherte. Er führte den Trupp von Ermittlern an. Elisabetta schob gebrauchte Gläser auf einer Ecke des Tresens zusammen und wischte die Ablagefläche mit einem Tuch ab. Kunden hatte sie keine. Als sie Antonio erkannte, machte sie große Augen und kam auf ihn zu.

»*Ciao*, Elisabetta!« Er küsste sie auf die Wangen zur Begrüßung.

»Was ist los, Tonio? Ist etwas passiert?«

»Wir hätten gern Stefania gesprochen«, entgegnete er vorsichtig und gleichzeitig gespannt auf ihre Reaktion.

Elisabetta lächelte und flüsterte ihm dann ins Ohr: »Das ist jetzt ganz schlecht. Giorgio aus Bayern ist zu Besuch.« Sie deutete mit dem Arm nach hinten in Richtung Teeküche. »Die beiden haben sich eingeschlossen, wollen wohl ganz ungestört ihr Wiedersehen feiern. Seit fast einer Stunde habe ich nichts mehr gehört. Es wurde aber auch Zeit, dass sich dein Freund endlich wieder einmal sehen lässt.«

Antonio griff sich in die Haare und überlegte, wie er diesem Missverständnis begegnen sollte. »Stefania hat aber nicht wirklich auf ihn gewartet, oder? Sie hat doch jede Menge neuer Bekanntschaften und Liebschaften geschlossen.«

»Du kennst sie ja. Sie ist kein Kind von Traurigkeit. Aber sie hat Giorgio schon sehr gern!«

Antonio hatte nie mit dem Freund über die Trennung gesprochen. Es war offenkundig gewesen, dass der Bayer nicht darüber reden wollte. Und nun hatte Stefania, die das Leben in vollen Zügen genoss und sich holte, was es zu bieten hatte, ein jähes, brutales Ende gefunden. So richtig begriff er es noch nicht. Und er konnte sich nicht durchringen, Elisabetta mit der Wahrheit zu konfrontieren.

»Kann man die Teeküche über einen Hintereingang auch erreichen?«, fragte er stattdessen.

»Ja, natürlich, über den großen Abstellraum, den wir alle für Kartonagen und Müll benutzen. Dort erreicht man auch den Hintereingang der Halle, der für die Winzer, die in diesem Bereich der Messe ihre Stände haben, offensteht.«

»Du musst also nicht durch den Haupteingang marschieren, wenn du deinen Stand erreichen willst?«

Sie sah ihn erstaunt an.

Antonio begriff, dass sie sich fragte, was er mit seinen Fragen bezweckte.

»Nein, natürlich nicht. Während der ganzen Aufbauphase haben wir nur die hinteren Eingänge benutzt. Dort gibt es auch Parkplätze für die Messebauer und großzügige Be- und Entladezonen.« Sie zögerte einen Moment und sagte dann: »Das fragst du mich doch nicht alles aus Interesse am Messegeschehen. Was ist los, Tonio?«

Antonio fasste Elisabetta vorsichtig an der rechten Schulter und dirigierte sie zu einer kleinen Sitzgruppe. Auf dem Tisch, umgeben von vier Stühlen, lagen Bestellformulare und Prospekte in Stapeln für die Kundschaft bereit. In einem Wasserglas steckten unzählige Kugelschreiber in olivgrün und mit Goldprägeschrift, passend zu den Etiketten auf den Olivenölflaschen, die Antonio nur zu gut kannte. Das *extra vergine* von Stefania und Elisabetta war erstklassig. Seine Frau Marissa verwendete kein anderes Öl mehr für Salate. Alles am Messestand war durchgestylt und vorbereitet für die Kunden, auf die Stefania und ihre Familie hofften.

»Komm, lass uns mal einen Augenblick hinsetzen.« Alle anderen blieben vor dem Messestand stehen. Antonio sah noch, wie Petrelli begann, ein Absperrband um den Stand zu spannen. Enrico verhinderte inzwischen, dass neugierige Messebesucher die Box betraten. So dezent sie auch agieren mochten, bemerkte Elisabetta die Aktivitäten der Polizei und Kriminaltechnik dennoch. Urplötzlich fasste sie Antonio am Revers seines Jacketts und zog ihn ganz nah an sich heran.

»Du sagst mir jetzt augenblicklich, was los ist.« Dann wurde ihre Stimme laut und schrill. »Rede mit mir!«

Energisch drückte er sie auf einen der Sessel und setzte sich ihr gegenüber an den Tisch.

»Giorgio hat in der Questura angerufen. Er hat Stefania in eurer Teeküche gefunden. Sie ist …« Er kam ins Stocken. »Sie ist tot, Elisabetta! Es tut mir unendlich leid!« Und als sie ihn nur stumm ansah und nicht reagierte, fügte er hinzu: »Wir sind gekommen, um die Ermittlungen aufzunehmen.«

Elisabettas Augen weiteten sich. »*No, ... no*«, hauchte sie tonlos, kaum hörbar. Sie presste ihre Hände auf den Mund. Entsetzt starrte sie ihn an. Doch dann, plötzlich, schnellte sie hoch, sichtlich in der Absicht, zur Teeküche zu stürzen. Dottoressa Di Silva, die die Szene aus wenigen Metern Entfernung beobachtet hatte, eilte herbei, fing sie ab und nötigte sie, wieder auf ihrem Sessel Platz zu nehmen.

»Bleiben Sie bitte hier, Signora, und lassen Sie uns unsere Arbeit machen«, sagte die Dottoressa ruhig. »Wir nehmen jetzt den Hintereingang zur Teeküche und kümmern uns um alles.«

Was sie damit meinte, behielt sie für sich. Antonio war ihr für das resolute Eingreifen dankbar. Elisabetta schwieg zwar dazu, aber man sah ihr an, dass sie mit dieser Lösung nicht einverstanden war. Vorwurfsvoll und verunsichert zugleich musterte sie Antonio. So als wollte sie prüfen, ob sie ihr auch die Wahrheit sagten, ob Stefania wirklich tot war. Sie gab keinen Laut von sich, während langsam Tränen über ihre Wangen liefen, was Antonio beunruhigt beobachtete. Er konnte nicht einschätzen, ob ein Gefühlsausbruch bevorstand oder ob sie ihm ohnmächtig vom Stuhl kippte. Eigentlich wollte er sofort den Tatort besichtigen. Gleichzeitig traute er sich nicht, Elisabetta allein zu lassen.

Petrelli hatte inzwischen die Lage erkundet und deutete Di Silva mit Handzeichen, ihm zu folgen. Die Gerichtsmedizinerin ließ Antonio mit Elisabetta zurück und verschwand hinter der großen Regalwand. Wenige Augenblicke später wurde ein Schlüssel in der Teeküchen-Tür gedreht und sie war vom Messestand aus wieder zugänglich. Elisabetta entging dies nicht und sie sprang erneut auf. Doch Antonio hielt sie auf. Keinesfalls durfte sie den Tatort betreten.

»Du bleibst besser hier!«, sagte er eindringlich. Sie gehörte ohne jeden Zweifel zum Kreis der Verdächtigen. Im Moment war sie vielleicht die Letzte, die Stefania lebend gesehen hatte. Oder war es womöglich Giorgio gewesen? Sofort verdrängte er den Gedanken, so gut es ging.

»Ispettore Brandino«, er winkte Enrico heran, »wird sich um dich kümmern, Elisabetta! Die anderen Kollegen sorgen dafür, dass niemand euren Stand betritt und irgendetwas anfasst.«

»Was soll das heißen, Tonio?« Elisabetta di Castello schien sich zu fassen. »Du kannst mir doch den Stand nicht absperren! Wir haben nur vier Tage, um unsere Weine zu präsentieren und zu verkaufen. Das sind die wichtigsten Tage im Jahr!«

»Du willst mir doch nicht ernsthaft einreden, dass du jetzt Verkaufsgespräche führen willst und kannst?« Fragend starrte er sie an.

Wie ertappt fuhr sie sich verlegen mit der Hand über die Stirn. »Weißt du, was uns der Umbau des Messestandes gekostet hat? Hast du eine Ahnung, wie viele Flaschen Wein wir verkaufen müssen, um die Kosten und die Standgebühr zu bezahlen?«, fuhr sie ihn an. »Ungefähr 80.000 Euro muss ich verdienen, um alle Unkosten zu decken! Wenn du weißt, dass wir einen durchschnittlichen Flaschenpreis von 10 Euro berechnen, kannst du dir ausrechnen, wie viel Wein ich unter die Leute bringen muss, um ohne Defizit abzuschließen. Dabei darf ich für mich und meine Leute keinen Lohn ansetzen. Stefania würde ausrasten, wenn wir hier aufhörten zu arbeiten. Ich bin es ihr schuldig weiterzumachen. Jetzt erst recht!«

Antonio fand es interessant, dass sich Elisabetta ähnlich äußerte wie Mauro. Stefania di Castello war eine bemerkenswerte Person gewesen. Selbst Giorgio, sein unbestechlicher und sehr bodenständiger Freund aus Bayern, lange Zeit ein überzeugter Single, der nur selten ins Schwärmen geriet und kaum je den Sinn für die Realität verlor, hatte sich in Stefania verliebt, obwohl die Beziehung über die große Entfernung alles andere als einfach gewesen war. Giorgio – ja, ihn würde er noch ganz gezielt ausfragen, weshalb er nach Verona gereist war und weshalb ihn sein erster Weg auf die Messe und an den Stand des Weingutes *Castello del Belvedere* geführt hatte. Ausgerechnet er war es, der die Tote fand. Erneut drängte sich der Bayer in Antonios Gedanken. Er hatte in seinem Beruf gelernt, auch Freundschaften zu hinterfragen. Aber es konnte doch nicht sein, dass Georg selbst hinter dem Verbrechen steckte! Das musste er ausschließen, sonst konnte er in seinem Leben niemandem mehr über den Weg trauen. Dennoch, Fragen würde er ihm stellen. Das ganz gewiss.

»Elisabetta, du willst doch auch, dass wir den Tod von Stefania aufklären!« Das Wort Mord vermied er ganz bewusst. »Wir beeilen uns mit den Ermittlungen. Sicherlich könnt ihr heute Nachmittag den Messebetrieb wieder aufnehmen, wenn du willst. Wer kann es denn übernehmen, dich zu vertreten? Ich bin mir sicher, dass du in einigen Stunden anders darüber denkst. Dass du nicht mehr selbst hier stehen und Wein verkaufen willst.«

»Mein Bruder Francesco hat keine Ambitionen zum Verkaufen. Der will nur Umsatz sehen und ansonsten lieber vor dem Computer sitzen und an seinen Marketingstrategien feilen, die dann kein Mensch gut genug umsetzen kann. Renata, unsere Mutter, kann das nicht machen. Das geht gar nicht. Und meine Freundin Cora kommt erst in zwei Stunden. Wir haben ja nicht damit gerechnet, dass wir früher Unterstützung brauchen. Stefania und ich hätten am Stand erst mal völlig ausgereicht.« Sie stockte. Auf einmal schien die Tragweite des Geschehens in ihr Bewusstsein zu sickern. Sie zog sich verkrampft auf ihrem Stuhl zusammen, machte sich ganz klein, senkte den Kopf und fing endlich richtig zu weinen an.

Antonio atmete erleichtert auf. Das sah schon sehr viel natürlicher aus als diese professionelle, unbewegte Miene, die sie bis vor wenigen Augenblicken gezeigt hatte. Aber es gab keine Regeln, wie jemand auf den Tod einer nahestehenden Person zu reagieren hatte. Er hatte schon viele unterschiedliche Reaktionen erlebt. Sobald die Dottoressa mit der Untersuchung von Stefania fertig war, sollte sie Elisabetta eine Beruhigungsspritze geben. Er würde sie gleich nachher darum bitten. Sicher war sicher.

Antonio winkte Enrico heran, der abwartend vor dem Tresen stand und sie beide beobachtet hatte. Der Wink war eindeutig. Der Ispettore wusste, was zu tun war. Fontanaro konnte nun endlich den Tatort Teeküche betreten.

In dem engen Raum standen sich alle gegenseitig im Weg. Petrelli nahm Fingerabdrücke, die sich zahlreich auf den Möbeloberflächen fanden. Die Dottoressa kniete neben der Leiche, nahm erste Untersuchungen vor und diktierte ihre Ergebnisse ins Handy. Ein Kollege der Kriminaltechnik machte Fotos. Nahe der hinteren Küchentür lehnte Georg Breitwieser an der Wand, neben ihm stand bullig und finster dreinblickend der Vice Castillo. Beide beobachteten stumm das Treiben der Ermittler. Schließlich ging Antonio auf Georg zu und schob ihn zur Tür hinaus in den Abstellraum.

»Was machst du hier?«

»Was soll die Frage, Antonio?«

»Sie ist doch ganz einfach! *Allora* …?« Antonio sah ihm ernst ins Gesicht. Die Zeiten, als er in seinem Beruf noch an Zufälle glaubte, waren lang vorbei. Was hatte der Bayer in Verona und auf der Fachmesse verloren?

»Ich besuche die Weinmesse. Oder was denkst du, was ich hier mache? Stefania erschlagen? Ist es das, was du wissen willst?«

Antonio ersparte sich eine Antwort, sondern sah seinen Freund und bayerischen Kollegen der Mordkommission Traunstein weiterhin nur an.

»Du bist beleidigt, weil ich nach Verona reise und du nichts davon weißt. Ist es das, was du eigentlich sagen willst?«

Fontanaro fühlte sich ertappt. Georg lag mit seiner Vermutung nicht ganz falsch. Das musste er zugeben. »Du wirst deine Gründe haben, weshalb du heimlich hierher fährst. Hattest du eine Verabredung mit Stefania? Wolltet ihr euch ungestört treffen? Euch endlich einmal aussprechen? Eurer Beziehung eine neue Chance geben?«

»Und wenn es so wäre? Gibst du dann Ruhe und kümmerst dich endlich und ausschließlich um die Ermittlung? Anstatt mir dumme, provokante Fragen zu stellen? Wir wollen doch beide nur eines: Wissen, wer hinter dieser feigen Tat steckt!«

»Weich mir doch nicht aus, Giorgio! Also, was führt dich auf die *Fiera*?«

»Das ist eine längere Geschichte und nicht in zwei Sätzen gesagt. Wenn du wieder zur Vernunft gekommen bist, erzähle ich dir alles bis ins Detail. Aber jetzt möchte ich schleunigst mit dir ins Soave fahren. Es ist absolut zwingend, dass wir dort nachsehen. Wir müssen wissen, ob sich jemand auf Stefanias Gut herumtreibt, der dort nicht hingehört. Es ist immerhin möglich, dass jemand herumspioniert, Unterlagen oder Wertsachen entwendet. Das Motiv der Tat ist doch völlig unklar. Oder sehe ich das falsch?«

Der Eifer des Freundes passte Fontanaro nicht. Eigentlich sollten sie hierbleiben und die Ermittlungsergebnisse abwarten. Aber Georg sah nicht so aus, als würde er sich von der Idee, sofort zum Weingut zu fahren, abbringen lassen.

Antonio schüttelte den Kopf. »Nein, in der Tat, ich habe keine Ahnung, warum Stefania sterben musste.« Er zögerte einen Moment, dann fügte er hinzu: »Genauso wenig wie du!« Prüfend sah er Breitwieser in die Augen.

Dieser lief rot an im Gesicht. Die nicht ausgesprochene Verdächtigung brachte den Bayern in Rage, aber er hielt den Mund.

»Schaffst du das?«, bohrte Antonio weiter. »Stefanias Haus und Wohnung aufzusuchen, zu ermitteln? Was du strenggenommen nicht darfst. Das ist dir schon klar, oder? Ich sollte dich nicht mitarbeiten lassen. Wenn jemand befangen ist, dann bist das du!«

»Vergiss es, Toni! Du wirst mich nicht los. Fährst du mit mir dorthin oder muss ich mir deinen Vice ausleihen?«

Antonio blieb skeptisch. Er fürchtete, dass er diese Entscheidung noch bereuen würde. Gleichzeitig wusste er natürlich, dass

Georg ein hervorragender Ermittler und zudem Kenner der dortigen Verhältnisse war. »Hör zu, Giorgio! Unter einer Bedingung: Du begleitest mich lediglich als Beobachter. Und für alle zukünftigen Aktionen, die du dir vielleicht noch in den Kopf setzt: Du führst keine Zeugenbefragungen durch, du fasst nichts an und vor allen Dingen: Du lässt mich und meine Leute die Arbeit machen. Wenn mir irgendeine Eigenmächtigkeit in den folgenden Stunden und Tagen deinerseits zu Ohren kommt, bist du raus. Und zwar komplett. Endgültig. Habe ich mich deutlich ausgedrückt?«

Georg gab sich unbeeindruckt. »In Ordnung. Es reicht doch, wenn du deinen Dienstausweis zeigst. Niemand wird meinen verlangen. Sonst lass ich mir was einfallen.«

Widerwillig musste Antonio auflachen. Das glaubte er gern, dass sich der Bayer etwas einfallen ließ. »Kennt dich denn jemand auf dem Weingut? Wurdest du dort schon einmal in Begleitung von Stefania gesehen?«

»Nein. Nie. Stefania war sehr diskret. Sie organisierte unsere Treffen so, dass wir niemandem von der Familie begegneten.«

Das sah Stefania ähnlich, dachte Antonio. Sie wusste, wie sie ihre Liebhaber heimlich ins Haus schmuggelte. Vor allem ihre Tante Renata reagierte allergisch, wenn sie im Hausflur auf fremde Männer traf. Das hatte die Winzerin einmal bei einem gemeinsamen Abendessen bei *Da Bruno* zum Besten gegeben.

»Aber Elisabetta kennt dich?«

Georg nickte. »Ja, von einem Barbesuch. Das ist lange her.«

»Du wirst dein bestes Italienisch auspacken müssen, damit man auf dem Gut nicht merkt, wo du wirklich herkommst. Mach keine Dummheiten, Giorgio, sonst muss ich auf deine Unterstützung verzichten. Wird ohnehin schwierig werden, wenn der Staatsanwalt dahinterkommt, dass du uns bei den Ermittlungen unterstützt. Du hast die Leiche gefunden, vergiss das nicht!«

»Vincenzo Mauro ist meine geringste Sorge.«

Antonio schlug dem Freund auf die Schulter. »Alles andere hätte mich auch gewundert!« Er wandte sich zur Tür, drehte sich aber nochmals um und fügte hinzu: »Ich gebe Fausto Bescheid, dass er hier übernimmt. Dann fahren wir zwei ins Soave und bei der Gelegenheit erzählst du mir haarklein, wie du auf die *Vinitaly* kommst.«

5

**Gut vier Wochen zuvor
Mittwoch, 08.03.2017**

Chieming, 14.30 Uhr

»Bua, wir müssen los! Wo bleibst denn so lang?« Katharina Breitwieser saß im Rollstuhl in der Diele ihres Hauses und wartete auf Georg. Sie musste zum Arzt nach Traunstein. Die jährliche Blutabnahme stand an und er wollte sie fahren.

»Ich bin ja schon da, Mama! Wir schaffen das locker.«

»Das sagst du immer, dann gibt's einen Stau auf der Bundesstraße und die Zeit reicht nicht mehr.«

Georg wusste, dass sie es nicht ausstehen konnte, wenn man zu spät kam. Pünktlichkeit war eine Sache des Respekts, pflegte sie jedem zu sagen. Ob er es hören wollte oder nicht.

Wenige Minuten später saßen sie in seinem alten Audi Quattro. Im Fond hatte Maria, die polnische Pflegerin, Platz genommen. Sie war ihnen beiden unentbehrlich geworden und gehörte seit Jahren zur Familie. Sie durchfuhren den noch schläfrigen Ort Chieming, in dem Georg aufgewachsen war und in den er zurückkehrte, als seine Mutter nach einem Schlaganfall Hilfe benötigte. Inzwischen war das viele Jahre her. Anfangs kam er mit der dörflichen Lebensweise gar nicht mehr zurecht. Er hatte den Ort zum Studium verlassen, war in die bayerische Landeshauptstadt München gezogen und hatte sein Studentenleben genossen und später auch seine Freiheit bei der Polizei und auf dem Kommissariat sehr geschätzt. Doch dann hatte er seinen Lebensentwurf überdenken müssen und sich entschieden, wieder ins Dorf zurückzukehren. So schlecht war das Leben auf dem Land auch wieder nicht. Der Chiemsee lag von seinem Büro- und Wohnzimmer im ersten Stock des Elternhauses in Sichtweite. Er mochte den See ausgesprochen gern. Täglich und zu jeder Jahreszeit veränderte dieser sein Aussehen. Ausgedehnte Spaziergänge machte Georg eher selten. Dazu fehlte ihm meist die Zeit. Aber sonntags trieb es ihn schon auf die Uferpromenade hinaus oder hin und wieder auf einen der nahen Berge. An Tagen mit föhnigem Wetter gehörte der Blick hinüber zur Fraueninsel für ihn zum Schönsten, was der See zu bieten hatte. Manchmal nahm ihn ein Freund auf seinem Boot mit, dann segelten sie hinüber zur Herreninsel oder bis nach Gstadt, wo die Dampfer auf die Touristen warteten, um sie auf die begehrten Inseln zu bringen. Jährlich wurden es mehr Besucher. Was ihm Sorgen machte, denn so wichtig der Tourismus als Wirtschaftszweig auch war, zu viel davon half niemandem mehr. Wenn Schiffe, Lokale und Parkplätze unter den Busladungen aus dem In- und Ausland vor Leuten überquollen, konnte von Erholung und vernünftigem Betrieb mit ordentlichem Service keine Rede mehr sein. Beschauliche Ruhe am See sah anders aus.

»Was bist denn so schweigsam?«, fragte Katharina in seine Gedanken hinein. »Bist schon wieder mit der Arbeit beschäftigt?«

Er brummte nur und schwieg weiter. Was hätte es für einen Sinn gehabt, der Mutter seine abschweifenden Gedanken mitzuteilen? Eine unnötige Diskussion würde sich daraus ergeben. Denn mit ihm zu diskutieren, gehörte zu Katharinas bevorzugter Beschäftigung. Kurz vor Traunstein, Georg fuhr auf der Bundesstraße am Fluss Traun entlang, bevor er dann links abbiegen und ins Zentrum fahren musste, machte der Wagen komische Geräusche, dann gab es einen lauten Schlag, der Audi starb ab und rollte aus. Georgs Versuche, ihn neu zu starten, scheiterten. Im Bereich der Kühlerhaube stieg weißer Dampf auf.

»Verdammter Scheiß!«, entfuhr es Georg.

»Ja, was ist jetzt?«, fragte die Mutter überflüssigerweise.

»Ja, was wird schon sein? Der gibt keinen Muckser mehr von sich.«

»Ich sag's allerweil: Ein neues Auto muss her! Du bist ein elender Geizkragen. Gönn dir halt auch einmal was, Schorsch. Arbeiten tätest, weiß Gott, mehr als genug.«

»Ist schon recht! Aber im Moment hilft uns dein Ratschlag auch nicht weiter. Ich ruf euch jetzt ein Taxi. Und dann lass ich den Wagen abschleppen.«

»Und wie kommen wir wieder heim? Auch mit dem Taxi? Das wird aber teuer, Bua! Zahlst du das dann?«

Georg stöhnte innerlich auf. Taxifahren war in den Augen seiner Mutter geradezu ein Frevel. Ein unnötiger, teurer Luxus, den man sich nicht leistete. Außer, so hatte sie ihm einmal erklärt, man ginge in die Oper. Wann wäre seine Mutter jemals in die Oper gegangen? Diese Idee von der Taxifahrt zur Oper hatte ihn vollends verblüfft. Aber auch zu dieser Bemerkung hatte er immer vorgezogen zu schweigen. Was half es, ihr zu erklären, dass Taxifahren im Prinzip billiger kam, als sich ein Auto zu leisten – zumindest in der Stadt, wo man es kaum irgendwo abstellen konnte. Außer man berappte ein kleines Vermögen für einen Tiefgaragenplatz. Ins Büro war er während seiner Dienstzeit in München mit der U-Bahn gefahren. Das Auto hatte er nur für die Fahrten zu seiner Mutter gebraucht. Ein heißes Eisen war der Quattro damals gewesen, natürlich! Und mit dem Allradantrieb im Winter, bei Eis und Schnee, die ideale Lösung. Jetzt war der Wagen in die Jahre gekommen. Georg schätzte, dass sein Gefährt inzwischen an die fünfundzwanzig Jahre auf dem Buckel hatte. Genau wusste er es gar nicht. Aber das spielte nun auch keine Rolle mehr. Vielleicht konnte ihm sein Spezl, der Hubert, nochmals mit einer Reparatur weiterhelfen.

Nachdem er seine Damen schließlich überredet und ein Taxi organisiert hatte, rief er bei Hubert Ortler an.

»Servus, Hubsi! Ich bin's, der Schorsch!«

»Was gibt's?«

Hubert Ortler besaß eine kleine Kfz-Werkstatt in Chieming am Ortsrand und war spezialisiert auf Autos, die von einer normalen Werkstätte gar nicht mehr angenommen wurden, weil Ersatzteile für das weit zurückliegende Baujahr kaum oder gar nicht mehr zu bekommen waren. Doch Hubert hatte gute Kontakte zu Schrotthändlern in der Gegend. Meistens bekam er dann schon noch ein Teil, das er einbauen konnte.

»Liegengeblieben bin ich. Kurz vor Traunstein.«

Schweigen am anderen Ende der Leitung.

»Kannst mich abschleppen, ... bitte?«

»Sicher! Dauert aber a bisserl. Eine gute Stunde musst schon warten. Ich hab grad den Kadett vom Doktor Löhlein auf der Hebebühne. Der Doktor wartet drauf! Reifenwechsel! Der Frühling kommt ja bald, meint er.« Hubert lachte verstohlen. In der Nacht hatte es wieder geschneit und auf den schattigen Wiesen glitzerte es morgens noch weiß. »Aber eines sage ich dir gleich, Schorsch: Richten tu ich dir deinen Audi nicht mehr! Kauf dir endlich ein ordentliches Auto. Verstehst?« Dann war die Verbindung unterbrochen.

Sauber, dachte Georg ärgerlich. Wo sollte er so schnell ein anderes Auto hernehmen? Hm. Er musste mit seiner Schwester reden. Wenn er Glück hatte, brauchte Barbara ihren Polo in den nächsten Tagen nicht, dann konnte er sich um einen neuen Wagen kümmern. Zufrieden mit dieser kostengünstigen Idee setzte er sich wieder hinters Steuer und wartete geduldig auf Hubert und seinen Abschleppwagen.

6

Montag, 10.04.2017

Soave, 11.00 Uhr

»Dass ich das noch erleben darf!«, rief Antonio Fontanaro. »Giorgio und ein neues Auto!« Der Commissario steuerte den Dienstwagen, einen weißen Alfa Romeo 159 Turismo, ein unauffälliges Zivilfahrzeug der *polizia*, die *autostrada* A4 Richtung Venedig entlang. »Und mit welchem Gefährt bist du denn jetzt angereist?«

»Das ist eine längere Geschichte!«

»Du wiederholst dich. Das hast du mir heute schon mal erzählt.«

Georg saß neben ihm auf dem Beifahrersitz und schaute stur zum Seitenfenster hinaus. Die Geschichte von seinem neuen Auto hatte Zeit. Es war im Moment das Nebensächlichste, was er sich vorstellen konnte. In ihm lieferten sich Wut, Fassungslosigkeit und Trauer einen erbitterten Kampf. Das Bild von Stefania am Boden liegend, erschlagen von einem Wahnsinnigen, wollte ihm nicht aus dem Kopf gehen. Er begriff jetzt erst so richtig, was viele Betroffene, denen Ähnliches widerfahren war, durchmachten. Dass es diese seelische Belastung gab, war ihm freilich immer bewusst gewesen, ein Teil seiner Arbeit und schon seiner Ausbildung. Doch Theorie und Praxis klafften ganz erheblich auseinander. Das wurde ihm nun klar.

Speziell dafür ausgebildete Psychologen kümmerten sich um Hinterbliebene nach einem Kapitalverbrechen. In vielen Sitzungen halfen sie ihnen, in ihr normales Leben zurückzufinden. Alles in Georg sträubte sich jedoch gegen die Aussicht, für die nächsten Monate auf die Hilfe eines solchen Psychologen angewiesen zu sein. Nein, er hatte etwas Besseres: Die Ermittlungen würden ihm helfen, den Mord an Stefania zu verarbeiten. Davon war er überzeugt. Doch er musste ehrlich mit sich sein und sich endlich eingestehen, welchen Grund sein Besuch heute auf der Messe wirklich hatte. Er musste für sich herausfinden, ob er mit der zerbrochenen Beziehung wirklich abgeschlossen hatte. Stefania konnte ihm dabei nicht mehr helfen. Vom Treffen mit ihr hatte er sich Klarheit erhofft.

Was würde er über sie in den nächsten Tagen erfahren? Sicherlich Dinge, die ihm nicht bekannt waren, vielleicht sogar befremdeten oder bestürzten. Das Eintauchen in die Psychen von Opfer und Täter gleichermaßen hatte ihn immer angetrieben. Es gehörte zum spannendsten Teil der Ermittlungen. Warum tötete jemand? Warum kommt es zu einer solch finalen Tat? Und so fragte er sich jetzt: Mit wem hatte Stefania zu tun gehabt, um solch ein brutales Ende zu finden?

Georg wurde es kalt. Er schob die Hände zwischen die Schenkel, zog die Schultern vor der Brust zusammen und versuchte, seinen Körper zu kontrollieren, den erneut ein Zittern befiel. Nicht umsonst wurden betroffene Kolleginnen und Kollegen, die in einem persönlichen Verhältnis zu Opfern standen, von den Kriminalfällen abgezogen. Ihr Blick auf die Tat war notgedrungen verstellt. Antonio hatte natürlich völlig recht, wenn er ihn für befangen erklärte. Georg würde es an seiner Stelle genauso machen. Ohne Frage! Er spürte, wie ihn der Freund besorgt von der Seite ansah.

»Geht's dir nicht gut, Giorgio?«

»Doch, doch, alles paletti! Ich überlege nur, wie wir jetzt vor Ort weitermachen.«

»Was meinst du?«

»Ich bin nur ein hinzugezogener Kollege«, dachte Georg laut. »Ich arbeite für dich und rede so wenig wie möglich!«

»Das ist das erste vernünftige Wort, das ich von dir höre.«

Georg ignorierte den Einwurf und fuhr fort: »Wenn sich jemand über meine Aussprache wundert, sagst du, ich bin kurzfristig zur Unterstützung aus Südtirol angefordert worden. Den Dienstausweis habe ich leider vergessen! *D'accordo?*«

»Einverstanden!« Einen Moment überlegte nun auch Antonio: »Kannst du mit dem Handy gute Fotos machen? Ich bin schlecht darin. Meine Fotos sind immer verwackelt. Du kannst dich dann überall umsehen und fotografieren, alles festhalten, was dir wichtig erscheint. Du bist mit den Räumlichkeiten dort besser vertraut als ich.« Antonio leistete sich ein kleines Lächeln, das Georg nicht erwiderte. »Damit bist du so beschäftigt, dass dich kaum jemand bei dieser Arbeit stören oder ansprechen wird. Das sollte klappen.«

»Sehr gute Idee!«

»Was denkst du? Wen oder was werden wir auf dem Weingut von Stefania vorfinden?«

»Keine Ahnung, ehrlich gesagt. Ich will nicht, dass sich dort irgendwelche Leute herumtreiben, die dort nicht hingehören, oder sich an den Sachen von Stefania zu schaffen machen. Eine reine Vorsichtsmaßnahme! Außerdem müssen wir ohnehin die privaten Räume des Opfers irgendwann unter die Lupe nehmen. Je eher, desto besser!«

Antonio nahm die Ausfahrt San Bonifacio und fuhr weiter über die lange Brücke, die die Autobahn überquerte, in Richtung Soave. Der kleine Ort war berühmt für seine Weine und Winzer. Für Georg gehörten sie zu den besten Weißweinproduzenten Italiens. Sie waren schon vielfach ausgezeichnet worden. Auch Stefanias Weingut gehörte zu den prämierten Weingütern, die von Fachmagazinen und der Jury auf der *Vinitaly* jährlich neu bewertet wurden. Die Verkäufe hingen, wie er von ihr wusste, entscheidend von diesen Prämierungen ab.

Fontanaro bog vor der historischen Stadtmauer des Weinortes Soave scharf links ab. Die Schwalbenschwanzzinnen des Castellos, das mitten im Ort auf einem kleinen Hügel stand, waren weithin sichtbar. Er hatte die Burg einmal mit seiner Frau Marissa besichtigt und dabei einiges über die Historie des Weinorts erfahren. Soave selbst ging auf eine Gründung der Soeben 500 nach Christus zurück. Daher kam auch der Name. Das Castello war vermutlich um das Jahr 1000 erbaut und im 13. Jahrhundert von den Scaligern übernommen worden. Sie hatten zahlreiche Burgen im Veneto errichten lassen oder nach und nach in Besitz genommen. Gleiches galt für das Castello von Verona. Dort hatten die Herrscher des Geschlechts auch ihre letzte Ruhe gefunden.

Besorgt sah Antonio wieder zu Georg hinüber, der gedankenverloren aus dem Seitenfenster starrte. Fontanaro wollte nicht in dessen Haut stecken. Das, was der Freund vor kurzem gesehen hatte, würde diesen noch lange umtreiben. Gleichzeitig hatte er unzählige Fragen, die er Georg gerne gestellt hätte. Doch er begriff, dass er das auf später verschieben musste, wollte er mehr als schnelle, abwehrende Antworten von dem Bayern bekommen.

Der Commissario fuhr weiter hinauf in die ansteigenden Hügel, die letzten Ausläufer der Monte Lessini, die dicht an dicht mit noch kahlen Weinstöcken bepflanzt waren. Als er das Schild der *frazione Castelgirone* passierte, hatte er das Ziel fast erreicht. Der Ortsteil lag inmitten von Weinbergen. Zu dieser Jahreszeit zeigten sich erst vereinzelt hellgrüne, zarte Triebe. Die Weinstöcke brauchten noch zwei bis drei Wochen, bis sie wieder zum Leben erwachten. Dennoch sah man zwischen den in Reihe gepflanzten Rebstöcken Bauern oder Arbeiter, die Gras mähten oder Unkraut entfernten. Der Weinberg beanspruchte den Winzer rund ums Jahr.

Fontanaro bog in einen schmalen Feldweg ab und hatte nach einem weiteren halben Kilometer die hohe Einfassungsmauer des Weinguts erreicht, das ein halbverfallener Burgturm am nördlichen Ende des Anwesens überragte. Auch die Familie di Castello hatte einmal eine kleine Wehranlage besessen. Der Stammbaum reichte bis ins 18. Jahrhundert zurück, wie ihm Stefania einmal stolz erklärt hatte.

Die Flügel des Doppeltors aus Schmiedeeisen, das in die Einfassungsmauer eingelassen war, standen weit offen, und der Feldweg führte, flankiert von alten, zerzausten Zypressen, zum Gutshaus weiter, das hell und freundlich an dessen Ende in der Sonne lag. Fontanaro hielt den Wagen vor dem Tor an und gemeinsam verließen er und Georg den Dienst-Alfa.

»Was ist denn hier los?«, fragte der Commissario hörbar entsetzt.

Auch Georg starrte fassungslos die hohe Mauer an, die das Gutsgrundstück umgab. Jemand hatte mit roter Farbe auf den beigefarbenen Untergrund Parolen gesprüht. »Chinesen-Schlampe« war da zu lesen. »Hure« und »Geldgeiles Weib« folgten.

»Stefania hat sich da jemanden gewaltig zum Feind gemacht«, bemerkte Georg mehr zu sich selbst.

Wer immer an dem Gut vorbeifuhr, konnte die Hasstiraden gar nicht übersehen. Die Botschaft ließ keine Zweifel. Wenn sich da nicht ein Mordmotiv auftat! Georg zückte sein Handy und machte ohne zu zögern, wie von Antonio vorgeschlagen, die ersten Fotos.

Zurück im Wagen fuhr Fontanaro die letzten Meter bis zum Gutshaus. Das zweistöckige Gebäude war in U-Form gebaut, dahinter ragte der alte Turm mit seinen nur noch vereinzelt vorhandenen Schwalbenschwanzzinnen hervor. Vor dem Haus parkten zwei nagelneue Automobile. Die offenstehende Haustür wurde von jeweils einem Olivenbäumchen im Terrakottatopf flankiert. An einer

Seite folgte eine alte Holzbank, die mit rotkarierten Kissen bestückt war und einladend von der Sonne angestrahlt wurde. Das Haus wirkte ruhig und verlassen. Kein Laut war zu hören. Alles schien in bester Ordnung, geradezu idyllisch.

Georg empfahl Antonio, das Auto hinter das Gutshaus zu fahren. Von dort gab es eine Holzstiege hinauf zu den Räumen von Stefania im ersten Stock. »Muss ja nicht jeder mitbekommen, dass wir uns ein wenig umsehen.«

Im Erdgeschoss befand sich, seiner Erinnerung nach, eine weitläufige Diele, in der eine antike, zylindrische Weinpresse aus Holz aufgestellt war. Rechts davon ging die geräumige Küche ab, die jedem Restaurant zur Ehre gereicht hätte, und links davon gab es einen großen, sehr gemütlich eingerichteten Empfangsraum, der für Weinproben genutzt wurde. Im hinteren Teil des Erdgeschosses wohnten Elisabetta und ihre Mutter. Oben war Stefanias Reich, das man über eine breite Steintreppe von der Diele aus ebenfalls erreichen konnte.

»Du willst dich also lieber heimlich ins Haus schleichen?«, fragte Fontanaro zur Sicherheit nach. Gut fand er das nicht.

»Die zwei Wagen vor dem Haus gefallen mir nicht. Der schicke Audi hat ein Münchner Kennzeichen. Wenn man davon ausgeht, dass alle wichtigen und interessierten Kunden, die man für Geschäftsabschlüsse sprechen muss, auf der Messe sind, dann frage ich mich, was die Person, die das Auto mit dem ausländischen Kennzeichen fährt, hier will.«

»Außer dieser Jemand ist privat hier. Befreundet mit der Familie di Castello«, wagte Antonio einzuwerfen.

»Jemand, der mit der Familie befreundet ist, weiß, wo sich diese gerade im Moment aufhält, und macht keinen Besuch zur Messezeit.«

»Das BMW Cabrio daneben jedenfalls gehört Francesco. Zumindest hat er vor kurzer Zeit noch ein solches Gefährt benutzt.«

»Wohnt er ebenfalls auf dem Gut? Das wäre mir neu!«

Antonio schüttelte den Kopf. »Nein, soviel ich weiß, hat er eine Wohnung in Verona. Er ist nicht so der Landmensch. Außerdem liebt er seine Freiheiten. Stefania neigte eher zur Kontrolle. Das passte ihm nicht.«

»Vielleicht ändert er gerade seine Meinung.«

Antonio schaute den Bayern entgeistert an. »Du meinst, er weiß schon, dass die Luft rein ist? Dass er das Ruder übernehmen kann? Sofern er an der Leitung des Guts interessiert ist. Ich habe Enrico angewiesen, dass Elisabetta bis auf Weiteres nicht telefonieren darf.«

»Du meinst, das klappt? Für mich jedenfalls sind alle aus der Familie erst einmal verdächtig! Könnte immerhin sein, dass er der Täter ist«, sagte Georg entschieden. »Unter den Angehörigen hat es immer schon Spannungen gegeben.«

Gemeinsam mit Antonio steuerte er die Holztreppe an und sie stiegen hinauf in den ersten Stock. Die Haustür oben war ebenfalls nur angelehnt.

»Die haben wohl heute Tag der offenen Tür«, bemerkte Georg.

»Hier auf dem Land sperrt keiner ab. Es kommt nichts weg.«

Breitwieser brummte unwillig. Soviel Naivität gehörte schon bestraft. Selbst in seinem Kuhkaff Chieming käme keiner mehr auf die Idee, Tür und Tor offenstehen zu lassen. Diese Zeiten waren schon lang vorbei.

Antonio schob die Haustür vorsichtig auf und lauschte. Er hörte Stimmen, konnte aber nicht verstehen, was gesprochen wurde. Sie betraten einen kleinen Vorraum. Eine wuchtige Holztruhe stand neben einer weiteren Zimmertür, die nur einen Spalt breit geöffnet war. Auf einem Abtritt daneben glänzten Stefanias frisch geputzte Arbeitsstiefel. Der Anblick gab Georg einen Stich. Das konnte ja heiter werden, dachte er beklommen, wenn ihn schon Schuhe aus dem Konzept brachten.

Antonio postierte sich ganz nah vor die Tür, um besser zu hören. Georg stellte sich dicht hinter ihn und legte das Ohr an die Wand.

Die Stimmen kamen zweifelsfrei aus dem Büro von Stefania, das er von seinen wenigen Besuchen kannte. Entschieden schob Antonio die Tür weiter auf und blickte gemeinsam mit Georg in den Raum.

Zwei Männer, die ihnen die Rücken zukehrten, sprachen aufgeregt miteinander und schienen auf dem Schreibtisch der Winzerin nach etwas zu suchen.

»Wir müssen den Vertrag finden, bevor es zu spät ist!«, sagte einer von ihnen aufgeregt. Er hatte einen deutlichen Akzent. Georg meinte, ein amerikanisch gefärbtes Italienisch herauszuhören.

»Nun mach dir mal nicht ins Hemd!«, beschwichtigte ein eindeutig muttersprachlicher Italiener, in dem Antonio Francesco di Castello schon allein an seiner Glatze erkannte. »Du gehst doch mit ihr ins Bett«, schob di Castello provokant nach. »Gehst hier ein und aus, wie es dir beliebt, und machst ihr schöne Augen. Wie weit bist du denn mit Stefania gekommen?«

Georg biss die Zähne zusammen und kämpfte den Impuls nieder, ins Zimmer zu stürzen. Er musste sich wirklich am Riemen reißen. Langsam begann er zu begreifen, dass die Ermittlungen für ihn kein leichtes Spiel werden würden.

»Das geht dich gar nichts an!«, wehrte sich der Italoamerikaner. »Stefania hat demnächst einen Notartermin. Wenn einmal die Tinte unter den Verträgen trocken ist, haben wir keinen Einfluss mehr.«

»Ich glaub, ich bin im falschen Film! Was hat dir denn Stefania versprochen? Bekommst du etwa Anteile vom Verkauf an die Chinesen? Das kannst du vergessen! So einen Vertrag unterschreibe ich nicht. Damit das klar ist!«

»Könnte sein, dass du da gar nicht gefragt wirst.« Ungerührt suchte der andere weiter nach Unterlagen auf dem Schreibtisch.

Völlig beansprucht von ihrem Treiben, bekamen die Männer nicht mit, dass sie beobachtet wurden. Nervös schoben sie Papiere hin und her. Sie suchten nach einem Vertrag, der offenbar von einiger Bedeutung war. Auch Georg erkannte Francesco di Castello, allerdings hatte er ihn noch nicht ohne Haarpracht gesehen. Der Cousin von Stefania war wie aus dem Ei gepellt, als würde er in Kürze als Redner auf einem Kongress erwartet. Der dunkelblaue Anzug changierte im einfallenden Sonnenlicht und sah eindeutig nach Seide aus.

»Ich weiß, dass die Chinesen Druck machen. Sie sind nur noch zwei oder drei Tage da. Das Geschäft mit den Geschwistern Wong würde uns das dringend benötigte Kapital in die Kasse spülen.«

Der Amerikaner sah den anderen geringschätzig an und stellte klar: »D u könntest das Kapital gut gebrauchen, meinst du wohl. Dir liegt doch nichts an dem Weingut. Am liebsten würdest du alles an die Chinesen verkaufen.«

»Und was geht's dich an?«

»Weinland verkauft man nicht einfach so.«

»Tatsächlich?«, bemerkte Francesco zynisch. »Das sagt der Richtige! Dir geht es doch auch nur ums Geschäft. Du willst bei uns mit deinen Chemikalien groß einsteigen.«

»Ich will, dass eure Reben den bestmöglichen Ertrag bringen. Das nützt auch dir. Du bist schließlich am Umsatz beteiligt.«

»Ich staune, was du alles weißt. Stefania muss ja eine Menge über unsere Familie ausgeplaudert haben. Bist du so gut im Bett, dass bei ihr der Verstand ausgesetzt hat?«

»Frag sie!« Über das Gesicht des Amerikaners huschte ein wissendes Lächeln, das Georg überhaupt nicht gefiel. Das Gespräch der beiden ging ihm gehörig gegen den Strich. Er drehte sich zu Antonio um und flüsterte: »Ich hab' genug gehört. Auf was warten wir noch?«

»Ganz meine Meinung.«

Georg trat beiseite und ließ dem Freund wie verabredet den Vortritt. Ab sofort durfte er nur noch Fotos machen und nach Möglichkeit sollte er den Mund halten.

»*Buongiorno* Signori!« Laut und deutlich machte sich der Commissario bemerkbar. »Tut mir sehr leid, wenn wir Ihre interessante Unterhaltung stören müssen.«

Erschrocken fuhren die beiden Männer herum. Gleichzeitig bemühten sie sich, mit ihren Körpern die Sicht auf den Schreibtisch zu verstellen. Francesco fand als Erster seine Fassung wieder.

»Was wollen Sie hier, Commissario? Ich wüsste nicht, dass wir einen Termin hätten.«

Immerhin hatte Signor di Castello den Anstand, Antonio Fontanaro zu erkennen.

»Sehr richtig. Wir kommen in der Regel einfach ohne Termin vorbei«, entgegnete er freundlich. Den Dienstausweis konnte er stecken lassen. Das war ganz in seinem Sinn.

»Und wer sind Sie, wenn ich fragen darf?« Damit wandte er sich an den anderen Mann, der einen anthrazitfarbenen Anzug trug, gut einen Meter neunzig groß und muskulös gebaut war. Dieser Typus Mann hatte Stefania vermutlich gut gefallen, ging es Antonio unpassend durch den Kopf.

»Mein Name ist Scott Giuliano.«

»Können Sie sich ausweisen?«

»Mein Ausweis liegt im Wagen!«

»Halten Sie das für einen geeigneten Aufbewahrungsort?«

Als Scott Giuliano die Antwort darauf schuldig blieb, bohrte Antonio weiter: »Und wer sind Sie?«

»Signor Giuliano ist ein Freund des Hauses!«, gab Francesco großspurig Auskunft.

Skeptisch sah ihn Antonio an. »*Bene.* Darum kümmern wir uns später. Was machen Sie hier im Büro von Stefania di Castello?«

»Das ist das Büro des Weinguts«, stellte Francesco sofort klar. Sein Ton wurde aggressiver. »Wir arbeiten hier!«

Bullshit, dachte Georg aufgebracht. Er hatte das Handy gezückt und begann Aufnahmen zu machen.

»He, was soll das? Sie können hier nicht einfach Fotos machen, wie es Ihnen passt. Das ist privat. Was wollen Sie überhaupt von uns?«, ereiferte sich Francesco. Er warf sich richtiggehend in die Brust und sah den beiden Kommissaren herausfordernd entgegen.

»Es tut mir leid, Signori, aber ich muss Ihnen leider mitteilen, dass Stefania di Castello heute Morgen tot aufgefunden wurde«, informierte Antonio die beiden Herren ohne große Formalitäten. »Im Moment gehen wir davon aus, dass sie von einem Täter oder einer Täterin auf dem Messestand erschlagen wurde.«

Die Männer sahen sich geschockt an. Sie brachten offenbar keinen Ton heraus.

Georg fotografierte sie und fragte sich, wie er ihre schweigende Reaktion einzuordnen hatte. Hatte es den Burschen die Sprache verschlagen?

Francesco wich Antonios Blick aus und starrte schließlich zu Boden. »Und was wollen Sie jetzt von uns?« Das klang schon deutlich kleinlauter und wenig selbstbewusst. Mit dem rechten Fuß begann er, nervös in schnellem Rhythmus aufzutippen.

Scott Giuliano war sehr bleich geworden. Unbewegt sah er Antonio ins Gesicht. Welche Gedanken ihn plagten, darüber konnte Fontanaro nur spekulieren.

Georg drückte die Aufnahmetaste des Handys. Fotos allein waren ihm nicht genug. Vor Gericht war die Aufnahme als Beweismittel nicht zulässig. Aber für die Besprechung unter den Kollegen war sie sicherlich eine wertvolle Hilfe.

»Wer käme denn, Ihrer Meinung nach, für den gewaltsamen Tod an Ihrer Cousine in Frage?« Antonio hielt sich nicht mit gesetzten Worten auf.

Wieder sahen sich die beiden Männer schweigend an. Dann schüttelte Francesco den Kopf. »*Onestamente! ... Non lo so!*«

Georg musterte ihn durchdringend. Dieses leise und dabei sehr kontrolliert gesprochene: »Ehrlich! ... Ich weiß es nicht!« kam ihm schon sehr suspekt vor.

Ein leises Pling des Telefons verriet Antonio, dass er eine Mail erhalten hatte. Sofort zog er das Handy aus der Hosentasche und begann die Nachricht zu studieren. Staatsanwalt Vincenzo Mauro hatte Wort gehalten. Im Anhang der Mail fand Antonio einen weitreichenden Durchsuchungsbeschluss für alle Räume des Weinguts, den Ermittlungsrichter Gioberti ausgestellt hatte. Ohne jede Einschränkung. Außerdem konnten sie alle Dokumente und elektronischen Hilfsmittel beschlagnahmen. Der Commissario hielt Francesco di Castello das Handy vor die Nase und sagte: »Es tut mir leid, aber die Räume von Stefania di Castello sind ab sofort für Sie beide tabu. Beschluss des Ermittlungsrichters. Ich begleite Sie nach unten. Wir sorgen dafür, dass sich unsere Kriminaltechnik hier so rasch wie möglich umsieht!«

7

Soave, 11.30 Uhr

Antonio hatte genug gehört. Er musste das Ergebnis der Kriminaltechnik abwarten, bevor er Francesco di Castello und Scott Giuliano weiter auf den Zahn fühlen konnte. Das, was er und Georg gesehen und gehört hatten, löste jede Menge Fragen und Zweifel in ihm aus. Inzwischen stand er zusammen mit dem Bayern und den beiden Verdächtigen in der großen Diele im Erdgeschoss des Weinguts. Die alte Weinpresse dominierte den Raum und Fontanaro bildete sich ein, den Duft längst vergorener Trauben zu riechen. Aus der Küche waren Geräusche zu vernehmen. Der Commissario fragte in die Runde: »Wer ist außer Ihnen, Signori, noch im Haus?«

»Meine Mutter«, gab Francesco Auskunft. »Sie kocht für morgen Abend.«

»Was ist denn morgen Abend geplant?«, platzte Georg heraus und handelte sich prompt einen strafenden Blick von Antonio ein.

»Wir veranstalten ein großes Tasting. Zahlreiche Gäste aus dem Ausland, die unsere Weine probieren wollen und hoffentlich auch kaufen, sind geladen. Diese wichtigen Kunden werden von uns bevorzugt behandelt, denn von ihnen hängt ein guter Teil unseres

Umsatzes ab. Sie müssen sich nicht auf der Messe die Beine in den Bauch stehen und sich von der Menge der anderen Besucher herumschieben lassen. Das ist nicht jedermanns Sache.«

Das konnte Georg im Stillen nur bestätigen. Dennoch fand er es unmöglich, ja pietätlos, dass Francesco di Castello offenbar unverdrossen an diesen Plänen festhalten wollte. Er setzte schon zum Widerspruch an, als ihm Antonio zuvorkam.

»Damit es keine Irritationen gibt: Sie beide halten sich uneingeschränkt für Fragen zur Verfügung. Sie unternehmen keine Reisen in den nächsten Tagen. Ist das klar? Und über das Tasting sprechen wir noch!«

Beide Herren nickten, obwohl sie erkennbar mit diesen Auflagen nicht einverstanden waren. Schließlich war es Francesco di Castello, der aufbegehrte: »Was soll das, Commissario? Verdächtigen Sie uns? Weshalb sollte ich meine Cousine umbringen? Oder hier unser Geschäftspartner Scott Giuliano? Wir sind beide auf Stefania und ihr Verkaufsgeschick angewiesen. Sie ist die Chefin hier. Ohne sie läuft gar nichts.«

»Oder jetzt erst recht? Wer weiß, was sich durch ihren Tod in der Geschäftsführung verändert? Oder welche testamentarischen Verfügungen Ihre Cousine getroffen hat?«, wagte Antonio zu bedenken.

»Testamentarische Verfügungen!« Francesco erlaubte sich diese abschätzige Bemerkung. »Meine Cousine war 38 Jahre alt. Sie glauben doch nicht im Ernst, dass es ein Testament gibt.«

Scott Giuliano sah ihn eigenartig von der Seite an, was Francesco nicht verborgen blieb. Argwöhnisch fragte er ihn: »Weißt du etwas von einem Testament?«

Als Scott Giuliano schwieg, fuhr Francesco ihn laut und unbeherrscht an: »Mach dein Maul auf!«

Die Küchentür öffnete sich und eine kleine, schmächtige Frau erschien auf der Schwelle. Sie trug eine dunkelrote Schürze über dunkelblauen Jeans und einem lilafarbenen Poloshirt. Sie wischte sich die Hände an der Schürze ab, als hätte sie sich diese gerade gewaschen. »Was ist denn hier los? Was soll die Aufregung?« Dann wandte sie sich an Antonio Fontanaro. »Oh, Commissario, was treibt Sie denn in unser Haus? Ist etwas passiert?«

»Können wir uns vielleicht irgendwo hinsetzen, Signora, und in Ruhe miteinander sprechen?«

»*Naturalmente!*« Sie zögerte einen Moment und fragte dann: »Müssen die anderen Herren dabei sein? Ist das nötig?«

Antonio fand die Frage interessant und schüttelte dann den Kopf. Vielleicht war es ganz gut, dachte er, wenn er mit der Frau des Hauses alleine sprechen konnte. Zu Georg gewandt sagte er: »Lass dir die Personalien geben und ruf Petrelli an, dass er uns Leute schickt.« Mehr wollte er vor Signora di Castello nicht sagen. Georg verstand auch so und musste widerwillig lächeln. Sehr schnell hatte sein Spezl erkannt, dass er doch von Nutzen war.

»*D'accordo!*«, sagte er in seinem besten Italienisch, und geleitete die Herren entschlossen hinaus auf den Vorplatz, wo die Wagen parkten.

Antonio folgte stattdessen der Signora in den Empfangsraum des Weinguts. Ein langer Holztisch, dessen dicke Platte von auffälligen Maserungen durchzogen war und die rustikale Note des Möbels unterstrich, stand prominent im Raum. Auf voller Länge waren in der Mitte unterschiedlich große, bauchige Weingläser aneinandergereiht, wie sie für Weinproben gebraucht wurden. Sie alle blitzten und blinkten und warteten auf die Gäste des kommenden Abends. Noch leere Körbchen, sicherlich gedacht für frische Weißbrotscheiben, und aus Weiden geflochtene Behältnisse, die Grissinipäckchen enthielten, vervollständigten das zweckmäßige Arrangement. Auf einer Anrichte stapelten sich zahllose Dessertteller und in einer offenen Holzkiste lagen in Servietten eingeschlagene Bestecke bereit. Das sah alles professionell aus und wies darauf hin, dass die Winzer so einen Tasting-Abend nicht zum ersten Mal organisierten.

»Sie sehen ja, Commissario, wir sind gut beschäftigt.« Mit ihrer rechten Hand deutete die Signora zum Holztisch, während sie Antonio zu einer Sitzgruppe führte, die aus einem kleinen, geschwungenen Sofa und einem hohen Ohrensessel bestand. Beide waren mit einem groben, naturfarbenen Leinenstoff bezogen, der auch die Fenster in bodenlangen Vorhängen, die zur Seite hin gerafft waren, schmückte. Antonio nahm auf der Kante des Ohrensessels Platz, während Signora di Castello das Sofa ansteuerte.

»Wie viele Gäste erwarten Sie denn morgen?«

»Ich weiß es gar nicht genau. Stefania verkündet stündlich eine neue Teilnehmerzahl.« Sie lachte entschuldigend und setzte sich schließlich. »Sie kennen sie ja. Immer sprunghaft und immer für neue Ideen zu haben.« Mit beiden Händen strich sie die Schürze über ihren Knien glatt. »Ich bin es gewohnt, dass bei zehn angekündigten Gästen uns einige mehr ins Haus schneien. Aber ich denke, mindestens zwanzig Personen werden es morgen schon sein.«

»Und Sie kochen dafür fleißig, wenn ich das richtig sehe.« Dabei deutete Antonio auf ihre Schürze. Gleichzeitig fürchtete er sich vor dem Moment der Wahrheit. Wie würde die Tante von Stefania auf die Todesnachricht reagieren? Er hatte keine Ahnung, wie das Verhältnis der beiden Frauen zueinander gewesen war.

»Aber Sie machen doch keinen Besuch bei uns, Commissario! Wenn Sie Stefania sprechen wollen, können Sie sie auf der Messe treffen. In den nächsten Tagen wird sie sich fast ausschließlich dort aufhalten. Oder kann ich etwas ausrichten? Konnte Ihnen Francesco nicht weiterhelfen?« Schnell und hastig folgte eine Frage auf die andere. Gleichzeitig wurde ihr Blick, den sie fest auf Antonio gerichtet hatte, immer unsicherer. »Was ist los, Commissario?«, war dann auch ihre letzte Frage, die sie nur noch sehr leise stellte.

Nun musste er mit der Wahrheit herausrücken. »Es tut mir sehr leid, Signora, aber ich bringe schlechte Nachrichten.« Nochmals setzte er ab, in der vergeblichen Hoffnung, der notwendigen Mitteilung die Schwere zu nehmen. »Stefania ist tot, Signora! Sie wurde heute auf dem Messestand tot aufgefunden!«

Ein spitzer Schrei entfuhr Renata di Castello. Dann schlug sie beide Hände vor den Mund und riss entsetzt die Augen auf.

»*Madre di Dio!* Was ist denn passiert? Hatte sie einen Unfall? Aber wie wäre so etwas auf der Messe möglich? Ist sie gestürzt? Hatte sie einen Herzanfall? Aber Stefania war doch immer gesund!« Wie ein Wasserfall sprudelten die unterschiedlichsten Annahmen aus dem Mund der älteren Frau. Bis sie sich schließlich selbst unterbrach und zu schluchzen begann. Ihr Körper wurde regelrecht geschüttelt und sie sackte auf dem Sofa in sich zusammen. Antonio setzte sich neben sie und nahm sie in die Arme. Sagen konnte er nichts. Sein Hals war wie zugeschnürt. Auch für ihn war dies ein kritischer Moment. Durch den Ausbruch der Signora wurde ihm die Tatsache erneut richtig bewusst, dass auch er einen Verlust erlitten hatte. Wie würde Marissa auf diese Nachricht reagieren, ging es ihm erstmals durch den Kopf. Die Frauen waren seit Jahren eng befreundet. Gingen hin und wieder ins Theater und vor allem besuchten sie im Sommer Opernaufführungen in der Arena di Verona. Es war jedes Mal ein Fest, wenn sich Stefania Zeit nahm. Dann stolzierten die Damen festlich gekleidet in die Stadt, gingen gemeinsam essen und genossen den Abend unter freiem Himmel in vollen Zügen. Antonio war immer froh gewesen, wenn Marissa jemanden hatte, der sie zu den Verdi- oder Puccini-Opern begleitete. Bei ihm kam immer kurzfristig etwas dazwischen. Schon mehrmals war Stefania für ihn eingesprungen. Wenn nicht, dann musste Marissa den Abend alleine genießen. Das mochte sie nicht besonders. Marissa würde der Abschied von Stefania sehr schwerfallen. Da war er sich sicher.

»Signora, meinen Sie, Sie können mir einige Fragen beantworten?«

Sie nickte stumm und wischte sich mit einem Taschentuch, das sie aus einer Tasche ihrer Jeans zog, notdürftig die Augen trocken.

»Hatte Stefania in den letzten Tagen Ärger mit irgendjemandem? Gab es Streit?«

Renata di Castello schüttelte entschieden den Kopf. »*No!* Ich habe nichts mitbekommen.«

»Gab es Drohungen? Wir haben die Schmierereien auf der Hofmauer gesehen. Wissen Sie, wer dafür verantwortlich ist?«

Unvermittelt richtete sich die Signora auf und sah Antonio direkt in die Augen. »Diese Narren! Da gibt es einige Winzer, die mit den Ideen von Stefania nicht einverstanden sind. Sie glauben, sie mache ihnen die Geschäfte kaputt.« Sie zögerte einen Moment, dann führte sie weiter aus: »Stefania macht mit vielen Leuten Geschäfte. Auch mit Ausländern. Das passt unseren Nachbarn nicht. Und sie baut auf einem unserer Weinberge nur noch biologischen Wein an. Da müssen aber die anderen Winzer mitspielen. Sie sollen in der Nähe unseres Weinbergs keine Pestizide mehr versprühen. Doch damit sind sie nicht einverstanden. Sie bleiben bei der herkömmlichen Weinproduktion. Außer Stefania entschädigt sie angemessen. Doch in welcher Höhe, das wollen sie bestimmen. Sie lernen nicht dazu. Sie begreifen nicht, dass sie sich selbst schaden. Es sind doch schon genug Weinbauern krank geworden. Keine der drei Winzerfamilien, die hier in der *frazione Castelgirone* leben, blieb verschont. Man braucht doch nur eins und eins zusammenzählen, wenn man nicht ganz dumm und naiv ist. Leukämie und Parkinson kommen überdurchschnittlich oft in unserer kleinen Gemeinde vor. Wussten Sie das, Commissario?«

Erstaunt folgte Antonio diesem Wortschwall der sonst eher zurückhaltenden Signora di Castello. Die kleine, zarte Frau ereiferte sich, sie hob die Hände in Verzweiflung und fuhr mit ihnen aufgeregt durch die Luft. Dann schob sie noch aufgebracht nach: »Auch die Tomasellis bleiben nicht davon verschont. Sie werden schon sehen! Sie glauben, sie seien etwas Besseres. Es trifft uns doch alle, ohne Ausnahme!«

Fontanaro wusste nichts von den Erkrankungen. Er hatte sich noch nie gefragt, ob die Art der Bewirtschaftung von den unzähligen Weinbergen im Veneto gesundheitsgefährdend war, ob es auffällige Häufungen von bestimmten Krebsarten gab. Er wusste, dass Stefania früh ihre Eltern verloren hatte, aber nicht, warum. Darüber musste er mit Marissa sprechen. Das war nichts, was er mit ihrer Tante erörtern wollte. Stattdessen fragte er: »Wer sind denn die Tomasellis? Sind sie für die Schmierereien verantwortlich?«

»Wenn sie es nicht selbst waren, dann haben sie diese infamen Anschuldigungen und Beleidigungen geduldet, nichts dagegen unternommen.«

»Sie meinen, die Tomasellis wüssten, von wem die Parolen an der Mauer stammen.«

»Da bin ich mir ganz sicher!«

»Und weshalb sind die Tomasellis so sauer auf Stefania? Geht es nur um den herkömmlichen Weinanbau oder geht es noch um etwas anderes?«

»Alvaro Tomaselli führt seinen ganz privaten Krieg gegen meine Nichte. Was da genau im Einzelnen vorgefallen ist, weiß ich nicht. Fragen sie Elisabetta. Das waren Dinge, die haben die jungen Frauen unter sich ausgemacht.« Renata di Castello erhob sich vom Sofa und nötigte Antonio, der immer noch dicht neben ihr saß, es ihr gleichzutun. Wusste sie es wirklich nicht, fragte er sich, oder wollte sie nicht schlecht über ihre tote Nichte sprechen? Gemeinsam traten sie wieder in die Diele hinaus.

»Es tut mir leid, Commissario, aber ich muss in der Küche weitermachen. Der Nudelteig braucht mich!«

»Sie wollen allen Ernstes jetzt in die Küche gehen und weiter für den Abend morgen alles vorbereiten?«

Sie reagierte wie ihre Tochter Elisabetta pflichtschuldig. »Es lenkt mich ab, Commissario. Außerdem wird mein Sohn niemals zustimmen, dass wir das Tasting morgen absagen. Und das würde auch Stefania nicht gut finden. Sie hat viel Geld in die Messevorbereitungen investiert. Das muss morgen ein voller Erfolg werden, damit wir in diesem Jahr gut über die Runden kommen. Da hilft keine Ausrede! Trauern und weinen können wir später.« Sie hielt ihm die Hand zum Abschied hin und sagte: »*Buongiorno* Commissario! Legen Sie uns diese Pietätlosigkeit nicht als Gleichgültigkeit aus. Finanziell haben wir wenig Spielraum. Alles hängt von morgen Abend ab!«

Antonio wandte sich bereits zum Gehen, als er sich nochmals zu Renata di Castello umdrehte. »Täusche ich mich oder wollten Sie dieses Gespräch unter vier Augen führen?«

Die Signora sah ihn nur an und sagte dann abschließend: »*Arrivederci* Commissario.«

Worauf du dich verlassen kannst, dachte er.

8

Verona, 13.00 Uhr

»*Allora Signore e Signori!* Was haben wir?« Staatsanwalt Dottor Vincenzo Mauro blickte durch seine dicken Brillengläser aufmerksam in die Runde. Fontanaro und alle seine Mitarbeiter sowie Kriminaltechniker Petrelli und Dottoressa Di Silva, die Rechtsmedizinerin, saßen um den langen Tisch im größten Besprechungszimmer der Questura herum. Jeder hatte Papiere vor sich liegen. Antonio Fontanaro war angespannt wie lange nicht mehr und sah seinen Leuten an, dass es sich keiner erlaubt hätte, zu dieser Besprechung ohne Ergebnisse zu erscheinen – und seien diese auch noch so dürftig. Selbst der Staatsanwalt hatte eine Mappe mitgebracht. Offenbar hatte er schon Zeit gefunden zu recherchieren. Was beachtlich war. Meist musste man ihm auf die Zehen steigen, damit er die nötigen Erkundigungen über Opfer oder potentielle Täter anstellte.

Ihnen allen saß dieser Mord gehörig im Nacken. Stefania di Castello war nicht irgendwer gewesen. Jeder im Raum kannte sie. Jeder hatte schon mal einen ihrer Weine getrunken und mehr als nur höfliche Worte mit ihr gewechselt.

Mauro klopfte mit einem Bügel seiner Brille auf die Mappe aus Pappkarton, die vor ihm auf dem Tisch bereitlag, und sagte: »Das, was ich in der Kürze der Zeit herausfinden konnte, ist nicht allzu viel. Doch das, was ich herausgefunden habe, ist von großer Bedeutung!«

Antonio unterdrückte eine Bemerkung. Es hätte ihn doch gewundert, wenn der großartige Staatsanwalt sich nicht hervortun würde. Kurz hatte er geglaubt, einmal einen Mauro kennenzulernen, der wie alle anderen ausschließlich daran interessiert war, den Fall so rasch wie möglich zu lösen. Ohne Brimborium, ohne Aufschneiderei und ohne Arroganz. Aber weit gefehlt. Der Römer verfiel in seine alte Gewohnheit. Und Fausto Castillio, der Vice, stieß einen leisen, aber durchaus vernehmbaren Seufzer aus. Doch Mauro besaß genug Selbstbewusstsein, diese Gemütsäußerung geflissentlich zu überhören.

»Wider Erwarten hat unser junges Opfer ein Testament gemacht, wie mir ein befreundeter Notar bestätigte. Und mehr noch, dieses Testament existiert in der jetzt vorliegenden Form seit ziemlich genau einer Woche.«

»Und was steht in dem Testament?«, wollte Fontanaro wissen.

»Das wollte mir Notaio Cannavale nicht verraten. Da muss uns Richter Gioberti die Genehmigung zur Einsichtnahme erteilen. Das kann, wenn wir Pech haben, einige Tage dauern.«

»Werden Sie bei der Testamentseröffnung, wenn wir schlimmstenfalls auf diese warten müssen, anwesend sein?«

»*Naturalmente!* Wir wollen schließlich wissen, wie die Erben auf die Nachlassregelungen der Toten reagieren, und vor allem: wer erbt! Aber ich hoffe, dass wir nicht darauf warten müssen, denn unsere Behörden sind nicht die schnellsten.«

Welche Einsicht, dachte Antonio, während er Notizen machte.

»Ferner habe ich eine Bankauskunft eingeholt«, fuhr Mauro fort. »Stefania di Castello hat kein Bargeld zu vererben. Außer es gäbe noch Konten im Ausland. Ihr persönliches Konto ist leergefegt. Sie hat vor zwei Monaten einen Kredit in Höhe von 100.000 Euro aufgenommen und als Sicherheit das Gutshaus angegeben. Das Gebäude ist schon vorbelastet gewesen, mit einer halben Million Euro. Die finanzielle Lage der di Castellos ist nicht rosig, um es mal vorsichtig auszudrücken. Ob es offene Rechnungen gibt, werden Sie hoffentlich mit Hilfe der beschlagnahmten Unterlagen und anhand der Daten auf dem Computer der Toten herausfinden.« Mit diesen Worten lehnte sich Staatsanwalt Vincenzo Mauro in seinem Stuhl zurück und verschränkte die Arme vor der Brust. Er hatte seinen Part erledigt und war sichtlich mit sich zufrieden.

»Wissen wir etwas über die finanzielle Situation von Elisabetta und Francesco di Castello? Oder über die der Tante von Stefania, Renata di Castello?«, hakte Antonio nach und sorgte dafür, dass die selbstzufriedene Miene des Staatsanwalts Risse bekam. »Das wäre ja schon auch interessant!«, fügte er noch provokant hinzu.

»Was haben Sie denn am Tatort entdeckt, was den Schluss nahelegt, die engsten Familienmitglieder könnten hinter der Tat stecken?« Mauro holte zum Gegenschlag aus. Er mochte es nicht, wenn man seine Leistung nicht entsprechend honorierte.

Antonio beugte sich leicht vor und blickte von einem zum anderen. Doch seine Mitarbeiter schwiegen in schöner Eintracht, wichen seinem fragenden Blick aus und sahen auf ihre Papiere, die auf dem Tisch lagen. Na gut, dachte Fontanaro, dann mache ich mal den Anfang. Ist ja auch mein Job als Commissario Capo. »Testamente pflegen in der Regel Familienangehörige zu betreffen«, schickte er voraus, um sein Verlangen, die Konten aller di Castellos unter die Lupe zu nehmen, zu unterstreichen.

An Mauro tropfte dieser Hinweis allerdings sichtlich ab.

»Elisabetta di Castello ist vermutlich die Letzte gewesen, die ihre Cousine lebend am Messestand gesehen hat. Stefania war in der Teeküche beschäftigt. Als unser bayerischer Kollege, Giorgio Breitwieser, diese Küche betrat, fand er Stefania di Castello tot vor. Er hat uns dann unverzüglich gerufen.« Ob das so stimmte, wusste Antonio nicht. Er hatte keine Ahnung, wie viel Zeit zwischen der Entdeckung der Leiche und dem Anruf verstrichen war. Um sich hier nicht zu blamieren, wandte er sich unverzüglich an Dottoressa

Di Silva. »Gibt es schon eine nähere Angabe zum Todeszeitpunkt des Opfers, Dottoressa? Und können Sie sagen, was die Todesursache war?«

»Ich bin mit meinen Untersuchungen noch nicht fertig, aber ich weiß bereits, dass der Tod zwischen 8 und 9 Uhr morgens eintrat und dass Stefania erschlagen wurde.«

»Als Tatwerkzeug kommt ziemlich sicher die Doppelmagnum, die wir auf dem Tresen der Teeküche vorgefunden haben, in Frage. An der Flasche finden sich Blutreste, Hautpartikel und Haare, die wir untersuchen können. Wenn das Endergebnis bekannt ist, melde ich mich sofort«, ergänzte Silvano Petrelli ungefragt die Auskunft der Rechtsmedizinerin.

»Was sagt der *collega* aus *Baviera*?«, fragte Vincenzo Mauro und sah Antonio herausfordernd an. »Sie haben ihn doch in die Mangel genommen, Commissario, oder etwa nicht?«

Das Gespräch nahm eine gefährliche Wendung. Antonio überlegte fieberhaft, wie er weitere Fragen, die seinen Freund betrafen, möglichst beiläufig und rasch vom Tisch bekam. Schon der gemeinsame Besuch des Weinguts konnte sich als riesiger Fehler herausstellen, wenn Mauro auf Konfrontation aus war. Und darauf musste man bei ihm immer gefasst sein.

»Der *collega* steht unter Schock, wenn Sie mir diese Bemerkung erlauben«, begann er vorsichtig, wurde aber sofort von Mauro unterbrochen.

»Er hatte doch mal was mit ihr, oder?«

Plötzlich wandten sich alle Köpfe interessiert Antonio zu.

»Er war mit ihr befreundet.« Einen Moment zögerte er und fügte dann entschieden hinzu: »So wie wir alle hier.« Zu einer detaillierten Äußerung über die Beziehung war er zum jetzigen Zeitpunkt der Ermittlungen nicht bereit. »Keiner von uns hätte gern Stefania di Castello tot aufgefunden. Diese Erfahrung würden wir alle nicht machen wollen.«

Der Staatsanwalt tat ihm den Gefallen und wurde rot im Gesicht. Vermutlich um von seiner neugierigen Frage abzulenken, setzte er in eine andere Richtung nach. »Was konnten Sie denn auf dem Weingut in Erfahrung bringen? Konnten Sie irgendetwas beschlagnahmen, was uns weiterbringt?«

»Ja, allerdings. Dort machten sich zwei Herren, Francesco di Castello und der Geschäftspartner Scott Giuliano, im Büro der Toten zu schaffen!« Antonio schilderte den Besuch auf dem Weingut so gut es eben ging, ohne Breitwieser als Begleitung und Zeugen explizit zu nennen. »Ispettore Brandino wird sich den Computer des Opfers genauer ansehen und der Vice und Ispettrice Strano werden die Papiere, die ich dort sicherstellen konnte, genauer unter die Lupe nehmen. Die Herren suchten nach einem Vertrag. Sie wollten aber nicht erläutern, um welchen Vertrag es sich handelt. Es machte auch den Anschein, als wären Francesco und Giuliano nicht einer Meinung.«

»Sie wollen sagen, Commissario, die beiden hatten Streit?«

»Zumindest waren sie sich nicht einig. Was auf dem Gut aber besonders ins Auge fiel, waren die Schmierereien auf der Umfassungsmauer des Anwesens.« Antonio berichtete von den Parolen und erzählte auch von seinem Gespräch mit Renata di Castello, die namentlich den Winzer Tomaselli erwähnt hatte. »Mit Alvaro Tomaselli will ich so rasch wie möglich sprechen. Er gehört zu einer Gruppe von Winzern, die mit den Vorstellungen von modernem Weinanbau nicht einverstanden sind, wie sie Stefania umsetzen wollte. Im Moment sind jedoch die Winzer alle auf der Messe. Eine Befragung dort, zwischen all den Besuchern, ist schwierig und erregt unnötiges Aufsehen.«

»Da müssen Sie aber dranbleiben, Commissario. Das scheint mir eine interessante Spur zu sein.« Einen Moment grübelte der Staatsanwalt nach, dann schickte er die nächste Frage in die Runde. »Hat jemand von Ihnen die Aussteller der benachbarten Messestände von *Castello del Belvedere* befragt? Vielleicht ist einem etwas aufgefallen oder einer hat Leute gesehen, die dort nicht hingehören?«

Enrico Brandino räusperte sich und sagte: »Ja, ich bin zu den Nachbarständen gegangen, aber sie sagten ziemlich übereinstimmend, dass sie viel zu beschäftigt damit waren, ihre Stände für den Messebeginn fertigzubekommen. In der Aufbauphase und den wenigen Stunden vor Eröffnung sind die hinteren Ein- beziehungsweise Ausgänge offen und alle möglichen Leute marschieren raus und rein. Man weiß nicht, wer sie sind und man weiß nicht, zu wem sie gehören. Einzig Elisabetta will einen Mann von der Putzkolonne gesehen haben, der kurz nach 8 Uhr noch mit seinem Putzwagen zwischen den Messeständen unterwegs war und dann in Richtung Abstellraum und Hinterausgang verschwand. Sie hat nicht weiter auf ihn geachtet. Doch im Nachhinein kam ihr das seltsam vor.«

»Warum das denn? Ein Putzmann kurz vor der Eröffnung ist doch das Normalste der Welt!«, warf Mauro im Brustton der Überzeugung ein. »Konnte sie ihn denn beschreiben?«, wollte er dann aber doch wissen.

»Na ja, sie sagte aus, dass er ungefähr einen Meter siebzig groß war, einen blauen Overall und eine dunkelblaue Mütze trug. Sie hat ihn nur von hinten und von der Seite gesehen. An den Händen trug er Handschuhe. Das konnte sie sehen, weil er den Putzwagen vor sich herschob. Insgesamt eine völlig unauffällige Person. So unauffällig, dass es ihr dann seltsam vorkam, als ich sie zu dem Mann genauer ausfragte.«

»Hat denn außer Elisabetta noch jemand anderes diesen Mann gesehen?«

Enrico nickte. »Als sie mir das erzählt hatte, bin ich nochmals zu den Nachbarständen. Und tatsächlich hat einer von ihnen, der Winzer neben den di Castellos, den Mann auch gesehen. Aber auch er konnte keine genaueren Angaben machen.«

»Hmm …«, brummte der Staatsanwalt vor sich hin.

»Ich werde mich bei der Messegesellschaft erkundigen, welche Firma für die Reinigung der Messehallen zuständig ist«, erbot sich überraschend Fausto Castillio. »Vermutlich kann man uns ganz genau sagen, wer für diesen Bereich der Halle eingeteilt war. Dann suchen wir uns den Mann und befragen ihn. Möglicherweise ist er ja nicht der Täter, aber ein wichtiger Zeuge. Ist ja auch möglich, dass er den Täter oder die Täterin gesehen hat, wie er oder sie an ihm vorbeigestürzt ist und den Hinterausgang genommen hat.«

Anerkennend nickte Vincenzo Mauro zu diesem Vorschlag. »Der Tod von Stefania di Castello geht Ihnen offenbar auch so unter die Haut, Castillio, dass Sie sich selbst ins Gespräch bringen. Gibt es in Ihrer Obstplantage noch nichts zu tun, sodass Sie ausnahmsweise mal Zeit für Ermittlungen haben? Respekt!« Er konnte es nicht lassen und musste das letzte, natürlich zynische Wort haben. Mauro stand auf und beendete die Besprechung. An der Tür drehte er sich nochmals um und verkündete wichtigtuerisch, als sei es seine eigene Idee gewesen: »Ich kümmere mich um die Bankauskünfte von den anderen Familienmitgliedern. Mal sehen, wie die Familie insgesamt finanziell dasteht.«

9

Verona, 14.00 Uhr

Im *Ristorante Da Bruno,* inmitten der Altstadt von Verona, war um diese Zeit nicht mehr viel los. An Messetagen hielt sich der Andrang zum Mittagessen ohnehin in Grenzen. Dagegen war abends kein Platz zu bekommen. Dann gaben sich die Winzer und ihre Messekunden die Klinke in die Hand. Antonio und Georg saßen sich gegenüber und studierten schweigend die Speisekarte. Bisher hatten sie kaum Worte gewechselt.

Antonio war es gelungen, seinen Freund davon zu überzeugen, dass es besser für ihn war, das Hotelzimmer aufzugeben und ab sofort bei ihm und seiner Frau zu übernachten. Bisher hatte sich Georg meist gegen so einen Vorschlag gewehrt. Er wollte den Fontanaros weder auf der Tasche liegen, noch wollte er die wenigen freien Stunden, die sich bei einem seiner dienstlichen Aufenthalte in Verona ergaben, von den Freunden bestimmen lassen. Antonio hatte dafür meist Verständnis gehabt. Doch jetzt sah die Lage anders aus. Auch wenn der Bayer nicht zugeben wollte, wie ihn der Tod von Stefania mitnahm, sah man ihm seine Betroffenheit an. Überraschenderweise hatte er den Vorschlag sofort ohne Widerrede akzeptiert und war ins Hotel gegangen, um zu packen.

Bevor er jedoch endgültig bei ihnen einzog, hatte ihn Antonio noch zu einem gemeinsamen Mittagessen überredet. Er war sich sicher, dass Georg sonst komplett darauf verzichtet hätte. Außerdem wollte er seiner Frau die Möglichkeit geben, die Wohnung und das

Gästezimmer vorzubereiten. Er hatte sie im Reisebüro angerufen, in dem sie halbtags tätig war, und sie mit dem Vorschlag, Breitwieser einige Tage aufzunehmen, geradezu überrumpelt. Die Nachricht vom Tod der Freundin hatte sie fassungslos gemacht. Er hoffte, dass sich Marissa bis zum Eintreffen Georgs einigermaßen gefangen hatte. Wie gern wäre er rasch zu ihr gefahren und hätte sie getröstet. Aber die Besprechung mit Mauro war nicht aufzuschieben gewesen. Und das hatte sie in diesem Fall auch sofort verstanden. Nicht immer brachte sie die Toleranz für seine Dienstzeiten auf, was er ihr nicht verübelte. Er war ein unsicherer Kandidat. Treffen mit Freunden auszumachen, stellte sich fast jedes Mal als Lotterie heraus.

Jetzt hoffte er darauf, beim gemeinsamen Mittagessen endlich die Möglichkeit zu bekommen, Georg zu befragen. Bisher hatte sich Antonio nicht dazu durchringen können. Alles, was er wissen wollte und musste, klang nach Vorwurf oder gar Verdacht. Er wollte jedoch nicht nochmals in die fatale Situation geraten und Vincenzo Mauro Rede und Antwort stehen zu müssen, ohne die wichtigsten Fakten zu kennen. Das war Polizeiarbeit. Auf diese durfte und konnte er nicht verzichten. Freund hin oder her!

Verstohlen blickte er über den Rand der Speisekarte, die er schon geraume Zeit in der Hand hielt, ohne darin zu lesen. Wie sollte er beginnen, wie die erste, unvergängliche Frage stellen? Dem Freund ging es miserabel. Er war fahl im Gesicht und wirkte hohlwangig, wie nach einer längeren Krankheit. Schlaff und erschöpft hing er in seinem Stuhl und schien mit den Gedanken weit weg zu sein. Dass er die Speisekarte wirklich studierte, wie er das sonst so gerne tat, wagte Antonio zu bezweifeln. Vermutlich hatte sein Freund nicht den geringsten Appetit. Daran konnte nicht einmal Brunos ganz hervorragende Küche etwas ändern.

Auch der Wirt bemerkte die Verstimmung am Tisch. Er stand hinter Georg Breitwieser und machte Antonio Zeichen, ob er denn schon Bestellungen entgegennehmen konnte.

Der Commissario winkte ihn heran und sagte: »Bring uns doch bitte eine Flasche Amarone. Ich fürchte, wir brauchen ein Glas kräftigen Rotwein, um uns einigermaßen zu beruhigen.«

Bruno machte Anstalten, eine Frage zu stellen oder einfach nur einen seiner üblichen flotten Sprüche loszulassen, aber ein Blick von Antonio genügte, um ihn zum Schweigen zu bringen. Er drehte sich auf dem Absatz um und verschwand im hinteren Teil seines Lokals, wo sich der Abgang in den Keller befand.

Georg warf achtlos die Speisekarte auf den Tisch. »Was nimmst du?«

»*Uno spezzatino di manzo con polenta.*«

»Rindsgulasch mit Maisbrei. ... Nehm' ich auch.«

Georgs Blick ging über Antonios Schulter und fiel auf die weiße Wand hinter ihm ins Leere. Schweigend und geistig abwesend saß er da. Fontanaro hätte viel dafür gegeben, in den Kopf seines Freundes hineinzuschauen. Doch er hielt sich zurück und wollte warten, bis Bruno den Wein brachte und sie den ersten Schluck nehmen konnten. Nach wenigen Minuten erschien der Wirt auch schon, entkorkte die Flasche und goss Antonio einen kleinen Schluck ein, damit dieser den Amarone probieren konnte.

»Hast du's schon gehört?«, begann Georg unvermittelt und sah Bruno an. »Stefania ist tot!«

Dem Wirt fiel der Korkenzieher aus der Hand. Er schlug dumpf auf dem weißen Damasttischtuch auf. »*Non può essere. Impossibile!*« Hilfesuchend sah er zu Fontanaro in der vergeblichen Hoffnung, der Freund würde der niederschmetternden Nachricht widersprechen.

»*Sì ... è vero.*«

»Aber ...« setzte Bruno erneut an, ließ sich neben Antonio auf den freien Stuhl fallen und starrte die beiden Kommissare fassungslos an.

Antonio erzählte ihm in wenigen Worten, wie Stefania vermutlich zu Tode gekommen war. »Du hast sie doch auch gut gekannt«, stellte er dann fest. »Hast du etwas mitbekommen? Hatte sie Streit mit jemandem? Hat dir jemand etwas erzählt? Weißt du etwas über die Leute, die ihre Hofmauer beschmiert haben?«

Brunos Blick deutete darauf hin, dass er in der Tat etwas zu berichten hatte. Rasch stand er auf, holte ein weiteres Glas und goss allen dreien großzügig ein. »Auf Stefania!«, hob er an, dann tranken sie einen großen Schluck. »Was wollt ihr essen?«

»Dein *spezzattino*.«

»*Bene*.« Er stürzte zur Küche, um die Bestellung weiterzugeben. Sogleich eilte er wieder zu ihnen, legte drei Gedecke auf, zog einen Stuhl etwas vom Tisch weg, nahm Platz und begann zu erzählen.

»Es ist vielleicht drei oder vier Wochen her, da reservierte Stefania einen Tisch für zwei bei mir. Das kam in letzter Zeit häufiger vor. Und den Mann, der sie dann an diesem Abend begleitete, hatte ich schon mehrfach an ihrer Seite gesehen. Meist lachten sie miteinander. Er nahm gern ihre beiden Hände und hielt sie fest, dass sie gar nicht zum Essen kam. Ein Italoamerikaner von der ganz charmanten Sorte war das. Ihr wisst schon, Typ Cary Grant. Nicht ganz so schön, aber mit Grübchen im Kinn, vollen Lippen, dunkler Stimme und strahlend blauen Augen. Ich mag ihn nicht. Das will ich gleich mal vorausschicken.«

»Wäre mir jetzt gar nicht aufgefallen!«, warf Georg ein.

»Der Typ arbeitet für einen amerikanischen Konzern. Die stellen hauptsächlich Düngemittel und Pestizide für die Landwirtschaft her. Er versucht, bei allen Winzern und Olivenbauern in der Gegend ins Geschäft zu kommen. Verspricht ihnen Rabatte und gleichzeitig will er aber Verträge abschließen, die die Winzer verpflichten, für die nächsten fünf, noch besser zehn Jahre diese Chemikalien abzunehmen. Da geht es um riesige Summen. Auf diese Weise werden die Winzer von dem Konzern abhängig. Wer mit dem Zeug mal anfängt zu spritzen und zu düngen, hat keine große Wahl mehr, den Weinberg oder Olivenhain anders zu bewirtschaften. Stefania konnte sich weder dafür noch dagegen entscheiden. Was mir unbegreiflich ist. Denn sie hatte gerade einen größeren Weinberg auf biologischen Anbau umgestellt. Der ganze Prozess hat über fünf Jahre gedauert, bis der Weinberg so frei von Schadstoffen war, dass er die Biozertifizierung bekam.«

»Woher weißt du das denn alles?«, wollte Antonio wissen.

»Es ist noch keinen Monat her, da kam sie zu mir und hatte zwei Flaschen Soave Classico Superiore dabei. Nach einer Lagerung von sechs Monaten im Eichenfass hatte sie ihn im März abgefüllt. Es war der erste Jahrgang Biowein und sie wollte wissen, wie er mir schmeckt. Ich habe *spaghetti alle vongole* machen lassen und wir haben gemeinsam die Nudeln mit Venusmuscheln gegessen und den Wein dazu gekostet. Es war weit nach zwei Uhr nachts, die beiden Flaschen waren leer und ich war um viele Einblicke in das Winzergeschäft reicher. Es war ein unvergesslicher Abend. Stefania sprühte vor Begeisterung und Elan für ihr neues Produkt. Sie war stolz darauf, dass es ihr gelungen war, einen prämierten Biowein zu produzieren. Der Wein schmeckte im Übrigen ganz ausgezeichnet und ich habe ihr hundert Flaschen davon abgekauft. Natürlich habe ich sie darin bestärkt, bei der Bioproduktion zu bleiben. Industriewein gibt es mehr als genug auf dem Markt.«

»Aber sie war sich nicht sicher?«, hakte Georg nach. Angespannt und mit höchster Aufmerksamkeit hatte er jedes Wort von Bruno verfolgt. Antonio sah ihm an, wie er jede positive Aussage des Wirts über Stefania buchstäblich aufsog. Fontanaro zog sich das Herz zusammen. Er hatte nicht geahnt, wie sehr sein Freund immer noch an der Winzerin hing. Oder interpretierte er die Miene und die Gesten des Bayern falsch?

»Nein, sie war in der Zwickmühle. Der Biowein brachte noch keine Gewinne. Sie musste ihn teurer verkaufen als ihren herkömmlichen Soave Classico Superiore. Sie brauchte aber Weine, um die neue Linie gegenzufinanzieren. Dazu kam der teure neue

Messestand. Und dieser Italoamerikaner versprach ihr bessere und ergiebigere Ernten mit seinem Wunderdünger. Er machte ihr einen unschlagbar günstigen Preis. Allerdings sollte sie in Vorleistung gehen, die Chemikalien für die nächsten beiden Jahre komplett bezahlen. Das erzählte sie mir auch in jener Nacht. Ich nannte den Typen einen Halsabschneider und gerissenen Geschäftsmann und riet ihr, das Angebot auszuschlagen.«

»Hat sie es getan?«

»Ich weiß es nicht. In diesen Tagen sollte sie den Vertrag unterschreiben. Ob sie es gemacht hat – keine Ahnung.«

Antonio und Georg sahen sich an. Um diesen Vertrag war es wohl zwischen den beiden Männern auf dem Weingut gegangen. Es konnte gar nicht anders sein.

»Was würde es Scott Giuliano bringen, Stefania zu töten?«, fragte sich Georg laut.

»Ist das der Typ?«, wollte Bruno wissen.

»Ich denke schon. So wie du ihn beschreibst, haben wir den Mann mit Francesco heute auf dem Gut von Stefania angetroffen. Die beiden haben einen Vertrag gesucht!«

»*Porca miseria!*«, entfuhr es Bruno. »Verdammt noch mal, da habt ihr eure Antwort.«

»Was hältst du von Francesco?«, fragte Fontanaro.

Ein Kellner brachte das Rindsgulasch für drei Personen. Doch zunächst griff keiner zu. Stattdessen waren die Augen von Antonio und Georg auf Bruno gerichtet, begierig, dessen Einschätzung zu hören.

»Der macht sich nicht die Hände mit der Erntearbeit schmutzig. Der spielt an seinem Computer herum und denkt sich Marketingstrategien aus. Ob sie auch Umsatz bringen?« Bruno zog fragend die Schultern hoch und hob seine Hände als Zeichen seiner Ahnungslosigkeit. »Dem geht das Weingut am A… vorbei, wenn ihr mich fragt. Der wird es verkaufen, wenn er kann. Und das so rasch wie möglich. So, ... aber jetzt wird gegessen. Ihr habt schon lange kein solches *spezzatino* mehr gekostet. Und eine zweite Flasche Wein brauchen wir auch noch. Stefania wäre schwer dagegen, wenn wir hier auf dem Trockenen säßen.«

Zum ersten Mal an diesem Tag entschlüpfte Georg ein Lacher. Das war doch endlich mal ein guter Anfang, dachte Antonio, und griff nach Messer und Gabel.

10

Verona, 15.00 Uhr

In den Messehallen war der Teufel los. Das Gedränge auf den Gängen und rund um die Stände raubte Scott Giuliano die Sicht und auch den Atem. Er kam kaum voran. Vor ihm und hinter ihm schoben sich die Menschen mit Weingläsern in der einen und *panini* oder *tramezzini* in der anderen Hand. Permanent hatte er Sorge, er bekäme einen Schwall Rotwein oder die Thunfischpaste eines *tramezzino* auf seinen grauen Sommeranzug. Gleichzeitig rann ihm der Schweiß an den Schläfen herab. Am liebsten wäre er geflüchtet, raus aus der Halle und ins Freie gestürzt. Doch er hatte einen Job und wenn er diesen behalten wollte, musste es ihm endlich gelingen, einen der Winzer zu sprechen. Vor den Ständen stauten sich Menschentrauben, die die Erzeugnisse kosten wollten. Auf den Tresen reihte sich Glas an Glas. In ihnen schimmerte strohgelber, grüngelber oder goldgelber Weißwein. Die Rotweine wechselten zwischen Schattierungen von hellrot, kirschrot bis hin zu blaurot. In der Luft hingen Gerüche nach Alkohol, Parfüm und Schweiß, versetzt mit dem Aroma frisch aufgebackenen Brotes. Darüber lag ein Volksgemurmel, das immer wieder von lautem Lachen oder Zurufen untermalt wurde.

Als Scott im hinteren Teil der Messehalle endlich zu den Winzern des Soave gelangte, atmete er erleichtert aus. Zumindest hatte er jetzt die Weinbauern erreicht, die er für seine Geschäfte besuchen wollte. Nicht weit von seinem Standort entdeckte er die Box von *Castello del Belvedere*. Zwei Männer waren davor postiert und hielten die Besucher davon ab, diese zu betreten. Ganz offensichtlich Polizisten in Zivil. Das Absperrband alleine reichte nicht, um die Interessenten abzuhalten. Ihn beschlich ein ungutes Gefühl im Magen, als er den menschenleeren Stand sah. Der Kragen, der inzwischen feucht vom Schweiß war, wurde ihm eng. Er öffnete den obersten Knopf des Hemds und zog den Knoten seiner hellblauen Seidenkrawatte vorsichtig auf, um mehr Luft zu bekommen. Dann sah er sich um. Insgeheim hatte er gehofft, Elisabetta hier anzutreffen, um die Verhandlungen mit ihr fortzuführen. Der Tod von Stefania durfte seinen Erfolg bei den di Castellos nicht gefährden. Francesco hatte ihm zu verstehen gegeben, dass das Weingut, wenn es nach ihm ginge, ab sofort zum Verkauf stand. Scotts Kalkül war jedoch gewesen, dass Elisabetta und Renata di Castello den Heißsporn stoppen und sich keinesfalls vom Weingut trennen würden. Aber jetzt? Niemand wusste, wie das Testament von Stefania lautete, noch weshalb sie überhaupt eines gemacht hatte. Wie auch immer, seine Hoffnung, Elisabetta am Messestand anzutreffen, zerschlug sich gerade. Sie war definitiv nicht da. Hatte die Polizei sie mitgenommen? Denn bis zum Mittag war sie auch nicht im Soave aufgetaucht. Hatte der Commissario in ihr die vermeintlich Hauptverdächtige erkannt?

Scott wandte sich vom Stand ab. Er durfte sich nicht allein auf die di Castellos verlassen. Vielleicht gelang es ihm am nächsten Tag, Renata zum Kauf der Chemikalien zu überreden. Die Tante war sicher noch vom alten Schlag, hatte mit moderner Weinherstellung nichts am Hut. Das sagte ihm die Erfahrung. Francesco war ein unsicherer Kandidat. Außerdem hatte er keine Ahnung von Ackerbau und Viehzucht. Genauso wenig wie er selbst, wie Scott zugeben musste. Dem jungen di Castello konnte er das Blaue vom Himmel erzählen und er würde ihm glauben. Elisabetta dagegen war eine harte Nuss. Sie hatte ihn schon mehrmals abblitzen lassen. Seine Versuche, ihr das Wundermittel *Allround* für den Olivenhain bei Bardolino und die Weinberge im Soave anzudrehen, ein Pestizid gegen Pilzerkrankungen aller Art und gegen das Feuerbakterium im Besonderen, hatte sie abgeschmettert. Sie hatte ihn einen Verbrecher genannt, der sich weder um die Natur noch um die Gesundheit der Winzer und Olivenbauern, noch um die ihrer Konsumenten scherte, sondern ausschließlich an seinen Gewinn dachte, koste es, was es wolle. Er hatte sie eine Phantastin geschimpft, die im Wolkenkuckucksheim lebte und nicht begreifen wollte, dass man von biologisch erzeugtem Olivenöl oder Wein nicht leben konnte. Elisabetta war dabei gewesen, ihn vom Gut zu jagen, als Stefania dazukam und die Cousine anherrschte: »Scher dich um deinen eigenen Kram und misch' dich nicht immer in meine Angelegenheiten ein.«

Worauf Elisabetta entgegnete: »Der Olivenhain ist immer noch meine Sache, vergiss das nicht!« Dann war sie hinausgerauscht, in ihren klapprigen Fiat Panda gestiegen und die Feldstraße Richtung Tor gefahren.

Die Szene, die sich erst vor wenigen Tagen abgespielt hatte, sah Scott noch deutlich vor sich. Stefania hatte gemeint: »Mach dir nichts draus. Sie kriegt sich schon wieder ein. Elisabetta ist ein Sturschädel!« Und lachend fügte sie dann hinzu: »Genau wie ich!« Dann hatte sie ihn durchdringend angesehen und gefragt: »Haben wir zwei noch etwas zu besprechen?«

Giuliano drehte dem Stand von *Castello del Belvedere* den Rücken zu. Von dort war endgültig nichts mehr zu holen. Deshalb steuerte er den mit künstlichen Weinranken dekorierten Stand der Tomasellis an. Alvaro Tomaselli war schon mehr nach seinem Geschmack. Der Winzer besaß fünfzig Hektar Weinberge und gehörte damit zu den Großen des Soave-Anbaugebiets. Doch die Erträge waren in den letzten Jahren zurückgegangen. Ein Pilz an den Wurzeln seiner Weinstöcke machte ihm zu schaffen. Scott hätte ihm genau erklären können, was die Ursache der Erkrankung war. Professor Poiano hatte ihm darüber einen abendfüllenden Vortrag gehalten. Doch Scott hielt selbstverständlich seinen Mund. Niemand war empfänglicher für Pestizide als ein Bauer oder Winzer, der bereits die Seuche auf den Feldern oder im Weinberg hatte. Scott rechnete damit, dass ihm Tomaselli eine gehörige Menge des *Allround*-Spritzmittels abkaufen würde. Dann konnte er Bob in L.A. endlich das Maul stopfen. Und wenn morgen beim Tasting-Abend der di Castellos alles nach Plan lief, dann traf er dort zudem noch die Geschwister Wong, die in ihm einen gleichwertigen Partner sahen und sicherlich gerne weiter mit ihm Geschäfte machten. Es gab keinen Grund, schwarzzusehen.

11

Verona, 17.00 Uhr

Marissa Fontanaro saß mit Antonio und Georg am Küchentisch. Schweigsam und in sich gekehrt putzte sie Erdbeeren, schnitt sie in Stücke und füllte damit nach und nach eine Glasschlüssel. Antonio sah ihr beklommen zu. Er fühlte, dass sie am Boden zerstört war und entgegen ihrer sonstigen Gewohnheit, die Männer auszufragen oder eine lustige Begebenheit aus dem Reisebüro zum Besten zu geben, stumm am Tisch saß, völlig eingenommen von ihrer Arbeit. Das halblange, lockige Haar fiel nach vorne und verdeckte weitgehend ihr Gesicht.

Als Antonio mit Georg vor einer knappen Stunde nach Hause gekommen waren und der Bayer seine wenigen Sachen ausgepackt und das Gästezimmer in Beschlag genommen hatte, war Marissa dabei gewesen, einen Kalbsrollbraten mit frischen Kräutern zu füllen. Jetzt brutzelte der Braten im Rohr vor sich hin und Fontanaro und Breitwieser hatten bereitwillig die Bitte der Köchin erfüllt, drei Pfund Spargel zu schälen, den es später als Beilage geben sollte.

Schließlich hob Marissa den Kopf und strich die Haare mit dem Handrücken nach hinten. Ihre Augen waren gerötet und sie sah mitgenommen aus. Antonio fühlte sich richtig schlecht, als er die niedergeschlagene Miene seiner sonst so fröhlichen und temperamentvollen Frau sah. Er konnte nichts für den Mord. Dennoch fühlte er sich schuldig an ihrer Trauer.

»Nun macht doch endlich den Mund auf!«, griff Marissa die beiden Kommissare an. »Euer Schweigen ist ja kaum auszuhalten! Was habt ihr denn inzwischen herausgefunden?«

Antonio und Georg sahen sich an und zuckten gleichzeitig hilflos die Schultern.

»Noch nicht viel!«, gab Antonio unumwunden zu. Er fasste zusammen, was sie auf dem Weingut erfahren hatten und was Mauro ihnen bei der Besprechung berichtet hatte. Dabei missachtete er die offizielle Anweisung, Dienstgeheimnisse nicht an Angehörige weiterzugeben. Es war ihm nicht möglich, seine Frau, die eine ihrer besten Freundinnen verloren hatte, im Unklaren zu lassen. Außerdem war Marissa verschwiegen. Wenn ihm Fälle zu sehr unter die Haut gingen, hatte er schon mehrfach ihren Zuspruch oder auch ihren Rat gebraucht. Dienstgeheimnis hin oder her.

»Kannst du uns irgendetwas erzählen? Hat Stefania dir von den Schmähschriften auf ihrer Gutsmauer oder von einem Streit mit irgendjemandem berichtet?«, riss Georg die Unterhaltung an sich. Er hielt es auf seinem Stuhl nicht mehr aus, warf den Spargelschäler auf den Küchentisch und stand auf. Er drehte sich zum Fenster und blickte auf die *via Nino Bixio,* die an der Wohnanlage vorbeiführte, in der die Fontanaros eine großzügige Eigentumswohnung besaßen. Dort herrschte kaum Verkehr. Für ein stadtnahes Viertel war der *Borgo Trento* ausgesprochen verkehrsberuhigt, eine gehobene Villengegend mit großzügigen Gärten und Alleebäumen. Die Eltern von Marissa hatten einen Gutteil des Kaufpreises aufgebracht, denn als junger Commissario hatte Antonio am Anfang seiner Karriere nicht viel verdient. Georg drehte sich wieder um und sah zu Marissa, die immer noch schwieg und wieder damit begonnen hatte, die restlichen Erdbeeren für die Nachspeise vorzubereiten.

Auch Antonio wandte sich seiner Frau zu. »Marissa, weißt du irgendetwas, das vielleicht von Bedeutung ist? Du willst doch, dass wir den Mord an Stefania aufklären.«

»Sie war seltsam in letzter Zeit!«, brachte Marissa schließlich leise hervor. »Ich hab' sie nicht mehr so recht verstanden, ehrlich gesagt.« Marissa sah von Antonio zu Georg. »Der neue Messestand kostete offenbar ein kleines Vermögen und sie hatte Angst, sich finanziell zu überheben. Gleichzeitig machte sie Pläne. Vollkommen phantastische Pläne! Sie wollte nach China expandieren! Könnt ihr Euch das vorstellen? Ausgerechnet China!«

Daher wehte also der Wind. Der Text »Chinesen-Schlampe« an der Gutshofmauer erklärte sich für Antonio endlich. Denn Renata di Castello hatte er danach nicht auch noch fragen wollen.

»Was hat sie sich denn davon versprochen?«, wollte Georg wissen.

»Was weiß denn ich! Ich versteh nichts vom Weinanbau. Ich hab' mir nur ihre Phantastereien angehört. Aber der Deal war dann plötzlich ziemlich weit gediehen. Vor vier oder fünf Wochen kam sie zu mir. Sie stand plötzlich vor der Tür und brachte eine Flasche ihres Millesimato mit.

›Wir müssen feiern, Marissa!‹, rief sie aus und stürzte die Treppen zu mir nach oben. ›Ich war grad beim Anwalt. Der Vertrag mit den Chinesen ist fast unter Dach und Fach, ich muss nur noch unterschreiben. Ich bekomme einen großen Weinberg in der Provinz Shandong. Dort kann ich Cabernet Sauvignon anbauen, da werden sogar die Franzosen die Lippen spitzen.‹ ›Und was kostet dich dieser Weinberg?‹, hab' ich sie gefragt«, erzählte Marissa weiter. »Aber sie wischte meine Einlassung einfach weg und meinte: ›Mach dir darüber keinen Kopf, das ist alles gut überlegt.‹ Ich hatte allerdings meine Zweifel, die ich wohlweislich für mich behielt.«

Marissa stand vom Tisch auf und wusch sich ihre Hände am Spülbecken. »Nachdem sie mir wenige Tage zuvor wegen des teuren Messestands noch in den Ohren gelegen hatte, hielt ich dann ob dieser neuen Entwicklung besser den Mund. Mich gingen ihre Geschäfte nichts an. Da hatte sie ja recht!«

Die Stimme Marissas klang verletzt. Die Zurechtweisung der Freundin hatte sie noch nicht verdaut. Sie drehte dem Becken den Rücken zu und lehnte sich an. »Stefania war schon immer eine Getriebene. Sie wollte Spaß haben, gute Geschäfte machen, tolle Männer kennenlernen und gleichzeitig für die Familie da sein, die von ihr abhängig war. Stefania war der Kopf des Weinguts *Castello del Belvedere*. Aber das bedeutete auch, Verantwortung zu übernehmen und nicht nur dem Vergnügen nachzurennen und die Männer monatlich zu wechseln.« Entschuldigend sah Marissa zu Georg. »Entschuldige, Giorgio, wenn ich das so platt sage, aber Stefania war wie eine Fahne im Wind. Sie glaubte wie ein Teenager an die große Liebe. Wenn die ersten Probleme mit einem Mann auftraten, dann war die Beziehung meist so rasch zu Ende, wie sie begonnen hatte. Sie tat mir leid. Aber die Männer taten mir auch leid.«

»Danke, nicht nötig!« sagte Georg gepresst. Das, was er da hörte, konnte ihm eigentlich nicht gefallen. Aber es erleichterte ihn. Es lag also nicht nur an ihm, dass die Beziehung zu Stefania in die Brüche gegangen war. Sie hatte, genau wie er selbst, einen Partner gesucht und gleichzeitig gewusst, dass eine dauerhafte Beziehung zu kompliziert war. Aus welchen Gründen auch immer. Er hatte immer den Beruf vorgeschoben. Dagegen hatte Stefania offenbar die Probleme bei den jeweiligen Männern gesucht und gefunden.

»Hätte sie sich fest gebunden«, sprach Marissa in seine Gedanken hinein, »hätte sie ihr unabhängiges Leben aufgeben müssen. Das aber wollte sie nicht, auch wenn sie sich das nicht eingestand. Vielmehr suchte sie den Fehler beim Partner und konnte den dann umso leichter in die Wüste schicken.«

»Gab es denn in letzter Zeit einen Mann an ihrer Seite?«, fragte Antonio, weil er annahm, dass Georg diese Frage nicht stellen würde, um keinesfalls eifersüchtig zu wirken. Sogleich blickte der Bayer gespannt zu Marissa.

»Ich kann euch keine Namen nennen. Stefania hat meist für sich behalten, wie die Herren hießen. Sprach immer nur von *carino* hier und *carino* da. Vermutlich, damit ich keinen Überblick bekam, mit wie vielen sie sich traf und dies womöglich gleichzeitig.«

Georg stieß einen Seufzer aus und besah sich seine neuen Schuhe, als nähme er sie zum ersten Mal wahr.

Antonio fragte sich, wie diese Beschreibung von Stefanias Charakter auf seinen Freund wirkte. Diese Facetten ihrer Persönlichkeit konnten ihm nicht gefallen.

»Es müssen zwei gewesen sein in letzter Zeit«, sagte Marissa. »Sie hat einige Male von einem Önologen erzählt, der an der Universität von Verona seinen Master machen wollte und bei ihr als Praktikant auf dem Gut arbeitete. Der junge Mann muss sich Hals über Kopf in Stefania verliebt haben. Und sie war mächtig geschmeichelt, dass ein nahezu zehn Jahre jüngerer Mann sie so umschwärmte. Er hat in ihr wohl die Frau seines Lebens gesehen. Leider hat er sie eines Tages mit dem anderen Mann im Bett erwischt.«

»Was ist dann passiert?«, fragte Georg. Er war wieder an den Küchentisch getreten und umfasste die Rückenlehne eines Stuhls so fest, dass sich seine Finger geradezu am Holz festkrallten. Starr blickte er zu Marissa und zog die Augenbrauen in die Stirn.

»Das kann ich nicht genau sagen. Ich hab' Stefania ins Gewissen geredet, ihr gesagt, dass sie nicht mit den Gefühlen eines jungen Mannes spielen darf. Aber sie hat nur gelacht.«

»Das muss er lernen, dass sich im Leben nicht alles um ihn drehen wird. Außerdem kann er mir dankbar sein, dass die Geschichte zu Ende ist. Was will er denn mit einer alten Frau wie mir? Er wird eine Jüngere finden und die Zeit mit mir vergessen.«

Nun war es Marissa, die zu Boden blickte. »Da habe ich ihr richtig die Meinung gesagt. Stefania hat sich das nicht lange angehört, sondern ist gegangen, hat die Haustür zugeknallt, und seither habe ich sie nicht mehr gesprochen und nicht mehr gesehen.«

Marissa drehte sich um, öffnete einen der Küchenoberschränke und entnahm eine Flasche Maraschino, ein Schnapsglas und eine Zuckerdose. Sie ging zum Küchentisch zurück, hob den Deckel der Zuckerdose und begann, mit dem Zuckerlöffel großzügig die weißen Kristalle über die Erdbeeren zu verteilen. Während die beiden Männer erst einmal betreten schwiegen, nahm sie ein kleines Schneidbrett zur die Hand und schob die bereits in feine Streifen geschnittenen Minzblätter über den Rand in die Schüssel hinein, um schließlich alles gut durchzumischen.

»Was ist aus dem Studenten geworden?«, wollte Georg wissen.

»Keine Ahnung. Wie gesagt, seither hatten wir keinen Kontakt mehr.«

»Und du hast auch keine Ahnung, wer der zweite Mann war?«, forschte Antonio nach.

»Nein, leider nicht.«

»Versuch dich zu erinnern, Marissa«, insistierte Georg. »Vielleicht hat sie einige Zeit zuvor etwas über diesen Mann verlauten lassen. Dann könnten wir Rückschlüsse ziehen.«

Marissa schraubte die Likörflasche auf und füllte das Schnapsglas randvoll mit dem klaren, aber dickflüssigen Maraschino. Mit kreisenden Handbewegungen verteilte sie die Spirituose über die Erdbeeren.

»Hat sie vielleicht etwas von einem Amerikaner erzählt?«

Abrupt hielt Marissa in ihrer Bewegung inne und sah Georg überrascht an. »Das stimmt, ja! Einmal berichtete sie mir von einem Abendessen bei *Da Bruno*. Ein Geschäftspartner hätte sie dorthin begleitet. Sie meinte, er sei unglaublich charmant gewesen und hätte einiges Geld springen lassen an dem Abend. Aber das war das einzige Mal, dass sie von ihm erzählt hat.« Sie zögerte und fügte hinzu: »Was aber bei Stefania nichts bedeutete.«

»Du meinst, es könnte auch mehr gewesen sein als nur ein Geschäftsessen?«, wollte Antonio wissen.

»Ihre Geschäftsessen endeten nicht selten in einem Hotelzimmer. Aber das war meist eine einmalige Sache. Die Herren reisten wieder ab. Ende der Geschichte. Stefania sprach dann von einem kleinen Flirt.« Wieder sah sie zu Georg hinüber, der bleich und verkrampft am Tisch stand und sich immer noch an der Stuhllehne festhielt.

»Ihr entschuldigt mich«, sagte er schließlich gepresst. »Ich muss an die frische Luft.«

Georg ließ das Ehepaar in der Küche zurück, ging über den langen Korridor ins Gästezimmer und dort auf den schmalen Balkon, der eine schöne Aussicht auf den gepflegten Garten bot. Er lehnte sich an das Geländer und schaute ins Grüne. Ein Anblick, der ihm normalerweise guttat, der ihn beruhigte. Georg liebte es, in Chieming auf seinem Balkon zu stehen, die Dahlien und Astern, die im Herbst in feurigen Farben glühten, zu bewundern oder sich am Rosenbeet, das der ganze Stolz seiner Mutter war, zu erfreuen. Wenn er nachdenken wollte, ging er am Chiemsee spazieren. Hörte dem gleichmäßigen Wellenschlag zu und genoss den leichten Seewind auf der Haut. All das half ihm immer, die Gedanken zu sortieren und auch Ruhe zu finden, wenn ihn ein Fall zu sehr beschäftigte.

Doch hier, auf dem Balkon der Fontanaros war ihm alles fremd, wollte sich das ersehnte Gefühl der Entspannung nicht einstellen. Die Luft war warm und dick. Die Farbe der immergrünen Koniferen und Rhododendren satt, aber ungewohnt. Die Natur half ihm nicht, das Chaos in seinem Inneren zu bändigen. Das, was er gerade erfahren hatte, machte ihm schwer zu schaffen. Wie ernst war es Stefania mit ihm gewesen? War er auch nur ein Hotelflirt, mit dem man in die Kiste stieg und, kaum fuhr der Liebhaber wenige Stunden später wieder Richtung Heimat, lockte ein neues Abenteuer? Abenteuer jedenfalls waren seine Sache nicht. Er war treu wie ein Hund und hatte noch nie eine Frau betrogen.

Ihre letzte Begegnung hatte Georg noch lebhaft in Erinnerung. Seither hatte er sich immer mitschuldig an ihrem Zerwürfnis gefühlt.

Ein dummer Streit, eine Uneinigkeit hatte das abrupte Ende ihrer Beziehung nach sich gezogen. Und er hatte sich mehrfach gefragt, ob er damals in der *Pasticceria Flego* überreagiert hatte. Damals schien ihm seine Reaktion richtig. Er hatte es für falsch gehalten, billige Arbeitskräfte, Flüchtlinge, die Ärmsten der Armen für Arbeiten auf den Weinbergen einzusetzen. Und dies für einen Hungerlohn, ohne ordentliche Unterkunft, ohne Krankenversicherung, ohne Papiere. Illegal! Und wenn er jetzt darüber nachdachte, wusste er, dass er wieder so argumentieren würde. Er würde Stefania erneut ins Gewissen reden. Ihr Tun verurteilen! Und sie würde ihm vermutlich erneut an den Kopf werfen, dass er sich nicht in Dinge einmischen solle, von denen er nichts verstünde, die ihn nichts angingen. Bedachte er ihre finanzielle Situation, die offenkundig nicht so rosig war, wie es den Anschein gehabt hatte, konnte sich Stefania keine richtigen Arbeitskräfte leisten. Doch war das eine Entschuldigung, die die Ausbeutung von Menschen rechtfertigte?

Er spürte, dass sie sich in dieser Frage niemals angenähert hätten. Letztlich war ihm das seit langem klar gewesen. Was aber hatte er dann heute an ihrem Stand zu suchen gehabt? Diese Frage musste er sich stellen! Er war einer Nostalgie aufgesessen, einem Wunschtraum. Der Tod von Stefania hatte seine Wünsche gewaltsam zu einem Ende gebracht. Jetzt musste er nur noch so viel Professionalität und Realitätssinn aufbringen, um das Kapitel Stefania für sich endgültig abzuschließen. Dann konnte er Antonio und seinen Leuten sinnvoll bei der Ermittlungsarbeit helfen. Vermutlich würde er noch öfter in ein Gefühlschaos geraten. Er war nicht so naiv zu glauben, dass rationale Argumente sofort und vollständig Gefühle auszuschalten vermochten. Aber er kannte sich gut genug, um zu wissen, dass sein Pragmatismus und seine Moralvorstellungen als

Mensch und als Polizist sehr rasch die Oberhand gewinnen würden. Marissa hatte ihm mit ihrer Schilderung von Stefanias Persönlichkeit eine große Bürde von den Schultern genommen. Es traf ihn keine Schuld am Ende der Beziehung zur Winzerin. Es war ein ganz normaler Vorgang gewesen. Zwei Menschen hatten irgendwann einsehen müssen, dass sie nicht zu einander passen. Und warum das zwischen ihm und Stefania nicht geklappt hat, hatte ihm Antonios Frau deutlich vor Augen geführt.

Er wandte sich um, ging durch sein Zimmer zurück in die Küche der Freunde. Die Eheleute saßen einträchtig am Tisch und sahen ihn erwartungsvoll an.

»*Tutto bene?* – Alles klar?«, wollte Marissa wissen. Sie sah ihn sorgenvoll an. War ihr doch bewusst, mit welcher Wahrheit sie ihn konfrontiert hatte.

Georg lächelte sie an. »*Tutto bene!* Wie schaut's aus? Habt ihr noch einen kleinen *Apéro* im Kühlschrank vor dem Abendessen?«

»Sehr gute Frage!« Antonio sprang vom Stuhl auf. »Und dabei erzählst du uns endlich, wie du zu deinem neuen Wagen gekommen bist!«

»Giorgio hat ein neues Auto?« Marissa strahlte den Bayern an. »Ich fasse es nicht!«

»Das hat dein Mann auch gesagt«, erwiderte Georg amüsiert und gab endlich sehr bereitwillig seine Geschichte vom Kauf seines neuen Alfa Romeo zum Besten.

12

Gut vier Wochen zuvor
Freitag, 10.03.2017

Rimsting, 17.00 Uhr

Georg stattete seiner Schwester einen sehr spontanen Besuch ab. Ganz bewusst hatte er darauf verzichtet, sich bei ihr anzumelden. Wollte er doch verhindern, dass sie etwas gegen sein Vorhaben einwendete. Als er nun bei ihr auf den Hof fuhr, kam sie mit ihrem Einkaufskorb gerade zur Haustür heraus. Sie hatte die Autoschlüssel bereits in der Hand und steuert ihren weißen Polo an, als er aus dem Streifenwagen stieg. Ein Kollege hatte ihn zum Bauernhof seiner Schwester gefahren.

»Servus, Babsi!«, rief er leutselig aus, warf die Wagentür des Dienstfahrzeugs ins Schloss und ging auf sie zu.

»Was machst denn du da? Mit dir hab' ich jetzt gar nicht gerechnet!«

Barbara Kohlmannsberger sah ihn skeptisch an. »Und wieso kommst du ohne Auto? Ist was passiert?«

Georg umarmte sie und nahm ihr ganz nebenbei die Autoschlüssel aus der Hand. »Die brauchst jetzt grad nicht, oder?«

»Geht's noch? Ich will zum Einkaufen. Schließlich ist Freitag und übers Wochenende will ich schon a bisserl was Frisches kochen.« Sie langte nach ihrem Autoschlüssel. Doch Georg war schneller und versteckte ihn in seiner Hand hinter dem Rücken.

»Ich hab' ein Problem, Babsi!«

»Das glaub ich allerdings auch!«

»Vorgestern hab' ich die Mama zum Arzt nach Traunstein fahren wollen und da ist mir der Wagen liegengeblieben. Der Hubsi richtet ihn mir nicht mehr!«

»Recht hat er, der Ortler. Du tätst ja mit der alten Karre noch ewig weiterfahren. Umwelttechnisch geht das gar nicht, das weißt schon!«

»Da hast du ganz recht. Deshalb hab' ich heut' in die Zeitung geschaut und tatsächlich in Rimsting einen schönen Wagen entdeckt, den ich mir jetzt gern anschau'n tät.«

»Aha, und dazu brauchst meinen Polo. Weil du sonst nicht weißt, wie du da hinkommst.«

»Bist schon ein G'scheiderl!« Er klopfte ihr anerkennend auf die Schulter und lachte sie an. Er wusste, dass seine Schwester jede Menge Humor hatte und ihm nicht böse sein konnte.

»Du kannst doch auch den Wagen vom Franz nehmen.« Georg deutete auf den großen Volvo, der neben dem Polo stand. »Da bringst deine Einkäufe eh viel besser unter. Der hat ja einen enorm großen Kofferraum. Soll ich mal mit meinem Schwager reden?«

»Na, na, das lässt du besser bleiben!« Barbara lachte nun auch. Ihr Franz mochte ihren Bruder sehr gern, aber er war nicht ganz so flexibel in seinen Entscheidungen wie sie selbst. Georg brauchte kein gutes Wort für sie einzulegen. Dieser Schuss ging im Zweifel nach hinten los.

»Und was schaust du dir für einen Wagen an?«, fragte Barbara neugierig nach.

Georg fingerte ein Stück vom Traunsteiner Tagblatt aus der Hosentasche und hielt ihr die Annonce hin, die er sich ausgeschnitten hatte.

Halblaut las sie den Text und rief dann aus: »Einen Alfa möchte der gnädige Herr in Zukunft fahren. Warum wundert mich das jetzt nicht? Hat der Antonio Fontanaro nicht auch einen Alfa?«

»Ja, schon!«, gab Georg zu. »Sind schon sehr elegante Fahrzeuge!«, schob er noch nach und steckte den Zeitungsausschnitt wieder zurück in die Hosentasche.

»Also dann fahr schon los und versuch dein Glück in Rimsting.« Sie gab ihm noch einen Kuss auf die Backe und wandte sich dem Kuhstall zu. Dort molk ihr Mann um diese Tageszeit die Kühe.

Eine gute halbe Stunde später erreichte Georg den Ort Rimsting, direkt am Westufer des Chiemsees gelegen. Zur Adresse, die ihm Franco Barone am Telefon durchgegeben hatte, führte ihn das Navi die Hauptstraße entlang. Dann bog er links Richtung Gänsbach und Ratzinger Höhe ab. Eine von Wald und Wiesen gesegnete Landschaft mit einzelnen Gehöften dazwischen. Nach wenigen Kilometern hatte er sein Ziel erreicht. Ein riesiger ehemaliger Bauernhof präsentierte sich erhaben, leicht erhöht neben der Straße. Georg parkte seitlich am Straßenrand und stieg aus. Der Hof gefiel ihm ausnehmend gut. Er war in grauem, grob gehauenem Naturstein gemauert. Ziersimse aus roten Ziegelsteinen markierten die einzelnen Stockwerke und weiße Sprossenfenster, die von grünen Fensterläden flankiert waren, rundeten die Optik ab. Die Fenster des obersten Stockwerks hatten keine Läden, dafür jedoch einen nach oben abschließenden Rundbogen aus weißen Steinen. Der Hof gehörte zu den seltenen Exemplaren von sogenannten Itakerhöfen, wie es sie am westlichen Chiemsee und an der davon nördlich gelegenen Seenplatte noch vereinzelt gab. Georg hatte noch nie eines dieser Gebäude von innen gesehen, auch wusste er nicht so recht, wie sie zu ihrem Namen gekommen waren. Umso gespannter war er, vielleicht mehr darüber zu erfahren.

Seitlich am Gebäude parkte ein dunkelblauer Alfa Giulietta, wie er erst wenige Monate wieder auf dem Markt war. Die Produktion der Giulietta, einer eleganten und bequemen Limousine, war vor mehreren Jahren eingestellt worden. Dann allerdings hatte Alfa Romeo den Kundenwünschen nachgegebenen und das Modell wieder aufgenommen. Der Wagen konnte maximal ein halbes Jahr alt sein. Georg trat heran und besah sich den Innenraum. Hellbeige Ledersitze, ein glänzend lackiertes Holzlenkrad und der Schalthebel aus dem gleichen Material sowie ein stylishes Hightech-Armaturenbrett rundeten das zeitgemäße Design ab. Georg war schwer begeistert. Gleichzeitig fragte er sich, ob er ein solch teures Auto überhaupt brauchte. Ob das Sinn hatte. Wo fuhr er schon hin? Für größere Diensteinsätze stand ihm ein BMW-Dienstfahrzeug zur Verfügung. Na ja, hin und wieder zog es ihn nach Italien! Der Toni würde Augen machen, wenn er das nächste Mal in Verona mit so einem Gefährt aufkreuzte. Vielleicht hatte seine Mutter schon recht, wenn sie ihm riet, sich auch einmal etwas zu leisten.

Die Haustür des Itakerhofs wurde geöffnet und ein mittelgroßer Mann mit dichtem, graumeliertem Haar, einer schwarzen Hose und einem hellblauen, langärmligen Hemd erschien auf der Schwelle. Georg ging auf den Mann zu und reichte ihm die Hand.

»Freut mich sehr, Herr Breitwieser, dass Sie sich für den Wagen interessieren.« Der Mann stand immer noch unter der Eingangstür, als Georg rechts über den Fenstern des Erdgeschosses ein grünes Holzschild mit weißer Schrift wahrnahm: »Enoteca di Franco«.

»Sie betreiben eine Weinhandlung?«, fragte Georg nach. »Weine aus Italien womöglich?«

»Sehr richtig, Signore. Wir haben hier die größte Enoteca für *vino italiano* im ganzen Chiemgau.«

»Das ist ja mal eine Entdeckung!«, rief Georg freudig aus und wunderte sich, dass er diesen Laden bisher noch nicht kannte. »Gibt es Sie schon lange?«

»Haha, das ist eine lustige Frage. Zwanzig Jahre haben wir den Laden schon. Und meine Familie wohnt seit Generationen hier auf dem Hof. Das ist ein Itakerhof, Signore. Sagt Ihnen das etwas?«

»Das schon. Aber ich habe noch nie einen von innen gesehen!«

»Was machen wir zuerst? Weine probieren und meine Enoteca ansehen oder mit dem Auto eine Probefahrt unternehmen?« In den dunklen Augen von Franco Barone glitzerte es unternehmungslustig auf. Georg fand ihn sehr sympathisch. Er mutmaßte, dass er einen der in der Gegend durchaus häufig anzutreffenden Deutschitaliener vor sich hatte. Er hätte es weitaus schlechter treffen können, um einen ereignisreichen Freitagabend zu verbringen.

»Fangen wir mit dem Auto an, bevor es zu dunkel wird!«

»Sehr richtig, Signore. Ich bringe die Wagenschlüssel und dann fahren wir ein paar Kilometer.«

Schon nach wenigen Minuten war Georg klar, dass er das Auto seiner Träume gefunden hatte. Der Wagen lief leicht brummend über die Landstraße, war weich und gut zu lenken, das Gaspedal reagierte spritzig und Überholmanöver waren kein Problem. Das war in dieser Gegend, in der man schon mal hinter einem Milchwagen oder Traktor herfahren musste, eine wichtige Sicherheitskomponente, redete er sich erfolgreich ein. Außerdem machte ein Fahrzeug, das rasch beschleunigte, einfach Spaß.

»Signor Barone, wenn wir uns noch über den Preis einigen, kommen wir ins Geschäft!«, sagte Georg, als sie wieder vor dem Itakerhof anhielten und beide ausstiegen. »Warum wollen Sie denn überhaupt dieses tolle Auto verkaufen? Das ist doch erst wenige Monate alt.«

»Der Alfa gehört meinem Sohn. Doch er ist vor wenigen Wochen in die Staaten gegangen. Er hat überraschend ein Angebot von einem Großwinzer in Kalifornien bekommen, das er nicht ausschlagen konnte. Das ist eine einmalige Chance für einen jungen Mann. Blöd nur, dass er kurz davor noch dieses teure Auto gekauft hat.

Jetzt will er es loswerden, damit er sich in St. Helena ein neues kaufen kann.«

»Er lebt also direkt in der Geburtsstadt des kalifornischen Weins?«

»Ein echter Glückspilz, unser Fabio! Wenn wir natürlich auch traurig sind, dass wir unseren Sohn für viele Monate nicht sehen werden. Meine Frau leidet schwer unter der Trennung. Aber die jungen Leute müssen ihren eigenen Weg gehen. Und es gibt schlechtere Lösungen, als im Napa Valley zu arbeiten. Über den Preis für den Alfa werden wir uns schon einig. Auf diesen erfolgreichen Abschluss stoßen wir jetzt mit einem Glas Prosecco an und Sie können sich meine Enoteca ansehen.«

Mit diesen Worten öffnete er die schwere Holztür und betrat sein Haus. Eine ausgedehnte Diele, die von einem flachen Kreuzrippengewölbe überspannt war, bot Georg die nächste Überraschung. Die Diele war zwar eher niedrig, aber ungemein breit. Jeder Chiemgauer Bauernhof erschien dagegen düster und eng. Rechts führte eine geschnitzte Holztür in einen riesigen Raum, der an den Wänden mit Weinregalen vollgestellt war. In der Mitte prangte ein großer Holztisch, auf dem Gläser und verschiedene Rotweinflaschen, alle bereits geöffnet und vorbereitet zum Probieren, standen. Die Weinregale waren nach Regionen sortiert. Handgeschriebene Schilder verwiesen auf die italienischen Provinzen, aus denen die Weine stammten. Zielsicher steuerte Georg das Regal mit den Reben aus dem Veneto an. Und dann traute er seinen Augen kaum. Der Soave Classico Superiore von Stefania di Castello stach ihm unübersehbar ins Auge. Seine Vorräte waren längst aufgebraucht und eine Fahrt zu ihr auf das Weingut hatte er nach der Trennung vermieden. Schließlich hatten andere Winzer auch gute Weine. Es musste nicht unbedingt der von Stefania sein. Dennoch griff er jetzt danach.

»Ein sehr feiner Tropfen ist das!«, bemerkte Signor Barone auch sofort geschäftstüchtig. »Ich habe eine Flasche in der Kühlung stehen. Wenn Sie probieren wollen?«

»Ich kenne den Wein. Er ist erstklassig!«

Barone füllte wie versprochen zwei Schaumweintulpen mit Prosecco und reichte eine davon an Georg weiter. Sie stießen an.

»Führen Sie auch den Millesimato von *Castello del Belvedere*?«, wollte Breitwieser dann wissen.

»Das ist ein sehr teurer Spumante. Er kostet schon im Einkauf mindestens 20 Euro. Damit sich das lohnt, muss ich 35 Euro im Laden verlangen. Auf Weihnachten zu geht so eine Preisklasse, aber unter dem Jahr bringe ich den hier auf dem Land nicht los. Das ist was für Münchner.« Franco Barone lachte Georg entwaffnend an. »Die trinken ja alles, was gut und teuer ist!«

»Wenn Sie wieder einmal den Spumante einkaufen, dürfen Sie mir eine Kiste mit 12 Flaschen reservieren.«

Franco Barone prostete Georg zu. »Sie gefallen mir! Solche Kunden hätte ich gern öfter. Was möchten Sie denn noch probieren? Einen Amarone vielleicht oder einen Brunello?« Listig schaute er über den Glasrand zu Georg hinüber. Dieser lachte nun auch und sagte aufgeräumt: »Alles, was gut und teuer ist, meinen Sie wohl? Aber wenn ich mir das Auto kaufe, ist erst mal Schluss mit Amarone. Da muss ich dann schon einige Monate etwas zurückstecken mit den Luxusgütern.«

Er sah sich in dem Raum um, der weiß gekalkt und dessen Boden mit roten Klinkersteinen ausgelegt war. Ein Olivenbaum und ein buschiger Oleander, dicht nebeneinander in eine Ecke gestellt, in der sie wohl den Winter überdauert hatten, unterstrichen die mediterrane Atmosphäre des Verkaufsraums. Der große, derbe Tisch freilich war aus Fichtenholz, umgeben von passenden Stühlen mit gebogenen Rückenlehnen, so wie man sie in vielen Bauernstuben in Bayern vorfand.

»Dieser Raum und überhaupt der ganze Hof sind sehr schön«, begann Georg. »Ich wollte immer schon wissen, was es mit den Itakerhöfen bei uns im Chiemgau auf sich hat. Können Sie mir darüber etwas erzählen, Signor Barone?«

»Das ist schnell erzählt. Ende des 19. Jahrhunderts sind Baumeister, Steinmetze und Maurer auf der Suche nach Arbeit aus dem Friaul hierhergekommen. Zuhause waren die Bedingungen immer schlechter geworden und sie waren zum Auswandern gezwungen. Die Großgrundbesitzer hier in der Gegend waren reich. Nicht zuletzt mit dem Salzhandel aus Bad Reichenhall und aus Salzburg haben die Großbauern damals richtig viel Geld verdient. Land hatten sie genug, aber keine Gebäude, mit denen sich Staat machen ließ. Als dann die Italiener kamen, haben sie die erprobte Bauweise aus dem Friaul mitgebracht. Das bedeutete für die Großgrundbesitzer, dass sie mit den wuchtigen Gebäuden ihren Reichtum zeigen konnten. Modern waren sie plötzlich. Ihre Häuser sahen ganz anders aus als die der Nachbarn. Und wie das immer so ist, wollten andere auch so schöne Gehöfte haben und gaben weitere in Auftrag. Deshalb sind gerade in dieser Gegend viele Itakerhöfe entstanden. Viele gibt es ja nicht mehr. Die Bezeichnung Itaker ist damals natürlich noch kein Schimpfwort gewesen, sondern quasi ein Hinweis auf die Herkunft. Und einige der Baumeister sind hier vor Ort geblieben. So auch meine Vorfahren. Dieser Hof hier wird jetzt in der vierten Generation von uns Deutschitalienern geführt. Meine Frau habe ich mir in Italien gesucht. Wir haben ja immer noch Familie dort. So bleibt alles beim Alten.«

»Aber Ihr Sohn ist jetzt in Amerika. Was machen Sie, wenn er mit einer Amerikanerin zurückkommt?« Georg fragte das mehr im Scherz. Aber als er die ernste Miene von Franco Barone sah, merkte er, dass er den Nagel auf den Kopf getroffen hatte.

»Mein Sohn ist Italiener durch und durch. Er bleibt nur für ein oder zwei Jahre in Kalifornien. Da hat er noch genug Zeit, sich um eine Frau und die Familiengründung zu kümmern. Mit knapp dreißig Jahren steht ihm die Welt offen.«

»Da haben Sie natürlich recht!«, beschwichtigte Georg den Mann sofort. Was ging es ihn an! Er trank sein Glas leer, stand auf und trat an einen kleinen Tisch, auf dem Prospektmaterial bereitlag. Einige Winzer sagten ihm etwas, andere kannte er nicht. Er blätterte ein paar Flyer durch und fragte nach dem einen oder anderen Wein, ob Barone ihn vorrätig hatte. Nach kurzer Zeit standen schon zwei Kartons mit insgesamt zwölf Flaschen Wein aus ganz Italien bereit.

»Sie sind ein guter Weinkenner, Herr Breitwieser«, sagte Franco Barone schließlich bedächtig und anerkennend. Dann rieb er sich am Kinn und fragte: »Waren Sie schon mal in Verona?«

Überrascht blickte Georg den Weinhändler an. »Natürlich. Ich habe dort gute Freunde, die ich immer wieder einmal besuche.«

»Waren Sie schon mal auf der *Vinitaly*?«

»Wühlen Sie nicht in meinen Wunden, Signore! Seit Jahren will ich die Weinmesse besuchen, aber ich bin kein Fachbesucher. Meine Freunde könnten mir schon ein Ticket besorgen, aber es fehlt auch meist an der Zeit.«

»Und was meinen Sie? Hätten Sie in diesem Jahr Zeit dafür?«

»Wenn ich es mir fest vornehme, könnte es vielleicht klappen«, antwortete Breitwieser vorsichtig.

»Wenn ich Ihnen 2.000 Euro vom Kaufpreis des Autos nachlasse, würden Sie dann für mich auf die *Vinitaly* fahren?«, fragte Barone sehr zögerlich, als müsste er dabei nochmal nachdenken, »… und bei einigen Winzern für mich Weine probieren und bestellen? Sie bekommen von mir eine Liste mit Namen und die jeweiligen Bestellmengen.« Er redete nun immer schneller auf Breitwieser ein. »Die Messerabatte sind für uns Weinhändler einfach wichtig, damit sich der Verkauf hier eher lohnt. Aber in diesem Jahr kann ich nicht selbst fahren.« Erneut stockte er und sagte dann leise: »Meine Frau ist krank. Ich will sie nicht alleinlassen und mein Sohn ist, wie gesagt, im Ausland.«

Georg sah ihn perplex an. Wie kam der Mann dazu, ihm, einem völlig Fremden, einen solchen Auftrag zu erteilen?

»Ich verstehe, dass Sie überrascht sind. Ich bin es auch, ehrlich gesagt«, gestand Barone ein. »Ich hatte mich schon damit abgefunden, dass ich in diesem Jahr nicht nach Verona fahren kann. Aber jetzt denke ich, dass ich mit Ihnen einen geeigneten Vertreter meiner Sache gefunden hätte. Sie sind ein anständiger Mensch. Soviel Menschenkenntnis habe ich. Überlegen Sie es sich, Herr Breitwieser. Ich gebe Ihnen den Wagen für 28.000 Euro mit einem Satz Winterreifen, die stehen bei mir im Lager, und einem Nachlass von 2.000 Euro. Zum einen, weil Sie mir sehr sympathisch und genau der Richtige sind für den schönen Wagen meines Sohnes, und zum anderen für Ihren Einsatz in Verona. Sie merken schon, ich bin ein emotionaler Mensch und vielleicht nicht so geschäftstüchtig, wie ich sein sollte.«

Du bist ein Schlitzohr, dachte Georg amüsiert, das mich gerade sehr geschickt mit Komplimenten und kleinen Geldgeschenken um den Finger wickelt. Aber er gestand sich auch ein, dass beide Angebote einen großen Reiz auf ihn ausübten. Barone hatte einen seiner schwachen Tage erwischt. Das merkte Georg durchaus, ohne dies jedoch zu bedauern.

»Fahren Sie nicht nach Italien, dann überweisen Sie mir am Montag 30.000 Euro und der Alfa gehört Ihnen.« Erwartungsvoll sah Barone ihn an. Und Georg schlug in die ihm dargebotene Hand ein. In diesem Moment war er sich ganz sicher, dass er die 2.000 Euro und das Vergnügen der *Vinitaly* inklusive nicht ausschlagen würde.

13

Dienstag, 11.04.2017

Verona, 10.00 Uhr

Antonio und Fausto Castillio, der Vice Capo, saßen nebeneinander im Verhörraum. Sie warteten sowohl auf Elisabetta di Castello als auch auf den Staatsanwalt. Die Cousine des Opfers war ihre wichtigste Zeugin, vielleicht sogar die Täterin, wie Mauro wieder einmal vorschnell annahm. Antonio hielt davon nicht viel. Nebenan in einem Beobachtungsraum, der über Kamera und Monitor mit dem Verhörraum verbunden war, konnte Georg die Vernehmung der Zeugin verfolgen und sich notfalls per Handy in die Befragung einschalten. Insgeheim hoffte Antonio, dass sich der Bayer zurückhalten würde. Eine Konfrontation zwischen Vincenzo Mauro und Breitwieser konnte er nicht brauchen.

Bisher gab es weder von der Rechtsmedizin noch von der Kriminaltechnik neue Erkenntnisse. So blieb nichts anderes übrig, als die einzige bisher bekannte Zeugin noch intensiver zu befragen, damit die Ermittlungen vorwärtskamen. Enrico Brandino hätte Elisabetta auf dem Weingut abholen sollen, frühmorgens um 8 Uhr. Doch dieser hatte Elisabetta nicht auf dem Gut angetroffen. Renata di Castello war in heller Aufregung gewesen, weil die Tochter die ganze Nacht nicht nach Hause gekommen war. Elisabetta hatte sich den ganzen Tag über nicht blicken lassen. Und gemeldet hatte sie sich auch nicht. Schließlich hatte Enrico die Cousine des Mordopfers in Bardolino gefunden. Dort besaß sie einen großen Olivenhain mit einem alten Bauernhaus, dem ein Verkaufsraum für das hauseigene Olivenöl angeschlossen war. Dorthin hatte sie sich zurückgezogen. Enrico hatte am Telefon berichtet, dass er Elisabetta völlig apathisch auf einer Hausbank sitzend vorgefunden hatte. Er konnte nicht sagen, ob sie die Nacht über im Haus verbracht hatte oder seit vielen Stunden dort im Freien saß und blicklos in die Gegend starrte. Nun warteten sie alle auf die beiden. Gleichzeitig fragte sich Antonio, ob sie von der Zeugin überhaupt etwas Brauchbares erfahren würden oder ob es nicht besser wäre, den psychologischen Dienst um Hilfe zu bitten. Bevor er jedoch dieser Überlegung weiter folgen konnte, ging die Tür auf und Elisabetta di Castello betrat, gefolgt von Ispettore Brandino, den Verhörraum. Antonio und Fausto standen auf und gaben ihr die Hand.

»Bitte, nimm Platz, Elisabetta. Danke, dass du Zeit für uns hast!«

Elisabetta di Castello nickte nur und setzte sich auf den bereitgestellten Stuhl. Sie sah sehr blass, aber auch sehr gefasst aus. Auf Antonio wirkte sie durchaus ansprechbar und keineswegs geistig in andere Sphären abgedriftet. Enrico Brandino postierte sich neben der Tür. Die Befragung konnte beginnen. Fausto Castillio übernahm, was Antonio durchaus recht war.

»Signora, wir möchten Ihnen alle unser aufrichtiges Beileid zum Tod Ihrer Cousine aussprechen und bedanken uns, dass Sie mit uns sprechen wollen.« Dass sie gar keine Wahl gehabt hatte, überging der Vice geflissentlich. »Fühlen Sie sich in der Lage, einige Fragen zu beantworten?«

Elisabetta sah ihm aufmerksam ins Gesicht und nickte erneut.

»Wir möchten uns ein Bild davon machen, wie der gestrige Morgen abgelaufen ist. Wann sind Sie und Stefania auf der *Fiera* eingetroffen?«

»Kurz nach 7 Uhr!«

»Nur Sie beide? Oder war noch jemand anderer dabei?«

»Zunächst nicht! Stefania hat in der Küche damit begonnen, die Weine in die Kühlung zu stellen, damit sie für die vielen Tastings des Messetags die richtige Temperatur haben. Ich habe die restlichen, noch fehlenden Flaschen in die Regale eingeräumt, damit wir alle unsere Produkte präsentieren konnten. Gegen 8 Uhr kamen Francesco und Scott dazu.«

Diese Aussage überraschte Antonio. »War das geplant?«, schaltete er sich nun doch in die Befragung ein.

»Francesco war wie üblich wieder zu spät dran, um uns mit Prospektmaterial zu versorgen. Er hatte es erst am Abend zuvor von der Druckerei abgeholt und dann kurz vor knapp vorbeigebracht.«

»Was wollte Scott Giuliano am Messestand?«

»Keine Ahnung. Vermutlich war er nur neugierig. Er hat Francesco begleitet. Die beiden mussten anschließend noch gemeinsam irgendwohin fahren. So habe ich es zumindest verstanden. Was sie noch vorhatten, weiß ich nicht. Es hat mich auch nicht interessiert.«

»Haben die beiden auch mit Stefania gesprochen?«

»Ja, sie haben sie begrüßt!«

»Und danach? Hast du Stefania dann nochmals gesehen, bevor Giorgio Breitwieser sie tot aufgefunden hat?«

Elisabetta riss die Augen auf. »Du meinst ...«

Antonio hakte eindringlich nach: »Hast du Stefania vor ihrem Tod noch einmal gesehen oder gesprochen oder nicht?«

»Ich glaube nicht!«

»Du weißt es nicht?«

»*No.*«

»Konnten Sie beobachten, wie ihr Bruder und Scott Giuliano den Messestand wieder verlassen haben?« Fausto Castillio bohrte weiter nach. Antonio hatte ihn noch selten so engagiert bei einer Befragung erlebt. Meist ließ Fausto ihn fragen und saß als Zeuge mehr oder weniger schweigsam daneben.

»*No.*«

»Sie haben die beiden nicht mehr gesehen, nachdem Sie sie begrüßt haben?«

»So ist es! Sie sind über den Hintereingang gekommen, weil der Haupteingang um diese Zeit noch nicht offen war, und über den Hinterausgang werden sie auch wieder verschwunden sein. Sonst gab es keine Möglichkeit, die Messehalle zu verlassen.«

»Stand dort Wachpersonal, das wir befragen könnten? Muss man sich als Aussteller beim Betreten der Halle registrieren oder mit einer Chipkarte Zutritt verschaffen?«

»Der Parkplatz für Messebauer und Aussteller ist zwar mit einer Schranke versehen, aber man zieht lediglich ein Parkticket, dann öffnet sich die Schranke. Beim Verlassen des Parkplatzes entrichtet man eine geringe Parkgebühr am Kassenautomaten. Manchmal steht ein Kontrolleur dort und fragt nach dem Ausstellerausweis.«

»Werden die Besucher registriert?« Fausto wollte es ganz genau wissen.

»Wer eine persönliche Einladung von einem Winzer bekommt, dessen Eintrittskarte enthält einen Nummerncode, der wie ein Barcode funktioniert. Das Servicepersonal zieht ihn über ein Lesegerät. Später bekommt jeder Winzer eine Liste der Besucher, die aufgrund seiner Einladung die Messe besucht haben. So können wir feststellen, wie viele unserer Einladungen genutzt wurden und ob die eingeladenen Gäste bei uns Weine bestellt haben. Um die Auswertung dieser wichtigen Informationen kümmert sich Francesco.«

»Sind nur geladene Besucher zugelassen?«

»Nein. Es ist eine Fachbesuchermesse. Wer einen Gewerbeschein hat für ein Hotel, ein Restaurant, eine Enoteca oder irgendein anderes Gewerbe, das mit Wein und Weinanbau in Beziehung steht, kann sich eine Karte kaufen. Diese Nummern werden gesondert ausgewiesen und diese Informationen bekommen alle Aussteller. So kann man neue Kunden entdecken oder

Interessenten in die Kartei aufnehmen, die man dann mit Werbemaßnahmen erreichen kann.«

»Das ist ja eigentlich ein gut funktionierendes Kontrollsystem, das auch uns bei der Ermittlung helfen könnte«, dachte Antonio laut und war von der Effizienz der Messegesellschaft ehrlich beeindruckt. Das hatte er nicht erwartet. Aber im Zeitalter der Digitalisierung war offenbar selbst in Italien eine gewisse Ordnung erreichbar. Damit könnte es sogar möglich sein, den Mörder per Namen zu finden. Doch nach wem sollten sie suchen? Es kamen über 100.000 Besucher an den drei Tagen auf die *Vinitaly*. Allerdings war Stefanias Tod schon vor Öffnung der Messe eingetreten. Ein offizieller Besucher konnte eigentlich gar nicht hinter der Tat stecken. Antonios Handy, das er neben sich auf den Tisch gelegt hatte, vibrierte. Georg meldete sich aus dem Beobachterraum.

»Ja, Giorgio, was willst du wissen?« Antonio stellte sein Handy laut, damit alle im Raum die Antwort auf seine Frage verstehen konnten. Noch war Vincenzo Mauro nicht erschienen und eine besondere Vorsichtsmaßnahme nicht nötig. Georg konnte frei sprechen.

»Als ich mit den ersten Besuchern, maximal zehn Minuten nach dem Einlass, den Stand der di Castellos erreicht habe, hatte die Zeugin bereits ein Kundenverkaufsgespräch. Bereits um diese Zeit standen vier Probiergläser mit Weißwein auf dem Tresen. Dieser Kunde kann nicht über den offiziellen Haupteingang gekommen sein und wurde deshalb mit Sicherheit nicht registriert.«

Antonio zog überrascht die Augenbrauen hoch und sah Elisabetta erwartungsvoll an.

»Das stimmt, was Giorgio sagt. Mein Kunde war Valerio Santino. Er betreibt die große Enoteca mit Gastronomiebetrieb mitten im Soave.«

Antonio kannte Santino. Aber wer kannte den Weinkenner und Gastronom nicht? Er war eine Institution und sein Koch ein begnadeter Vertreter seiner Zunft.

»Valerio ist einer unserer wichtigsten Weinabnehmer«, sprach Elisabetta di Castello in seine Gedanken hinein. »Da er bereits mittags sein Restaurant öffnet und zur Zeit der *Vinitaly* schon ab 11 Uhr die ersten Verkostungen anbietet, gehört er zu den Personen, die ebenfalls über den Hintereingang in die Halle kommen. Er kennt sich natürlich mit den Gegebenheiten aus, hat seinen Wagen auf dem Parkplatz abgestellt und ist direkt zu uns an den Stand gekommen.«

»Zu diesem Zeitpunkt waren Francesco und Scott Giuliano schon wieder gegangen?«

Elisabetta wirkte einen Moment verwirrt. Dann hob sie entschuldigend ihre Schultern. Sie konnte sich nicht erinnern.

»Hat er auch Stefania begrüßt?«

»*No!*« Entschieden schüttelte sie den Kopf. »Stefania war in der Teeküche. Die Tür zum Stand war geschlossen. Sie wollte in Ruhe gelassen werden. Sie meinte noch, der Tag sei lang und es gäbe noch genügend Gespräche. Ich könne die Verhandlungen mit Santino allein führen. Er würde ohnehin immer die gleichen Mengen bestellen.« Sie lachte ein bisschen.

»Hielt Stefania ihn nicht für wichtig?« Antonio war über die Haltung der Winzerin überrascht. Normalerweise riss sie doch alle Geschäfte an sich.

»Santino hört sich gern reden. Und mit Stefania hat er sich besonders gern unterhalten. Aber da am Ende unterm Strich immer die gleichen Bestellmengen herauskamen, wollte Stefania mit ihm nicht unnötig Zeit verlieren.«

Antonio begriff, dass Stefania di Castello effizient sein konnte, wenn sie wollte. Der Gastronom war ihr unangenehm gewesen und sie hatte ihre Cousine vorgeschoben. Diese konnte bei dem Verkaufsgespräch kaum etwas verkehrt machen. Der Umsatz stand von vornherein fest. Sehr praktisch! Aufmerksam sah er Elisabetta ins Gesicht.

»Und Santino hat nach eurem Gespräch die Messehalle auch wieder über den Hinterausgang verlassen?«

»Irgendwann danach vermutlich schon. Aber zunächst ist er an den Nachbarstand zu den Tomasellis gegangen.«

»Das hast du gesehen?«

»*Sì.*«

»Und später? Hast du ihn nochmals gesehen?«

»*No.*«

Nun war Elisabetta wieder kurz angebunden. Antonio wurde das Gefühl nicht los, dass sie sehr darauf bedacht war, kein unnötiges Wort zu sagen. Sie gab zwar Auskunft, aber sie ließ sich nicht dazu verleiten, ins Plaudern zu geraten. Sie gab sich betont sachlich. Aber das passte auch zu ihrem Charakter, wie er wusste. Die Cousine von Stefania verhielt sich konträr zum Opfer. Sie hatte nicht deren Charme, Spritzigkeit und Raffinesse, den Gesprächspartner zu umgarnen oder zu manipulieren. Ob sie bei all ihrer Sachlichkeit auch bei der Wahrheit blieb, war für ihn schwer einzuschätzen.

»Signora, ist es richtig, dass Sie einen Putzmann noch vor Einlass der Besucher im Bereich Ihres Messestands gesehen haben?«, fragte Fausto in Antonios Gedanken hinein. Der Vice blieb am Ball.

»Ja, aber ich kann Ihnen nicht mehr dazu sagen. Ich kenne ihn nicht.«

»Aber Sie sind sicher, dass es sich um einen Mann gehandelt hat?«

Überrascht sah sie Fausto an. »Ja«, entgegnete sie langsam, »er trug zwar eine Mütze, tief ins Gesicht gezogen, und ich habe ihn auch nur von der Seite gesehen, aber einen Dreitagebart konnte ich dennoch erkennen und sehr feste Herrenschuhe.«

»Das heißt, Sie haben ihn ziemlich genau angeschaut!«, stellte Fausto fest. »Warum? Sie waren doch mit Einräumen beschäftigt. Was ist Ihnen an dem Putzmann aufgefallen?«

»Er ging an mir vorbei, schob den schweren Wagen mit Putzmitteln, Wassereimer und Schrubber. Trotz der Schutzkleidung aus

Plastik, unter der sein Körper weitgehend verschwand, konnte ich seinen Schweiß riechen. Es war ihm bei der Arbeit wohl heiß geworden. Der Geruch war penetrant. Deshalb habe ich mich nach ihm umgesehen.«

Enrico Brandino musste endlich die Messegesellschaft kontaktieren und die Putzfirma in Erfahrung bringen, die für die Messehallen zuständig war, dachte Antonio. Vielleicht war das wirklich der Täter? Hatte sich jemand als Putzmann ausgegeben, um nicht aufzufallen? Doch wie sollten sie dann diesen Jemand finden?

»Elisabetta, du bist dir nicht sicher, ob du Stefania nach dem Auftauchen von Francesco und Scott Giuliano nochmal gesehen hast. Richtig? Und du warst damit beschäftigt, restliche Flaschen in den Regalen einzustellen. Ja?«

Elisabetta di Castello sah Antonio genervt an. Diese Befragung dauerte ihr offenbar inzwischen zu lang. Gleichzeitig blieb sie wachsam, beherrscht und bewegte sich nicht nervös auf ihrem Stuhl hin und her, wie Antonio das schon bei vielen Zeugen beobachtet hatte.

»Es wäre also nicht verwunderlich, wenn wir deine Fingerabdrücke auf den Flaschenhälsen vorfänden?«

»Nein, natürlich nicht!«

»Ispettore Brandino wird dich gleich anschließend zum Erkennungsdienst begleiten, damit wir Fingerabdrücke nehmen können.«

»Und wenn ich damit nicht einverstanden bin?«

»Das hielte ich für keine gute Entscheidung, Elisabetta. Unser Staatsanwalt wird keine Sekunde zögern und eine Genehmigung für diese Maßnahme besorgen, wenn ich ihn darum bitte. Solange müssten wir dich hierbehalten. So leid mir das auch täte.« Antonio wurde nicht mal rot bei dieser Lüge. Wenn es um Mord ging, war Mitleid nicht angebracht.

Nun wurde ihr Blick sehr abweisend. »Tu doch, was du für nötig hältst.« In ihrer Stimme lag Verachtung.

14

Verona, 12.00 Uhr

Kurz bevor sie in großer Gruppe zur nahegelegenen Pizzeria am *Lungadige* unweit der Questura zum Mittagessen aufbrechen wollten, saßen Antonio und Georg im kleinen Büro von Enrico Brandino und Lavinia Strano zusammen. Fausto beschattete Francesco di Castello, seit dieser gemeinsam mit Scott Giuliano nach Aufnahme der Personalien und erkennungsdienstlicher Merkmale die Questura verlassen hatte. Auch diese beiden Herren hatten gegen die Abnahme ihrer Fingerabdrücke heftig protestiert. Francesco di Castello sprach von einem Polizeistaat, der unbescholtene Bürger mit unhaltbaren Beschuldigungen terrorisierte. Lavinia Strano, die die beiden in Francescos Büro in Verona angetroffen und unverzüglich zur Questura gebracht hatte, berichtete den Kommissaren von diesem denkwürdigen Auftritt.

Antonio war sehr daran gelegen, alle Personen, die sich am Messestand der di Castellos aufgehalten hatten, erkennungsdienstlich erfassen zu lassen. Vielleicht entdeckten sie unter den von Petrelli dort abgenommenen Fingerabdrücken dann weitere, die sie zuordnen konnten.

Fontanaro und seine Kollegen warteten auf den Chef der Kriminaltechnik und die Rechtsmedizinerin Dottoressa Di Silva. Staatsanwalt Vincenzo Mauro ließ sich überraschenderweise entschuldigen. Stattdessen bestand er auf der obligaten Besprechung um 15 Uhr und erwartete einen ausführlichen Bericht über die Zeugenbefragung von Elisabetta di Castello. Für gewöhnlich hatte dieser schriftlich zu erfolgen. Doch dieses Mal verzichtete er großzügig darauf.

»Commissario«, hatte er laut ins Telefon gerufen, »halten Sie sich nicht mit einem Ihrer umständlichen und weitschweifigen Berichte auf. Soviel Zeit haben wir nicht.«

Super, hatte Antonio gedacht und den Unwillen gefühlt, der ihn regelmäßig erfasste, wenn er mit Mauro einen Fall bearbeitete. Dann weiß ich ja, was ich in Zukunft für Berichte schreibe. So kurz werden sie ausfallen, dass es schade um das verschwendete Papier sein wird.

Ungeduldig wartete er darauf, dass der Staatsanwalt endlich das fruchtlose Telefonat beendete, als dieser dann doch mit einer neuen Erkenntnis herausrückte. Er hatte wie so oft eine Überraschung in der Hinterhand. Nicht selten stellten diese die bisherigen Erkenntnisse auf den Kopf. Antonio wappnete sich innerlich, als Mauro weitersprach.

»Zwischenzeitlich habe ich mit Avvocatessa Tramonte gesprochen. Sehr gute Wahl von Stefania di Castello im Übrigen. Fähige Person!«

Antonio hob nur beide Augenbrauen.

Der Staatsanwalt erwartete ohnehin keine Reaktion und sprach direkt weiter: »Mit ihr hat unser Opfer mehrmals über einen Vertrag mit den Chinesen Wong verhandelt.«

Fontanaro war endgültig hellwach. Es gab also tatsächlich einen Vertrag, wie auch schon Marissa erzählt hatte. Ob das die Papiere waren, die Francesco und Scott im Büro von Stefania gesucht hatten, als er mit Giorgio die beiden überraschte? Vielleicht. Vielleicht aber auch nicht.

»Fünf Tage vor ihrem Ableben änderte Signora di Castello nicht nur ihr Testament beim Notar, sondern sie nahm auch an diesem

Vertrag weitreichende Änderungen vor, obwohl er bereits in trockenen Tüchern war. Am Abend beim Wein-Tasting wollten sie und die Geschwister Wong die Papiere unterschreiben. Doch in letzter Minute hatte sie sich umentschieden, wie mir die Dottoressa berichtete.«

»Was ist vor fünf Tagen passiert?«, fragte Antonio unvorsichtigerweise laut.

»Tja, Commissario, es wird mir ein Anliegen sein, Sie bei genau dieser Frage zu unterstützen.«

Ohne dieses freundliche Hilfsangebot zu kommentieren, setzte Fontanaro nach: »Und von dieser neuen Sachlage haben die Wongs vermutlich nicht die leiseste Ahnung!« Oder doch, fragte sich Antonio. Tat sich da ein Mordmotiv auf?

»Ich bewundere Ihren Scharfsinn, Commissario«, ätzte Mauro und ergänzte triumphierend: »Um dem Ganzen die Krone aufzusetzen, gibt es noch einen weiteren Vertragsentwurf, der den Verkauf eines Weinbergs an Alvaro Tomaselli beinhaltet.«

Ein dritter Vertrag! Langsam, aber sicher wurde es unübersichtlich. Welches dieser Papiere hatte Scott mit Francesco bei Stefania gesucht? Der Verkauf eines Weinbergs würde zumindest Francesco interessieren, spekulierte Antonio. Und warum setzte Stefania plötzlich alle Hebel in Bewegung, um ihr Weingut vertraglich in alle Richtungen zu binden? Oder vielleicht abzusichern, zu retten? Andererseits konnte es durchaus sein, dass einer der Herren die unehrenhafte Absicht hatte, ungünstige Verträge vor dem Tasting für immer verschwinden zu lassen.

Fontanaro sah sich genötigt, irgendwie auf die Enthüllungen von Vincenzo Mauro zu reagieren, damit er nicht ganz blöd dastand: »Der Erzfeind der di Castellos, der Schmähparolen auf die Hofmauer des Weinguts sprühen lässt und die ganze Winzergemeinschaft des Soave in Aufruhr versetzt, ausgerechnet dieser Provokateur soll einen Weinberg der di Castellos kaufen können?

Habe ich das richtig verstanden, Dottore?« Was war das denn für ein Coup und von wem initiiert? Das roch nach Erpressung, wenn sich Antonio es genau überlegte, und würde zu Tomasellis rüdem Verhalten passen.

»Sie sind heute top in Form, Commissario! *Complimenti!* Ja, was schließen Sie daraus?«

Antonio schoss ungerührt zurück: »Dass es gut wäre, wir bekämen vom Ermittlungsrichter einen Durchsuchungsbeschluss für die Geschäftsräume der Winzerfamilie Tomaselli.«

»Dazu brauche ich von Ihnen nicht nur Indizien, sondern Beweise für eine kriminelle Handlung von Alvaro Tomaselli. Die Wandmalereien taugen dafür nur bedingt. Aber vielleicht graben Sie noch Nennenswertes bis zu unserer Besprechung um 15 Uhr aus«, beendete Vincenzo Mauro das Telefonat. Seine Stimme klang skeptisch, mit einem Schuss Sarkasmus garniert.

Das würde wieder eine der denkwürdigen Besprechungen mit dem Staatsanwalt werden, dachte Antonio angefressen. Es half nichts – seine Leute mussten etwas vergleichbar Brisantes bis 15 Uhr ausgraben, um dem Staatsanwalt Paroli bieten zu können und ihm den Wind aus den Segeln zu nehmen. Nicht nur er konnte ermitteln, seine Leute auch! Das galt es wieder einmal unter Beweis zu stellen. Deshalb wandte sich Antonio gleich an Ispettore Brandino. »Hast du jemanden von der Putzfirma erreicht? Haben sie einen Namen für uns?«

»Absolut nicht!«, war Enricos ernüchternde Antwort. »Erstens: Die Putzfirma beschäftigt keine Männer. Zweitens: Die Frauen arbeiten nur nachts, nicht am frühen Morgen. Und drittens: Die Firma vermisste einen ihrer hochwertigen Putzwagen, die mit teuren Reinigungsmitteln und noch teureren Microfasertüchern und ich weiß nicht, was sonst noch, bestückt sind. Diesen Luxusputzwagen haben sie erst vor einer Stunde in einer dunklen Ecke des Parkplatzes entdeckt, wie sie mir gerade gemailt haben. Erst meine Nachfrage hat sie dazu gebracht, mal nachzusehen, ob alle Gerätschaften, die ihnen gehören, auch an Ort und Stelle bereitstehen. Ein Kollege von Petrelli macht sich auf den Weg und nimmt das Werkzeug in Augenschein.«

»Toll!«, entfuhr es Antonio. »Es wäre ja auch zu einfach gewesen!«

»Lavinia, wie weit bist du inzwischen? Hast du die Handydaten vom Provider bekommen und schon einen Blick in den PC unseres Opfers werfen können?«, wollte Antonio wissen.

»Ja, genau! Und wo Stefania die letzten zehn Jahre Urlaub gemacht hat, weiß ich natürlich auch schon!« Lavinia hatte schon mal bessere Laune gehabt.

»Nirgendwo, denke ich mal!«, reagierte Georg trocken darauf. »Können wir uns wieder auf einer sachlicheren Ebene unterhalten?« Fontanaro sah streng von einem zum anderen. »Also Lavinia, was hast du herausgefunden?«

»In den letzten vier Wochen, das ist der Zeitraum, den ich mir bisher näher angesehen habe, hat unser Opfer mehrfach mit Scott Giuliano telefoniert. Auch gerne nachts. Außerdem mit Avvocatessa Tramonte. Deren Nummer konnte ich in Stefanias Anrufliste entdecken. Auch den Notar hat sie kontaktiert. Und mehrere Gespräche erfolgten nach China. Das hat sich allein schon anhand der Vorwahl feststellen lassen. Wer sich hinter der Nummer verbirgt, war allerdings nicht zu ermitteln. Zudem führte unser Opfer zahlreiche Telefonate mit den Familienmitgliedern und mit Winzer Alvaro Tomaselli.«

Das passte zu den Informationen von Mauro, dachte Antonio. Lavinia gegenüber hakte er nach: »Du hast keine uns bisher unbekannten Namen entdeckt?«

»Doch! Eine Cateringfirma, ein Messebauer, die Messegesellschaft, ein Friseur, ein Nagelstudio, ein Internist und eine Gynäkologin. Soll ich in dieser Richtung weiterrecherchieren?«, fragte Lavinia und sah Antonio ironisch lächelnd an.

»Nein, erst mal nicht.« Obwohl er sich fragte, ob die Arzttelefonate im Zusammenhang mit Vorsorgemaßnahmen standen oder ob Stefania akut gesundheitliche Probleme hatte. »Wie weit bist du mit dem PC gekommen?«

»Der PC des Opfers ist noch bei den Kollegen der Kriminaltechnik. Ich hoffe, sie können das Passwort demnächst knacken.«

Das hoffte Antonio allerdings auch. Viel war das alles nicht. Für die Besprechung mit Mauro war überhaupt keine Erkenntnis dabei, die diesen vom Hocker reißen würde. So kamen sie nicht weiter. Er sah zu Georg hinüber, der auf seine Schuhe und den Boden starrte und in Gedanken versunken schien. Auch er sprühte nicht gerade vor Ideen und Elan. Was ihm im Kopf herumging, war nicht erkennbar. Doch bevor er ihn ansprechen konnte, ging die Tür auf und Petrelli kam herein, gefolgt von Di Silva.

»Ah, super Stimmung!« Silvano Petrelli grinste frech. Er hatte sich einen PC unter den Arm geklemmt. Antonio hoffte inständig, dass es sich dabei um Stefanias Gerät handelte und nicht um Petrellis persönlichen Laptop. Die Dottoressa brachte lediglich ein Blatt Papier mit, was nicht darauf hindeutete, dass sie viel zu berichten hatte. Petrelli setzte sich auf Enricos Schreibtischkante. Die Dottoressa nahm den letzten freien Stuhl neben Georg. Eine weitere Person würde der Raum nicht mehr vertragen. Enrico ging folgerichtig zum Fenster und öffnete es.

»Was hast du?«, fragte Antonio den Kriminaltechniker.

Petrelli öffnete den mitgebrachten PC und loggte sich ein. »Das Passwort war keine Hürde«, begann er zu erläutern. »›Renata‹ lautete es. *Basta!* Nichts weiter! Für uns die perfekte Lösung. Sicherheitstechnisch eine Katastrophe. Außerdem nutzten alle dieses Gerät im Haus, außer Francesco. Der hat in seinem Wohnbüro in Verona sicherlich seine eigenen Geräte. Er scheint der Technikguru der Familie zu sein.

Ich habe einige Mails der letzten sechs Wochen stichprobenartig angesehen. Zu mehr hat die Zeit nicht gereicht. Am Anfang ihrer

Bekanntschaft waren Scott und Stefania ein Herz und eine Seele. Privat wie geschäftlich. Scott Giuliano pries in höchsten Tönen seine Düngemittel und Pestizide für den Weinanbau an und jonglierte mit großen Bestellmengen für das Gut *Castello del Belvedere*. Das Auftragsvolumen umfasste einen Zeitraum von zwei oder drei Jahren. Dafür wären als Anzahlung schlappe 5.000 Euro zu berappen gewesen. Doch vor circa drei Wochen begann Stefania intensiv im Internet zu recherchieren. Sie hat sich verstärkt mit der Firma *Montegrano* beschäftigt, Zeitungsartikel über die sogenannte ›französische Winzerkrankheit‹ studiert und sich in den letzten beiden Wochen auch intensiv mit Olivenanbau, -baumpflege und mit dem Feuerbakterium *Xylella fastidiosa* beschäftigt. Und in diesem Zusammenhang die Forschungsberichte eines Professor Poiano studiert. Nach diesen Recherchen wurde der Ton zwischen den Turteltauben Scott und Stefania zunehmend rauer und vor fünf Tagen schließlich frostig. Was im Einzelnen Stefania an ihren Recherchen so sehr irritierte, weiß ich noch nicht. Dazu ist es nötig, viele Seiten des Materials genauer zu studieren. Einiges ist auch in Deutsch und Französisch geschrieben. In beiden Sprachen bin ich bekanntermaßen nicht fit.«

»Kann ich das übernehmen?«, schaltete sich Georg ein. Petrelli reagierte darauf mit einem warnenden Blick in Richtung Antonio. »Lavinia ist doch sehr gut in Französisch. Und Deutsch ist für dich, Antonio, nun wahrlich kein Problem!« So schmetterte Silvano Petrelli den Einwurf Georgs ab. Er klappte den PC zu und sah in die Runde. Als keiner auf seine bisherigen Informationen reagierte, führte Petrelli weiter aus: »Nehmen Sie es mir nicht übel, Giorgio«, begann er wenig vielversprechend in Richtung Breitwieser, »... aber Sie gehören nach meinen Ermittlungen zum Kreis der Verdächtigen. Zumindest kann ich noch nicht endgültig ausschließen, dass Sie zum Täterkreis gehören. Ich bitte Sie, uns Ihre Fingerabdrücke feststellen zu lassen, auch wenn Ihnen das absolut nicht gefällt!« Er deutete Breitwiesers Gesichtsausdruck vollkommen richtig.

Georg war wütend auf ihn. Ihm stieg die Hitze ins Gesicht. Er erhob sich von seinem Stuhl und wandte sich an Antonio. »Wir sprechen uns bei dir zu Hause. Und bring den verdammten PC mit, wenn ihr begriffen habt, dass ich nicht am gewaltsamen Tod von Stefania di Castello schuld bin.« Das Wasserglas, das er bislang in der Hand gehalten hatte, weil er es aus Platzmangel nirgendwo hatte abstellen können, knallte er neben Petrellis Po auf den Schreibtisch von Enrico. »Viel Spaß damit!« Dann verließ er ohne ein weiteres Wort das Büro von Enrico und Lavinia.

Stille machte sich im Raum breit. Keiner wagte ein Wort zu sagen, aber alle Augen waren auf Petrelli gerichtet, der von der Schreibtischkante rutschte und sich auf dem Stuhl, den Breitwieser gerade frei gemacht hatte, niederließ. Er schlug die Beine übereinander und legte sich den PC auf die Knie. Offen schaute er einen nach dem anderen an. »Was glaubt ihr, was uns der Staatsanwalt erzählt, wenn er mitbekommt, dass die Person, die das Opfer gefunden hat, die mit dem Opfer vermutlich eine halbe Stunde allein gewesen ist, in die Ermittlungen miteinbezogen wurde? Ganz abgesehen davon, dass der bayerische Commissario hier nichts zu ermitteln hat. Wir machen uns alle strafbar! Ist euch das nicht klar?« Und zu Antonio gewandt sagte er: »Was hat Giorgio eine halbe Stunde bei der Toten gemacht? Warum hat es so lange gedauert, bis er dich angerufen hat? Weshalb hat er die Teeküche zum Messestand hin abgesperrt? Weshalb hat er Elisabetta nicht informiert?«

»Du weißt ganz genau, dass es für alle diese Fragen sehr plausible Erklärungen gibt!«, warf Antonio mit scharfem Ton ein.

»Erklärungen gibt es immer. Ob sie auch der Wahrheit entsprechen? Um das herauszufinden, sind wir da. Er hatte eine Affäre mit dem Opfer. Und soviel ich weiß, sind sie nicht als Freunde auseinandergegangen!«

»Was weißt denn du über die Affäre der beiden?« Antonios Stimme bekam einen deutlich drohenden Unterton.

»Deine Frau hat mich ins Bild gesetzt.«

»Du hast Marissa verhört? In die Ermittlungen hineingezogen? Was erlaubst du dir?«

»Ich habe sie nicht verhört. Das ist deine Domäne. Ich habe mich lediglich mit ihr unterhalten.«

»Na, bravo!« Antonio war empört. Gleichzeitig wusste er, dass er den Bogen nicht überspannen durfte. Keiner der Kollegen würde das verstehen. Sie alle waren im Zweifel auf Petrellis Seite. Eine Haltung, die er sehr gut nachvollziehen konnte, wenn sie ihm auch nicht gefiel. Deshalb war er auch so zornig, wie er sich ohne Umschweife eingestand.

»Was hast du denn noch herausgefunden?«, wollte er in versöhnlicherem Ton wissen.

»Auf der Doppelmagnum haben wir diverse Fingerabdrücke gefunden. Elisabetta hat bekanntermaßen die Flasche angefasst. Außerdem sind einige Abdrücke, gerade am Flaschenhals, zur Unkenntlichkeit verwischt. Was heißt, der Täter hat Handschuhe benutzt. Das verwundert uns selbstverständlich nicht.«

»Weitere Hinweise auf andere Personen gibt es nicht auf dem Glas?«, wollte Enrico wissen.

»Nein! Es sind noch ältere Abdrücke am Bauch der Flasche erkennbar. Wir werden einen Abgleich mit den Arbeitern auf dem Gut machen. Aber niemand umfasst den dicken Bauch einer Doppelmagnum, um auszuholen und eine Person damit zu erschlagen. Das ergibt keinen Sinn, weil es nicht funktioniert. Zumal ich am Rand des Flaschenbodens Haarreste, Hautpartikel und Blut vom Opfer gefunden habe. Oder Dottoressa, haben Sie ein anderes Ergebnis?«

Flavia Di Silva schüttelte den Kopf. »Das Opfer wurde am Hinterkopf mit voller Wucht des Flaschenbodens getroffen. Eine entsprechende Wunde, die die runde Form des Bodens hat, der aus massivem Glas gearbeitet ist, beweist dies eindeutig. Ein Schlag hat ausgereicht, das Opfer niederzustrecken. Stefania wurde durch den Schlag bewusstlos und schlug zudem im Fallen noch mit dem Kopf auf die Kante der Ablagefläche der Küche auf. Diese beiden schwerwiegenden Verletzungen konnte sie nicht überleben. Dann kam noch der Aufprall auf dem harten Betonboden der Messehalle dazu. Als sie dort zu liegen kam, war sie bereits tot. Giorgio, der sie gefunden hat, konnte nichts mehr für sie tun.«

»Wenn wir davon ausgehen, dass er erst nach ihrem Ableben in die Teeküche kam«, konnte sich Petrelli nicht verkneifen, einzuwerfen, was Antonio mit einem kaum unterdrückten Schnauben kommentierte.

»Ich bin der Meinung, dass Giorgio beim Fund seiner ehemaligen Geliebten ziemlich die Fassung verloren hat.« Sie sah ernst zu Silvano Petrelli und führte weiter aus: »Selbstverständlich müssen wir ihn als potentiellen Täter in Betracht ziehen. Aber ob er wirklich eine geschlagene halbe Stunde gebraucht hat, um Hilfe zu holen, ist fraglich. Den genauen Todeszeitpunkt auf die Minute genau festzustellen, ist mir nicht möglich, Silvano! So gern du das vielleicht auch hättest. Stefania di Castello ist irgendwann zwischen 8.30 und 9.30 Uhr gestern Morgen verstorben. Darauf will ich mich gern festlegen. Doch die Temperaturunterschiede zwischen dem kalten Betonboden und der steten Erwärmung der Messehallen nach Eröffnung durch die Besucher sind so gravierend, dass ich den Zeitpunkt nicht besser bestimmen kann. Die Körpertemperatur gibt unter diesen Bedingungen keine exakte Auskunft.«

»Wir haben gerade von Lavinia erfahren, dass Stefania di Castello in letzter Zeit mehrfach Kontakt zu ihren Ärzten aufgenommen hat. Zu einem Internisten und zu einer Gynäkologin. Haben Sie bei der Obduktion Hinweise dafür gefunden, Stefania könnte krank gewesen sein?«, fragte Antonio nach.

»Da der Tod eindeutig durch die Schläge auf den Kopf verursacht wurde, es weder Abwehrspuren noch Hämatome gibt, erübrigt sich eine Obduktion des Körpers.«

Fontanaro verspürte nach dieser Aussage ein ungutes Gefühl und er fragte sich, ob er die Dottoressa umstimmen sollte. Er stand von seinem Stuhl auf und hielt Petrelli die Hand hin. Als dieser nicht reagierte, sagte er: »Den PC bitte!«

Wortlos reichte der Kriminaltechniker den Laptop an ihn weiter.

»Wir sehen uns nach der Mittagspause um 15 Uhr zu einer Besprechung mit dem Staatsanwalt. Für ein gemeinsames Mittagessen fehlt mir im Moment der Appetit.« Mit diesen Worten verließ er das Büro seiner Mitarbeiter. Er musste schnellstens mit Georg sprechen, um den Graben, den Petrelli geschaufelt hatte, möglichst rasch zuzuschütten.

15

Soave, 13.00 Uhr

Unter ihm lag die *Piazza dell'Antenna*, das kleine Zentrum des Weinortes Soave. Scott Giuliano saß auf der überdachten Loggia des ehemaligen *Palazzo di Giustizia* und wartete seit einer halben Stunde auf Francesco di Castello. Sie hatten sich auf neutralem Boden verabredet, um das weitere Vorgehen zu besprechen. Auf dem Weingut hatte die Stimmung nach dem Besuch der Kommissare umgeschlagen. Renata hatte sich weinend auf ihr Zimmer zurückgezogen und erst einmal die Vorbereitungen für den Tasting-Abend eingestellt. Scott beabsichtigte, Francesco in die Pflicht zu nehmen. Jeder von ihnen brauchte den Tasting-Abend für seine Geschäfte und Interessen. Francesco musste seine Mutter zur Vernunft bringen. Für Scott waren vor allem die Chinesen von Interesse, er musste sie nur noch von ihrem Glück überzeugen. Nachdem Stefania nicht mehr dazwischenfunken konnte und als ernstzunehmende Verhandlungspartnerin ausfiel, sollte das kein Problem sein. Endlich meinte es das Schicksal gut mit ihm.

Er nahm einen großen Schluck des kühlen Weißweins, eines Soave Classico vom Platzhirschen *Pieropan*, wie es hier in der Enoteca mitten in der Altstadt nicht anders möglich war. Gleich gegenüber befanden sich die Wohn- und Geschäftsräume der berühmten Winzerfamilie im seit Generationen vererbten Palazzo. Die Enoteca gehörte Valerio Santino, dem treuesten Kunden der di Castellos in Italien, wie er wusste. Stefania sorgte dafür, dass Santino der Vorrat ihrer Weine nie ausging, wie sie Scott einmal erzählt hatte. Der Ort Soave lebte mit, für und vom Wein. Ein bisschen Tourismus gehörte auch dazu. Das Castello, das einige Gehminuten entfernt über dem Ort thronte, lockte das ganze Jahr über Besucher an. Doch in der Hauptsache gaben sich hier Weinhändler, Hoteliers und Gastronomen aus vielen Ländern der Welt die Klinke in die Hand. Und die Enoteca von Santino wurde in jedem Reiseführer lobend erwähnt. Dort konnte man wie nirgends sonst so viele unterschiedliche Weine der Region zu günstigen Preisen probieren.

Soave war ein reiches Städtchen, umgeben von Weinbergen, soweit das Auge reichte. Scott Giuliano hatte sich vorgestellt, an jeder Ecke einen Abnehmer seiner Produkte zu finden, aber die eingesessenen Familien hielten zusammen und ließen sich nur ungern in die Karten schauen. Sie vertrauten keinem Fremden und blieben lieber bei bewährten Methoden des Weinanbaus. Wer konnte es ihnen verdenken, dachte Scott selbstkritisch. Er würde nicht anders handeln. Aber er war nun mal kein reicher Winzererbe, sondern ein Vertriebsmann von *Montegrano*. Sein Interesse lag im Verkauf von Pestiziden, Düngemitteln, Olivenbaumsetzlingen und neuen Rebsorten, die versprachen, resistent gegen Fäulnisbakterien und tierische Schädlinge zu sein. Er hatte keine Ahnung, ob dieses Versprechen, das er jedem Weinbauern und Olivenhainbesitzer vorbetete, von *Montegrano* eingehalten wurde. Aber was kümmerte es ihn? Nach ihm die Sintflut.

Ungeduldig sah er erneut auf die Uhr. Wo blieb verdammt nochmal Francesco? Würde er überhaupt noch kommen? Scott schlug zum dritten Mal die Speisekarte auf. Viel stand dort nicht zu lesen:

Pasta und wenige Hauptgerichte. Er konnte den Text inzwischen fast auswendig. Er würde die Gnocchi mit Käsesauce nehmen. Eine anständige Unterlage für die anstehenden Weinproben war schon mal eine wichtige Voraussetzung für das Gelingen des restlichen Tages. Lustlos blätterte er in den Seiten der Speisekarte herum, die mit zahlreichen Zusatzinformationen zur Enoteca ergänzt war. Sie hatte eine interessante Historie und diese begann Scott halbherzig zu lesen. Was hätte er auch sonst tun sollen? Doch je mehr er sich in die Geschichte des Ortes vertiefte, die mit wenigen Zeilen umrissen wurde, und in die spezielle der Weinhandlung, desto widersinnigere Gedanken schossen ihm durch den Kopf.

Der *Palazzo di Giustizia*, ein Bau aus dem 14. Jahrhundert, zeichnete sich durch einen breiten Treppenaufgang aus. Vier Spitzbögen öffneten eine überdachte Loggia. Genau hier saß Scott an einem der einfachen Holztische und wartete. Das wuchtige Gebäude gehörte zum *Palazzo Capitano*, der sich direkt dahinter anschloss. Beide Palazzi entstanden etwa zeitgleich und waren von Cansignorio della Scala in Auftrag gegeben worden. Er gehörte dem Geschlecht der Scaliger an. Von denen hatte Scott schon mehrfach gehört. Selbst mit einem kaum ausgeprägten Geschichtsbewusstsein entkam man der Präsenz des Adelsgeschlechts in dieser Gegend nicht. Die *Fiera* und die Stadt Verona rührten die Werbetrommel, indem sie sich auf Plakaten und Flyern fleißig dieser Raubritterbande bedienten, die ohne Rücksicht auf Verluste ihre Machtansprüche geltend gemacht hatte. Sie beherrschte vom Gardasee über Verona bis Vicenza das Gebiet der heutigen *Provincia di Verona* mit eiserner Hand. Zahllose *castelli* in der Gegend trugen ihre Handschrift und die Herren *della Scala* waren alles andere als zimperlich gewesen.

An diesem Punkt wurde die Lektüre für Scott Giuliano richtig spannend. Cansignorio, selbsternannter Gouverneur von Soave, hatte seine Machtposition durch einen eigenhändigen Mord an seinem älteren Bruder gefestigt. Und um ganz sicher zu gehen, sorgte er dafür, dass der andere, jüngere Bruder für immer in den Verliesen eines Kerkers verschwand. Scott rieb sich gedankenverloren das Kinn. Wer weiß, so dachte er hämisch, welche Gene sich in den Familien, die hier über den Wein herrschten, weitervererbt hatten? Lag ihnen das Morden im Blut? Scotts eigene Ahnen, die mit der großen Auswanderungswelle in den 1920er-Jahren von Palermo aufbrachen und ihr Heil in New York suchten und sich schließlich mit kriminellen Geschäften Reichtum und Ansehen verschafften, waren auch nicht von Skrupeln gepeinigt worden. Damit kam man nicht weit, wie er nur zu gut wusste. Wer mit Anstand Geschäfte machen wollte, hatte schon verloren. Er klappte die Speisekarte zu und sah wieder hinaus auf die Piazza, die in der Frühlingssonne lag.

Und endlich sah er das BMW Cabrio, dessen Verdeck Francesco zurückgeklappt hatte, auf dem einzigen noch vorhandenen Parkplatz am Fuße der breiten Treppenanlage einparken. Ein weißer Panda, der langsam ebenfalls die Straße heraufkam, hatte das Nachsehen. Er fuhr am Palazzo im Schritttempo vorbei und aus dem Gesichtsfeld von Scott. Die Parkplatzsituation in Soave war nicht günstig. Er hatte schon mehrfach einen Strafzettel aufgebrummt bekommen.

Francesco öffnete die Wagentür und zog sich gleichzeitig eine rehfarbene Wildlederjacke über, die er von der Rückbank fischte. Offenbar dachte er, dass es auf der Terrasse kühler sein würde als in seinem offenen Wagen. Und mit dieser Annahme lag er nicht falsch. Der Wind, der vom Berg und vom mittelalterlichen *castello* herabfiel, fing sich in der luftigen Loggia der Enoteca und produzierte eine Zugluft, die im Sommer wunderbar angenehm kühlend war, jetzt im April allerdings auf den bloßen Unterarmen von Scott eine Gänsehaut hervorrief. Er griff hinter sich und nahm von der Stuhlrückenlehne sein graues Anzugsakko.

Immer zwei Stufen auf einmal nehmend, eilte Francesco zu ihm nach oben. »Sorry! Ich wurde aufgehalten.« Er warf sich in einen freien Stuhl und knallte Autoschlüssel und Sonnenbrille arrogant auf den Tisch. »Hast du schon bestellt?«

»Nein, ich hab' auf dich gewartet.«

»O.k., ich hab' nicht viel Zeit!« Nachlässig wedelte er mit der rechten Hand, worauf eine junge Frau erschien und die beiden mürrisch ansah.

»Habt ihr die Linguine mit Rucolapesto heute auf der Karte?«

»*Certo!*«

»Du auch?« Fragender Blick von Francesco zu Scott. Doch bevor dieser noch reagieren und die angedachten Gnocchi bestellen konnte, sagte der Italiener: »Zweimal und eine Karaffe mit Leitungswasser!« Ein abschätziger Blick traf Scotts geleertes Weinglas. »Brot brauchen wir keines!« Wollte er damit das *pane e coperto* in Frage stellen? Eine Zusatzeinnahme, die obligatorisch in jedem italienischen Restaurant war. Kein Italiener erlaubte es sich, das *pane e coperto* zu monieren. Das war kleinlich und entsprach nicht den Gewohnheiten des Landes. Francesco versuchte, so ziemlich die billigste Bestellung aufgegeben, die sich denken ließ – ungeachtet dessen, dass er sich unbeliebt machte. Aber damit hatte Francesco kein Problem. Scott fühlte Missfallen in sich hochsteigen und auf das Wohlwollen des jungen di Castello womöglich auch noch angewiesen zu sein, widerstrebte ihm.

»Fühl dich eingeladen!«, ergänzte di Castello großspurig und erreichte damit endgültig, dass Scott nur noch Widerwillen empfand. Francesco brauchte ihn nicht einzuladen. Aber pünktlich hätte er durchaus sein dürfen. Scott erkannte glasklar, dass Francesco in ihm keinesfalls einen Freund oder Verbündeten sah. Er war im Zweifel nur Mittel zum Zweck. Und Francesco verfolgte definitiv andere Ziele als er. Wie Scott das ändern sollte, wusste er noch nicht, aber dieses Gefühl der Ohnmacht, das ihn urplötzlich ergriff, machte ihn wütend. Zugleich wusste er nicht, was der Italiener im Schilde führte.

»Also, was willst du?«, fragte Francesco ungehalten.

»Hast du den Vertrag noch gefunden?«

»*No.*«

Scott wusste nicht, ob er das glauben konnte. »Was denkst du?«

Francesco hob fragend beide Hände: »Was weiß ich? Stefania war unberechenbar, launisch und manchmal hatte sie Ideen, die einfach nur spinös waren.«

Oder du versuchst gerade ganz ungeniert, mir einen Bären aufzubinden und spielst das Unschuldslamm, dachte Scott skeptisch. »Denkst du, sie hat wirklich Anteile eures Weingutes an die Chinesen verkauft, um an den Weinberg in Shandong zu kommen?«

»Das würde dir doch gut in den Kram passen.«

Scott Giuliano lehnte sich zurück und verschränkte die Arme vor der Brust. Ihm war kalt und er fühlte sich in höchstem Maße verunsichert.

Francesco beugte sich über den Tisch, ganz nah an Scott heran. »Warst du es? Hast du Stefania erschlagen in dem Irrglauben, sie habe dir zusammen mit dem Vertrag der Chinesen einen sicheren Abnehmer deiner Produkte verschafft? Und ohne sie kämst du jetzt richtig ans große Geld, weil die Chinesen von Ackerbau und Viehzucht so wenig Ahnung haben wie wir beide zusammen? Hast du geglaubt, ohne Stefania hast du leichtes Spiel? Oder wolltest du den Vertrag verschwinden lassen, damit dir niemand mehr in die Suppe spuckt? Glaubst womöglich, du ganz allein kannst mit den verunsicherten Chinesen den Reibach machen? Hast du dir das so vorgestellt?«

Scott verschlug es fast die Sprache. Doch er durfte jetzt keine Schwäche zeigen! »Und was ist mit dir?«, drehte Scott also gnadenlos den Spieß um, ohne auf die ungeheuerliche Unterstellung einzugehen. »Wenn die Chinesen auf deinem Gut plötzlich mitreden und dir auf die Finger schauen, ist es aus mit deinem leichtfertigen Lebensstil. Sie werden wissen wollen, wo die Zahlungen, die du dir jeden Monat genehmigst, hinwandern und vor allen Dingen, für was genau sie bestimmt sind!«

»Was weißt du von Zahlungen?« Drohend, mit gepresster Stimme reagierte Francesco auf diesen Verbalangriff.

»Deine Cousine konnte sehr offen sein. Sie hat mir einiges über eure Familie erzählt.« Scott Giuliano schwieg einen Moment und sah mit brutal zur Schau getragener Freude in das verkniffene Gesicht des Geschäftspartners. Nach einer kurzen Pause des Auskostens gab er sich im Ton versöhnlicher: »Was hat dir Alvaro Tomaselli erzählt?«

»Das geht dich einen feuchten Kehricht an!«

Scotts Auftrumpfen hatte Francesco nicht gerade zugänglicher gemacht. Doch noch mussten sie zusammenarbeiten. »Wie verhandeln wir mit Alvaro weiter?« Scott war keineswegs gewillt, das Feld zu räumen.

Francesco spürte seinen prüfenden Blick, griff nervös nach seinen Autoschlüsseln und schob sie geräuschvoll über den Holztisch. »Das lass mal meine Sorge sein.«

»Keinesfalls! Verkauf mich nicht für dumm! Was habt ihr besprochen?« Scotts Strohhalm Tomaselli geriet ins Wanken. Er war seine letzte Chance. Francesco machte nicht den Eindruck, als wolle er noch mit Scott an einem Strang ziehen. Das hieß: Er musste seine Strategie ändern. Dann musste er ohne di Castello mit Tomaselli reden. Was ging es Francesco an, was er mit dem Winzer verhandelte?

»Wer glaubst du, wer du bist? Nur weil du mit Stefania in die Kiste gestiegen bist, hast du noch lange keine Ansprüche auf irgendetwas von unserer Familie.« Jetzt sprach Francesco Klartext. »Also vergiss den Vertrag, wenn es einen solchen überhaupt gibt. Du bist keiner von uns und wirst es auch nicht. Im Zweifel ist uns das eigene Hemd näher. Das solltest du endlich begreifen.«

Scotts Blutdruck stieg. Und so ließ er sich zu einer Bemerkung hinreißen, die das Fass endgültig zum Überlaufen brachte: »Kennst du ihr Testament? Weißt du, wer in Zukunft Ansprüche hat, wer das Weingut von euch leiten wird?«

Wütend knallte Francesco die Autoschlüssel auf den Tisch. »Was bist du doch für ein schmieriger, hinterhältiger *Italoamericano!* Glaubst du wirklich, du kannst mir Angst machen? Und lass dich heute Abend nicht auf unserem Gut blicken! Du hast dort nichts verloren! *Capito?*«

Doch Scott Giuliano war hart im Nehmen. Neben ihm saß der einzige di Castello, der wankte. Und er wollte verdammt sein, wenn er sich diese letzte Chance nehmen ließ. Ohne den Tasting-Abend konnte er einpacken. Er würde alles tun, um am Ball zu bleiben. So ruhig, wie es ihm nur möglich war, sprach er die nächste unangenehme Wahrheit an, die Francesco nicht gefallen konnte: »Du glaubst wirklich, deine Cousine hat mit einem verhandelt, der wüste Parolen auf eure Hofmauer sprayt und sie persönlich als Hure bezeichnet? Weshalb sollte sie mit Alvaro reden oder ihm gar einen Weinberg verkaufen?«

»Weil sie die Kohle mindestens so dringend brauchte wie wir.«

»Aber sie hatte doch die Chinesen am Wickel. Erklär mir das.

»Da die *polizia* ihren Laptop mitgenommen hat, weiß ich nicht, wie weit sie mit Alvaro gekommen ist.«

Das kam der Wahrheit schon sehr viel näher, dachte Scott zufrieden. »Sie werden den PC knacken.«

Francesco warf den Kopf in den Nacken und lachte schallend. »Du bist ja ein ganz Schlauer!« Dann griff er sich Autoschlüssel und Sonnenbrille. Quietschend schob er den Holzstuhl rückwärts über den Steinboden. Er tippte sich an die Stirn und sagte: »*Ciao amico.*«

In diesem Moment kam die junge Kellnerin aus dem Haus und knallte beide Nudelportionen vor Scott auf den Tisch.

»*Buon appetito!*« rief ihm Francesco noch über die Schulter zu.

16

Verona, 13.00 Uhr

In seinem ersten hilflosen Zorn stürmte Georg aus der Questura, über den *Ponte Nuovo* Richtung *Piazza delle Erbe*. Sein Ziel war die Wohnung der Fontanaros. Dort würde er seine Siebensachen packen und unverzüglich nach Hause fahren. Was bildeten sich diese Typen ein? Ihn zu beschuldigen! Allein die Vorstellung, er könnte Stefania erschlagen haben, nahm ihm die Luft zum Atmen. Unvermittelt blieb er stehen und lehnte sich an die nächstbeste Hausmauer. Ihm war schwindlig vom schnellen Gehen. Null Kondition, wie er selbstkritisch feststellte.

Als er sich etwas gefangen hatte, sah er sich um. In dieser Gasse war er zuvor noch nie gewesen. Er musste wie blind durch die Gegend gerannt sein. Wenige Schritte weiter hatte ein Barbesitzer drei einladende Tischchen aufgestellt, die von zwei Schirmen überspannt waren. Ihre Stoffe zierten Reklameschriftzüge eines weithin bekannten Weißbieres aus Georgs Heimat. Laut atmete er aus. Das war die Rettung für seine angeschlagene Physis. Ein Weißbier! Ohne zu zögern nahm er auf einem der Rohrsessel, die mit einem dunkelblauen Plastikband bespannt waren, Platz und bestellte sich eine kühle Weiße. Beide Beine weit von sich gestreckt, nahm er einen ersten tiefen Schluck und dann noch einen und dann begann er erstmals, seit er die Questura fluchtartig verlassen hatte, vernünftig nachzudenken.

Die italienischen Kollegen hatten natürlich recht. Er hatte sich in ihren Augen durch sein Verhalten verdächtig gemacht. Aber wenn sie genauer recherchierten, würden sie ohne jeden Zweifel feststellen, dass er nicht der Täter sein konnte. Weil er es nicht getan hatte. Toni war ein hervorragender Ermittler und sein Freund. Er würde nicht ruhen, bis er den wahren Täter gefunden und somit seinen alten Spezl entlastet hatte. Diese Art von persönlicher Verstrickung in einen Fall machte ihm Angst. Wie oft schon hatte er Zeugen lange befragt und ihnen gehörig auf den Zahn gefühlt, weil er überzeugt von ihrer Täterschaft war. Bisweilen hatte er sich geirrt. Und noch nie hatte er sich dabei die Frage gestellt, welche Ängste, welche Wut und welche Verunsicherung er durch sein Verhalten bei den Betroffenen auslöste. Das war immer egal gewesen. Allein die Überführung des Täters oder der Täter war entscheidend. Dazu war jedes legale Mittel recht. Und manches Mal hatte er ohne zu zögern den legalen Weg verlassen, die Mittel zu großzügig in seinem Sinne ausgelegt. Manchmal lag er damit richtig, manchmal völlig daneben.

Plötzlich war er selbst in der wenig angenehmen Lage, auf der anderen Seite zu stehen, ein potentieller Täter zu sein, dem die Polizei nachschnüffelte. Dabei hatte er es noch gut. Toni würde sich an Recht und Gesetz halten. In seinen Augen würde er in jedem Fall erst einmal als unschuldig gelten. Das war die gegensätzliche Position zu der, die man als Polizist meist einnahm.

Georg trank sein Weißbier aus und bestellte ein zweites. Langsam, aber sicher wurde er ruhiger. Sein Handy, das er auf dem Tischchen abgelegt hatte, vibrierte. Fontanaro wollte ihn sprechen. Kurz war Georg versucht, den Anruf zu ignorieren. Er würde in wenigen Stunden Richtung Heimat fahren und dem Freund bei seinen Ermittlungen nicht mehr im Wege stehen. Es war nicht nötig, von ihm zum Abreisen aufgefordert werden. Genauswenig wollte Georg halbherzig zum Bleiben überredet werden. Beide Optionen gefielen ihm nicht. Doch Antonio ließ nicht locker. Er versuchte es ein zweites Mal. Und Georg drückte ihn erneut weg. Beim dritten Mal hob Georg schließlich ab.

»*Pronto!*«

»Sag mal, wo bist du?«

»Petrelli hat sich doch klar ausgedrückt. Ich habe bei euren Ermittlungen nichts verloren. Wir wissen beide, dass er recht hat. Ich bin auf dem Weg in eure Wohnung, um zu packen. Du bist ohne mich besser dran.«

»Vergiss es. Ich brauche dich! Wir müssen uns vor dem Tasting-Abend den PC von Stefania ansehen. Ich will wissen, was sie recherchiert hat. Du übernimmst die deutschen Passagen und ich kümmere mich um den Rest.«

Er erzählte ihm in groben Zügen von seinem Telefonat mit Mauro. Damit brachte er ihn auf den neuesten Stand. Nicht mal die Kollegen waren so vollständig eingeweiht. Dazu war die Stimmung in dem kleinen Konferenzraum zu aufgeheizt gewesen.

»Wir müssen wissen, was vor fünf Tagen passiert ist. Irgendetwas hat sich ereignet, das Stefania zum Umdenken veranlasst hat. Die Änderung der Verträge und des Testaments sind klare Indizien dafür. Anschließend fahren wir raus nach Soave. Vielleicht können wir vor dem Tasting nochmal mit Renata sprechen. Sie muss uns die Beziehungen zu den Tomasellis näher erklären.«

Georg hörte sich alles an. In der Stimme seines Freundes lag Hochspannung. Er stand spürbar unter Druck. Der Staatsanwalt machte ihm Beine. Und die Anschuldigung, er, Georg, könnte in den Mord an Stefania verwickelt sein, setzte dem Freund ohne jeden Zweifel gehörig zu.

»Wir beide werden an dem Tasting teilnehmen«, führte Fontanaro weiter aus, »und uns die Leute genau ansehen, mit denen unsere Winzerin Geschäfte gemacht hat. Und erzähl mir nicht, dass du das nicht wissen willst. Dass dir das egal ist.«

Er kannte ihn gut. Das musste Georg zugeben. Ein Lächeln glitt über sein Gesicht. Er fühlte sich deutlich besser. »Was passiert, wenn Mauro hinter deine Eigenmächtigkeit kommt? Du wirst große Probleme bekommen.«

»Lass das mal meine Sorge sein. Wo bist du überhaupt?«

»Ehrlich gesagt«, Georg lachte, »ich habe keine Ahnung. Ich bin einfach losgelaufen und in einer Seitengasse gelandet, in der ich niemals zuvor war. Aber die kleine Bar hat ein großartiges Weißbier und das trinke ich jetzt aus und komme zu dir ins Büro.«

»Kannst du Sandwiches oder *tramezzini* für uns zwei mitbringen?«

Georg drehte sich in seinem Stuhl um und sah am Tisch hinter ihm zwei Geschäftsleute in dunklen Anzügen sitzen, die sich gerade dick belegte Brötchen in den Mund schoben. Er brauchte also nicht weit zu gehen, um das Mittagessen zu besorgen.

»Und nimm dir ein Taxi! Wir dürfen nicht unnötig Zeit verlieren.«

17

Verona, 15.00 Uhr

Im Laufschritt hastete Commissario Fontanaro den Gang im zweiten Stock der Questura entlang. Er war spät dran. Bis zur letzten Minute hatte er mit Georg zusammengesessen. Unter dem Arm trug er einen Stapel Papier. Er und sein Freund hatten sich intensiv mit dem Laptop und den Dateien der Winzerin beschäftigt, recherchiert und dabei einiges von Interesse entdeckt. Georg machte sich zur gleichen Zeit nochmals auf den Weg zur *Fiera*. Er musste sich um den Auftrag von Franco Barone kümmern und dessen Weinbestellungen auf den Weg bringen. Anschließend wollten sie sich wieder auf dem Parkplatz der Questura treffen, um gemeinsam zum Tasting nach Soave zu fahren.

Noch war sich Antonio nicht schlüssig, ob es sinnvoll war, alle neuen Erkenntnisse bei der anstehenden Besprechung preiszugeben. Er wollte weder sich noch Georg blamieren. Nichts war peinlicher, als mit Fakten zu prahlen und die Kollegen womöglich auf falsche Fährten zu setzen, die letztendlich in einer Sackgasse endeten. So sehr ihn das Telefonat mit Vincenzo Mauro angetrieben hatte, so sehr war er nun versucht, erst einmal abzuwarten. Und eine ganze Reihe von Dateien hatte er mit dem Bayern aus Zeitmangel noch gar nicht geöffnet. Antonio fürchtete, dass Stefanias PC weitere Überraschungen bereithielt. Die Datenfülle, die sie in den letzten Wochen produziert hatte, war verblüffend.

Er näherte sich der geschlossenen Tür zum Besprechungsraum und hörte bereits im Gang engagierte Unterhaltung. Der Bariton des Staatsanwalts übertönte die anderen. Die Kollegen warteten also nur noch auf ihn. Die letzten Meter legte Antonio langsamer zurück. Es musste ja nicht jeder gleich bemerken, dass er in der Eile außer Atem geraten war. So ruhig und gelassen wie möglich betrat er den Raum. Er war schließlich der Chef hier. Augenblicklich trat Stille ein.

Die Runde schien komplett. Nur sein Platz zwischen Fausto und Enrico war frei geblieben. Gegenüber saßen Lavinia, Mauro und Petrelli. Lavinia hatte wieder einmal die zweifelhafte Ehre, neben dem Staatsanwalt zu sitzen. Enrico hatte es offenbar nicht geschafft, ihr das zu ersparen. Antonio nahm sich vor, nochmals mit dem Kollegen darüber zu sprechen und ihm klar zu machen, wie unangenehm Lavinia die körperliche Nähe von Vincenzo Mauro fand. Allerdings saß einfach niemand gern neben ihm. Außerdem registrierte Antonio, dass der Chef der Kriminaltechnik mit am Tisch saß. Wer hatte ihn eingeladen? Fausto? Mauro? Oder war er aus eigenem Antrieb gekommen?

»*Salve!*« Antonio setzte sich auf seinen angestammten Platz und legte die Papiere vor sich auf den Tisch.

Gemurmel antwortete ihm. Alle Augen waren neugierig auf ihn gerichtet. Was erwarteten sie von ihm? Die Erkenntnis schlechthin? Damit konnte er nicht dienen. Deshalb wandte er sich an seinen Vice, um die Stille, die er sich nicht so recht erklären konnte, zu durchbrechen. Normalerweise riss der Staatsanwalt ohne Umschweife das Gespräch sofort an sich, weil seine Zeit knapp war. Doch dieser schien auch abzuwarten. Ganz offensichtlich hatten er und die anderen nichts wesentlich Neues beizutragen. Das konnte ja heiter werden.

Er warf den Ball Fausto zu. »Du bist Francesco di Castello gefolgt, nachdem er die Questura verlassen hat. Was hat er anschließend gemacht?«

Fausto Castillio räusperte sich. »*Allora!* Er hat sich zunächst von Scott Giuliano getrennt, der ebenfalls von den Kollegen des Erkennungsdienstes erfasst worden war, und suchte dann Avvocatessa Tramonte auf. Nach höchstens fünf Minuten kam er wieder aus dem Gebäude. Ich vermute, dass ihn die Anwältin nicht sprechen wollte oder dass er sie nicht angetroffen hat. Anschließend ging er in seine Wohnung. Diese liegt in der Altstadt, unweit der *Piazza delle Erbe*, in einem schon etwas heruntergekommenen Palazzo. Auf seinem Klingelschild steht *Agenzia di Pubblicità di Castello*. Ich habe mir die Website dieser Firma näher angesehen.«

Sowohl Mauro als auch Enrico zogen die Augenbrauen in die Stirn. Dass Fausto elektronisch recherchierte, kam nicht oft vor. Viel lieber werkelte er auf seinem kleinen Bauernhof oder observierte Verdächtige. Büroarbeit war weniger nach seinem Geschmack. Aber auch bei ihm war der Ehrgeiz erwacht.

»Er berät diverse Winzer bei ihren Werbemaßnahmen. Entwickelt Prospekte, Flyer, Websites und organisiert Weinreisen und Tastings. Als Event- und Werbeagentur versucht er am großen Rad zu drehen. Seine Referenzenliste, die er angibt, ist beeindruckend lang. Die großen Namen jedoch sind nicht darunter. Unsere Top Drei unter den Winzern kümmern sich selbst um ihre Vermarktung, aber er hat ein gutes Dutzend mittlerer und kleinerer Betriebe, die im Soave Wein anbauen. Er ist gut vernetzt.«

»Gehören die Tomasellis zu seinen Kunden?«, fragte Antonio.

»*Sì.*«

»Sie stehen auch auf seiner Liste?«, bohrte Mauro nach.

Fausto hob den Kopf von seinen Unterlagen und sah in die Runde. Um seinen Mund spielte ein kleines, spöttisches Lächeln. »*No.*«

»*Ma ...*« In der Stimme des Staatsanwalts lag Ungeduld.

»Tomaselli, der zweifellos auf der *Fiera* sein sollte, um seine Kunden auf der Weinmesse zu beraten, betrat keine zehn Minuten nach Francesco dessen Büro. Vielleicht will er in Zukunft auch von dessen *Agenzia* beraten werden.« Fausto erlaubte sich gleich noch ein ironisches Lächeln. »Vielleicht tut sie das auch längst. Wer weiß, was die beiden Herren zu besprechen hatten. Das Gespräch dauerte über eine halbe Stunde. Dann kam Tomaselli wieder heraus und stürzte davon.«

»Wie wirkte er auf Sie? War er wütend oder hatte er es nur sehr eilig? Konnten Sie seinen Gesichtsausdruck sehen?«, insistierte Vincenzo Mauro.

»Tut mir leid, Dottore. Tomaselli trug eine dunkle Sonnenbrille und lief mit gesenktem Kopf im Laufschritt zu seinem Wagen, den er verbotenerweise auf dem Gehsteig im absoluten Halteverbot geparkt hatte. Naja, an dieser Stelle der Altstadt ist man auch besser zu Fuß unterwegs. Wie gesagt, ich vermute, er wurde längst auf der *Fiera* erwartet.«

»Oder er hatte raschen Handlungsbedarf nach dem Gespräch mit Francesco?«, erlaubte sich Antonio in die Runde zu fragen, in der Hoffnung, die Kollegen hätten dazu eine zündende Idee.

»Was bringt Sie zu der Vermutung, Commissario?« Skeptisch musterte ihn prompt der Staatsanwalt.

»Ihr Hinweis am Telefon auf einen möglichen Vertrag zwischen Stefania di Castello und Alvaro Tomaselli.«

Ruckartig wandten sich alle Köpfe Antonio zu. Nun war schon mal die erste Katze aus dem Sack. Doch bevor Mauro etwas erwidern konnte, wollte Fontanaro von Fausto noch wissen: »Was machte Francesco anschließend?«

»Er fuhr nach Soave, um sich dort mit Scott Giuliano in der Enoteca zu treffen. Sie unterhielten sich eine Zeitlang ziemlich engagiert. Doch als das Essen kam, stand Francesco unvermittelt auf und ließ seinen Geschäftspartner allein mit zwei Portionen Pasta zurück. Anschließend fuhr er auf das Weingut. An diesem Punkt habe ich die Observation abgebrochen, um rechtzeitig zu dieser Sitzung zurück zu sein.«

Antonio Fontanaro lehnte sich zurück und stellte Vincenzo Mauro die wichtigste Frage: »Dottore, haben Sie Einblick in die Verträge bekommen?«

»Leider nein. Die Avvocatessa ist heute verreist. Deshalb hatte wohl auch Francesco di Castello kein Glück bei ihr. Ihre Angestellte wollte mir keine Auskunft geben. In dieser Sache müssen wir also warten. Oder haben Sie etwas herausgefunden?«, fragte Mauro provokativ. Offenbar nahm er wie selbstverständlich an, dass die Antwort ›Nein‹ lauten würde.

»*Sì!*« Antonio griff nach seinen Papieren und verteilte sie in die Runde. Es war an der Zeit, eine weitere Katze aus dem Sack zu lassen.

»Ich bringe Ihnen allen eine Mailnachricht von Alvaro Tomaselli an Stefania di Castello zur Kenntnis. Darin droht er ihr unverhohlen, ihre Pläne für biologischen Weinanbau zunichte zu machen, wenn sie ihm nicht im Gegenzug einen beträchtlichen Anteil an ihrem normal bewirtschafteten Weinberg verkauft. Er droht mit einem Giftanschlag auf ihre zertifizierte Anbaufläche. Und er droht ihr zudem mit dem Ausschluss aus der Winzergenossenschaft Soave, der er vorsteht. Die Nachricht ist acht Wochen alt. Stefania hat die Mail, meinen Recherchen nach zumindest, schriftlich nicht beantwortet. Ob die beiden sich getroffen haben, wissen wir nicht. Die Handydaten rund um den Zeitpunkt werden wir prüfen.« Dabei sah er zu Lavinia, die zustimmend nickte und sich auf der Nachricht eine Notiz machte.

»Zudem gibt es einen Mailverkehr mit Avvocatessa Tramonte. Die beiden Frauen wollten sich drei Tage vor dem Mord an Stefania treffen. Ob es dazu gekommen ist, wissen wir nicht.«

»Haben Sie eine Vorstellung, was Tomaselli mit einem Giftanschlag meint?«, wollte der Staatsanwalt wissen.

»Keine Ahnung.« Antonio hielt sich bedeckt. Er hatte durchaus eine klare Vorstellung. Er dachte, dass Scott Giuliano und der Konzern *Montegrano* die Mittel für einen solchen Anschlag bereithielten. Dabei zweifelte er keine Sekunde daran, dass der Italoamerikaner mit Tomaselli in Kontakt stand. Und sei es nur, um ihm irgendetwas vom Portfolio des amerikanischen Agrargiganten zu verkaufen. Ihm würde es herzlich egal sein, was Tomaselli mit diesen Produkten anstellte. Doch dafür hatte Antonio keine Beweise. Es war lediglich ein sehr starkes Bauchgefühl.

Stefania hatte Scott lange Zeit vertraut. Die Mails zwischen den beiden sprachen eine deutliche Sprache. Sie war einverstanden gewesen, mit ihm einen Dreijahresdeal zu schließen und ihm Produkte für eine vierstellige Summe abzunehmen. Doch vor den inzwischen bekannten fünf Tagen ihres Todes hatte sich das Blatt abrupt gewendet. Sie schrieb ihm, dass sie ihn auf dem Tasting-Abend nicht sehen und dass sie ihre geplante Abmachung nochmals überdenken wolle. Ein Gespräch mit der Anwältin war unumgänglich, wenn sie mehr über das Zerwürfnis wissen wollten.

Als Antonio gemeinsam mit Georg diese Nachrichten vor weniger als einer Stunde gelesen hatte, war ihnen klar geworden, dass Scott Giuliano und Alvaro Tomaselli die stärksten Motive für einen Mord hatten. Er sah zu Vincenzo Mauro und fragte: »Dottore, Sie wollten sich um Bankauskünfte der Familienmitglieder der di Castellos kümmern! Haben Sie dabei etwas entdeckt?«

»*Naturalmente.*« Auch der Staatsanwalt hatte Papiere bei sich. Er reichte Fontanaro ein Schriftstück. »Francesco hat wenig Einkünfte. Seine Cousine überwies ihm offenbar hin und wieder mittlere Beträge. Viele davon beziehen sich auf eine konkrete Rechnung, die Francesco gestellt hat. Einige jedoch sind ohne Nennung von Gründen auf das Konto geflossen. Entweder hat unser Opfer ihn unterstützt oder«, Mauro machte eine Kunstpause, »oder Francesco di Castello hat sich am Firmenkonto bedient. Er hatte zumindest eine Vollmacht. Genauso übrigens wie Elisabetta di Castello. Sie jedoch hat eigene Einnahmen aus Verkäufen in ihrem Hofladen und von Restaurants, die ihr Olivenöl abnehmen.«

»Hat sich Francesco vielleicht gestern oder heute nochmals am Firmenkonto bedient?«, wollte Fontanaro wissen.

»*No*. Bis jetzt nicht. Kurz war ich versucht, das Konto sperren zu lassen, bis die Ermittlungen abgeschlossen sind. Aber ich beobachte lieber die Kontobewegungen. Wer weiß, was sich ergibt!« Mauro grinste verschlagen in die Runde.

Antonio gab sich erst einmal mit den Antworten zufrieden und dachte, dass Francesco weiterhin mehr als nur verdächtig war. Wenn Vincenzo Mauro ihn im Visier hatte, konnten er und seine Leute sich um die anderen kümmern. Da hatten sie alle reichlich zu tun.

Deshalb sah er nun zu Silvano Petrelli, der bisher geschwiegen hatte und die anderen reden ließ.

»Was hast du für uns, Silvano? Du bist doch sicherlich nicht nur aus Neugierde hier?«

Der Kriminaltechniker sparte auch dieses Mal nicht mit einer scherzhaft spitzen Bemerkung: »Dein Scharfsinn ist immer wieder beeindruckend, Tonio.« Dann wurde er dienstlich: »Dein Freund Giorgio Breitwieser hat uns ja netterweise sein Wasserglas zur Verfügung gestellt, um einen Abgleich mit den am Tatort vorgefundenen Fingerabdrücken zu machen. Es gibt nur wenige Flächen, die seine Abdrücke aufweisen: die Türgriffe zur und aus der Teeküche und an der Küchentheke. Nirgendwo sonst hat Giorgio Breitwieser Spuren hinterlassen. Und ich denke, er hat auch nichts anderes angefasst. Nach den Ausführungen der Dottoressa dürfte es als erwiesen angesehen werden, dass Collega Breitwieser die Tote gefunden, aber nicht ihren Tod verursacht hat.«

Antonio war sehr erleichtert, dass Petrelli seinen Freund nicht länger auf der Liste der Verdächtigen hatte und dies auch offen zugab. Die Annahme an sich war ja schon absurd gewesen. Aber er hielt den Mund und machte Silvano Petrelli keinen Vorwurf.

»Dagegen haben wir sowohl von Scott Giuliano als auch von Francesco und Elisabetta di Castello Spuren nachweisen können.

Die Tresen, Ablageflächen der Küche, Stuhllehnen und verschiedene andere Gegenstände des Messestands sind voll davon. Was nicht verwunderlich ist, denn alle di Castellos haben beim Standaufbau geholfen. Daraus lässt sich nichts schlussfolgern. Was Scott Giuliano vor Messebeginn dort gemacht hat, müssen wir ihn fragen. Francesco hat Werbemittel gebracht. Das ist zumindest schlüssig.

Auf dem Glas der Doppelmagnum, die wir eindeutig als Tatwerkzeug identifiziert haben, finden sich ausschließlich Fingerabdrücke von Elisabetta di Castello. Die wenigen Reste, die wir zudem am Hals der Flasche sicherstellen konnten, geben uns keinen weiteren Hinweis. Das heißt, die betreffende Person haben wir noch nicht in der Datei. Falls die Spuren überhaupt für eine Identifizierung ausreichen. Das wissen wir erst, wenn wir den Täter oder die Täterin auf anderem Weg gefunden haben. Dann können wir zur Sicherheit nochmals einen Abgleich machen.«

»Kein Hinweis also auf den ominösen Putzmann?«, fragte der Staatsanwalt nach.

»Nein. Der Stand weist nur Spuren von Mitgliedern der Familie di Castello auf und von Scott Giuliano.«

»Was ist mit dem Messebauer?«, wollte Fausto wissen.

»Um diese Spuren, vor allem in der Teeküche, müssen wir uns noch kümmern. Aber sie sind nicht mehr frisch und meist von anderen überdeckt. Die Spurenlage in dieser Hinsicht ist schwierig und wenig eindeutig. Da sind wir sehr rasch beim Spekulieren.«

»Commissario, was haben Sie noch? Wie weit sind Sie mit der Überprüfung der letzten Tage unseres Opfers gekommen? Da muss doch irgendetwas vorgefallen sein!« Erneut meldete sich der Staatsanwalt zu Wort.

»Wie gesagt, Stefania di Castello hat sich in diesem Zeitraum von ihrem Liebhaber getrennt.« Dass es noch einen weiteren Lover gegeben hatte, musste Vincenzo Mauro zunächst nicht wissen. Antonio wollte am Abend Renata dazu nochmals befragen. Vielleicht hatte sie, im Gegensatz zu Marissa, einen Namen für ihn, dem er nachgehen konnte. »Sie betrachtete ihn auch nicht länger als Geschäftspartner, was Signor Giuliano nicht gefallen haben dürfte. Und ja, sie hatte in diesem Zeitraum vor ihrem Tod einen Termin bei ihrer Gynäkologin. Dort möchte ich morgen nachfragen.«

Um den Mund von Vincenzo Mauro erschien ein abschätziges Lächeln. Er stand vom Stuhl auf und faltete das Papier, das Antonio verteilt hatte, nachlässig zusammen. »Vielleicht war sie einfach nur schwanger. Das kommt bei Frauen bisweilen vor. Stefania di Castello war in einem Alter, wo es höchste Zeit dafür wurde.«

Was bist du doch für ein anzüglicher und niederträchtiger Typ, schoss es Antonio durch den Kopf. Was fiel ihm ein, eine solche Vermutung in den Raum zu stellen?

»Könnte gut sein, dass ein Kind Scott Giuliano noch weniger gefallen hätte als die Aufkündigung der Geschäftsbeziehung.« Mauro hatte sein Pulver noch nicht verschossen. »Verheiratete Männer neigen dazu, diese Art der Erpressung wenig zu schätzen.«

»Signor Giuliano ist verheiratet?«, fragte Enrico überrascht nach.

»Sie sind doch der Spezialist für digitale Recherche. Finden Sie es heraus. Aber rasch, würde ich sagen.« Die Tür schloss sich hinter Vincenzo Mauro.

18

Verona, 15.00 Uhr

Etwa zur gleichen Zeit traf Georg Breitwieser mit einem Taxi auf der *Fiera* ein. Er ließ sich zum Hintereingang fahren und kam so sehr rasch zu den Messeständen der Winzer aus dem Soave. Er konnte einfach unter der Schranke hindurch gehen. Niemand kontrollierte ihn. Niemand hielt ihn auf. Wenn der Täter oder die Täterin diese Möglichkeit kannte, war es überhaupt kein Problem, unerkannt und ohne Registrierung die Hallen zu betreten. Und er war sich sicher, dass sehr viele Leute aus dem Umkreis der Winzer um diese Möglichkeit wussten. Der Kreis der Verdächtigen wurde dadurch nicht kleiner.

Obwohl er im richtigen Bereich der *Fiera* angelangt war, musste sich Georg erneut an den Menschentrauben vorbeischieben, die vor den einzelnen Messeständen um die besten Plätze kämpften. Jeder wollte kostenlos die teuren Weine probieren. Ob er nun ein wirkliches Kaufinteresse hatte oder auch nicht. Es war noch voller und wärmer als am Tag zuvor, die Luft durchdrungen von den Ausdünstungen der zahlreichen Besucher, dem inzwischen reichlich verkonsumierten und sicherlich auch verschütteten Alkohol und nicht mehr näher zu definierenden Mahlzeiten. Georg reagierte normalerweise empfindlich auf solch diffuse Geruchsvermengungen und Menschenansammlungen, aber jetzt konzentrierte er sich nur auf den Auftrag, den ihm Franco Barone erteilt hatte. Diesen wollte er pflichtschuldig und so rasch wie möglich erledigen.

Außerdem war er neugierig, ob er Alvaro Tomaselli an seinem Stand antreffen würde. Gehörte er doch inzwischen zum engen Kreis der Verdächtigen. Wer mit einem Giftanschlag drohte, hatte vielleicht Brutaleres oder schlicht Effektiveres im Sinn. Georg wollte seine Maskerade als interessierter Weineinkäufer ausnutzen, um eine Reihe unschuldiger Fragen zu stellen. Bisher hatte Tomaselli noch nicht seine Bekanntschaft gemacht.

Mit der Liste in der Hand suchte Georg den ersten Winzer auf, den Franco Barone notiert hatte, und bestellte die gewünschte Anzahl an Weinflaschen. Auch beim nächsten Stand lief alles glatt. Niemand wunderte sich, dass Barone nicht selbst erschien, sondern einen Vertreter schickte. Es ging ums Geschäft, das man gern mit jedem machte, der die Brieftasche zu zücken bereit war.

Als Georg sich den Ständen von Tomaselli zur Linken und *Castello del Belvedere* zur Rechten näherte, verlangsamte er automatisch seine Schritte. Er spähte über die zahlreichen Köpfe vor ihm und entdeckte Elisabetta an ihrem Stand. Sie hatte es sich also wirklich nicht nehmen lassen und war, trotz der Ereignisse, auf der *Vinitaly* erschienen, um die Standbetreuung selbst zu übernehmen. Neben ihr unterhielt sich noch eine jüngere Frau mit einem Pärchen, das Weingläser in den Händen hielt. Beide Frauen wirkten freundlich und geschäftstüchtig, als hätte das Weingut *Castello del Belvedere* nicht gerade einen nicht wiedergutzumachenden Verlust erlitten. Georg wusste nicht so recht, ob er die Frauen bewundern oder ihre Geschäftstüchtigkeit kritisch hinterfragen sollte.

Während er noch grübelte, hatte Georg den Stand vom Weingut *Tomaselli* erreicht. Unvermittelt wurde er angesprochen.

»*Buonasera* Signore! Wie kann ich Ihnen helfen?«

Georg drehte sich zu der tiefen Männerstimme um und hatte einen breitschultrigen, kräftigen Mann vor sich, der an seinem Anzugrevers ein Schild mit dem Namen »Alvaro Tomaselli« stecken hatte. Das dunkelbraune Sakko spannte etwas über dem Brustkorb und wirkte durchaus in die Jahre gekommen. Georg vermutete, dass der Winzer sein »Messesakko« trug und dass es ihn schon geraume Zeit zu diesem Zweck begleitete.

»Möchten Sie unseren Soave Classico probieren?«

Georg besah sich den Mann, der Stefania bedroht hatte, noch etwas näher. Seine großen Hände, die er auf die Theke gelegt hatte, sahen so aus, wie man es von jemandem erwartet, der mit seinen Händen arbeitet. Die Haut war schwielig und die Fingernägel sehr kurz geschnitten. Dennoch sah man ihnen an, dass sie mit Erde in Berührung kamen. Auch die Gesichtshaut wies deutlich darauf hin, dass sich Alvaro Tomaselli bevorzugt im Freien aufhielt.

Georgs Meinung über Tomaselli war nicht ohne Vorurteile, wie er sich schon auch eingestand. Und er sah sie zumindest auf den ersten Blick bestätigt. Der Winzer trat entschieden mit breiter Brust auf. Er war ein Macher, ein Geschäftsmann, wenn es auch Anzeichen dafür gab, dass er sich nicht zu schade war, selbst Hand anzulegen. Das passte bei einem Winzer durchaus ins Bild. Aber er war vor Beginn der Messe noch beim Friseur gewesen und ein perfekter Dreitagebart suggerierte Selbstbewusstsein und Virilität. Allein deshalb schon war Georg auf der Hut. Von Tomaselli über den Tisch gezogen zu werden lag absolut im Bereich des Vorstellbaren. Und das durfte ihm bei der Bestellung für Franco Barone nicht passieren.

Deshalb schüttelte er jetzt bedauernd den Kopf und sagte: »Nein, Ihr Soave Classico interessiert mich nur am Rande.« Er konsultierte seinen Zettel und sagte dann: »Dagegen würde ich Ihren Valpolicella Ripasso Superiore sehr viel lieber probieren.«

Tomaselli verzog den Mund, als hätte er plötzlich einen Anfall von Zahnschmerzen.

»*Scusi* Signore«, und in seiner Stimme lag alles, nur kein wirkliches Bedauern, »... tut mir sehr leid, aber der Ripasso ist nicht zum Probieren geöffnet.«

Georg zog gekonnt die linke Augenbraue in die Stirn und signalisierte seinerseits Missfallen. Der Valpolicella, der westlich des Soave-Anbaugebietes wuchs, und unter den italienischen Rotweinen höchste Auszeichnungen bekam, war kein Schnäppchen. Das war Georg wohl bewusst. Seine Mimik jedoch animierte Tomaselli zumindest zu einer Gegenfrage.

»Ich habe Sie noch nie an unserem Stand gesehen oder irre ich mich da?« Tomasellis Personengedächtnis schien hervorragend zu sein, wie Georg anerkennend feststellte.

»Ich komme in Vertretung von Franco Barone. Ihn sollten Sie jedenfalls kennen.« Georg wartete gespannt auf die Reaktion. Zu gern hätte er gewusst, ob Barone ein geschätzter Kunde war, ob man sich auf der *Fiera* an ihn erinnerte. Bei den beiden Winzern zuvor hatte es allerdings keinerlei Hinweise darauf gegeben, dass man mit dem Namen Barone, der natürlich auch oft in Italien vertreten war, etwas verband.

»Was ist mit Barone? Ist er krank?« Wirklich, Tomaselli reagierte postwendend auf Georgs Hinweis.

»Seine Frau ist überraschend krank geworden.«

»Ah ... Das tut mir leid.« Tomaselli schien zu zögern und zu überlegen. »Warum schickt er nicht Fabio? Oder traut sich der Junior nicht mehr nach Verona?« Er wollte noch etwas hinzufügen, doch dann hielt er inne, sah zum Stand von *Castello del Belvedere* hinüber und strich mit der Hand nachdenklich über den Tresen seines Messestands. »Den Ripasso wollten Sie probieren?«, fragte er dann überflüssigerweise nach.

Doch Georg ging nicht darauf ein, denn die Bemerkung des Winzers überraschte ihn sehr. »War Fabio Barone schon einmal in Verona?« Woher kannte Tomaselli den Vorbesitzer seines Alfa Romeo?

»*Certo*«, entgegnete Tomaselli bestimmt. Dann besann er sich. Ihm wurde offenbar bewusst, dass er vom Vertreter Barones nicht unbedingt erwarten konnte, dass er dessen ganze Familiengeschichte kannte. Mit einer Bewegung seines Kinns wies er in Richtung der di Castellos und erklärte: »Fabio hat für Stefania di Castello gearbeitet. Er ist ein junger Önologe, der eine große Zukunft vor sich hat. Aber bei den di Castellos gab es Ärger und da ist er von heute auf morgen verschwunden.«

Dann drehte sich Tomaselli um, bückte sich und holte eine Flasche Rotwein hervor, die durchaus schon geöffnet war. Er stellte zwei bauchige Gläser auf den Tresen und schenkte jeweils einen gut bemessen Schluck Rotwein ein. »Jetzt bin ich aber neugierig, was Sie zu meinem Ripasso sagen!« Der Winzer lächelte Georg freundlich an. Ganz offensichtlich hatte er sich entschlossen, in dem Vertreter von Franco Barone einen achtbaren Kunden zu erkennen, den man ordentlich bedienen musste.

Georg Breitwieser allerdings hatte es die Sprache verschlagen. Fabio Barone, der Vorbesitzer seines Alfa Romeo, war bei den di Castellos angestellt gewesen! Georg zweifelte keine Sekunde daran, dass er der junge Mann war, der mit Stefania eine Beziehung gehabt hatte. Und wenn er sich recht an das Gespräch mit Marissa erinnerte, hatte ihm Stefania schließlich den Laufpass gegeben. In seiner Enttäuschung hatte sich der junge Mann erst einmal abgesetzt und versuchte sein Glück nun im Napa Valley in Kalifornien. So weit weg wie möglich. Es gab schlechtere Fluchtorte. Das musste Georg zugeben. Aber dass er ausgerechnet dessen Wagen gekauft hatte, verblüffte ihn vollends. Gab es solche Zufälle? Georg glaubte nicht so recht daran. Doch wie konnte es anders sein? Er hatte sich auf das Zeitungsinserat bei Barone gemeldet. Der Italiener von Rimsting konnte ja nicht vorhersehen, wer sich für das Auto interessieren und auf seine Anzeige in der Zeitung reagieren würde. Wenn ihm sein alter Audi Quattro nicht auf der Straße liegengeblieben wäre, hätte er nicht im Traum daran gedacht, sich ein neues Auto zu kaufen. Es musste sich um Zufall handeln. Manches Mal war die

Welt eben sehr klein. Auch das hatte er im Laufe seines Berufslebens schon mehrfach festgestellt.

Breitwieser griff sich das Glas mit dem dunklen, blaurötlich schimmernden Inhalt, ließ den Wein ein wenig darin kreisen, damit er Luft bekam, Geschmack entwickeln konnte, und nahm schließlich einen kleinen Schluck davon. Er bewegte die Flüssigkeit im Mund und ließ sich Zeit, ihn zu kosten. Der Ripasso war samtig, vollmundig und schmeckte nach Beeren. Tomaselli hatte ein perfektes Produkt in seinen Barriquefässern kreiert.

»*Complimenti Signore! Veramente meraviglioso!*« Georg nickte Tomaselli anerkennend zu. »Das ist ein wunderbarer Wein, den Sie da komponiert haben. Er wird ganz hervorragend zu Käse, Wild oder dunklem Fleisch passen. Oder zu hochprozentiger dunkler Schokolade.«

Alvaro Tomaselli freute sich sichtbar über das Lob, konterte aber auch gleich: »Wie viele Flaschen darf ich aufschreiben?«

Georg konsultierte seine Liste. »Signor Barone bestellt fünfzehn Kisten mit jeweils zwölf Flaschen. Für mich dürfen Sie auch noch zwei Kartons dazugeben.«

»*Bene.*« Tomaselli notierte die Order unverzüglich. Er füllte das oberste Blatt seines Bestellblocks zügig aus. Überrascht stellte Georg fest, dass der Winzer die Adresse von Franco Barone auswendig wusste. Wie gut kannten sich die beiden? Sehr gut wohl. Anders konnte er sich das nicht erklären. Und dann hatte er einen Einfall. Wie nebenbei fragte er: »Sie haben doch sicherlich auch Bioweine im Angebot. Ohne ein kleines Sortiment davon macht man heute als Winzer vermutlich keinen guten Eindruck mehr.« Gewinnend lächelte er sein Gegenüber an.

Über dessen Stirn braute sich jedoch augenblicklich eine dunkle Wolke zusammen. Tomaselli zog sie in Falten und die Augenbrauen rückten nahe zusammen. »Mit Bioweinen macht man keine guten Geschäfte. Das ist neumodisches Zeug. In zwei oder drei Jahren fragt niemand mehr danach. Sie sind zu sauer, zu wenig gehaltvoll und dafür dann auch viel zu teuer. Die Pflege der Reben ist arbeitsintensiv und sie bringen deutlich weniger Ertrag. Kein vernünftiger Winzer wird sich mit dieser Art der Bewirtschaftung aufhalten. Einige Ökofuzzis geben für den Biowein gern mehr aus, aber sie haben auch keine Ahnung davon, wie richtiger Wein schmeckt. Sie sind glücklich, weil sie angeblich etwas für die Umwelt und ihre Gesundheit tun.« Er sagte das in einem wegwerfenden Tonfall, der sein ganzes Unverständnis und seine Missbilligung zum Ausdruck brachte. »Mehr als einen mittelmäßigen Tischwein können Sie mit biologischem Anbau nicht effizient produzieren. Das ist was für Idealisten und Spinner.« Alvaro Tomaselli knallte den Stift auf den Block und schob nach: »Kann ich sonst noch etwas für Sie tun?«

Georg ließ sich nicht aus der Ruhe bringen. Dieser Ausbruch war schon sehr bezeichnend und passte in das Bild, das er sich von Stefanias Widersacher machte, der sie als Hure und Nestbeschmutzerin tituliert hatte. »Signor Barone benötigt außerdem noch zwanzig Zwölferkartons von Ihrem Soave Classico Superiore!«

Erneut griff sich Tomaselli seinen Stift und notierte auch diese Weinbestellung. Und wieder nutzte Georg die Gelegenheit, ihn zu befragen. »Wie lange hat Fabio Barone denn für die di Castellos gearbeitet?«

»Ein gutes halbes Jahr, glaube ich.« Tomaselli sah Georg an. »Dann ist er eines Tages einfach verschwunden. Wir haben uns alle gewundert.« Wen er mit alle meinte, erklärte er nicht weiter. Er riss das Bestellblatt vom Block und schob es Georg hin. »Bitte noch eine Unterschrift!« Im Gegenzug bekam Georg einen Durchschlag für Franco Barone mit. »*Buonasera* Signore«, verabschiedete sich Alvaro Tomaselli. »*Auguri a Franco!*« Damit ließ er Barone noch grüßen und lenkte dann sein Interesse auf einen Kunden, der schon geraume Zeit neben Breitwieser gewartet hatte. Es war klar, dass er den neugierigen Zeitgenossen endlich loswerden wollte.

Georg schob den Bestellschein in die Innentasche seines Leinensakkos und wandte sich endgültig dem Stand der di Castellos zu. Auch bei ihnen sollte er für Franco Barone eine Bestellung aufgeben. Doch Georg fragte sich, ob er das nicht besser am Abend auf dem Weingut erledigen sollte. Dann konnte er vielleicht noch die eine oder andere Frage über Fabio Barone und das Verhältnis zwischen ihm und Stefania anbringen. So ganz ließ ihn der Zufall nicht ruhen. Und während er sich das noch überlegte, sah er Scott Giuliano zielstrebig auf den Stand von *Castello del Belvedere* zusteuern.

Zu gerne hätte Breitwieser gewusst, was den Amerikaner auf die Messe und zu den di Castellos trieb. Wenn er sich nicht sehr irrte, sollte dieser doch ebenfalls zum Tasting-Abend kommen. Was wollte er jetzt, was nicht noch wenige Stunden Zeit gehabt hätte? Georg verschanzte sich hinter einem Hochregal, das ihm einen geschützten Blick auf den Messestand ermöglichte, ohne selbst gesehen oder erkannt zu werden. Scott Giuliano drängte einen Kunden, der sich mit Elisabetta angeregt unterhielt, beiseite und fing sofort an, auf die Winzerin einzureden. Diese machte einige Schritte zur Seite, als wolle sie ihm ausweichen. Dann ging sie sogar noch etwas zurück, ganz so, als erwartete sie, von ihm tätlich angegriffen zu werden. Georg war sprungbereit! Sollte sich der Amerikaner irgendwelche Freiheiten herausnehmen, wäre er zur Stelle. Doch dieser beschränkte sich darauf, mehr oder weniger mit Händen und Füßen auf Elisabetta einzureden. Doch diese schüttelte immer energischer den Kopf. Schließlich drehte sie sich um und verschwand in der Teeküche. Einen Moment sah es so aus, als wollte Scott Giuliano ihr folgen.

War dies eine vergleichbare Situation wie am vorherigen Morgen, als die Messe noch gar nicht eröffnet war? Hatte der Amerikaner gestern Früh versucht, von Stefania etwas zu erreichen, was ihm aber nicht geglückt war und in einem tödlichen Streit endete? Wurde Georg gerade Zeuge eines vergleichbaren Vorfalls? Doch

Scott Giuliano beließ es bei dem zögerlichen und schließlich abgebrochenen Versuch, Elisabetta zu folgen. Stattdessen wandte er sich nach rechts, ging am Hochregal, das mit verschiedenen Weinen, Spumante und Olivenölflaschen bestückt war, vorbei und steuerte zielstrebig den Hinterausgang an, der in den Abstellraum und schließlich auf den Parkplatz führte, den die Messebauer und Winzer benutzen. Georg folgte ihm mit einigem Abstand. Scott Giuliano war jedenfalls mit den Örtlichkeiten bestens vertraut.

19

Soave, 17.00 Uhr

Zwei Stunden später erreichten Georg Breitwieser und Antonio Fontanaro den schmalen Feldweg, in dessen Verlängerung das Eingangstor zum Weingut *Castello del Belvedere* stand. Antonio hatte seinen Freund nicht dazu überreden müssen, die Fahrt nach Soave mit dem neuen Wagen zurückzulegen. Währenddessen berichtete Georg von seinen Eindrücken auf der *Vinitaly*. Vor allem das eigenartige Verhalten von Scott Giuliano schilderte er.

»Petrelli hat zahlreiche Fingerabdrücke des Italoamerikaners auf dem Stand der di Castellos entdeckt«, ergänzte Antonio Georgs Bericht. »Wir müssen Giuliano fragen, was er dort schon vor Eröffnung der Messe gemacht hat. Mal sehen, ob er heute Abend kommt oder ob Elisabetta wirklich Stefanias Exlover ausgeladen hat. Dann hätte Scott Giuliano ein Problem. Die potenten Kunden, die für ihn vermutlich überlebenswichtig sind, würde er nicht treffen.«

Georg brummte zustimmend. So ähnlich schätzte er die Lage für Giuliano ebenfalls ein. Dagegen behielt er seine neue Erkenntnis über den Önologen Fabio Barone, der vermutlich ebenfalls Liebhaber von Stefania gewesen war und dessen schicken Alfa Romeo er gekauft hatte, erst einmal für sich.

»Was weißt du über Alvaro Tomaselli?«, fragte er stattdessen seinen Spezl.

»Nicht viel mehr als du. Ich kenne seine Weine. Aber mit Details aus seinem Privatleben kann ich nicht dienen.«

»Meinst du, Marissa weiß mehr über ihn?«

»Möglich, aber ich glaube, wir müssen uns an Renata di Castello halten. Sie kann und muss uns einiges über die Tomasellis erzählen.« Inzwischen hatten sie fast die Einfahrt zum Weingut erreicht. »Vor allem, wenn ich mir diese Typen da vor uns ansehe«, rief er aufgebracht aus. »Wir müssen uns endlich Klarheit darüber verschaffen, wer von den Nachbarn und Weinkonkurrenten Stefania so auf den Pelz rückte – und warum. Ihr gar drohte. Dafür muss es eindeutige Gründe geben und ich habe nicht den Eindruck, als wüssten wir genug darüber.«

Mitten im Gespräch musste Georg scharf abbremsen. Denn die Gruppe der Demonstranten tauchte urplötzlich vor seinem Wagen auf und verhinderte, dass er das Tor aus Schmiedeeisen, das wie immer offenstand, passieren konnte. Vielmehr stellten sich ihm mindestens zehn Leute in den Weg. Sie trugen große Transparente, die mit eindeutigen Texten beschriftet waren. »Chinesen raus!«, lautete einer davon. Und »Nieder mit den Spekulanten« oder »Kapitalistenschweine, verpisst euch«. Klarer konnte man seinem Unmut kaum Luft machen.

»Respekt!«, entfuhr es Georg. Er hatte den Alfa Romeo angehalten und schaute durch die Windschutzscheibe in grimmige Gesichter. »Da hat sich ja eine Menge Volkszorn aufgestaut!«

Antonio zückte seinen Dienstausweis, hielt ihn aus dem Seitenfenster und steckte auch den Kopf hinaus. Den Wagen verlassen wollte er lieber nicht. »Gehen Sie zur Seite, bitte! Sie behindern einen Einsatz der Polizei!«

Die Dienstmarke schien wenig Eindruck zu machen, denn die Menge grölte unwillig. Schließlich löste sich eine junge Frau von der Gruppe und kam auf den Alfa zu. Sie nahm den Ausweis in die Hand, schaute aber gleichzeitig in die Richtung, aus der Georg und Antonio gekommen waren. Dann ruderte sie heftig mit den Armen. Fontanaro, der Angst um seinen Ausweis bekam, sagte: »Signora! Mäßigen Sie sich und geben Sie mir ...« Doch weiter kam er nicht. Die Dienstmarke flog in den Innenraum des Alfa. Die Meute setzte sich in Bewegung, umspülte das Auto von Georg, dass er Angst um den makellosen Lack bekam, und stürzte sich förmlich auf den Wagen, der inzwischen hinter den beiden Kommissaren eingetroffen war.

Breitwieser sah in den Rückspiegel und es entfuhr ihm ein überraschter Pfiff. »Da schau her! Das ist einmal eine Karosse! Da können wir einpacken, Toni.« Auch Antonio hatte sich umgedreht und sah den weinroten Bentley, der mit dem rechten Vorder- und Hinterrad im Graben stand, weil seine Spur zu breit für den Feldweg war. Die verspiegelten Scheiben verhinderten einen Einblick in den Innenraum des Wagens. Am Lenkrad und daneben auf dem Beifahrersitz saß jeweils ein Mann. Soviel konnte Georg erkennen. Doch eine Beschreibung von den Personen hätte er nicht abgeben können. Wie aus dem Nichts flogen plötzlich Eier und Tomaten auf das teure Gefährt. Die jungen Leute johlten und schrien durcheinander. Einige stemmten sich auf die Kotflügel und brachten die tonnenschwere Luxuslimousine ins Schaukeln.

»Wir sollten ... einschreiten«, sagte Antonio zögernd. Aber er hörte selbst, wie wenig überzeugend seine Stimme klang.

»Hm, sollten wir.« Auch Georg blieb erst einmal sitzen und wartete ab.

Wie auf Kommando öffneten sich die beiden Wagenschläge gleichzeitig, sodass ihr weinroter Lack samtig in der untergehenden Sonne glänzte, und die Männer stiegen aus. Jeder von ihnen hatte eine Schusswaffe in der Hand, die sie auf die Demonstranten richteten.

Antonio, der Anstalten machte, den Alfa zu verlassen, wurde von Georg mit einem festen Griff am Oberarm daran gehindert.

»Langsam, Toni. Wart's ab!«

»Du bist ja lustig. Dein Einsatzgebiet ist es nicht!«

Doch Georg ließ das Seitenfenster runter und sagte: »Hör lieber zu.«

Und wirklich, die Männer gaben deutliche Befehle in englischer Sprache. Beide waren sehr stämmig und sehr groß. Sie trugen schwarze Anzüge, weiße Hemden, die am Kragen offenstanden. In den Ohren hatten sie Kopfhörer, als wären sie mit einer Zentrale verbunden. Bodyguards ohne jeden Zweifel.

»Gehen Sie uns aus dem Weg! Aber sofort!«

Die Antwort der Meute war ein Grölen und die nächsten Eier flogen. Einem der Männer tropfte der Eidotter von der Stirn. Daraufhin feuerte der andere senkrecht in die Luft. Beide fluchten lautstark und machten Anstalten, sich die Demonstranten richtig vorzuknöpfen.

»Wir können nicht länger untätig bleiben, Giorgio!«

»Sieh dir das Nummernschild an. Das ist ein Diplomatenfahrzeug. Wer immer darin sitzt, genießt die Immunität eines Staates und hat seine Bluthunde dabei. Die bringen niemanden um. Egal, was ihnen um die Ohren fliegt. Es gibt höchstens Verletzte. Und belangen kannst du nachher auch niemanden, denn sie wehren sich lediglich gegen Übergriffe.«

»Aber Waffen gegen Eier! Ich bitte dich, Giorgio, das steht doch in keinem Verhältnis.«

»Natürlich nicht!«

Die Demonstranten begriffen jedoch, dass sie gegen die Bewaffneten im Zweifel mit ihren Tomaten und Eiern nicht viel ausrichten konnten. Sie zogen sich auf das angrenzende Maisfeld zurück und zertraten dabei die jungen Triebe.

Georg startete den Alfa und gab Gas. Mit deutlich höherem Tempo, als auf dem Feldweg sinnvoll war, passierte er das Tor und hielt wie am Tag zuvor hinter dem Gutshaus. Denn auf dem gekiesten Vorplatz des Dreiseithofs standen seitlich dicht an dicht schon einige Fahrzeuge. Jede Menge Leute hielten Sektflöten in Händen und schienen bereits in lebhafte Gespräche verwickelt. An der Hauswand hatte man die Holzbänke entfernt und eine Getränkebar aufgebaut.

»Für ein Trauerhaus ist das schon ein eigenartiges Verhalten«, konnte sich Georg dann doch nicht verkneifen.

»Die di Castellos halten die Fahne hoch. Die wenigstens der Gäste werden wissen, was vorgefallen ist. Wir haben ein Nachrichtenverbot erlassen und die di Castellos werden es kaum herumerzählt haben. Schließlich wollen sie sich das Geschäft heute Abend nicht selbst vermasseln. Und jetzt will ich wissen, wer in dem Bentley saß.«

Antonio stieg aus und betrat den Hintereingang des Weinguts, dicht gefolgt von Georg. In der Diele war alles ruhig. Aus der Küche kam Geschirrgeklapper und eine Frau gab Anweisungen. Vermutlich war Renata damit beschäftigt, einer Angestellten zu sagen, was zu tun war. Auch der Tasting-Raum, in dem Antonio am Tag zuvor Stefanias Tante befragt hatte, war leer, der lange Tisch jedoch um gut gefüllte Platten und Vasen mit Frühlingsblumen ergänzt. Doch vor dem Haus ging es munter zu. Gelächter, laute Stimmen und Rufe zeugten davon, dass die Gäste bereits guter Stimmung waren.

Antonio trat durch die Haustür und fand sich mit einem der Bodyguards konfrontiert.

»Wo kommen Sie her? Sie haben im Haus nichts zu suchen!«

Antonio ärgerte sich über das dreiste Verhalten, zog erneut die Dienstmarke aus seinem Jackett und hielt sie dem Schrank von einem Mann unter die Nase.

»Von hier hat niemand die Polizei gerufen«, blaffte ihn der Typ an. Langsam aber sicher wurde Fontanaro wütend. Was bildete der sich ein? Dachte er, er hätte auf dem Weingut der di Castellos Befehle zu erteilen? Der Commissario stemmte die Arme in die Seiten und herrschte ihn an: »Kann ich mal Ihre Papiere sehen? Wer sind Sie und was machen Sie hier?«

Doch der Mann war wenig beeindruckt. »Wir sind herbestellt worden, um hier für Ordnung zu sorgen. Polizei brauchen wir keine.«

»Die Papiere bitte!«

Widerwillig kam der Typ der Aufforderung nach. Und Antonio hielt einen Diplomatenpass in Händen, der die Stempel der Volksrepublik China enthielt. Na, super, dachte er. Das wurde ja immer besser. Er reichte dem Mann kommentarlos das Dokument zurück und schob sich an ihm vorbei. Die geladenen Gäste standen in Grüppchen beisammen. Und Antonio erkannte Scott Giuliano, der sich mit einem chinesischen Pärchen aufs Intensivste unterhielt. Das mussten die Gäste sein, die sich mit einem 300.000 Euro-Wagen hatten hierher kutschieren lassen.

Georg, der Antonio auf den Fersen geblieben und von dem Bodyguard überraschenderweise durchgelassen worden war, bemerkte dann auch: »Das sind also die Chinesen, die die Demonstranten hier nicht haben wollen. Aber die di Castellos scheinen keine Berührungsängste mit ihnen zu haben. Oder war nur Stefania ihre Ansprechpartnerin?« Georg blickte sich suchend um. »Renata scheint beschäftigt. Ich geh nochmal über den Hintereingang ins Haus und schaue nach, ob es an dem Tasting-Tisch Namensschildchen gibt. Erstens will ich wissen, wer da alles zusammenkommt, und zweitens will ich überprüfen, ob wir beide vorgesehen sind. Sonst muss Stefanias Tante die Tischordnung anpassen.«

»Viel Glück! Nichts haben Gastgeberinnen lieber als eigenmächtige Gäste, die in ihrer Tischordnung herumpfuschen.«

Doch Georg ließ sich nicht abhalten und verschwand erneut im Haus. Antonio mischte sich unter die Gäste, nahm von einem

Tablett, das ihm eine junge Frau unter die Nase hielt, ein Glas Prosecco und sperrte Ohren und Augen auf. Das Stimmengemurmel erfolgte fast ausschließlich in englischer Sprache. Dunkle Businesskleidung bei den Herren und dezente Kostüme mit Bleistiftrock, gepaart mit High-Heels bei den Damen bestimmten das Bild. Angekommen waren sie alle in teuren Autos, die sie in einer Schlange Richtung Eingangstor hintereinander geparkt hatten. Dies alles zeugte von potenter Kundschaft. Den Vogel schoss dabei natürlich der wein- oder bordeauxrote Bentley ab. Die Farbe der Luxuskarosse war, nach Ansicht Antonios, ganz sicher nicht zufällig gewählt. Die Chinesen musste er unbedingt beobachten, möglichst ihre Gespräche belauschen und auch deren Gesprächspartner im Blick behalten. Deshalb näherte er sich jetzt der Gästegruppe, die sich um die beiden Asiaten scharte, und hörte ungeniert zu. Ein großer, schlaksiger Mann mit dichtem Blondhaar und Sommersprossen im Gesicht stellte gezielte Fragen. Scott Giuliano, der immer noch neben der Asiatin stand, war ganz Ohr. Das Gespräch drehte sich um ein Weingut. Wie sollte es auch anders sein?

Der Blondschopf sagte in diesem Moment: »Sie haben also ein Chateau mit 10.000 Hektar Land in China aufgebaut, Mr. Wong?«

Der Chinese bestätigte das mit einem heftigen Kopfnicken, dass die kurzgeschnittenen dunklen Haare in Unordnung gerieten. »Wir hatten ein gutes Vorbild im Bordeaux.«

Bordeaux musste es natürlich sein, dachte Antonio. Daher die Autolackierung. Er hatte richtig gelegen. Darunter machten es die Chinesen wohl nicht. Was suchten sie dann in dem Provinznest Soave? Die gesamte Anbaufläche dieser Weinregion betrug knapp 5.500 Hektar Land, das sich gefühlt hundert Winzer teilten. Wie sollten die Italiener oder die Europäer überhaupt mit dieser Konkurrenz aus China mithalten? Da tat sich ein ungeheurer Markt auf. Kein Wunder, dass man die Chinesen entweder mit Macht bekämpfen oder sich ihrer bedienen wollte.

Mr. Wong zückte sein Handy und zeigte stolz ein Foto seines Chateaus in der Provinz Shandong im östlichen China. Das, wovon Antonio einen kurzen Blick erhaschen konnte, war einfach nur gigantisch. Kein französisches Chateau hatte auch nur entfernt solche Ausmaße, noch war es so farbenprächtig angestrichen oder mit Türmchen und Erkern versehen, sodass man leicht den Überblick über die Architektur und Anlage des Weinguts verlieren konnte. Dahinter erstreckten sich Weinberge, so weit das Auge reichte. Selbst ein einzelner Winzer in Kalifornien oder Australien musste sich ranhalten, um diese Größe zu erreichen. Und Wong war nur einer von vielen, die sich in China am Weinbau versuchten.

Scott Giuliano war denn auch der Erste, der sich nach dem Fotoeindruck gefasst hatte und fragte: »Wie schaffen Sie es denn, solche Anbauflächen vor Schädlingen zu schützen? Welche Weinreben pflanzen Sie an, damit Sie möglichst ertragreich und ohne Pilzbefall wirtschaften können? Biologisch ist das ja wohl kaum möglich?« Um seinen Mund erschien ein süffisantes Lächeln, als wäre er sich der Antwort gewiss.

Und der Asiate fühlte sich auch nicht im Mindesten provoziert, was Antonio überraschte. »Wir haben unsere Methoden!« Mr. Wong gab sich zugeknöpft und schenkte Scott Giuliano ein ebenfalls sehr vielsagendes Lächeln. Den Asiaten zu knacken würde nicht leicht werden.

Antonio fragte sich, ob der Amerikaner inzwischen den Vertrag gefunden hatte, den er mit Francesco im Büro von Stefania gesucht hatte. Es wurde immer dringlicher, dass Staatsanwalt Vincenzo Mauro einen Beschluss erwirkte oder aber Ispettore Enrico Brandino, der die Recherchen anhand von Stefanias PC weiterbetrieb, das Geheimnis um diesen Vertrag beziehungsweise um die diversen Verträge lüften konnte. Über die konkreten Geschäfte der di Castellos und die besonderen Absichten von Stefania in ihren letzten Tagen war Antonio immer noch zu wenig informiert. Und ihr

Treiben erschien ihm immer widersprüchlicher. Einerseits wollte sie Bioweine produzieren, andererseits versuchte sie, mit den Chinesen dick ins Geschäft kommen. Die Frage von Scott Giuliano, wie Wong gedachte, seine riesige Fläche ohne Schädlingsbekämpfung profitabel zu machen, war mehr als berechtigt.

Wenn Antonio sich die Gäste, die sich hier auf dem Hof des Weinguts versammelten, genau besah, konnte er nicht umhin, Stefanias Geschäftssinn zu bewundern. Sie hatte sich eine illustre Schar eingeladen und war durch ihren unerwarteten Tod um die Früchte ihrer Aktivitäten beraubt worden. Den Erfolg dieses Abends würden andere für sich verbuchen. Wenn denn alles nach Plan verlief.

Mitten in diese Gedanken hinein brauste das BMW Cabrio von Francesco di Castello heran. Der junge Mann hatte es nicht für nötig befunden, zur Begrüßung der Gäste anwesend zu sein. Er schätzte vielmehr den eigenen Auftritt. Die Gäste mussten ihm Platz machen, damit er seinen Wagen noch knapp vor der Eingangstür des Gutshauses parken konnte. Das war ganz große Oper, wie Antonio peinlich berührt feststellte. Der junge di Castello hatte eindeutig Probleme mit seinem Ego. Er gab den großen Macker, während seine Schwester Elisabetta immer noch ihre Messekleidung trug, mit einem Häppchen-Tablett von einem Grüppchen zum nächsten wanderte und versuchte, Small Talk zu pflegen und die Familie angemessen zu vertreten. An ihrer Stelle wäre Fontanaro mächtig wütend auf den faulen Bruder.

20

Soave, 18.00 Uhr

Georg war nicht untätig geblieben und hatte Renata di Castello tatsächlich dazu gebracht, zwei weitere Stühle und Tischkarten zu organisieren und die Tafel zu erweitern. Ein Beistelltisch war herbeigeschafft und an das Ende des rustikalen Esstisches platziert worden.

»Wie schaut denn das jetzt aus?«, hatte Renata prompt moniert. Die Tischplatte des großen Empfangstisches aus massivem Holz war gut fünf Zentimeter dick. Daneben konnte der Beistelltisch nur kümmerlich aussehen. Da es keine kaschierende Tischwäsche gab, würde jeder den Stilbruch sehen.

Georg war selten etwas so egal gewesen. »Ich möchte gern neben der Deutschen und gegenüber der Wongs sitzen«, tat er dann noch zu allem Überfluss kund.

Ein missbilligender Blick aus nussbraunen Augen traf ihn. Doch wortlos begann Signora di Castello die Tischkarten umzustellen. Es war ihr anzusehen, dass sie keine Lust hatte, sich mit dem deutschen Begleiter des Commissario auseinanderzusetzen. Zu viele weitere Aufgaben lasteten auf ihr.

Und so kam es, dass Breitwieser von der Deutschen, Dagmar Hänschel, Einkäuferin der Kaufhauskette *Genusswohl*, zugetextet wurde. Er hatte sich als Vertretung eines Weinhändlers aus Deutschland vorgestellt, was nicht grundlegend falsch war, und sie ganz unschuldig nach den Kriterien gefragt, nach denen eine Kaufhauskette Weinkäufe tätigte.

»In allererste Linie wird Sie wohl der Einkaufspreis interessieren?«, fragte er jetzt unschuldig. Dann lachte er hölzern und fuhr fort: »Ich meine, so große Häuser können sich ja nicht um Ökologie und Nachhaltigkeit kümmern. Rechnet sich ja nicht«, schob er noch treuherzig nach.

Dagmar Hänschel, eine brünette, vollschlanke Frau um die Vierzig, sah ihn pikiert an. »Was haben Sie denn für eine Meinung von uns? Kennen Sie unsere Delikatessenabteilungen?«

Georg schüttelte bedauernd den Kopf. »Nein, leider nicht. Ich wohne auf dem Land, da verirrt sich keine Kaufhauskette hin. Lohnt nicht.«

Und dann legte sie los, um das vermeintlich angekratzte Image ihres Arbeitgebers ins rechte Licht zu rücken. »Wir können es uns überhaupt nicht leisten, billige Dutzendware in die Regale zu stellen. Das überlassen wir den Discountern. Bei uns kann sich der Kunde auf erstklassige Ware verlassen. Die Einladung von Signora di Castello zu ihrem Tasting-Abend ist der beste Beweis dafür. Kennen Sie ihre Weine schon?«

Georg schüttelte bedauernd den Kopf. »Nein, aber ich bin schon sehr gespannt darauf«, log er die Deutsche unverfroren an. »Besonders die biologischen Weine interessieren mich. Ich denke, es ist an der Zeit, dass sich auch die Winzer umstellen und nachhaltiger produzieren.«

»Sehr richtig, Herr …?«

»Breitwieser.« Georg deutete auf das Namensschild, das Renata di Castello widerwillig geschrieben hatte. »Wie weit ist Signora di

Castello denn mit ihren Bestrebungen des biologischen Weinanbaus gediehen? Wissen Sie dazu etwas?«

»Nein. Das will auch ich von ihr heute erfahren. Sie soll die Pionierin im Soave sein.«

An diesem Punkt schaltete sich der Mann mit dem dichten Blondschopf ein, der neben Dagmar Hänschel saß und laut Namensschild Sören Rudgaard hieß. »Stefania ist schon seit drei Jahren Biowinzerin. Sie werden überrascht sein, wie fruchtig und gehaltvoll ihr Weißwein ist. Meine Kunden jedenfalls sind schwer begeistert. Ich freue mich, sie jetzt gleich zu sehen und zu hören. Bin gespannt, was sie uns über den neuen Jahrgang sagen kann.« Rudgaard lachte charmant zu Georg herüber.

Doch Breitwieser konnte keine Antwort geben. Ihm steckte ein Kloß im Hals. Der Norweger hatte natürlich keine Ahnung, wusste nicht, dass er Stefania nie mehr in seinem Leben über den Wein berichten hören würde. Mit einem Mal wurde es Georg sehr eng in der Brust. Er glaubte für einen Moment, nicht mehr genug Luft zu bekommen.

Mühsam presste er heraus: »Sie entschuldigen mich!« Dann stürzte er zur Toilette und übergab sich. Er sperrte sich in der Kabine ein und unterdrückte lautes Schluchzen. Mit Macht überfiel ihn der Schmerz um den Verlust der Freundin und Tränen rannen ihm über die Wangen. Es dauerte einige Minuten, bis er sich wieder gefangen hatte, zum Waschtisch gehen konnte, wo er sich das Gesicht mit kaltem Wasser wusch. Als er in den Spiegel schaute, erschrak er selbst über die blasse Gesichtsfarbe und die geröteten Augen. Er sah furchtbar aus. Erneut warf er sich das kalte Wasser ins Gesicht, rieb an den Wangen, um etwas Farbe zu bekommen und nicht wie ein Gespenst auszusehen, wenn er gleich an den Tisch zurückging.

Als er erneut den Tasting-Raum betrat, hatte Francesco bereits das Wort ergriffen und begrüßte die Gäste. Er erläuterte mit launigen Worten das Prozedere des Tastings, doch Georg hörte nur mit halbem Ohr zu, denn im Gang vernahm er laute Stimmen. Auch Francesco sah sich irritiert nach dem Lärm um. Georg signalisierte ihm mit einem Handzeichen, dass er sich darum kümmern würde, was Francesco durchaus mit irritierter Miene zur Kenntnis nahm. Antonio, der am anderen Ende des Tisches saß, war in ein Gespräch mit Frau Wong vertieft und bekam vom Tumult nichts mit.

Georg trat in die Diele und sah Scott Giuliano erneut mit Elisabetta streiten. Die Cousine von Stefania hatte die Arme in die Hüften gestemmt. Breitbeinig stand sie vor dem Amerikaner und machte ihm deutlich, sie würde keinen Zentimeter weichen und ihn auch nicht einlassen. Doch Scott Giuliano war nicht aufzuhalten. Er schob sie mit einer derart rüden Armbewegung beiseite, dass sie gegen die Mauer flog.

Da war Georg auch schon zur Stelle, baute sich vor dem Amerikaner auf und herrschte ihn an: »Haben Sie den Verstand verloren? Was soll das hier werden?«

»Gehen Sie mir aus dem Weg, Mann!«

Im Rahmen der Haustüre erschienen die Bodyguards der Chinesen. »*You need help?*«, fragten sie entgegenkommend.

»Schaffen Sie den Mann hinaus! Er ist nicht geladen.«

»Das werdet ihr alle noch bereuen!«, brüllte Giuliano noch, bevor ihn die beiden Männer an den Armen packten und ihn aus dem Haus zerrten.

Georg sah nach Elisabetta, die zitternd an der Wand lehnte.

»Was geht hier vor? Erzähl mir nicht, dass das alles ganz normale Vorgänge sind, Elisabetta. Hier geht es um mehr als um die Reaktion eines abgewiesenen Gastes und das wirst du mir jetzt sofort sagen!«

Georg hoffte, dass die sichtlich nervlich angeschlagene Italienerin in ihrer Not und Angst endlich mit der Wahrheit herausrücken würde, doch sie entgegnete: »Ich weiß wirklich nicht, worauf du hinauswillst, Giorgio. Scott ist ein Spinner. Er will mit allem und jedem ins Geschäft kommen. Doch das funktioniert nicht immer. Aber er sieht es nicht ein. Ganz im Gegensatz zu Stefania habe ich keinerlei Interesse an seinen Produkten. So, und jetzt lass mich zu meinen Gästen. Ich muss Francesco unterstützen.« Mit diesen Worten löste sie sich endgültig von der Wand, drehte sie sich um und steuerte zielstrebig, wenn auch noch wackelig, den Tasting-Raum an, wo immer noch Francescos Stimme zu hören war. Erste prostende Rufe wurden laut. Das Tasting hatte begonnen.

Nachdenklich folgte ihr Georg und fragte sich, was sie mit der Bemerkung gemeint hatte, dass sie im Gegensatz zu Stefania nicht an Scotts Produkten interessiert war. Der Deal zwischen den beiden war noch nicht vom Tisch? Die Mail-Nachrichten zwischen Stefania und dem Amerikaner hatten dies doch suggeriert! Oder Elisabetta war über diese neue Entwicklung zwischen Stefania und Scott noch gar nicht informiert. Die Drohung von Scott Giuliano klang noch in Georg nach. Was hatte der Italoamerikaner vor?

Georg nahm wieder auf dem Stuhl Platz und ließ sich von Dagmar Hänschel den ersten Wein einschenken.

»Da sind Sie ja endlich. Die wichtigen Informationen zu diesem Soave Classico Superiore haben Sie nun leider verpasst.« Tadelnd sah die Deutsche ihn an.

»Wenn er mir schmeckt, ist alles gut«, entgegnete Georg ungerührt und trank das Glas leer, während alle anderen ihren Probeschluck in bereitgestellte Behälter spuckten. Den vernichtenden Blick, den die Einkäuferin der Kaufhauskette *Genusswohl* ihm daraufhin zuwarf, ignorierte er. Er hatte wahrlich andere Probleme. Er würde jetzt nicht hier sitzen bleiben und Weine probieren. Laut schob er seinen Stuhl erneut zurück, verließ grußlos den Raum, stürzte durch die Diele zum Hinterausgang des Gutshauses und sah noch, wie Scott Giuliano auf dem Vorplatz des Hofes seinen Audi wendete. So wie der ins Gaspedal trat, sah das nicht nach eingeschüchtertem Abgang aus.

Auch Georg fackelte nicht lange, stieg in seinen Alfa und fuhr dem Amerikaner hinterher. Noch hatten sie von ihm keine Adresse. Wussten nicht, wo er in Verona wohnte oder seine Geschäfte abwickelte. Zumindest das konnte er vielleicht herausfinden. Denn Faustos Observation hatte sie in dieser Richtung nicht weitergebracht. Breitwieser wollte wissen, was Scott im Schilde führte, ob er seine Drohung wahrmachte und den di Castellos in irgendeiner Weise zu schaden versuchte.

Zügig, aber mit einem gewissen Abstand, folgte er dem Audi. Das Handy vibrierte in der Tasche seiner Leinenhose. Den Blick nicht von der Landstraße abwendend, zog er es heraus und warf einen kurzen Blick auf das Display. Seine Schwester hatte ihm eine Nachricht hinterlassen.

»Bitte ruf mich so schnell wie möglich zurück!«

Georg warf das Telefon auf den Beifahrersitz. Seine Schwester musste jetzt einmal warten. Er war im Dienst und nicht auf Urlaub. Von den Entwicklungen in Verona konnte Barbara zwar nichts wissen, aber er würde ihr das in wenigen Stunden erklären.

21

Soave, 18.30 Uhr

Der Himmel über den Weinbergen färbte sich zart rosa. Vereinzelt lagen erste Nebelfelder zwischen den Hügeln. Abends stieg die Feuchtigkeit rasch auf und behinderte auf der Landstraße hin und wieder die Sicht. Schwarz von Nässe schlängelte sie sich durch die Weinberge, die noch sehr schütter aussahen. Der Frühsommer war noch weit. Erst Ende April, Anfang Mai begannen die Reben zu sprießen und zu blühen. Scott Giuliano hatte für die liebliche Weinlandschaft, die im frühen Dämmer lag, keinen Blick. Natur interessierte ihn nur, wenn sie von Schädlingen befallen und gerettet werden musste. In ihm kochte die Wut über die starrköpfige Elisabetta, die ihm seine Geschäfte vermasselte, und so fuhr er für die Straßenverhältnisse viel zu schnell die schmale Landstraße in Richtung *autostrada*.

In einer Kurve kam er dann auch prompt ins Schleudern und landete mit dem rechten Vorderrad im Straßengraben, der jedoch nicht allzu tief war. Sacht bremste er ab und konnte so Schlimmeres verhindern. Einen Moment atmete er tief durch.

»*Merda!*«, entfuhr es ihm. Das war knapp, dachte er. Um ein Haar hätte er in der Einsamkeit der Weinberge einen Unfall gebaut.

Vorsichtshalber sah er in den Rückspiegel und erkannte einen Alfa Romeo, der dann ziemlich rasch an ihm vorbeifuhr. Na, immerhin! Im Notfall war er nicht allein auf weiter Flur. Es kamen hin und wieder Autos vorbei. Ohne große Mühe lenkte er den schweren Wagen aus dem Straßengraben und gab Gas. Wenige Minuten später erreichte er die Stadtmauer des Städtchens Soave, die er zur linken Hand passierte. Auf der Umgehungsstraße herrschte kaum Verkehr. Der Ort war außerhalb der Touristensaison verschlafen. Die meisten Winzer waren noch auf der *Vinitaly* und hatten keine Zeit, sich in der Enoteca ein erstes Glas Wein des Abends zu gönnen. Vor dem einzigen Hotel außerhalb der Stadtmauer, dessen Parkplatz direkt an der Umgehungsstraße lag, sah er den Alfa parken.

Scott grinste in sich hinein. Das Hotel wartete nicht mit besonderen Annehmlichkeiten auf. Ein Businesshotel der eher einfachen Klasse. Er hatte nur einmal dort gewohnt und es dann vorgezogen, trotz klammer Kasse in Verona zu übernachten. Die Stadt hatte schon einiges mehr zu bieten. Kurze Zeit später erreichte er die Landstraße, die in Richtung *autostrada* führte.

Sein Ziel war die *Zona Industriale di Verona*. Dort hatte er sein Büro und in einem Nebengebäude einen kleinen Lagerraum, wo er die wichtigsten Produkte von *Montegrano* in einem Regal aufbewahrte. In seinem Kopf herrschte Chaos. Elisabettas Sturheit zwang ihn zum Handeln. Was bildete sich diese dumme Nuss eigentlich ein? Sie hatte von Tuten und Blasen keine Ahnung. Der Kopf der Familie di Castello war eindeutig Stefania gewesen. Nun wollten Francesco und Elisabetta jeweils ihre eigenen Süppchen kochen. Sein Vorhaben, heute auf dem Tasting-Abend weitere Geschäfte mit den Wongs zu tätigen, war kläglich gescheitert. Seine charmanten Annäherungsversuche an Su Wong hatten nicht gefruchtet. Die Asiatin hatte ihn freundlich angelächelt, aber all seine Fragen und Vorschläge mit dem Verweis auf den allmächtigen Bruder abgeschmettert. David Wong allerdings war für ihn nicht zu sprechen gewesen. Scott wusste nie, woran er mit dem Asiaten war. Er konnte sich wie ein Chamäleon je nach Laune und Bedarf verwandeln. Wong hatte ganz gezielt die Gesellschaft der Deutschen Hänschel und des Norwegers gesucht, dessen Namen Scott schon wieder vergessen hatte. Beide waren sie Einkäufer für große Konsummärkte. Das war für den Chinesen natürlich von großem Interesse gewesen. Wollte er doch seinen chinesischen Rotwein endlich auf dem europäischen Markt platzieren. Beide Länder hatten Konsumenten, die einen guten Rotwein zu schätzen wussten und auch über das nötige Kleingeld verfügten, für eine Flasche deutlich mehr als 20 Euro zu berappen. Und wo blieb er? Seine Situation wurde immer prekärer. Da machte sich Scott nichts vor. Inzwischen hatte er die *autostrada* erreicht und jagte den Audi auf der Überholspur in Richtung Industriegebiet. Im Rückspiegel erkannte er erneut einen Alfa, der wie er mit großem Tempo die Überholspur für sich reklamierte.

Ein ungutes Gefühl beschlich Scott. War das derselbe Fahrer, der ihn in den Weinbergen überholt und dann vor dem Hotel geparkt hatte? Wurde er verfolgt? Von einem Alfa mit deutschem Kennzeichen? Scott trat noch mehr aufs Gas. Mal sehen, ob der andere ihm auf den Fersen blieb! Doch schon er konnte sich entspannen. Der Alfa-Fahrer hatte sich in die mittlere Spur eingereiht und war offenbar nicht willens, mit 230 km/h die *autostrada* entlangzubrettern.

Scott blieb auch keine Zeit, um sich gedanklich mit einem ominösen Verfolger auseinanderzusetzen. Jetzt brauchte er einen Plan und dieser musste funktionieren. Er hatte nicht nur eine leere Drohung ausgestoßen. Die di Castellos sollten sich nicht einbilden, sie hätten es mit einem Blödmann zu tun. Zwei Möglichkeiten boten sich ihm. Jede von ihnen würde die Winzerfamilie in erhebliche Schwierigkeiten bringen. Für ihn selbst war nur entscheidend, dass er bei der Sabotage, die ihm vorschwebte, nicht erwischt wurde und dass sie maximalen Schaden anrichtete. Alles andere würde sich dann finden, davon war er überzeugt. Nachdem Stefania ihn hatte schnöde fallen lassen, musste jetzt entweder ihr schöner biologischer Weinberg daran glauben oder der große, üppige Olivenhain in Bardolino, der Elisabetta und Stefania gemeinsam gehörte. Beide Optionen bedeuteten signifikante materielle Einbußen, wenn er richtig zuschlug. Böse lachte er auf, drückte das Gaspedal durch, so dass der Audi nach vorne schoss. Ein Blick in den Rückspiegel zeigte ihm, dass der Alfa zwar in erheblicher Entfernung, aber weiterhin hinter ihm herfuhr.

22

Soave, 18.30 Uhr

Antonio Fontanaro hatte gesehen, wie Georg sich von seinem Stuhl erhoben hatte und in der Diele verschwunden war. Auch er hörte laute Stimmen, ohne einzelne Worte zu verstehen, und registrierte sehr wohl, dass sein Spezl kurz zurückkam, um gleich wieder zu verschwinden. Er wunderte sich, zumal die aufgeregten Stimmen draußen verstummt waren. Währenddessen trieb Francesco bemüht locker seine Weinverkostung voran. Inzwischen war er bei dem höherpreisigen *Reciotto* angelangt, dessen Reife und Tiefe im Geschmack der junge di Castello nicht müde wurde, in den höchsten Tönen zu loben. An Antonio perlten seine Werbesprüche ab, er hatte sich vollständig darauf verlegt, die anderen Gäste zu beobachten.

Sören Rudgaard und Dagmar Hänschel beugten sich über ihre Beststellzettel und schrieben erste Orders auf. Der Abend nahm seinen geplanten Lauf. Alles schien in bester Ordnung, als urplötzlich David Wong geräuschvoll seinen Stuhl zurückschob und in seinem ganz eigenen Englisch sagte: »Vielen Dank, Francesco. Aber von dir will ich keine weiteren bedeutungslosen Ausführungen mehr hören. Du hast vom Wein so viel Ahnung wie ich von einem Automotor.«

Francesco lief rot an im Gesicht. Ob vor Wut oder Scham war nicht zu deuten.

»Du kannst uns nicht länger hinhalten. Irgendetwas stimmt hier nicht!«, fügte Wong hellsichtig hinzu. »Wo ist Stefania? Ohne ihre Expertise kaufe ich keine Flasche Wein von euch.« Einen Moment zögerte er. Die Stille, die sich augenblicklich im Raum breit machte, irritierte ihn selbst. »Und auch sonst nichts!«, fügte er noch kryptisch hinzu.

Francesco, inzwischen feuerrot im Gesicht, rang nach Worten und wusste sichtlich nicht, wie er auf die Verbalattacke reagieren sollte. Die Schwester, Su Wong, wie Antonio der Gästeliste entnahm, die ihm Elisabetta ausgehändigt hatte, stand nun ebenfalls vom Stuhl auf.

»Entschuldigen Sie bitte die harten Worte meines Bruders«, versuchte sie, die Situation zu retten. »Aber Sie müssen verstehen, wir sind den weiten Weg von China gekommen, um wichtige Verhandlungen mit Mrs Stefania zu führen. Und nicht, um uns die Werbesprache eines Webdesigners anzuhören. Wir wissen doch alle, dass Sie, Mr Francesco, mit Wein wenig am Hut haben. Das ist auch nicht weiter schlimm. Denn schließlich kennt sich Mrs Stefania bestens aus. Sie ist eine große Meisterin des Weinanbaus«, fügte sie noch mit Ehrfurcht in der Stimme hinzu. Dann setzte sie sich wieder und blickte in die schweigende Runde. Alle Augen waren auf den jungen di Castello gerichtet. Dieser hatte sich gefasst und setzte zu einer Antwort an, als er erneut unterbrochen wurde.

Dieses Mal war es Elisabetta, die das Wort ergriff. Weiß wie die Wand trat sie neben ihren Bruder, berührte seinen Arm, um ihn am Sprechen zu hindern.

»Wir müssen Ihnen leider eine traurige Nachricht überbringen. Stefania, meine Cousine …«, sie kämpfte um Haltung und sah zu Antonio hinüber, der ihr zunickte. Von seiner Seite gab es keinen Grund, die wahren Hintergründe länger zu verschweigen, »… ist gestern auf der *Vinitaly* eines gewaltsamen Todes gestorben.«

Antonio, der die Verwandten der Toten nicht aus den Augen ließ, fragte sich erneut, welche Ziele die einzelnen Familienmitglieder der di Castellos verfolgten und wo die Interessen der illustren Gästeschar lagen. Ging es hier wirklich nur um Wein? Um gefüllte Weinregale in Enotheken und Keller von Spitzenrestaurants in Norwegen, wo eine Flasche Soave Classico Superiore vom richtigen Jahrgang schon mal 100 Euro kostete? Rudgaard, der einen Einkaufspreis von unter 15 Euro erzielen konnte, bei den Mengen, die er den di Castellos abnahm, machte jedes Mal das Geschäft seines Lebens. Antonio hatte schon von Stefania selbst gehört, wie der Norweger große Kühllaster schickte, die mit hunderten von Flaschen Wein gen Norden fuhren. Weshalb sollte er Stefania töten? Die Frau, die ihm zu so mächtigen Umsätzen verhalf? Das ergab kein Motiv. Zumindest nicht im geschäftlichen Bereich. Und die Deutsche, Dagmar Hänschel, war Chefeinkäuferin einer großen Kaufhauskette, die sich auf Lifestyle-Produkte spezialisiert hatte, weil man mit Hosen und Pullovern keinen Gewinn mehr erzielen konnte. Auch sie versprach sich sicherlich keine Vorteile davon, mit Francesco di Castello zu verhandeln. Von den Interessen der Wongs ganz zu schweigen. Antonio bezweifelte es sehr, dass auch nur einer der Gäste, die an dem Tasting teilnahmen, ein Interesse am Tod der Winzerin haben konnte. Außer es gab Motive, die im Privaten lagen. Die sogar einen Mord lohnten?

Antonios Handy, das er vor sich auf dem Tisch abgelegt hatte, begann rot zu blinken. Er griff danach, stand auf und verließ den Raum. Draußen im Hof nahm er den Anruf an. Es war Georg.

»Wo bist du, Giorgio? Ich hab' dich die ganze Zeit nicht mehr gesehen.«

»Ich bin kurz vor der Einfahrt in das Industriegebiet von Verona und Scott Giuliano auf den Fersen. Hast du eine Ahnung, was er dort vorhaben könnte?«

»Bleib an ihm dran. Ich verständige Fausto und Enrico. Sie sollen sich dir anschließen. Gib ihnen Bescheid, wo du dich aufhältst, wohin Scott fährt oder was er macht. Unternimm keinesfalls selbst irgendetwas! Wer weiß, was der Amerikaner im Schilde führt.«

Georg brummte in sich hinein, sagte dann: »Geht klar« und konzentrierte sich wieder auf den Audi vor sich.

Scott Giuliano hatte einigen Vorsprung und bog in eine der vielen Straßen ein, die die *Zona Industriale* durchzogen. Riesige Lagerhallen für Obst und Gemüse wechselten sich mit Auslieferungslagern ab, die mit zwanzig oder dreißig Toren ausgestattet waren. Vor vielen davon stand bereits ein großer Lastwagen und wartete auf die Ladung, die um 3 oder 4 Uhr morgens eintreffen würde, um über den Brenner in langer LKW-Kolonne bis in die Niederlande oder nach Norwegen gebracht zu werden.

Georg hatte sich hinter einem kleinen Lieferwagen eingereiht und beobachtete aus einiger Entfernung den Audi des Amerikaners. Sie erreichten ein Gebiet, das aus vielen einzelnen Bürogebäuden und kleineren Lagerhallen bestand. Hier wurden andere Geschäfte abgewickelt. Kleinere Einzelhandelsbetriebe oder Dependenzen von internationalen Konzernen hatten hier ihre Niederlassungen.

Fausto meldete sich auf dem Handy von Georg, das über Bluetooth mit dem Alfa verbunden war. »Ciao, Giorgio. Wo bist du inzwischen?«

»Irgendwo in der *Zona Industriale*.«

»Bleib im Hintergrund, Giorgio!«

»Hältst du mich für einen Anfänger, Fausto? Das weiß ich selber. Gerade biegt Scott Giuliano in die *Via Olivi* ein. Sagt dir das was?«

»Meinem Navi sicher. Wir sind in zwei oder drei Minuten bei dir. Bleib in der Leitung.«

Was sonst, dachte Georg verstimmt und parkte hinter dem weißen Lieferwagen ein, der offenbar auch sein Ziel erreicht hatte. Ein junger Typ stieg aus, überquerte die Straße und verschwand in einer kleinen Bar. Scott Giuliano verließ ebenfalls seinen Wagen und ging auf ein graues, schmuckloses Gebäude zu, das keine Aufschrift trug.

Lediglich eine Reihe schmaler Oberlichter waren zu erkennen und eine normale Eingangstür aus Stahl oder Aluminium. Das Ganze sah unspektakulär und wenig einladend aus. Hinter Georgs Alfa zwängte sich noch ein hellblauer Fiat Croma, dem Fausto und Enrico entstiegen. Beide in Zivil. Der Vice klopfte ans Fenster von Georg und signalisierte ihm, auszusteigen.

»Lasst uns in die Bar rübergehen und zusehen, was unser Observierungsobjekt macht.« Fausto Castillo gab sich betont geschäftsmäßig. Vermutlich genoss er es, die Geschicke der Ermittlung einmal in den eigenen Händen zu haben. Antonio war auf dem Weingut geblieben. Dort hatte er genug zu tun.

Sie betraten gemeinsam die nur mäßig besuchte Bar. Enrico orderte drei *espressi* am Tresen und dann nahmen sie alle an einem kleinen Tisch vor dem Fenster Platz. Von dort hatten sie einen perfekten Blick auf das Lagerhaus, in dem Scott Giuliano verschwunden war. Und sie mussten nicht lange warten.

Kaum hatten sie die *espressi* getrunken und die Wassergläser geleert, die dazu serviert worden waren, als Giuliano, in jeder Hand einen großen, weißen Kunststoffkanister, aus dem Gebäude kam. Er stellte die Kanister auf dem Boden ab, öffnete den Kofferraum seines Wagens und belud ihn.

»Ich glaube, wir sollten unsere Wagen aufsuchen«, schlug Enrico alarmiert vor und stand Stuhl auf. Doch Fausto hielt ihn am Oberarm fest.

»Lass dir Zeit!«

Und richtig, Giuliano verschwand erneut im Lagerhaus, um mit weiteren Kanistern zurückzukommen. Als zehn Behältnisse der gleichen Art im Kofferraum verstaut waren, schloss er die Tür zum Lagerraum ab und stieg in seinen Audi. Erwartungsvoll blickte Enrico zum Vice, der gnädig nickte. »*Avanti!*«

Als Georg in seinen Alfa einsteigen wollte, hielt ihn Fausto davon ab.

»Steig bei uns ein. Deinen Wagen kennt er schon.«

Georg fügte sich schweren Herzens. Er hatte in Italien nicht das Sagen. Das hatten sie ihm mehrfach klargemacht. Den Unmut von Fausto Castillio zu erregen war in jedem Fall kontraproduktiv. Als der Audi des Italoamerikaners an ihnen vorbeifuhr, setzte Fausto den Blinker, kehrte um und folgte dem Wagen in gebührlichem Abstand. Erneut fuhr Scott Giuliano bei *Verona Nord* auf die *autostrada* in Richtung *Brennero*.

»Wo will er denn hin?«, fragte Enrico Brandino.

»Das werden wir gleich wissen.« Fausto reagierte gereizt. Die Frage war überflüssig. Keiner von ihnen wusste es im Moment.

Georg ließ es jedoch nicht dabei bewenden, sondern rief Antonio an und fragte nach, wohin Scott Giuliano fahren könnte.

»Ich weiß nur, dass Stefania und Elisabetta in Bardolino einen Olivenhain und ein altes Haus haben«, gab der Commissario Auskunft. »Sie verkaufen dort in einem winzigen Laden Olivenöl. Enrico hat Elisabetta dort angetroffen, wie du weißt. Was denkst du, will Scott in Bardolino?« Antonio klang beunruhigt.

»Dieser Scheißkerl!«, entfuhr es Georg. »Der Typ hat eine große Schweinerei im Sinn. Da bin ich mir sicher!«

»Sind meine Leute schon bei dir?«

»Mach dir nicht ins Hemd. Wir sind zu dritt und dem Typen auf den Fersen. Wir melden uns, wenn es neue Entwicklungen gibt.« Georg unterbrach die Verbindung und sah dabei, dass ihm seine Schwester erneut eine SMS geschickt hatte mit der dringenden Bitte, sich zu melden. Erneut ignorierte er die Nachricht.

Inzwischen war es stockfinster geworden. Die Verfolgung des Audi mit größerem Sicherheitsabstand war nicht mehr möglich. Fausto hielt sich dicht hinter ihm. Sehr wahrscheinlich konnte auch Scott Giuliano nicht mehr mit Sicherheit sagen, welcher Wagen ihm folgte. Geblendet von den zahlreichen Autoscheinwerfern, wurde dies für Scott schwierig. Bei der Ausfahrt Affi verließ er die

Autobahn, fuhr in nördlicher Richtung nach Albarè, um dann links in Richtung *Lago di Garda* und Bardolino abzuzweigen.

»Also doch zu Elisabettas Olivenplantage!«, bemerkte Enrico. »Was will er denn um diese Zeit dort?«

Fausto bog wie Scott kurz nach dem Ortsschild wieder links in die *Gardesana*, die am Ufer des *Lago di Garda* entlangführte, in südliche Richtung bis zum Ortszentrum. Dort zweigte Scott in die *Sp 31* ab und nach wenigen Metern in die *Strada di Giarre* ein. Sie gehörte zu den *Strade degli Olivi*. Olivenhaine, größere und kleinere, wechselten sich mit Bauernhöfen ab, die als *Agroturismo*-Betriebe geführt wurden und die den Touristen beim Abendessen die Köstlichkeiten, vor allem das hochwertige, vielfach ausgezeichnete Olivenöl des Gardasees kredenzten.

Es gab eine große Olivenölmühle am Ort. Die reifen Oliven wurden vom Mühlstein einer voll einsatzfähigen, altertümlichen Presse gequetscht. Heraus kam das grüne Gold des Gardasees, das glänzend und dickflüssig in einen alten Holzzuber lief und auf seine Abfüllung in Flaschen wartete. Die Angestellten des weithin bekannten Olivenölmuseums priesen den interessierten Kundinnen und Kunden die vielfältigen Produkte an, die sich aus dem Gardasee-Gold erzeugen ließen, und erklärten, welche gesundheitlichen und geschmacklichen Vorteile ein *olio extravergine* gegenüber sonst üblicher Handelsware besaß. Blumige Beschreibungen und Kostproben von Ölen und Kosmetika taten ihr Übriges, die Besucher von der Qualität zu überzeugen. Die *Strada di Giarre* war Ausgangspunkt vielfältigster wirtschaftlicher Unternehmen, die ganz erheblich zum Prosperieren der Gegend beitrugen, sozusagen neben Gastronomie und Hotellerie das zweite Standbein der Region *Lago di Garda* bildeten.

»Soweit lag Tonio richtig«, stellte Fausto fest, als er Scott Giuliano in den kleinen Weg zum Anwesen von Elisabetta und Stefania di Castello einbiegen sah. Er fuhr geradeaus weiter und parkte kurz darauf am abschüssigen Straßenrand. »Nimm die Stableuchte mit, Enrico. Damit wir auf jeden Fall sehen, was der Gauner vorhat!«

Sie verließen den Fiat Croma, gingen dicht hintereinander im schwachen Schein weniger Straßenleuchten bis zum Weg, der zum Anwesen der di Castellos führte, und beobachteten, wie Giuliano zwei Kanister aus seinem Kofferraum hob. Je einen in einer Hand, schleppte er sie direkt in den Olivenhain hinein und stellte sie schließlich unter zwei Bäumen ab.

»Lasst ihn erst einmal komplett ausräumen, dann sehen wir weiter.« Fausto wollte nichts überstürzen.

Doch Georg war das nicht geheuer. Was enthielten die Kanister? Benzin? Gift? Pestizide? Oder harmlose Düngemittel? Doch diese würde Scott Giuliano wohl kaum in stockfinsterer Nacht ausbringen. Lediglich die Scheinwerfer seines Wagens dienten Scott als Lichtquelle. Nur wenige Olivenbäume fielen in den Lichtkegel. Wollte Giuliano nicht extra umparken, um das Licht weiter zu nutzen, würde er bald schon im Finsteren weitermachen müssen. Warum diese Aktion im Geheimen?

23

Soave, 19.00 Uhr

Antonio Fontanaro saß immer noch unter den Gästen beim Tasting. Inzwischen hatte Elisabetta die Leitung des Abends übernommen und versuchte, die letzten Weine des neuen Jahrgangs abschließend vorzustellen. Doch die Stimmung der Gäste war niedergedrückt, ihre Kauflaune verschwunden. Die Wongs hatten demonstrativ ihre Plätze verlassen und saßen nun mit Renata di Castello auf den Polstermöbeln am Ende des Raums. Sie unterhielten sich zwar leise, aber an den Gebärden von David Wong war erkennbar, wie aufgewühlt und verärgert er war. Der Abend nahm einen für ihn offenkundig katastrophalen Verlauf. Schließlich fing Renata an zu weinen und schlug die Hände vors Gesicht. Ihr ganzer Körper wurde von einem Schütteln erfasst, wie Antonio alarmiert registrierte. Su Wong versuchte, die Winzerin ungelenk zu trösten. Doch Renata di Castello schüttelte energisch die Hände ab, die sie am Oberarm streichelten. Antonio hielt es nicht mehr auf seinem Platz. Er verließ den Tasting-Tisch, ging zu der Gruppe und setzte sich neben Renata.

»Signora di Castello, kann ich helfen?«, fragte er leise und im besten Veroneser Dialekt. So hoffte er, die verstörte Frau zu erreichen. Und wirklich, sie sah auf und in seine Augen. Dort sah er eine Trauer und Fassungslosigkeit, die ihm sehr nahe gingen. Renata di Castello hatte inzwischen die volle Tragweite des Geschehens begriffen. Allein und schutzlos den Geschäftsleuten aus China ausgeliefert, wirkte sie verletzlich und sehr verloren unter all den Gästen. Elisabetta und Francesco unternahmen nichts, um ihre Mutter in dieser Situation zu unterstützen. Das sagte für Antonio einiges über das Familienverhältnis der di Castellos aus und dies gefiel ihm überhaupt nicht. Ernst sah er David Wong ins Gesicht.

»Um was geht es hier eigentlich? Können Ihre Fragen oder Anliegen nicht warten? Sie sehen doch, in welcher Verfassung sich die Signora befindet.«

Doch der Zug um Wongs Mund wurde noch eine Spur härter. Seine Augen blickten Antonio kalt an. »Darf ich fragen, was Sie das angeht? Wir sind in geschäftlichen Angelegenheiten mit der Familie verbunden. Ich habe keine Zeit zu verlieren. Übermorgen geht unser Flug zurück nach Peking. Bis dahin müssen wir alles klären. Jetzt mehr denn je. Lassen Sie uns bitte allein, damit wir mit Mrs di Castello weiter verhandeln können.«

In Antonio stieg die Galle hoch. Er zückte seinen Dienstausweis und sagte beherrscht, aber sehr klar und deutlich: »Wir setzen unser Gespräch auf der Questura fort. Ihre Geschäfte müssen warten, Mr Wong.« Mit Genugtuung sah Fontanaro, wie der junge Chinese immer noch blasser im Gesicht wurde. Dieser blickte seine Schwester an und informierte sie in einem staccatoartigen Chinesisch. Schön hörte sich die Sprache nicht an. Und es war wohl auch nichts Angenehmes, das er seiner Schwester entgegenbellte. Denn diese riss entsetzt die Augen auf.

»*Police?*«, fragte sie entgeistert.

Interessant, dachte Antonio. Mit einer solchen Reaktion hatte er nicht gerechnet. Hatten die Chinesen doch etwas zu verbergen? Welche Geschäfte hatten sie mit Stefania vorgehabt? Es war anzunehmen, dass es um beträchtliche Summen ging. Aber vielleicht steckte noch mehr dahinter. Er würde sie jetzt mit nach Verona nehmen und dort befragen.

»Sagen Sie ihren Leibwächtern Bescheid, dass wir nach Verona fahren.«

David Wong zog seinen Diplomatenpass aus der Innentasche seines Anzugjacketts. Hochmütig grinsend hielt er ihm das Dokument vor die Nase. »Wir fahren nirgendwohin mit Ihnen, Mister. Wir genießen den Schutz der Volksrepublik China.«

Inzwischen war auch Elisabetta di Castello zu ihnen gestoßen. »Was ist denn hier los? Was willst du von unseren Gästen, Antonio?«

»Ich habe den Eindruck, dass deine Gäste deine Mutter in unziemlicher Weise bedrängen. Und ich habe darüber hinaus den Eindruck, dass die Wongs Druck auf sie ausüben. Das sind keine guten Anzeichen. Vor allem dann nicht, wenn wir es in deiner Familie mit einem Tötungsdelikt zu tun haben. Ich möchte die Wongs zu ihren Geschäften befragen. Ganz offensichtlich hatte Stefania mit ihnen eine größere Sache vor.«

»Möglich«, entgegnete Elisabetta zugeknöpft.

»Du willst also auch nicht mehr dazu sagen?« Antonio wandte sich Renata zu. »Signora, wissen Sie, um was es hier eigentlich geht?«

Doch Renata di Castello schüttelte entschieden den Kopf »*No!*«

»Da sich Mrs und Mr Wong weigern, mit zur Questura zu kommen und sich auf ihren Diplomatenstatus berufen, muss ich die Befragung hier durchführen. Würdest du bitte dafür sorgen, dass alle anderen Gäste den Raum verlassen, Elisabetta? Ich telefoniere gleich noch mit dem Staatsanwalt, um zu klären, wie wir mit den ausländischen Gästen unter diesen Umständen zu verfahren haben.« Und an die Wongs gewandt, sagte er auf Englisch: »Signora di Castello bringt uns jetzt eine Kleinigkeit zu essen, damit wir uns in Ruhe weiterunterhalten können.«

Der Blick, den ihm Elisabetta zuwarf, war vernichtend. Als er seine Ankündigung nicht zurücknahm, drehte sie sich um und begann vom Tasting-Tisch Stühle, Geschirr und Servietten zu holen.

Doch so sicher sich Antonio Fontanaro gab, so sicher fühlte er sich keineswegs. Er brauchte dringend die Unterstützung von Staatsanwalt Vincenco Mauro. Wie mit Ausländern zu verfahren war, die einen Diplomatenstatus hatten, wusste er nicht. Hier bewegte er sich auf dünnem Eis. Deshalb stellte er sich nochmals abseits und rief Mauro an, der sich auch prompt meldete. Immerhin.

»Na, endlich, Commissario! Ich dachte schon, Sie wollten den Fall wieder mal im Alleingang lösen.« Nicht die Spur von Humor lag in diesen Worten. Es war ihm tödlich ernst damit. »Was haben Sie?«

»Chinesen mit Diplomatenpass, die die Aussage verweigern.«

Stille am anderen Ende der Leitung. Dann ein Räuspern, das durchaus verlegen klang. Das war ein neuer Zug am sonst so selbstbewussten Staatsanwalt. »Benötigen wir denn die Aussage der Chinesen zur Lösung des Falls unbedingt?«

Antonio griff sich an die Stirn. Das konnte ja heiter werden. »Allerdings, Dottore. Sonst würde ich Sie nicht anrufen und um Unterstützung bitten.«

Wieder reagierte Mauro verhalten und sagte dann langsam: »Wenn ich es mir recht überlege, wäre zumindest mein Erscheinen in jedem Fall kontraproduktiv. Stellen Sie Ihre Fragen am besten im Plauderton, Commissario. Was immer Sie wissen wollen, fragen Sie mit großer Diplomatie und Zurückhaltung. Mit den Chinesen ist nicht gut Kirschen essen. Da wollen wir doch keine internationalen Verwicklungen riskieren.«

»Hier geht es nicht um internationale Verwicklungen, Dottore. Sondern um ein Tötungsdelikt unter unser aller Augen. Da kann es doch nicht die Lösung sein, mit größtmöglicher Diplomatie zu Werke zu gehen!«

»Das ist im Allgemeinen immer die beste Lösung, Commissario. Und in diesem Fall die einzig mögliche.« Vincenzo Mauro unterbrach die Verbindung.

Antonio wusste nicht, ob er lauthals lachen oder aus der Haut fahren sollte. Eines war jedoch sicher, er allein musste Mittel und Wege finden, die Wongs zu knacken, ohne dass es zu internationalen Verwicklungen kam. Einen größeren Unsinn hatte er bislang nicht von Mauro gehört. Es gelang dem Staatsanwalt erneut, ihn zu verblüffen. Betont gelassen ging er zur Sitzgruppe zurück, die sich um Elisabetta erweitert hatte. Sie alle saßen nun um den kleinen Couchtisch herum, der mit kalten Speisen und kleinen Gedecken notdürftig für ein Abendessen gerichtet war. Elisabetta hatte zudem eine Doppelmagnum Millesimato gebracht und füllte gerade sehr großzügig die Sektflöten. Es gab nichts zu feiern. Wahrlich nicht. Und genau mit einer solchen Flasche hatte man Stefania getötet. Antonio wollte darin keinen höheren Zusammenhang sehen. Aber es war vielleicht gut, mit dem köstlichen Spumante die Wogen etwas zu glätten. Die Wongs griffen auch beherzt nach den Gläsern und stopften sich die Brotscheiben in den Mund, die Renata di Castello belegt hatte. Die Tante von Stefania wirkte zwar immer noch sehr angegriffen, hatte sich aber inzwischen gefasst und nippte an ihrem Sektglas. Antonio zweifelte daran, dass sie überhaupt eine Ahnung davon hatte, was sie gerade zu sich nahm. Es war eine automatische Bewegung, weil alle am Tisch das Gleiche taten.

Alle schwiegen und es lag an Antonio, endlich das scheinbar unverfängliche Gespräch mit den Chinesen in Gang zu bringen, das vielleicht zu irgendeinem brauchbaren Ergebnis führte. Hinter den Geschwistern Wong, die dicht nebeneinander auf der Couch saßen, standen die Bodyguards. Sie würden sicherlich bei der kleinsten Aufregung einschreiten. Einen Streit oder eine allzu engagierte Diskussion vom Zaun zu brechen würde ihn nicht weiterbringen.

»Sind Sie beide denn zum ersten Mal im Soave?«, fragte Fontanaro und wandte sich damit ganz eindeutig an die Wongs. Dazu zauberte er ein ermunterndes Lächeln auf sein Gesicht, ganz der zuvorkommende Commissario, der sich nun auf den Small Talk verlegte.

David Wong schüttelte dann auch sehr leutselig den Kopf. »Wir waren schon dreimal hier zu Gast. Wir kennen die Familie und vor allem die Weinberge der di Castellos und ihre Weine sehr gut. Hervorragende Qualität! Das wissen Sie sicherlich auch.«

Antonio nickte und bestätigte dies bereitwillig. »Ich bin ein großer Anhänger der Weine von Stefania di Castello, einer Freundin meiner Familie«, fügte er noch hinzu. Etwas, das er in einer normalen Befragung niemals von sich gegeben hätte. Irgendetwas sagte ihm, dass das hier vielleicht zielführend war.

»Ah, Sie waren mit Mrs di Castello befreundet?« Su Wong sprang sofort auf diesen Hinweis an. »Das tut mir leid! Sie hat uns sehr geholfen, uns beraten, was wir auf unserem großen Weingut in Shandong ändern müssen, damit wir einen besseren Wein produzieren können.«

David Wong ging diese Ausführlichkeit zu weit. Er griff die Schwester mit harten, unverständlichen Worten an, um dann selbst zu erläutern: »Wir haben eines der größten Weingüter der Provinz. Im letzten Jahr haben wir 50.000 Flaschen Rotwein nach Europa verkauft. Können Sie mit dieser Zahl etwas anfangen, Mister?«

Allerdings, dachte Antonio nun doch beeindruckt. Die Summe entsprach so ziemlich der gesamten Produktion von Stefanias Weingut. Er mochte sich nicht ausmalen, wie viele Flaschen die Wongs in China selbst verkauften, wie viele sie auf ihrem Gut produzierten. Das hörte sich nach einem riesigen Unternehmen an. Denn soviel er wusste, begann der Verkauf der Chinesen in Europa erst. Sie standen noch ganz am Anfang der Beziehungen.

»Und Sie möchten natürlich expandieren, nehme ich an.«

»Wie sonst sollte man Geschäfte machen?«

Antonio ließ sich nicht aus der Ruhe bringen und fragte freundlich weiter. »Das verstehe ich gut. Wie wollte Ihnen denn Stefania, unsere gemeinsame Freundin, dabei helfen?«

David Wong runzelte die Stirn und überlegte sichtlich, ob und wie er diese Frage beantworten sollte. Ausweichend ließ er sich dann zu der dürren Aussage hinreißen: »Wir hatten über verschiedene Möglichkeiten gesprochen. Da Stefania nicht mehr lebt, wird es jetzt allerdings bei reinen Plänen bleiben.«

»Hat Francesco Ihnen kein Angebot gemacht?« schaltete sich überraschend Elisabetta ein.

David Wong kniff die Lippen zusammen und sah die Cousine von Stefania mürrisch an. Er schien zu überlegen, was er auf diese Frage antworten sollte.

Da fuhr Elisabetta aber auch schon fort: »Stefania hat uns nicht viel zu den Vorhaben in China gesagt. Wir wissen, dass Sie dort gemeinsam mit ihr einen Weinberg betreiben wollten, der mit Sangiovese-Trauben bepflanzt werden sollte!«

Antonio fragte sich, ob diese schwere Rotweintraube, die in Italien sehr gerne gekeltert wurde, in China die richtigen klimatischen und vor allem die richtigen Bodenverhältnisse vorfinden würde.

»Sie hat uns berichtet«, meinte Elisabetta weiter, »dass Sie ihr eine Beteiligung an diesem Weinberg angeboten haben.« Ihr Gesichtsausdruck wurde mürrisch. In ihren Augen war dieses Angebot offenbar wenig lukrativ, was Antonio nicht verwunderte.

»Aber was wir als Gegenleistung erbringen sollen, weiß ich nicht. Geld kann es nicht sein, denn wir verfügen über keine große finanzielle Decke.« Sehr freimütig setzte Elisabetta die Chinesen ins Bild, was Antonio schon sehr überraschte. Hatte Stefania dieses Geschäft immer noch abwickeln wollen, oder war etwas dazwischengekommen und die Chinesen hatten Mittel und Wege gefunden, doch noch wie geplant zum Zug zu kommen? Sollte nun Francesco das Vorhaben mit ihnen umsetzen? Und diese ganze aufgebrachte Diskussion, David Wongs Gebaren als enttäuschter Geschäftsmann, Francescos leere Worthülsen bei der Weinvorstellung und nun Elisabettas vorgetäuschte Ahnungslosigkeit waren eine wohl einstudierte Show der neuen Geschäftspartner? Wen wollten sie damit hinters Licht führen? Die anderen Gäste? Ihn und damit die *polizia*, die sich um Aufklärung bemühte? Oder Renata di Castello, die nicht begreifen sollte, was ihre Kinder wirklich im Schilde führten? Aufmerksam sah Antonio David Wong ins Gesicht. Er schien ihm der Hauptakteur zu sein. Um ihn und sein Geld drehte sich hier alles.

Doch dieser hatte sein Mienenspiel gut im Griff. Er trank sein Sektglas leer, stellte es betont energisch auf dem Tisch ab und signalisierte, dass er keinen weiteren Millesimato wünschte. Dann rutschte er zur Sofakante vor und richtete seinen Oberkörper zu voller Größe auf. »Unsere gemeinsamen Interessen sind leider mit dem Tod Ihrer Cousine zum Stillstand gekommen, Madam. Wir brauchen die Erfahrung und den reichen Kenntnisschatz von Stefania als Winzerin. Sie verfügte über das Wissen, das uns fehlt. Es ist mit Geld nicht aufzuwiegen. Deshalb habe ich ihr einen Anteil unseres Weinbergs für den geplanten Anbau von Sangiovese-Trauben überschreiben wollen. Wir wollten morgen beim Notar alles regeln. Im Gegenzug sollten wir auch einen Ihrer Weinberge finanziell fördern, damit der dortige Anbau auf biologischer Basis weiter vorankommt. Auch dieses Vorhaben können wir nun nicht mehr umsetzen. Wir möchten weder mit Ihnen, Madam di Castello, noch mit Ihrem Bruder weitere Geschäfte tätigen.«

Das klang ja alles ganz glaubhaft, ging es Antonio durch den Kopf. Doch entsprach es auch den wahren Absichten des jungen Chinesen?

»Den Auftrag für eine gemeinsame Werbekampagne ziehe ich hiermit auch zurück. Wir suchen uns andere Partner.«

So manövrierte er Francesco di Castello endgültig aus dem Geschäft. David Wong stand auf, hielt seiner Schwester die Hand hin, damit sie grazil seinem Beispiel folgen konnte. Beide verbeugten sich tief vor Antonio und den di Castellos und strebten sogleich dem Ausgang zu. Die Bodyguards folgten ihnen auf dem Fuß.

Aber auch Fontanaro zögerte keinen Augenblick und ging ihnen nach. Bevor die Wongs in ihrem Bentley verschwanden, fasste er David Wong am Ärmel, was dieser mit hochgezogener Augenbraue quittierte.

»Mr Wong, entschuldigen Sie, wenn ich Sie nochmals aufhalte. Hier ist meine Visitenkarte.«

Mit einer nachlässigen Geste schob der Chinese diese in die Seitentasche seines dunkelbraunen Seidensakkos.

Doch Antonio war noch nicht fertig. »Ich kann Sie nicht zwingen, mit mir in der Questura zu sprechen. Dennoch appelliere ich an Sie und an Ihre Verehrung unserer gemeinsamen Freundin Stefania di Castello! Es ist für mich kaum vorstellbar, dass Sie nicht an der Aufklärung des Mordes interessiert sein sollten. Sie und Ihre Schwester sind doch mit den besten Absichten nach Soave gekommen. Keiner von Ihnen beiden hätte etwas von dieser feigen Tat. Deshalb verstehe ich nicht ganz, weshalb Sie sich weigern, mit mir zu sprechen. Falls Sie sich doch noch anders entscheiden sollten, würde ich mich sehr freuen, von Ihnen zu hören. Sonst bleibt mir nichts anderes übrig, als Ihnen beiden alles Gute und eine gefahrlose Heimreise zu wünschen.« Antonio Fontanaro machte eine formvollendete Verbeugung in der Hoffnung, den erwarteten Gepflogenheiten des chinesischen Paares einigermaßen zu entsprechen.

David Wong musterte ihn aus seinen schmalen Augen. Dann fragte er zögernd: »Wollen Sie mir mit Ihrem Wunsch für eine gefahrlose Heimreise etwas mitteilen?«

24

Bardolino, 19.30 Uhr

»Soll ich die Stableuchte einschalten?«, fragte Enrico flüsternd.

»*Assolutamente no!*«, zischte Fausto aufgebracht zurück. Gleichzeitig machte er einige vorsichtige Schritte auf den Hofladen der di Castellos zu. Georg und Enrico folgten und stellten sich hinter ihm dicht an die Hauswand. Von dort spähten sie in die Nacht. Die Scheinwerfer von Scott Giulianos Wagen beleuchteten immer noch schemenhaft die erste Reihe der Olivenbäume. Der restliche Hain, der sich leicht abschüssig Richtung See erstreckte, lag in völliger Dunkelheit. Giuliano war zwischen den Bäumen verschwunden. Sie hörten nur noch sich leise entfernende Schritte. Georg hatte ihn zuvor beobachtet und gesehen, wie er die letzten beiden Kanister aus dem Kofferraum hob und mit ihnen im Dunklen verschwand. Immer besorgter fragte er sich, was der Amerikaner genau vorhatte. Er war nicht länger gewillt, den Verdächtigen ungestört sein übles Werk vollenden zu lassen.

»Wir sollten aktiv werden, bevor der Typ Fakten schafft, die nicht mehr rückgängig zu machen sind.«

»Was sollte das denn sein?«

Georg riss der Geduldsfaden. Fausto drückte sich doch nur vor einer Entscheidung! Kein Wunder, dass er es nur zum Vice gebracht hatte. Wortlos schnappte sich Breitwieser auf diese dämliche Frage hin Ispettore Brandinos Stablampe, drängte sich an Fausto vorbei und lief mit der weithin sichtbaren Leuchte in den Olivenhain hinein. Er hatte keine Lust mehr, mit dem zaudernden Vice Commissario weiter abzuwarten, was passierte.

Den beiden anderen blieb nichts übrig, als ihm zu folgen.

Georg kam gerade noch rechtzeitig bei Scott Giuliano an, als dieser hastig den Verschluss eines Kanisters aufschraubte. Seine Bewegungen waren fahrig und nervös. Ihm war nicht entgangen, dass die Polizei im Anmarsch war. Als ihm Breitwieser nun gnadenlos ins Gesicht leuchtete, ließ der Amerikaner den Kanister erschrocken fallen. Ein Schwall Flüssigkeit schoss aus der Öffnung des Behälters. Geistesgegenwärtig griff Georg zu und verhinderte im letzten Moment, dass der Kanister auf dem Boden landete und sich komplett am Stamm des Olivenbaums entleerte. Dabei spürte er, wie Flüssigkeit über seine rechte Hand rann. Er wischte sie nachlässig an seiner neuen Leinenhose ab. Prüfend hob er anschließend den Kanister an. Er schien verdächtig leicht. Sein Rettungsversuch war wohl nicht wirklich erfolgreich gewesen. Fausto war währenddessen hinter Scott Giuliano getreten, griff sich dessen Oberarme, zog sie energisch nach hinten und legte ihm mit Hilfe von Enrico Brandino Handschellen an.

»Ihr Schweine! Was fällt Euch ein?«, schimpfte Giuliano. Dann grinste er Georg verschlagen an, als wäre er sich seines Sieges gewiss.

Freu dich nicht zu früh, dachte Breitwieser. Wir kriegen dich schon noch dran. Zumindest nahmen sie ihn jetzt vorläufig fest. Das hatte Georg schon lange vorgeschwebt. Dabei spielte es für ihn kaum eine Rolle, ob ihre Maßnahme gerechtfertigt war oder nicht. Lieber handeln und später fragen. Das war in solchen Situationen seine Devise. Und um weiteren, aus seiner Sicht falschen Entscheidungen vorzubeugen, fragte er Fausto: »Sollten wir nicht alle Kanister einsammeln, wieder im Kofferraum unseres Freundes hier verstauen und die Limousine anschließend zur Questura fahren, damit sich die Kriminaltechnik mit der Flüssigkeit und gegebenenfalls auch mit dem Auto beschäftigen kann?«

Noch bevor der Vice Commissario diesen komplexen Sachverhalt überdenken konnte, läutete Georgs Handy laut und vernehmlich. In der Annahme, Antonio wolle ihn sprechen, zog er das Telefon aus der Hosentasche. Doch ein Blick auf das Display sagte ihm, dass erneut seine Schwester am Apparat war. Verdammt, was war nur in Barbara gefahren? Sie tat gerade so, also würde zu Hause die Welt untergehen. Entschieden drückte er den Anruf weg und sah Fausto fragend an.

»Was machen wir?«

»Wir bringen den sauberen Herren zu unserem Wagen. Enrico passt auf ihn auf und wir beide sammeln die Kanister ein. Können Sie einen Audi fahren?« Ein schelmisches Lächeln zeigte sich nun doch auf Faustos Gesicht.

Erleichtert stellte Georg fest, dass der Kollege nicht eingeschnappt war und ihm die Einmischung keineswegs übelnahm. Am liebsten hätte er mit »Gar kein Problem!« geantwortet, wie Haigermoser von der Kriminaltechnik in Traunstein es in seinem Eifer immer tat. Aber stattdessen begnügte er sich mit einem passenderen »*D'accordo!*«

Als sie die letzten Kanister im Kofferraum verstauten, fragte Georg beiläufig: »Sie sind doch auch Landwirt, Fausto? Haben Sie eine Idee, was in den Behältern für eine Flüssigkeit sein könnte?«

Fausto schüttelte den Kopf und schlug den Kofferraumdeckel des Audi zu, dass es in die Nacht hinaushallte. »Ich bin ein einfacher Bauer, Commissario. Mein kleines Land ernährt mehr schlecht als recht meine Familie. Wir verwenden keine Dünge- oder Pflanzenschutzmittel. Wir essen doch nicht freiwillig Chemie. Die Äpfel,

Melonen, Kartoffeln, Karotten, Zwiebeln, Tomaten und die wenigen Weinreben müssen wachsen, wie das Wetter und das Ungeziefer es erlauben. Es gibt gute Jahre und schlechte. Das ist ganz normal. Außerdem haben wir fünf Olivenbäume und einen Zitronenbaum, den ich im Winter in der Garage notdürftig durchbringe. Im März hole ich ihn meistens kahl wieder heraus. Meine Oliven werden in der Gemeinschaftsmühle von Garda verarbeitet. Je nach Ertrag und Jahr bekomme ich zehn bis fünfzehn Liter Öl. Dabei achten die Betreiber der Mühle genau darauf, dass nur Oliven aus biologischem Anbau, also ohne chemische Pestizide oder Düngemittel, in einem Mühlvorgang zusammengemischt werden.«

»Sie vertrauen dem Betreiber? Sie sind sicher, dass Sie nur sauberes Olivenöl zurückbekommen?«

Fausto sah ihn überrascht an. Ganz so, als hätte er dies nie in Zweifel gezogen. »Das wäre ein Skandal, Commissario, wenn es anders wäre.«

»Das wohl. Aber ausschließen können Sie es doch nicht.«

Fausto drückte ihm die Autoschlüssel von Scott Giuliano in die Hand und sagte: »Fahren Sie hinter mir her, Commissario!«

»Kennen Sie sich hier aus?« Georg war noch ein weiterer Gedanke gekommen. »Ich würde gerne noch Wasser auf die Stelle kippen, wo der Kanister umgefallen und ausgelaufen ist.«

Fausto Castillio brummte unwillig. Die weitere Verzögerung gefiel ihm nicht. Aber dann gewann der Bauer in ihm die Oberhand. Er nahm Georg die Stableuchte ab und gemeinsam umrundeten sie den Hofladen sowie das kleine Gutshaus der di Castellos. Doch einen Wasserhahn oder einen Brunnen konnten sie nicht entdecken. Und eine Suche danach im Olivenhain hatte wenig Sinn mitten in der Nacht. Das leuchtete auch Georg ein.

Kurze Zeit später saßen sie in den Fahrzeugen, verließen den Hof und machten sich auf den Weg zur *autostrada*. Georg grübelte über den Inhalt der Kanister nach. Doch er konnte im Moment nichts tun, um eventuell Schaden von dem Olivenbaum abzuwenden, der einen Schwall der Flüssigkeit abbekommen hatte. Vorsichtig strich er sich über die rechte Hand, die mehr und mehr zu brennen anfing. In jedem Fall würde er die Etiketten und Beschriftungen aller Behälter abfotografieren, bevor die Kriminaltechnik in Verona mit den Untersuchungen begann. Wer wusste schon, wann sie die Ergebnisse bekämen. Inzwischen konnte Georg auch selbst recherchieren.

Es war sicher kein Zufall, dass die Haut seiner Hand zu brennen begann. Er hatte das dringende Bedürfnis, diese rasch und gründlich mit Wasser zu waschen. Doch bis Verona war es noch ein gutes Stück zu fahren. So mit sich selbst beschäftigt, brauchte Georg einen Moment, bis er das Läuten des Telefons wahrnahm. Genervt holte er es wieder aus der Hosentasche hervor. Aber entgegen seiner Annahme, Barbara wolle ihn sprechen, erkannte er die Nummer von Antonio.

»Ciao, Giorgio! Was ist los? Wo bist du?«

Georg berichtete seinem Freund kurz, was sich in Bardolino abgespielt hatte. »Fausto wird demnächst mit Scott Giuliano in der Questura eintreffen. Wir sind kurz vor der Autobahnausfahrt *Verona Sud*. Ich will bei dem Verhör dabei sein, Toni. Wartet auf mich!«

»Du wirst im Nebenraum bleiben und nur zuhören, Giorgio. Damit das klar ist. Du hast deine Kompetenzen heute schon ziemlich ausgereizt. Ich brauche dir nicht zu wiederholen, was wir ausgemacht haben!«

Breitwieser merkte, wie er ärgerlich wurde. Ohne seine Geistesgegenwart, dem Italoamerikaner zu folgen und ihn gemeinsam mit Fausto und Enrico zu stellen, wäre einiges schiefgelaufen. Nicht auszudenken, wenn die zehn Kanister im Olivenhain der di Castellos ausgekippt worden wären. Georg brauchte keinen weiteren Beweis als seine schmerzende Hand, um zu wissen, dass die Flüssigkeit erheblichen Schaden hätte anrichten können. Giuliano musste mächtig Frust geschoben haben, als er seine Felle an diesem Abend davonschwimmen sah. Georg brummte Unverständliches in das Mikrofon und legte auf.

Nach einer weiteren Viertelstunde hatten sie das Gelände der Questura erreicht. Georg fuhr zu einem größeren Gebäude am östlichen Ende des Areals, wo sich die Halle der Kriminaltechnik befand. Er stieg aus, öffnete den Kofferraum, hob einen der Kanister heraus und stellte ihn auf die Polsterung des Fahrersitzes. Dort hatte er eine gute Beleuchtung, um die Etiketten abzufotografieren. Doch zunächst besah er sich seine rechte Hand. Sie war feuerrot geworden und, wenn er sie mit seiner linken verglich, auch angeschwollen. Sofort nach dem Verhör würde er in die Notaufnahme des Krankenhauses von Verona fahren. Sicherlich war es gut, wenn er dann Fotos von dem Kanister gemacht hatte. Oder sollte er besser nicht solange warten? Die Haut spannte inzwischen unangenehm und brannte heftig. Er war wohl besser, Antonio zu informieren, dass er erst später zum Verhör kommen würde. Er griff deshalb nach seinem Handy, das auf dem Beifahrersitz lag. Dabei sah auf dem Display, dass er eine SMS erhalten hatte. Er öffnete die Nachricht und las: »Mama nach Herzanfall in der Klinik. Erwarte deinen Rückruf. Dringend!!!«

Georg Breitwieser wurden die Knie weich. Was war er nur für ein Trottel? Wie kam er dazu, Barbaras wiederholte Anrufe zu ignorieren? Er kannte sie doch! Ohne Grund würde sie ihn nicht mehrmals anrufen. Die verzweifelten Versuche, den Mord an Stefania aufzuklären, hatten ihm den Verstand vernebelt. Wie er sein Schweigen später plausibel zu Hause erklären sollte, wusste er noch nicht.

25

Verona, 21.00 Uhr

»Nun, Signor Giuliano, lassen Sie uns nicht um den heißen Brei herumreden. Warum nähern Sie sich nachts im Dunkeln dem Olivenhain der Familie di Castello mit der offensichtlichen Absicht, Kanister mit einer uns unbekannten Substanz in unmittelbarer Nähe der Bäume zu entleeren? Was sollte diese Aktion vorhin in Bardolino?«

Fausto Castillio saß zusammen mit Antonio Fontanaro im Vernehmungsraum der Questura. Als Zeuge und Teilnehmer der Aktion ließ ihn Antonio gerne gewähren und sah sich im Moment zumindest nur als Beobachter. Ob Georg inzwischen auch eingetroffen war und im Nebenraum die Befragung von Scott Giuliano mithörte, wusste er nicht. Er nahm es aber stark an. Der Bayer ließ sich bei den Ermittlungen kaum bremsen.

»Was regen Sie sich denn so künstlich auf?«, fragte Giuliano und zeigte ein amüsiertes Lächeln. »Es gibt Düngemittel, die man am besten bei Vollmond ausbringt. Da ist ihre Wirkungsweise erwiesenermaßen noch besser. Der Olivenhain von Elisabetta ist alt. Eine Ladung Düngung jetzt im Frühjahr hilft den Bäumen, dennoch einen stattlichen Ertrag zu produzieren.«

Fausto kniff die Brauen zusammen und dann polterte er los: »Halten Sie uns für blöd, oder was? Düngung bei Vollmond? Hör sich das einer an! Olivenbäume sind so ziemlich die genügsamsten Pflanzen, die es gibt. Der Baum wächst und gedeiht über hunderte von Jahren, monatelang ohne Regen. Und dennoch gibt er reichlich Früchte.«

»Warum mit wenig zufrieden sein, wenn es auch mehr sein kann?«, bemerkte Giuliano süffisant und kam sich dabei wohl noch philosophisch vor.

»Unsere Kriminaltechnik ist gerade dabei, die Flüssigkeiten in den Kanistern zu analysieren. In wenigen Minuten wissen wir mehr.«

»Na, dann warten wir das Ergebnis doch einfach mal ab. Mit welchen Auskünften kann ich Ihnen denn sonst noch dienen, meine Herren?« Und dann schlug Giuliano unvermittelt einen anderen Ton an. »Sie haben nichts gegen mich in der Hand. Also beenden wir diese Vernehmung augenblicklich!« Der Amerikaner stand von seinem Stuhl auf und machte Anstalten zu gehen. Doch Enrico Brandino hatte sich an der Tür postiert und versperrte ihm den Weg.

»Ich denke«, sagte Brandino leise, »auch der Commissario wird noch Fragen haben. Also setzen Sie sich wieder.«

»Ich denke gar nicht dran! Sie haben mich gegen meinen Willen hierher verschleppt. Wenn Sie die Ergebnisse Ihrer Kriminaltechnik haben und dann immer noch meinen, mit mir sprechen zu müssen, können Sie mich ja ordentlich vorladen.« Und Giuliano machte Anstalten, sich an Brandino vorbeizudrängeln. Doch dieser blieb hartnäckig und gab die Tür nicht frei.

»Einen Moment, Signore!«, schaltete sich Antonio endlich ein. »Ich habe eine Mitteilung von Georg Breitwieser bekommen, die Sie sich anhören sollten.« Antonio begann die SMS vorzulesen, die er wenige Augenblicke zuvor erhalten hatten: »Die Ärztin, die sich meine Hand gerade angesehen hat und der ich auch eine Fotografie der Kanisterbeschriftung gezeigt habe, bestätigt, dass es sich bei der Flüssigkeit um ein hochkonzentriertes Breitbandpflanzenschutzmittel handelt. Unverdünnt aufgebracht, kann man damit jede Pflanze zum Absterben bringen. Meine Haut ist verätzt, geschwollen und hat Bläschen bekommen. Als ich versucht habe, mir die Flüssigkeit an meiner Leinenhose abzuwischen, wurde diese beschädigt. An der Stelle hat der Stoff keine Farbe mehr und ist löchrig geworden. Das Zeug ist aggressiv und gefährlich.«

Fausto war inzwischen von seinem Stuhl aufgestanden, griff Scott Giuliano energisch am Oberarm und dirigierte ihn zum Besprechungstisch zurück. Dieser sah ein, dass er gegen die Polizisten keine Chance hatte, und setzte sich wieder. Von seiner arroganten Amüsiertheit war nichts mehr übriggeblieben. Böse starrte er vor sich hin.

»Soweit zu Ihrer Märchenerzählung von einer Spezialdüngung im Vollmondschein. Was sollte das alles werden, Signore? Wollten Sie die Olivenbäume der di Castellos ruinieren? Eine Bepflanzung, die meines Wissens mindestens hundert Jahre alt ist. Haben Sie vollständig den Verstand verloren?«

»Stefania di Castello hat 30 Kanister unseres Pflanzenschutzmittels bestellt. Dieses war für ihre Weinberge und für den Olivenhain bestimmt. Ich habe nur meinen Auftrag ausgeführt.«

Antonio schlug mit der flachen rechten Hand hart auf den Besprechungstisch, dass es wie ein Schuss durch den Raum knallte.

»Es reicht, Signor Giuliano. Ich höre mir keine weiteren Lügen mehr von Ihnen an. Wir stellen Ihnen für heute Nacht ein Zimmer zur Verfügung und sprechen morgen weiter. Vielleicht kommen Sie zwischenzeitlich zu der Einsicht, dass die Wahrheit jetzt die beste Verteidigungsstrategie wäre. Im Moment reicht der Verdacht gegen Sie aus, Sie hätten mutwillig versucht, den Olivenhain der di Castellos, der auf rein biologischem Anbau beruht, durch chemische Substanzen wertlos zu machen. Im schlimmsten Fall steht der Verdacht im Raum, Sie hätten versucht, einige Olivenbäume bewusst und kalkuliert abzutöten. Ich wünsche Ihnen eine angenehme Nacht.«

Antonio Fontanaro stand auf und machte Brandino Handzeichen, er solle Scott Giuliano abführen und in Untersuchungshaft nehmen.

Anschließend ging der Commissario in sein Büro und ließ sich, geistig wie körperlich erschöpft, schwer in seinen

Drehstuhl fallen. Was hatte das zu bedeuten? Der Amerikaner hatte nachweislich am Tattag den Stand des Weinguts auf der *Fiera* besucht. Hatte ihm Stefania kurz zuvor den Laufpass gegeben oder wollte sie endgültig von dem Vertrag, den sie mit ihm beziehungsweise mit *Montegrano* geschlossen hatte, zurücktreten? War er ihr in die Teeküche gefolgt? Hatte er sie dort erschlagen und anschließend den Vertrag auf dem Weingut gesucht, um ihn auch vor Francesco in Sicherheit zu bringen? Vieles sprach aus Antonios Sicht dafür, dass Scott diverse Mordmotive hatte. Aber nur eines war klar: Von Giuliano selbst würden sie die Wahrheit nicht erfahren.

Erneut fragte er sich, ob der Vertrag der Schlüssel zur Lösung des Falls war. Wichtig dabei schien ihm, wie offiziell dieser Vertrag geschlossen worden war. Angeblich sollte er eine Laufzeit von fünf Jahren haben. Vincenzo Mauro musste ihnen endlich einen Termin bei der Avvocatessa und beim Notaio machen.

Zudem war Scott Giuliano bei den di Castellos erheblich in Ungnade gefallen. Er hatte auf dem Tasting-Abend vergeblich versucht, zur Abendgesellschaft zu gehören, um unter anderem mit den Wongs in Kontakt zu treten. Diese hatten ihm die kalte Schulter gezeigt. Ebenso hatten ihm die di Castellos klar gemacht, dass seine Anwesenheit nicht erwünscht war. So in die Enge getrieben, war er als nächstes nach Bardolino gefahren.

Der Druck, den der Konzern *Montegrano* auf ihn ausübte, musste enorm sein. Und wo kamen dabei die Tomasellis ins Spiel? Steckte Scott mit dem Konkurrenten von Stefania unter einer Decke? Wollte Tomaselli den biologischen Weinanbau mit Macht verhindern und nutzte Scott als Helfershelfer? Eigentlich ordnete Antonio die Aktion in Bardolino als blinde Wut ein. Er nahm sehr stark an, dass die Zerstörung von Olivenbäumen allein auf Scotts Mist gewachsen war, eine Aktion, mit der er sich abreagieren wollte. Welche Motivation hätte Tomaselli, Scott zu so einer Tat anzustiften?

Und: Wo in diesem Spiel tauchten die Wongs auf? Gehörten sie auch zu jenen Geschäftspartnern von Stefania, die sie, entgegen anderslautender Beteuerungen, lieber tot als lebendig sehen wollten? Hatte sich durch ein Ereignis vor fünf Tagen auch die Geschäftsbeziehung zu den Chinesen abgekühlt? Wer sagte ihm denn, dass ihre Hochachtung vor der Meisterin des Weinanbaus nicht ein gekonnt geheucheltes Theater gewesen war? Stand ihnen allen die umtriebige Winzerin im Weg bei der Verfolgung von unterschiedlichsten Geschäftszielen? Zielen, die jedem Einzelnen von ihnen mehr Profite versprachen, gern auf Kosten der anderen? Und wo in dieser Gemengelage positionierten sich die Umweltschützer, die die Hofmauer des Weinguts beschmierten, den bordeauxfarbigen Bentley der Wongs attackierten in der Annahme, in ihnen den wahren Feind entdeckt zu haben? Wer steckte denn hinter dieser Ökogruppe? Er würde Enrico Brandino, seinen Meister der Recherche, damit beauftragen, die Gruppe unter die Lupe zu nehmen. Es sollte ihn wundern, wenn sich da nicht auch ein Tatmotiv ergäbe.

Doch sein Hauptverdächtiger blieb ohne Zweifel Scott Giuliano. War er n u r ein verstoßener Liebhaber? Ein in seiner Ehre und seinem Stolz verletzter und enttäuschter Mann, der von seiner Einzigartigkeit zutiefst überzeugt war und erleben musste, dass eine Frau deutlich zu ihm »Nein« gesagt hatte? Reichte bei ihm diese herbe Zurückweisung aus, um Stefania zu erschlagen? Im Affekt? Scott Giuliano wäre nicht der erste Mann, der auf diese Weise seinen Standpunkt klarmachte – und zu spät zu denken begann.

Antonio Fontanaro hatte für heute genug von diesem Fragenkatalog, den sie in den nächsten Tagen abarbeiten mussten. Er griff sich das Anzugsakko, das er über die Stuhllehne gehängt hatte, fuhr den PC herunter und machte das Licht aus. Er freute sich auf Marissa und auf ein Glas Rotwein zusammen mit seinem Freund und Spezl Giorgio.

26

Verona, 23.00 Uhr

Georg saß auf der Bettkante im Gästezimmer der Fontanaros und starrte zwischen seinen Beinen auf den Steinboden. Immer noch hielt er das Handy in der Hand, mit dem er kurz zuvor mit seiner Schwester telefoniert hatte, und fragte sich, was er als Nächstes tun sollte. Packen, sagte ihm sein Verstand. Sofort packen und nach Hause fahren. Das Gespräch mit Barbara hatte ihn mitgenommen. Er fühlte sich schuldig und kam sich wie ein stumpfsinniger Egoist vor, der nur seinen Job im Kopf hatte und alle anderen Zeichen nicht richtig deutete. Wie hatte er nur annehmen können, die Anrufe von Barbara seien nicht wichtig? Wie hatte er glauben können, er könnte sie später immer noch zurückrufen und fragen, was denn so dringend sei? Noch nie hatte ihn die Schwester grundlos mit Telefonaten belästigt. Dies wäre das erste Mal gewesen und er hatte nicht reagiert. Verbohrt und verbissen in einen Fall, der nicht der seine war, wie er zugeben musste, wenn er ehrlich sein wollte. Er war im Urlaub, er hatte zufällig eine Leiche gefunden, von einer Person, die er genauso zufällig kannte. Er befand sich in Italien. Hier hatte er nichts zu sagen, nichts zu ermitteln. Es hatte überhaupt keinen Grund gegeben, die Anrufe von Barbara wegzudrücken. Gleichzeitig wusste er, dass er sich nun ins andere Extrem verrannte. Natürlich ließ ihn der Fall Stefania di Castello nicht kalt. Wie sollte er auch! Doch er hatte seine sonst so sichere

Beurteilungskraft, was richtig und wichtig war und was eben nicht, verloren. Sein Blick war verstellt. Das war ihm beruflich noch selten passiert. Und nun saß er hier und wusste nicht weiter.

Schwerfällig erhob er sich. Müde und verzweifelt zog er den Trolley unter dem Bett hervor, wo er ihn verstaut hatte, hob ihn auf die Bettdecke und klappte ihn auf. Dann zog er die oberste Schublade der Kommode auf, die Marissa für ihn geleert hatte, und warf Unterhosen, Unterhemden und Socken wahllos in die Kofferschale. Er war gerade dabei, auch den Krimi, den er sich absurderweise zur Unterhaltung mitgenommen hatte, obenauf zu legen, als sich die Tür in seinem Rücken öffnete.

»Was machst du da?« Antonio trat neben seinen Freund und fasste ihn am Oberarm. »Was ist los, Giorgio? Warum packst du deine Sachen?«

»Ich muss nach Hause.« Selbst Georg merkte, wie gepresst seine Stimme klang. Er zögerte. Die nächsten Sätze auszusprechen, fiel ihm unsagbar schwer. »Meine Mutter ...«, setzte er an und kam prompt ins Stocken. »Katharina ...«, flüchtete er sich in den Vornamen, in der Hoffnung, dann weiterreden zu können. »Katharina liegt auf der Intensivstation im Traunsteiner Krankenhaus. Sie hatte einen Herzinfarkt, sagen die Ärzte. Ich muss heim, Tonio. Ich kann meine Schwester nicht allein lassen jetzt. Sie braucht mich. ... Mama braucht mich.« Den letzten Satz rang er sich ab.

Wortlos klappte Antonio den Koffer zu. Er schob seinen Freund aus dem Zimmer, was dieser einfach geschehen ließ, dirigierte ihn in die Bibliothek am Ende des Flurs, wo sich Georg mehr oder weniger willenlos in den vertrauten Sessel sinken ließ. »Ich bin gleich zurück.«

Antonio eilte zur Küche, holte zwei Rotweingläser und nahm die bereits geöffnete Flasche mit. Marissa sah ihm erstaunt zu. »Was soll das werden? Das Essen ist fertig.« Mit der Hand wies sie auf den gedeckten Tisch. »Ich habe eine *parmigiana* für Giorgio gemacht. Die isst er doch so gern.«

»Es tut mir leid, Cara, aber deine großartige *parmigiana* muss einen Augenblick warten. Ich muss Giorgio überreden zu bleiben. Mindestens noch diese Nacht. Seine Mutter liegt im Krankenhaus. Das hat er wohl gerade erfahren und jetzt überreagiert er. Keinesfalls lasse ich ihn nach diesem Tag nach Hause fahren. Das hilft seiner Mutter auch nicht. Hab ein bisschen Geduld. Wir sind gleich wieder da.« Mit diesen Worten verließ er die Küche und betrat wenige Augenblicke später die Bibliothek. Georg saß unverändert auf dem Stuhl und sah ihm blass entgegen.

»So, jetzt nehmen wir mal einen Schluck und dann sagst du mir, was bei euch zu Hause vorgefallen ist.« Antonio setzte die Gläser auf dem Tisch ab, der zwischen zwei bequemen Sesseln aufgestellt war, und füllte sie mit rubinrotem Wein. »Der Ripasso wird dich erst einmal beruhigen. Und fahren kannst du anschließend sowieso nicht mehr!« Fontanaro gab seinem Freund keine Möglichkeit, zu widersprechen. Er hob das Glas und prostete ihm zu.

Georg reagierte mehr oder weniger automatisch, nahm einen Schluck und setzte das Glas ab. »Ich weiß nicht sehr viel mehr als das, was ich dir gerade erzählt habe.« Erneut griff er nach dem Weinglas und trank. Der Ripasso schmeckte samtig weich und beruhigte auf angenehme Weise seine Nerven. Der Alkohol verfehlte seine Wirkung nicht. Wärme breitete sich in seinem Körper aus und er fühlte sich nicht mehr so angegriffen wie noch vor wenigen Minuten. »Es hilft nichts, Tonio, ich muss nach Hause.«

»Das verstehe ich. Aber nicht heute Nacht! Du hast doch sicherlich auch noch Medikamente bekommen für deine Hand?«

Überrascht sah Georg den Verband an. Die Verätzung hatte er völlig vergessen. »Ich habe eine Salbe bekommen.«

»Keine Spritze?«, fragte Antonio hoffnungsvoll.

Doch Georg schüttelte den Kopf und lächelte erstmals seinen Spezl an. »Netter Versuch. Nein, keine Spritze.«

Antonio beugte sich in seinem Sessel nach vorne und wandte sich entschieden dem Bayern zu. »Es tut mir sehr leid, dass Katharina krank ist. Dass sie im Krankenhaus liegt. Morgen, gleich nach dem Frühstück, fährst du los. Aber keine Stunde früher. Du kannst heute Nacht nichts mehr ausrichten! Wenn du um 4 oder 5 Uhr morgens in Traunstein ankommst, kannst du doch deine Mutter in der Klinik gar nicht besuchen. Gönn deiner Schwester den Schlaf. Morgen Mittag geht ihr gemeinsam dann ins Krankenhaus und schaut nach dem Rechten. Alles andere ist doch unsinnig.« Um seinen Worten Nachdruck zu verleihen, goss er nochmals einen Schluck Rotwein in die Gläser. Bei einem Alkoholgehalt von vierzehn Prozent auf nüchternen Magen würde Georg sehr rasch selbst bemerken, dass eine Autofahrt nicht mehr ratsam war. »Marissa hat extra für dich eine *parmigiana* gemacht. Sie wäre sehr enttäuscht, wenn du ihr einen Korb geben würdest.«

Dies war ohne Zweifel das schwächste Argument, aber Georg merkte in diesem Moment, wie hungrig er inzwischen war. Er stand vom Stuhl auf und sagte: »Dann sollten wir sie keinesfalls länger warten lassen. Aber noch ein Wort zu eurem Verhör mit dem Amerikaner. Was ist dabei herausgekommen?«

Antonio erzählte kurz, was Scott Giuliano für eine Show abgezogen hatte. »Der versucht uns an der Nase herumzuführen.«

»Ihr habt ihn aber in Haft genommen, oder?«

»*Naturalmente!*«

Gemeinsam verließen sie die Bibliothek und betraten kurz darauf die Wohnküche der Fontanaros, wo Marissa allein am Esstisch saß und auf die beiden wartete. Sie stellte keine Fragen, sondern öffnete einfach die Bratröhre, holte eine riesige Auflaufform heraus und stellte sie auf die Küchenablagefläche. Auf bereitgestellte Teller häufte sie großzügige Portionen des Auberginenauflaufs.

»Ich habe Enrico gebeten, mir alle Dateien von Stefanias Computer weiterzuleiten, die Auskunft geben über ihre Recherchen in den letzten Wochen. Ich hoffe, du hast nichts dagegen.«

»Diese Ankündigung kommt ein bisschen spät, Giorgio.« Antonio war verstimmt. Immer wieder mischte sich der Bayer in die Ermittlungen ein, die ihn offiziell nichts angingen. »Du hättest mich schon vorher fragen können.«

»Hätte ich, ... ja!«, gab Georg zu. Er sah dabei aber wenig schuldbewusst aus. »Versteh mich doch, Tonio! Ich kann euch sowieso nur sehr eingeschränkt helfen.«

Und das ist auch gut so, dachte Fontanaro. Behielt diese Meinung aber für sich.

»Wenn ich jetzt in Chieming meine letzten Urlaubstage nehme, dazwischen lediglich die Mama besuche, fällt mir die Decke auf den Kopf. Kannst du das nicht verstehen? Ich will mich doch weiter nützlich machen, an dem Fall dranbleiben. Wir stehen immer noch am Anfang. Jetzt kommt dieser wahnsinnige Amerikaner auch noch dazwischen. Was, verdammt, hatte er in Bardolino im Sinn? Die Ärztin in Verona, die sich meine Hand angesehen hat, meinte nur trocken, ich wäre nicht der Erste, der mit einer solchen Verätzung im Krankenhaus erschienen sei. Es käme immer wieder vor, dass Winzer oder ihre Saisonarbeiter über Verätzungen der Haut klagten. Außerdem deutete sie etwas von verstärktem Aufkommen von Krebserkrankungen im Soave an. Als ich nachbohrte, schwieg sie sich aus, wollte sie nicht weiter darüber reden.«

Sie begannen zu essen. Antonio machte eine zweite Flasche Valpolicella Ripasso auf und die drei stießen mit ihren Gläsern an. Doch der wunderbar gelungene Auflauf fand nicht die richtige Würdigung, denn nun schaltete sich auch Marissa in die Unterhaltung der Kommissare ein.

»Ihr solltet einmal die Tante von Stefania nach der Familiengeschichte befragen. Wenn mich nicht alles täuscht, gab es Krebserkrankungen in der Familie der di Castellos. Stefania hat einmal eine Andeutung gemacht. Ich glaube, ihre Mutter ist sehr früh an Unterleibskrebs gestorben. Warum Stefania so früh auch den Vater verloren hat, weiß ich leider nicht. Sie war noch keine acht Jahre alt, da hatte sie keine leiblichen Eltern mehr. Von da an hat sich die Tante um sie gekümmert. Sie kann euch sicherlich mehr dazu berichten. Oder Elisabetta.«

»Es hieß doch, dass Stefania vor knapp zwei Wochen beim Arzt war. Anschließend hat sie ihr Testament gemacht oder irre ich mich da?«, griff Georg den Faden auf und sah fragend zu Antonio hinüber, der bestätigend nickte.

»Da müssen wir nachfragen! Darum kümmere ich mich als Erstes morgen früh!« Zu weiteren Überlegungen kam er nicht mehr, denn sein Diensthandy vibrierte neben dem Teller auf dem Küchentisch.

»Irgendwann schmeiße ich das Ding aus dem Fenster!« Marissa starrte wütend auf das Telefon und machte Anstalten, danach zu greifen. Doch Antonio war schneller und warf ihr einen strafenden Blick zu.

»Fausto, was gibt es? Bist du immer noch in der Questura?«

»Nein, ich bin auf dem Weg zum *Ristorante 12 Apostoli*«, schallte es aus dem Telefon.

»Hast du im Lotto gewonnen?«

Fausto knurrte erst Unverständliches und sagte dann: »Es gab einen Anschlag auf die Wongs. Sie sitzen zusammen mit Winzer Tomaselli im *Dodici* und schlagen sich den Bauch voll.«

»Was heißt Anschlag? Wurde jemand verletzt?«

»Das weiß ich noch nicht. Irgendwelche Verrückte haben das Lokal gestürmt und die Wongs bedroht oder bedrängt! Keine Ahnung, was genau vorgefallen ist. Kollegen haben sich bei Enrico gemeldet und uns um Hilfe gebeten. Enrico und Lavinia sind mit einer Streife los. Ich bin kurz vor der *Piazza delle Erbe*. Also auch gleich da.«

»Soll ich nachkommen?«, fragte Antonio halbherzig. Er hatte keine große Lust, kurz vor Mitternacht zu einem erneuten Einsatz zu fahren.

»*No.* Ich wollte dir nur Bescheid geben. Alles Weitere morgen dann um 9 Uhr bei der Besprechung.«

»Wer hat die Besprechung angesetzt?« Antonio wurde nun richtig wütend.

»Na, wer wohl. Dumme Frage! *Ciao, a domani.*«

27

Verona, 00.00 Uhr

Fausto Castillio fuhr in hohem Tempo mit Sirene und Blaulicht in die Fußgängerzone und über die *Piazza delle Erbe*. Müde und erschöpft nach diesem langen Arbeitstag, wollte er dennoch nicht lockerlassen. Der Fall hatte ihn gepackt. Sein Ehrgeiz war geweckt und der Zorn auf Scott Giuliano brodelte in ihm, setzte genug Adrenalin frei, um auch jetzt um Mitternacht noch weiterzumachen. Er wusste, dass er den *Vicolo Corticella San Marco*, dort, wo sich das *Ristorante 12 Apostoli* befand, nicht anfahren konnte. In der engen Gasse gab es kaum Platz für einen Wagen, geschweige denn eine Parkmöglichkeit. Außer er blockierte einfach den Eingang des Restaurants. Soviel Aufsehen wollte er jedoch nicht verursachen. Er fuhr zur *Via Antonio Tirabosco* und wurde dort nach wenigen Metern von einem Menschenauflauf am Weiterfahren gehindert. Sie alle drehten ihm den Rücken zu. Einige Unverbesserliche versuchten mit Handys mitten in der Nacht über die Köpfe der anderen hinweg Fotos zu schießen. Wovon auch immer. Fausto schaltete den Motor ab, ließ das Blaulicht laufen und stieg aus dem Streifenwagen.

»*Permesso!*« Mit lauter Stimme bellte er seinen Befehl in die Nacht und versuchte, sich einen Weg durch die Menschenansammlung zu bahnen. Sehen konnte er bisher nicht viel. Offenbar erregte ein Auto die Aufmerksamkeit der Leute. »*Permesso, per fa-*

vore!« Widerwillig und mit entrüsteten Rufen gaben die Ersten vor ihm den Weg frei.

Und dann sah er das Objekt der Faszination. Ein bordeauxfarbiger Bentley parkte vor dem Eingang des *Ristorante 12 Apostoli*. Genau dort, wo er selbst nicht hatte parken wollen. Und, wie er jetzt wusste, auch nicht mehr hätte parken können. Faustos bislang einigermaßen gut unterdrückter Zorn schwoll allein beim Anblick des Wagens weiter an. Er ahnte, wem die Luxuskarosse gehörte. Antonio hatte ihm von dem gekonnten Auftritt, den sich die Wongs auf dem Weingut der di Castellos geleistet hatten, berichtet. Doch jetzt sah das teure Auto übel aus. Über die gesamte Seitenfläche war der orangefarbene Schriftzug »*Cinese va via!*« gesprayt worden. Fausto bezweifelte, ob sich die Sprayfarbe jemals rückstandslos vom Autolack entfernen ließe. Vermutlich würde eine *carrozzeria* einen lukrativen Auftrag bekommen, um dem Bentley eine neue Lackierung zu verpassen. Hinter dem Auto stand ein Streifenwagen mit offenen Türen. Was war hier vorgefallen, das die Kollegen zu großer Eile angetrieben hatte? Und die Zuschauer warteten ganz offensichtlich auf die Fortsetzung des Schauspiels. Fausto schwante Übles. Er stieß die schwere Eingangstür zum Restaurant auf und befand sich unmittelbar im großen Speisesaal des weithin bekannten Spitzenrestaurants.

Das *12 Apostoli* war eine Institution seit Beginn des vergangenen Jahrhunderts, inzwischen mit zwei *Michelin*-Sternen dekoriert und somit für den Normalsterblichen unbezahlbar. Das war kein Lokal, wo man sonntags die Großeltern ausführte. Fast ausschließlich Geschäftsleute suchten den Gastronomietempel auf. Jetzt, während der *Vinitaly*, gaben sich die international bekannten Winzer, die hochprofitable Weingüter führten, und ihre nicht minder potenten Kunden die Klinke in die Hand. Fausto konnte sich ausrechnen, dass man wenig erfreut war, die Polizei in den mit Fresken ausgemalten Speiseräumen begrüßen zu müssen.

Der Hauptraum und die folgenden, offenen Kabinette waren bis auf den letzten Platz gefüllt. Lavinia oder Enrico mit Kollegen, die als Einsatzkräfte sicherlich dazugeholt worden waren, konnte er nicht entdecken. Alles wirkte, trotz der späten Stunde, noch sehr gesittet. Man unterhielt sich gepflegt. Gedämpfte Musik sorgte für angenehme Atmosphäre. Vereinzelt war leises Lachen zu hören. Auf allen Tischen, die mit bodenlangem Damast eingedeckt waren, standen zahlreiche Weinflaschen. Unterm Jahr absolut verpönt, gehörten diese Stillleben während der *Vinitaly* zum guten Ton. Auch hier ging es wohl ausnahmsweise weniger um köstliche Speisen, sondern um das Probieren und Ordern von Spitzenweinen.

Ein Kellner kam auf ihn zu. Fausto zeigte ihm seine Dienstmarke.

»*Buonasera* Commissario. Ihre Kollegen sind im Nebenraum. Wenn Sie mir folgen wollen?«

Fausto wollte und war sehr gespannt, was ihn gleich erwarten würde. Der Kellner führte ihn einen schmalen Gang entlang und öffnete schließlich eine alte, geschnitzte Tür mit Kassettenfüllung. Er trat beiseite und ließ Fausto in das von den übrigen Räumen separierte Zimmer eintreten. Unmittelbar danach zog der Kellner die Tür wieder zu, als wollte er verhindern, andere Gäste könnten Einblicke bekommen, die ihnen nicht zustanden.

Dem Vice bot sich ein skurriles Bild. Mitten im Raum stand ein langer, mit weißem Damast eingedeckter Tisch. Eine Batterie von Gläsern und Weinflaschen gab von einem opulenten Gelage mit obligater Weinprobe Zeugnis ab. Schmutziges Geschirr und gebrauchte Servietten zerstörten das vormals sicherlich sehr elegante Ambiente. Die Stühle standen nun kreuz und quer im Raum. Einige waren umgefallen. Zehn oder zwölf Personen, so schätzte Fausto, drängten sich in einer Ecke des Raums zusammen. Ganz vorne hatten sich zwei bullige Typen breitbeinig aufgestellt, die böse in seine Richtung blickten. Beide hielten ihre rechte Hand hinter dem Rücken, dort, wo sie unter den Sakkos im Hosenbund vermutlich ihre Schusswaffen versteckt hatten. Fausto nahm an, dass er die Bodyguards der Wongs vor sich hatte. Der bayerische Commissario hatte auf der Fahrt nach Bardolino ausführlich von deren Auftritt bei den di Castellos berichtet. Vor der Menschengruppe hatten sich Lavinia Strano und Enrico Brandino mit gezogenen Pistolen postiert und hielten die Gäste in Schach. Eine gemütliche Dinnerparty sah anders aus.

Enrico wandte den Kopf.

»Wurde aber auch Zeit, Fausto, dass du endlich kommst. Wo ist Antonio?«

»Der ist verhindert!« Was fiel dem Jungspund ein? Genügte es nicht, wenn er kam? Musste immer der Chef dabei sein? »Was ist hier los?«

In die Gruppe kam Bewegung. Ein deutlich als Asiate erkennbarer Mann kämpfte sich durch das Knäuel. An der Hand hielt er eine zierliche junge Frau. Die Wongs, wie Fausto gleich erkannte. Die Kleidung der beiden sah reichlich ramponiert aus. Das vormals weiße Hemd des Mannes hatte dunkelrote Flecken. Ebenso sein Seidensakko. Der Mann war kalkweiß im Gesicht und sichtlich wütend. Seine Augen blitzten zornig und um seinen Mund hatte sich ein scharfer Zug gelegt. Kein Wunder, dachte Fausto. Wenn er den Geruch im Gastraum richtig deutete, dann hatte David Wong einen Angriff mit faulen Tomaten hinter sich. Fausto wusste sehr genau, wie vergorene Tomaten rochen. Kein Renommee für einen Speisetempel der Extraklasse. Kein Wunder, dass der Kellner die Tür sofort wieder zugezogen hatte.

Ein Schwall englischer Wörter ergoss sich über Fausto, die er ungerührt über sich ergehen ließ. Sein Englisch war rudimentär. Er verstand nur Bahnhof. »Was will er?«, rief er deshalb Enrico.

»Den Botschafter!«

Fausto brach spontan in schallendes Gelächter aus. »Sonst noch was? Geht's auch eine Nummer kleiner?« Die beiden Bodyguards rückten näher und machten Anstalten, sich den Vice Capo vorzunehmen.

Doch Fausto blieb ungerührt und stellte sich direkt neben Enrico. »Hast du gesehen, wer den Bentley da draußen so zugerichtet hat?«

»Ja, die zwei jungen Leute in den grünen Anoraks, die ganz hinten an der Wand stehen. Sie hatten auch ein Körbchen delikatester Tomaten bei sich.«

Fausto machte einige Schritte auf die Gruppe zu, wandte sich leicht nach rechts, um mit den schweren Jungs der Wongs nicht zu kollidieren und erkannte, wen Enrico meinte. Neben den Verdächtigen sah er Kollegen in Uniform, die auf sie aufpassten. Die Hände der Anorakträger jedenfalls waren bereits mit Handschellen fixiert. Sie konnten zumindest im Moment keinen Unsinn anstellen.

Fausto gab den Kollegen Handzeichen. »Bringt sie nach draußen und in die Questura. Wir beschäftigen uns später mit ihnen.« Dann wandte er sich erneut an Enrico Brandino: »Was ist hier im Raum vorgefallen?«

»Angeblich sind die beiden Aktivisten hereingestürmt, haben die Geschwister Wong, die hier mit weiteren Gästen eine Weinprobe besuchten, mit faulen Tomaten beworfen und als Kapitalistenschweine beschimpft. Dann haben sie versucht, David Wong am Kragen hochzuziehen. Seine Bodyguards haben ihren Chef beschützt. Es kam zum Handgemenge.«

Auch das konnte sich Fausto gut vorstellen. »Wer ist der Gastgeber dieses ruhigen Abends?«, fragte Fausto in die Runde.

Ein großer Mann mit braunem Sakko und gelocktem, grauschwarzem Haar schob sich nach vorne und baute sich vor Fausto auf. »Ich, wenn's recht ist.«

»Name?« fragte Fausto, obwohl er genau wusste, wen er vor sich hatte. Der Winzer stand ganz oben auf seiner Liste der Verdächtigen, die er für den Mord an Stefania verantwortlich machte.

»Tomaselli. Alvaro Tomaselli.«

Fausto Castillio nickte. Die schlichte Gier dieser Leute, die sich in diesem Raum versammelt hatten, setzte ihm zu. Hatten sie nichts anderes im Kopf als Weinbestellungen? War das in ihren Augen das Vorrangigste, was jetzt zu tun war? Es ging ihnen allen nur und ausschließlich ums Geschäft. Zuerst ließen sich die Wongs zum Wein-Tasting von den di Castellos einladen, die sich keine Zeit nahmen, den Mordfall in der Familie auch nur annähernd zu verarbeiten. Anschließend hatten die Wongs nichts Eiligeres zu tun, als sich vom stärksten und härtesten Konkurrenten der di Castellos nobel ins *Ristorante 12 Apostoli* ausführen zu lassen. Von Trauer um eine langjährige Geschäftspartnerin oder auch nur Anteilnahme mit der Familie keine Spur. Aber vermutlich musste es einfach weitergehen, musste sich die weite Reise von China nach Verona lohnen. Nach dem Tod von Stefania mussten sich die Wongs andere Verbündete und Partner im Soave suchen. Zumindest würden sie das behaupten. Da war sich Fausto sicher. Wieder fiel sein Blick auf die Tafel, das reinste Schlachtfeld auf edlem Damast: Weingläser in verschiedensten Formen und Höhen, Weißbrotkrumen, Reste von Grissini-Stangen und leergegessene Teller, die keinen Aufschluss mehr darüber gaben, was auf ihnen serviert worden war. Zum Kotzen war das alles. Hier hatte ein ganz großes Gelage stattgefunden. Alle hatten sie kräftig zugelangt.

Tomaselli war nicht blöd und hatte die Gelegenheit beim Schopf gepackt. Oder hatte er diese einmalige Gelegenheit geplant? War der Tod der Winzerin nur zufällig pünktlich für ihn eingetreten? Von heute auf morgen bekam man kein Separee im *Apostoli* zur Zeit der *Vinitaly*. Fausto sah dem Winzer forschend ins Gesicht. Doch dessen Miene blieb undurchdringlich. Die dunkelbraunen Augen glänzten im Licht der zahllosen Kerzen, die auf der Tafel in silbernen Kandelabern steckten. Was in dem Mann vorging, blieb dagegen im Dunkeln.

»Noch so ein Kapitalistenschwein!«, ertönte es hinter dem Rücken von Fausto. Die Aktivisten hielten sich immer noch im Gastraum auf. »Verräter! Willst d u jetzt gemeinsame Sache machen mit dem Asiatenpack?«

Widerwillig musste Fausto der Stimme recht geben. Genauso empfand er es auch. Verrat an Stefania.

»Das nächste Mal werfen wir nicht nur faule Tomaten, Alvaro. Da kannst du sicher sein.«

Fausto drehte sich zu dem jungen Mann um, der Gift und Galle spuckte. Er gab den Kollegen ein Zeichen, endlich die beiden Aktivisten aus dem Raum hinauszubefördern. Mit ihnen würde er sich zusammen mit Antonio in der Questura beschäftigen.

Fausto wandte sich wieder den übrigen Gästen zu. Die meisten von ihnen blickten zu Boden, vermieden es, ihn direkt anzusehen. Er hatte die Hände in den Taschen seiner Hose vergraben und ließ den Blick von einem zum anderen wandern. Die Luft im Gastraum war stickig von inzwischen weniger feinen Düften. Die schweren Parfüms der Frauen und ehemals frischen Rasierwässer der Herren wurden überlagert vom faulen Geruch der Tomaten, die vereinzelt auf dem Steinboden lagen, und von Schweiß. Angstschweiß bei dem einen oder anderen, wie Faust annahm. Oder bedingt von deutlich zu viel Alkohol in kurzer Zeit. Doch niemand bewegte sich. Keiner sagte ein Wort. Selbst die Bodyguards standen mit gesenkten Köpfen da, als wäre ihre Wachsamkeit nicht mehr vonnöten. Eine lähmende Spannung hatte sie alle ergriffen.

»Möchte noch jemand etwas ergänzen? Oder haben wir schon alles gehört, was Ihnen wichtig war?« Aufreizend laut und munter stellte Fausto seine Frage in die Runde.

»*Bene!* Wir werden jetzt von Ihnen allen die Personalien aufnehmen und dann können Sie nach Hause oder in Ihre Hotels gehen. Enrico, sag den Wongs, dass sie das Land nicht verlassen dürfen.«

»Das juckt die wenig, kann ich dir versichern. Sie haben einen Diplomatenpass und genießen den Schutz des chinesischen Staates.«

»Das ist mir so was von egal. Ich rufe jetzt Verstärkung und dann geh ich ins Bett. Die Wongs werden in ihr Hotel begleitet und Kollegen vor ihren Zimmern platziert. Die beiden machen keinen Schritt aus unserem Land, bis wir sie nicht ordentlich befragen konnten. Das Gleiche gilt für ihre Bluthunde!«

»Das wird Konsequenzen haben«, wagte Enrico nochmals einzuwerfen. »Fontanaro hat das auf dem Weingut auch schon versucht. Sie haben sich völlig quergestellt.« Doch Fausto telefonierte bereits. Na, dann würde er jetzt einmal durchgreifen, wenn Antonio nicht fähig dazu gewesen war. Gleichzeitig war ihm natürlich bewusst, dass er sich auf dünnem Eis befand. Der Knackpunkt bei allem war Staatsanwalt Vincenzo Mauro. So sehr dieser auf die Lösung des Falls drängte, so feige war er, wenn es sich um Belange und Rechtsvorschriften anderer Staaten handelte, und China war natürlich ein ganz besonderer Fall.

Chinesische Geschäftsleute traten in der Regel sehr forsch, fordernd und ultimativ auf. Sie waren der Meinung, dass man mit Geld einfach alles kaufen konnte. Mit dieser Ansicht standen sie natürlich nicht allein da. Andererseits hatten es chinesische Mitbewohner, die sich in Verona niedergelassen hatten, nicht leicht. Nirgends in Italien waren sie gern gesehen. Ihre Restaurants und Läden wurden sehr oft Opfer von Attacken. Meist lief es lediglich auf Sachbeschädigung hinaus, was schlimm genug war. Personen kamen selten zu Schaden. Aber der Ton wurde rauer. Und chinesische Unternehmer, so wie die Wongs, schätzten die wenigsten der italienischen Geschäftsleute. Die Befürchtung war groß, sie würden ganze Häuserzeilen aufkaufen, alteingesessene Betriebe oder eben ein ganzes Weingut übernehmen und so die traditionelle Form der familiengeführten Handwerksstätten, Gastronomiebetriebe und Firmen, egal welcher Art, langsam aber sicher verdrängen. Viele sahen in den Asiaten die Gefahr, italienische Traditionen und Lebensformen zu verlieren. Und ganz von der Hand zu weisen war das nicht. Vor allem in der Lederwarenproduktion und der Textilindustrie, seit Jahrhunderten eine Domäne der Italiener, anerkannt und geschätzt auf der ganzen Welt, hatten sich die Chinesen breitgemacht und zahllose Betriebe übernommen. Der Qualität der Ware war das meist nicht zuträglich. *Made in Italy* stand umsatzfördernd auf den Etiketten der Produkte, die allerdings den früher erwartbaren Ansprüchen nicht standhielten. Und nun hatten die Chinesen offenbar auch die Wein- und Olivenölproduktion für sich entdeckt. Kein Wunder, dass das die Aktivisten auf den Plan rief und zu Auseinandersetzungen führte. Fausto konnte das nachvollziehen. Er war selbst Freizeitbauer und wusste, was die Übernahme von landwirtschaftlichen Betrieben durch chinesische Hände bedeutete. Er musste von seinen Agrareinnahmen nicht leben. Konnte es auch nicht. Was der Angriff aus dem Ausland für seine Freunde bedeutete, die ihre Familien mit der Landwirtschaft ernähren und die Existenz der Betriebe für die nächste Generation erhalten wollten, sah er ins Gesicht der Aktivisten geschrieben. Er zweifelte nicht daran, dass der junge Mann für den Erhalt seiner Heimat und von Grund und Boden kämpfte. Doch gutheißen konnte er die Aktionen deshalb nicht.

Als sich nun auch Alvaro Tomaselli aus dem Raum schleichen wollte, hielt er ihn noch im letzten Moment am Oberarm fest.

»Auf ein Wort, Signore!« Er drängte den gewichtigen Mann in den Raum zurück, der sich langsam leerte. Fausto nötigte ihn, nochmals am Tisch Platz zu nehmen. Er setzte sich ihm gegenüber, schob gebrauchtes Geschirr, Gläser und einen dreiarmigen Silberleuchter beiseite, damit nichts die Sicht auf Tomaselli störte.

»Haben Sie zu diesem Tasting eingeladen?«, fragte er den Winzer gerade heraus.

»*Sì*. Ist das vielleicht verboten?«

Fausto ging auf den provokanten Ton nicht ein.

»Das heißt, Sie bezahlen die ganze Sause hier?« Der Commissario machte eine weitausholende Armbewegung, die den ganzen Raum umfassen sollte.

»Was soll das?«

»Bezahlen Sie? Oder bezahlen die Wongs?«

Tomaselli blieb ihm trotzig die Antwort schuldig und schaute ihn nur böse an.

»Wie viele Flaschen Wein haben die Chinesen bei Ihnen bestellt?«

»Fragen Sie sie doch selbst!«

»Ich frage Sie, verdammt! Also, … ich höre!«

»Wir waren erst beim Tasting, wie Sie deutlich sehen können. Oder ist Ihnen das Vorgehen bei einer Weinverkostung nicht bekannt, Vice Capo? Erst wird probiert und dann bestellt. Bevor es zu einem Abschluss kam, stürmten diese Idioten den Raum und haben mit faulen Tomaten um sich geworfen.«

»Wenn Sie Pech haben, fliegen die Wongs Richtung China, ohne ihre Orders zu machen? Befürchten Sie das, Signor Tomaselli?«

Der Winzer fuhr sich mit der rechten Hand über die Augen. Er sah müde aus. Wurde richtiggehend grau im Gesicht. Der Tag war lang für ihn gewesen. Stundenlang auf der Messe zu stehen ging nicht spurlos an ihm vorüber. Dann im Anschluss noch diese Veranstaltung! Da musste er voll konzentriert sein, Sprüche klopfen, seine Ware anpreisen, damit er einen Abschluss machte, etwas bekam für seine teure Einladung ins *12 Apostoli*. Einige Tausend Euro, so nahm Castillio an, würde den Winzer die Einladung kosten. Doch Faustos Mitleid hielt sich in Grenzen. Tomaselli wusste, wie man Geschäfte machte. Er gehörte zu den reichsten Weinbauern im Soave. Er hatte keine Spitzenweine im Angebot, aber die meisten Anbauflächen in dem stark parzellierten Gebiet. Reichlich Soave Classico, die einfachste Verarbeitung der Garganega-Traube, für den Export ins europäische und amerikanische Ausland. Und nun auch noch China!

War ihm da Stefania di Castello mit ihren Vorhaben in die Quere gekommen?

»Verkaufen Sie an die Wongs auch Weinland?«, fragte Fausto ins Blaue hinein. Das war doch der springende Punkt, den die Aktivisten mit allen Mitteln zu verhindern suchten.

»Und wenn schon? Was geht das die Polizei an?«

So bekam Fausto den Winzer nicht zu fassen. Doch dessen provokante Art setzte ihm zu. Er beugte sich über den Tisch und sah Tomaselli in die Augen.

Dieser rührte sich keinen Millimeter und blickte unerschrocken zurück.

»Was sagen Sie zum Mord an Stefania di Castello?«

Ein Ruck ging durch den Winzer. Er beugte sich Fausto nun ebenfalls entgegen, so dass sich ihre Stirnen fast berührten und legte die Unterarme auf dem Damasttuch ab.

»Was soll denn diese blöde Frage?«

»Sie kannten sich gut, Sie beide?«

»Wir haben als Kinder in den Weinbergen zusammen gespielt.«

»Hm …«, machte Fausto und lehnte sich wieder an der Stuhllehne an. »Dann kannten Sie sich also sehr gut!« Er zögerte einen Moment und schob schließlich nach: »Man erzählt sich, Sie hätten Stefania heiraten wollen.«

»So, erzählt man sich das?« Auch Tomaselli wich zurück und beobachtete Fausto aus schmal zusammengekniffenen Augen. Das Gespräch gefiel ihm sichtlich immer weniger.

»Hatten Sie ein Verhältnis mit ihr?«

»Das geht Sie einen Scheißdreck an!«

Fausto grinste und behielt ihn weiterhin genau im Auge. Doch er konnte aus der Miene nicht herauslesen, ob der Winzer am Mord in irgendeiner Weise beteiligt war oder ob ihm der Tod Stefanias nahe ging. Gefühle, die er hinter der rauen Fassade, die den starken Mann markieren sollte, geschickt zu verbergen suchte. Doch seine Gefühle für Stefania, wenn sie denn so stark gewesen waren, wie die Gerüchte es nahelegten, hinderten ihn nicht daran, die Gunst der Stunde für seine Geschäfte zu nutzen.

»Wie lange im Voraus muss man denn im *12 Apostoli* für die Zeit der *Vinitaly* einen Tisch oder gar Raum reservieren, damit man zum Zug kommt?« Das Lokal war beileibe nicht klein. Doch die Messe brachte viele Weinkäufer aus dem In- und Ausland nach Verona.

»Ein Jahr im Voraus!«, bellte ihm Tomaselli mürrisch entgegen.

»Und das haben Sie auch gemacht?«

»Scheint so, oder?«

Fausto konnte natürlich den Betreiber des Lokals dazu befragen, bezweifelte aber, dass er eine korrekte Antwort erhalten würde. Denn so wie er die Lage einschätzte, hatte der Winzer mit mehreren dicken Euroscheinen die Reservierung in letzter Minute erhalten. Tomaselli würde die Bestechung nicht ohne Weiteres zugeben. Im Moment wollte Fausto die Klärung dieser interessanten Frage auf sich beruhen lassen. Er stand auf. Alvaro Tomaselli war nicht in der Stimmung, mit der Polizei zu kooperieren oder gar mit irgendwelchen interessanten Wahrheiten herauszurücken. Auch Castillio war müde und mit seiner Geduld am Ende.

»Wir sind noch nicht miteinander fertig, Signor Tomaselli. Ich bin sicher, dass Commissario Fontanaro und Staatsanwalt Vincenzo Mauro noch Fragen an Sie haben werden.«

Geräuschvoll schob Tomaselli seinen Stuhl zurück und stand ebenfalls auf. »Es wird mir ein ganz besonderes Vergnügen sein, mich mit dem Staatsanwalt zu unterhalten.« Ein hinterhältiges Lächeln huschte über das müde Gesicht des Winzers. »Er ist ein guter Kunde von mir. Er versteht etwas von Weinen. Mit solchen Leuten unterhalte ich mich am liebsten. *Buona notte* Commissario!«

28

Mittwoch, 12.04.2017

Chieming, 8.00 Uhr

Georg fuhr in die Einfahrt und stellte den Alfa auf dem Vorplatz seines Elternhauses ab. Der brummende Motor erstarb und einen Moment lauschte Breitwieser in die plötzliche Stille. Der Morgen war neblig grau, die Windschutzscheibe im Nu von feinem Nieselregen überzogen. Hundemüde stieg er aus, zog die Hausschlüssel aus der Hosentasche und sperrte auf. So leise wie möglich drückte er die Tür ins Schloss. Er hatte keine Ahnung, ob Maria oben in ihrem Zimmer schlief oder den Klinikaufenthalt von Katharina für einen Kurzurlaub in ihrer polnischen Heimat genutzt hatte. Ihm wäre es recht. Auf Gespräche und aufgeregte Fragen oder gar Vorwürfe hatte er wahrlich keine Lust.

Er stieg die Treppen hoch in den ersten Stock und ging ins Bad. Sein Spiegelbild konnte seine Laune nicht heben. Er sah erbärmlich aus. Aber das war ihm egal. Das kalte Wasser, das er sich notdürftig mit der gesunden Hand ins Gesicht schaufelte, machte ihn nicht so wach, wie er gehofft hatte. Den Verband der Rechten ließ er unberührt, wie es ihm die Ärztin geraten hatte. Wenn er die Finger bewegte, kehrte der brennende Schmerz zurück. Damit würde er die nächsten Tage zu kämpfen haben.

Im Schlafzimmer zog er sich um. Die Leinenhose und das Leinensakko, beides extra für den Aufenthalt in Verona und den Urlaub gekauft, waren verdrückt, durchgeschwitzt und für das bayerische Aprilwetter nicht geeignet. Staat hatte er damit vor Stefania machen wollen. Er warf die Kleidungsstücke achtlos auf sein Bett. Dann griff er sich wahllos ein Flanellhemd und eine Cordjeans aus dem Schrank. Ihm war es völlig egal, wie er aussah. Hauptsache bequem und warm.

Wenige Minuten später stand er an der Espressomaschine in der Küche und machte sich den ersten *caffè* für diesen Tag. Er war sich sicher, dass es nicht bei diesem einen bleiben würde.

Entgegen der Empfehlungen von Antonio und Marissa hatte er sich um 4 Uhr morgens aus deren Wohnung geschlichen und war Richtung Brenner gefahren. Bis dahin hatte er, trotz des schweren Rotweins, kein Auge zugemacht. Seine Gedanken kreisten permanent um Stefania und Katharina. Und bei keiner von beiden kam er zu einer Erkenntnis, die ihn beruhigt hätte. Eine weitere Stunde im Bett zu verbringen, sich von einer Seite auf die andere zu wälzen und keinen Schlaf zu finden, ergab keinen Sinn. Er hatte den Fontanaros eine SMS geschickt, sich für sein Verschwinden entschuldigt und ihnen für ihre Gastfreundschaft gedankt.

Nach einem zweiten Espresso und einem trockenen Stück Bauernbrot, das er sich mit Butter nachlässig geschmiert hatte, zog er sich die Lederjacke über, die an einem Garderobenhaken in der Diele hing, und hob den Hörer vom Festnetztelefon ab, um seine Schwester anzurufen. Er würde sich gleich auf den Weg zu ihr machen. Bis er bei ihr ankam, hatte sie sich sicherlich auch schon zurechtgemacht und sie konnten sofort weiter nach Traunstein fahren.

»Kohlmannsberger.«

»Hallo, Babsi, ich bin's, der Schorsch.«

»Bist du schon wieder daheim?«

»Schon ist gut! Was gibt es Neues von der Mama?«

»Mein Gott, jetzt hast dich aber beeilt! Bist du die Nacht durchgefahren? Das wollte ich aber nicht!«

Georg griff sich an die Stirn. Was sollte das nun wieder? Mach es den Frauen mal recht, haderte er und wusste zugleich, dass es blödsinnig war, eingeschnappt zu reagieren. »Also, was ist jetzt mit der Mama?«

»Die Klinik hat vorhin angerufen. Sie haben die Mama wieder auf Station verlegt. Sie hat auch schon gefrühstückt und es geht ihr den Umständen entsprechend ganz gut. Die Ärzte wollen am Vormittag noch einige Untersuchungen anstellen. Nachmittags können wir sie dann besuchen.«

Georg merkte, wie er nun doch ärgerlich wurde. Erst konnte es Barbara nicht schnell genug gehen, dass er nach Hause kam. Und jetzt tat sie so, als wäre alles nicht so schlimm. Was sollte er bis zum Nachmittag machen? Er hatte Urlaub! Aber wozu?

»Bist noch dran, Schorsch?«

»Ist Maria nach Hause gefahren?«

»Ja. Sie kommt morgen Vormittag zurück. Außer der Klinikaufenthalt von der Mama dauert deutlich länger. Dann bleibt sie bis auf Weiteres in Polen.«

»Wird die Mama denn schon entlassen?« Georg ließ sich auf dem Stuhl nieder, der neben der Kommode stand. Fest hielt er den Telefonhörer in der Hand, weil ihn das Gefühl überkam, ihm würde schwindlig werden. Die Erleichterung überschwemmte ihn, machte ihm weiche Knie. Es konnte also nicht so schlimm stehen um Katharina. Das war natürlich wunderbar! Aber ob seine überhastete Rückkehr wirklich nötig gewesen war?

Barbara ließ sich Zeit mit der Antwort. »Warten wir ab, was die Ärzte heute Nachmittag sagen, wenn die Untersuchungen abgeschlossen sind«, entgegnete sie diplomatisch. Georg war nicht blöd. Er erkannte natürlich, dass ihm seine Schwester auswich. Aber er war zu müde und auch zu erleichtert, um eine große Diskussion vom Zaun zu brechen.

»Wann soll ich dich vom Hof abholen?«

»Um zwei vielleicht? Oder kommst schon zum Mittagessen?«

Je eher er erfuhr, wie es um Katharina wirklich stand, umso besser. »Gut, dann bis zum Mittagessen! Servus!« Er legte auf. Von Barbara bekocht zu werden, war ihm jetzt mehr als recht.

Schwerfällig stand er vom Stuhl auf, hängte seine Lederjacke an den Garderobenhaken zurück, schlich in die Küche und öffnete den Kühlschrank. Es war Zeit für ein ausgiebiges Frühstück. Und Maria hatte vorgesorgt. Sie wusste, was er gerne aß.

Er holte die gusseiserne Pfanne aus dem Küchenunterschrank, zerließ darin ein Stück Butter, legte drei Scheiben Speck hinein und ließ zwei Eier auf den restlichen Platz in der Pfanne gleiten. Außerdem machte er sich eine Kanne Filterkaffee und toastete zwei Weißbrotscheiben. Als alles fertig war, stellte Georg das kräftige Frühstück auf ein Tablett und stieg damit wieder in den ersten Stock in sein Wohn- und Arbeitszimmer. Kurz schaute er zum Chiemsee hinüber. Aber von dem bayerischen Meer war noch nicht viel zu sehen. Der Nebel hing in Schwaden über dem See und hüllte die Landschaft in ein deprimierendes Einheitsgrau. Georg wandte sich von der nicht vorhandenen Aussicht ab, füllte eine Tasse mit Kaffee und schnitt ein Stück vom gebratenen Speck ab. Gedankenverloren begann er zu kauen.

Und langsam aber sicher entwickelte er einen Plan für den Tag. Als erstes würde er die Dateien, die ihm Enrico von Stefanias Computer geschickt hatte, durchforsten. Jetzt hatte er dafür die nötige Zeit und Ruhe. Mittags dann mit Barbara in die Klinik fahren und im Anschluss Barone in Rimsting aufsuchen, um ihm die Belege seiner Bestellungen auszuhändigen. Dann konnte er diesen Auftrag abschließen und sich um andere Dinge kümmern. Er schob sich das letzte Stück seines Buttertoasts in den Mund und öffnete den Laptop auf seinem Schreibtisch.

Nach wenigen Minuten schon war er völlig in seine Arbeit vertieft und erkannte nach einigen Zeitungsartikeln, die sich Stefania abgespeichert hatte, dass er dringend mit seinem Schwager Franz sprechen musste. Er brauchte die Expertise eines Bauern, um restlos zu begreifen, wovon die Artikel handelten. Motive für einen Mord, so viel begriff er bereits jetzt, gab es reichlich. Und in Frage kamen wieder einmal viel zu viele Personen.

29

Verona, 9.00 Uhr

Antonio ging zu Fuß von der Wohnung zur Questura. Er war mieser Laune, denn die unvermeidliche Besprechung mit Vincenzo Mauro stand unmittelbar bevor. Die Neugier des Staatsanwalts auf weitere Ermittlungserkenntnisse konnte er nicht stillen. Die Kollegen traten auf der Stelle. Außerdem wartete er auf die Endergebnisse von Petrelli und seinen Leuten. Die Frage, welche Flüssigkeiten in den Kanistern schwappten, die Fausto zusammen mit Giorgio im Wagen des Amerikaners sichergestellt hatten, war noch nicht final geklärt.

Davon ganz abgesehen, verrauchte sein Groll auf Breitwieser, der sich klammheimlich fortgeschlichen hatte, nur langsam. Als der Freund vor einer Stunde nicht zum Frühstück erschienen war, hatten Marissa und er erst begriffen, dass der Vogel ausgeflogen war. In dürren Worten, die kaum als Entschuldigung gelten konnten, hatte Giorgio in einer SMS an Marissa seinen frühzeitigen Aufbruch erklärt.

Sie hatte nur trocken gelacht und gemeint: »Ein Sturkopf, wie er im Buche steht.«

Antonio wusste aus ihrer langjährigen Freundschaft, dass man den Bayern zu nichts überreden konnte, was er nicht wirklich selbst wollte. Das war manches Mal für die Ermittlungsarbeit gut, weil er zielstrebig seiner Überzeugung folgte und nicht lockerließ, bis er ein Ergebnis hatte. Für eine Freundschaft jedoch erwies sich dieser Starrsinn manches Mal mehr als hinderlich. Wenn Freundschaft und Job zusammenfielen, wurde es schwierig. Das war auch Fontanaro klar.

Er überquerte die *Ponte Pietra*, die älteste Brücke der Stadt aus römischer Zeit. Achtlos fast ging er darüber und hatte ausnahmsweise an diesem Tag für das elegante Bauwerk aus rotem Backstein, das er besonders gerne mochte, kaum einen Blick übrig. Dagegen blieb er an ihrem Ende kurz vor dem *Lungadige* stehen und schaute ins trübe Wasser. Das passte bestens zu seiner Laune. Tagelanges Tauwetter in den Bergen füllte den Fluss mit Schmelzwasser, sodass er sich in kräftigen Wellen und versetzt mit reichlich Unrat lehmgelb durch die Stadt wälzte. Der Himmel jedoch präsentierte sich in einem hellen Blau. Die Luft war noch frisch, aber es versprach dennoch ein wunderbarer Frühlingstag zu werden. Eigentlich hätte das seine Stimmung aufhellen müssen, doch das war nicht der Fall. Zuviel Ungelöstes lag ihm auf der Seele. Und er sah noch keinen Weg, der zur Lösung des Falls von Stefania di Castello führte.

Wenige Augenblicke später erreichte Antonio das *Attimo Caffè* von Signora Baldessarini, das seit vielen Jahren die tägliche Anlaufstation der Kollegen und auch von ihm selbst geworden war. Nicht einmal für einen starken *caffè* hatte er Zeit. Er war ohnehin schon zu spät und stellte sich auf maßregelnde Worte Mauros ein. Eilige Schritte, die über den Gehsteig hallten, kamen hinter ihm näher. Lief ihm jemand nach? Um diese Zeit?

Natürlich war das Unsinn. Doch sein Beruf hatte ihn gelehrt, auch seiner Intuition zu folgen und lieber einmal zu viel als einmal zu wenig vorsichtig zu sein. Unschlüssig blieb er stehen und machte Anstalten, sich einen der Stühle heranzuziehen, die um kleine, runde Chromtische auf der schmalen Terrasse des Cafés standen. Er wollte der Person die Möglichkeit geben, einfach weiterzulaufen. Jogger gab es um diese Zeit reichlich entlang der Etsch. Antonio wollte sicher sein, dass man es nicht auf ihn abgesehen hatte, als er auch schon ein Schnaufen ganz nah neben sich hörte.

»Dachte ich es mir doch, dass ich Sie hier finde!« Antonios schlimmste Befürchtung trat ein. Der wohlbekannte Bariton von Vincenzo Mauro traf sein Ohr. Unvermittelt baute der Staatsanwalt sich vor Antonio auf. Oh Gott, dachte Fontanaro. Blieb ihm denn bereits am Morgen nichts erspart?

»Warum gehen Sie nicht an Ihr Handy, Commissario?«

Weil ich vor neun Uhr nicht erreichbar bin. Zumindest nicht für dich, dachte Antonio und sagte: »Was gibt es denn so Dringendes um diese Uhrzeit?«

»Da würde mir eine ganze Menge einfallen. Allen voran das impertinente Verhalten unseres Hobbybauern, genannt Vice Commissario. Was hat er sich nur dabei gedacht, die Geschwister Wong in die Questura zu bitten? Mitten in der Nacht? Und dann ihre Bewachung im Hotel anzuordnen?«

»Er wird seine Gründe gehabt haben.« Ungerührt sah Fontanaro den aufgebrachten Staatsanwalt an.

»Auf diese Gründe bin ich gespannt. Die Wongs wollen heute noch zurück nach China fliegen.«

»Das werden wir zu verhindern wissen! Wir haben noch einige offene Fragen.« In Antonio meldete sich nun endgültig der Widerspruch. Er sah die Sachlage ähnlich wie sein Vice.

»Die Sie nicht mehr stellen werden! Ist das klar, Commissario?« Weshalb sollten die feinen Wongs anders behandelt werden als Normalos? Eine Befragung im Hotel war das Mindeste, was sie sich noch gefallen lassen mussten.

»Aber deshalb sind Sie mir doch nicht nachgelaufen, Dottore!«

»Wir haben einen Termin bei Avvocatessa Laura Tramonte. Und zwar genau in zehn Minuten. Da die Dottoressa nicht gern wartet, werden wir jetzt ein Taxi nehmen.« Sprach's, stellte sich an den Straßenrand und winkte wild gestikulierend einem Taxi hinterher. Da es sich beim

Lungadige um eine Einbahnstraße handelte, die entlang des Flusses verlief, war nicht zu erwarten, dass das Taxi eine Kehrtwende machte.

Antonio ließ den Staatsanwalt winken und ging einfach weiter. Auf dem Gelände der Questura, die nur wenige Meter entfernt lag, standen jede Menge Dienstwagen zur Verfügung. Da würde er schon einen bekommen. Ein Kollege von der Streife würde sie beide fahren. Wohin Mauro auch immer wollte.

Keine Viertelstunde später betraten sie die Räume der Rechtsanwaltskanzlei von Laura Tramonte. Eine adrett gekleidete, junge Frau begrüßte sie, führte sie in ein Büro und wies auf elegante, weiche Polstersessel. Mit einem nichtssagenden »Die Dottoressa kommt gleich« ließ sie die beiden zurück.

Der Staatsanwalt schlug theatralisch die Beine übereinander, zupfte an seinem perfekt sitzenden Sakko herum und fuhr sich schließlich mit der rechten Hand durch seine graumelierte Haarpracht. Interessiert bemerkte Antonio, dass Mauro nervös war. Sein ganzes Verhalten entsprach in nichts seinem Auftreten, das die Kollegen der *polizia* von ihm in der Questura kannten.

Als sich schließlich die Bürotür erneut öffnete und eine dunkelhaarige, langbeinige Schönheit in dunkelblauem Hosenanzug den Raum betrat, unterdrückte Antonio ein Grinsen. Die Avvocatessa war eine Erscheinung, ohne jeden Zweifel. Sie strahlte Selbstsicherheit und Kompetenz aus und das Lächeln, das sie den beiden Herren, die bei ihrem Eintreten aus den Polsterstühlen sprangen, schenkte, gab zwei Reihen perfekter Zähne frei.

»Bitte behalten Sie Platz, meine Herren.« Sie gesellte sich zu der Sitzgruppe, stellte einen dicken Aktenkoffer auf dem Boden ab, setzte sich ebenfalls und sah von einem zum anderen.

»*Allora* Signori, was kann ich für Sie tun?«

Fontanaro verblüffte die simple Frage. Sie musste doch wissen, um was es ging. Deshalb hielt er sich nicht mit Floskeln auf, und verhinderte auch, dass Mauro zu einem Monolog ansetzen konnte.

»Wir ermitteln im Fall Stefania di Castello. Das dürfte Ihnen bekannt sein, Dottoressa?«

Die junge Anwältin nickte, öffnete ihre Aktentasche und hob mehrere Mappen aus einem der Fächer. Sie legte die Unterlagen geschlossen auf den Glastisch, der zwischen den Sesseln aufgestellt war.

»Wenn wir richtig informiert sind, hat sich unser Opfer in letzter Zeit mehrfach mit Ihnen in Verbindung gesetzt, um Verträge von Ihnen gestalten und ein Testament entwerfen zu lassen. Wir fragen uns natürlich vor allem, weshalb eine junge Frau ein Testament machen will. Und was vorgefallen sein muss, damit sie solche Maßnahmen für nötig hielt. Und wir wüssten natürlich auch gerne, welche Vertragspartner die Verträge betreffen und um was es bei den Verträgen konkret ging.«

»Sie haben eine Menge Fragen, Commissario.« Die Avvocatessa wandte ihren Blick Vincenzo Mauro zu. »Sie wissen sicher, dass ich auch nach dem Tod von Stefania an meine Verschwiegenheitspflicht als ihre Anwältin gebunden bin und nur im Ausnahmefall Auskünfte geben kann.« Sie zog ihre rechte Augenbraue in die Stirn und sah den Staatsanwalt fragend an.

»Allerdings sind Sie davon entbunden, wenn es mit dem mutmaßlichen Interesse Ihrer Mandantin vereinbar ist.« Ein kritischer Blick Mauros traf die nun wieder fein lächelnde Avvocatessa. Auch der Staatsanwalt kannte die Gesetzeslage. »Und ich gehe stark davon aus, dass Stefania di Castello ein erhebliches Interesse daran hätte, dass wir ihren Mörder finden. Dazu benötigen wir jedoch Ihre Mithilfe. Oder sehen Sie das anders?« Der Ton von Mauro war eine Spur schärfer geworden. So beeindruckend die Dottoressa auch war, so wenig ließ sich Mauro einfach abwimmeln.

Laura Tramonte antwortete zunächst mit einem kaum merklichen Kopfschütteln, ohne ihr Lächeln zu verlieren. Betont sachlich, aber mit dem ihr ganz eigenen Charme führte sie weiter aus: »Und zum Testament kann ich Ihnen voraussichtlich gar nichts sagen. Stefania wollte, soweit ich weiß, mit dem letzten Entwurf zum Notar. Ich weiß jedoch nicht, ob meine Mandantin mit ihm noch weitere Änderungen vorgenommen hat.«

»Heißt das, Stefania di Castello hat in den letzten Wochen mehrfach ihre Meinung geändert?«

»So ist es, ... ja.«

»Wissen Sie, weshalb?«

»Nur zum Teil.«

»Und wurden über das Testament hinaus auch die Verträge mehrfach geändert oder an eine neue Sachlage angepasst?«

Die Avvocatessa nickte auch dazu und blieb im Übrigen auffällig stumm.

Antonio machte das nervös, und so fragte er penetrant weiter, in der Hoffnung, die Anwältin aus der Reserve zu locken. »Hat sich einer der Vertragspartner nach dem Tod des Opfers bei Ihnen gemeldet? Nachgefragt, wie es jetzt weitergeht?«

Die haselnussbraunen Augen von Laura Tramonte spiegelten ihre Amüsiertheit wider. »Sie sind wirklich sehr ungeduldig, Commissario.«

Antonio ging nicht auf ihren leichten Ton ein. Die Sache war zu wichtig und zu ernst für Plänkeleien. Nervös trommelte er mit den Fingern auf die Sessellehnen. Er wollte endlich weiterkommen. Gereizt sah er zu Mauro, der neben ihm saß.

»Wir wollen doch den Commissario und seine Leute nicht bei ihrer Arbeit behindern, Dottoressa. *Allora*, ich frage Sie nochmals: »Welcher Vertrag Ihrer Mandantin sollte in diesen Tagen unterzeichnet werden?«

Antonio begann, auf dem Sessel herumzurutschen. Die aufgesetzte Langsamkeit der beiden Juristen machte ihn fertig. Was war das für ein dummes, arrogantes Machtspiel zwischen Anwältin und

Staatsanwalt? Für wen sollte das gut sein? Wollten sie etwa ihn beeindrucken? Er räusperte sich und erreichte damit, dass die Avvocatessa ihren Kopf hob. Offenbar war sie zu einem Entschluss gekommen.

»Stefania di Castello hatte bei mir in den nächsten beiden Tagen zwei Termine vereinbart: einen mit den Geschwistern Wong und einen mit ihrer Cousine Elisabetta und Scott Giuliano von *Montegrano*.«

Diese Nachricht schlug bei Antonio wie eine Bombe ein. Den Termin mit den Wongs konnte er sich noch erklären. Die Chinesen waren nur wenige Tage in Verona. Aber welche weiteren Angelegenheiten brannten Stefania derart unter den Nägeln, dass sie sie noch während der *Vinitaly* geregelt haben wollte? »Und um was ging es denn in den Verträgen, die keine Verzögerungen mehr duldeten?«

»Beide Verträge sind von komplexem Inhalt.«

Darauf wäre er jetzt von alleine nicht gekommen. Aber Fontanaro unterließ eine weitere ungeduldige Äußerung, hatte inzwischen kapiert, dass das kontraproduktiv war und schaute einfach nur aufmerksam über den Tisch in das ernste Gesicht der Anwältin.

Ihr unverbindlicher Charme hatte sich verflüchtigt. Sie klappte die erste Mappe auf und entnahm ihr einige Papiere. »Ich habe Ihnen Kopien der Verträge machen lassen. Damit Sie diese später noch genauer studieren können, wenn Sie möchten.«

»Sehr aufmerksam von Ihnen, Dottoressa!«, ließ sich die ölig weiche Stimme des Staatsanwalts vernehmen.

»In knappen Worten gesagt: Signora di Castello und die Geschwister Wong haben eine Art Joint Venture-Vereinbarung abschließen wollen. Aber meine Mandantin hat mich bis einen Tag vor ihrem Tod an dieser Vereinbarung Änderungen vornehmen lassen, die den Wongs vermutlich nicht gefallen hätten. Ich habe mich auf einen schwierigen Unterzeichnungstermin eingestellt.«

»Könnten Sie konkreter werden, Dottoressa?« Antonio hatte immer noch nichts von Substanz erfahren. Ahnte nur, dass die Wongs in jedem Fall vor ihrer Abreise befragt werden mussten.

»Gerne, Commissario!« Sie legte die schlanken Beine übereinander und begann zu dozieren: »Die Wongs besitzen sehr viel Land in China. Sie haben dort in der Provinz Shandong ein großes Weinanbaugebiet, auf dem Trauben für hochwertige Rotweine wachsen sollen. Was ihnen fehlt, ist das Know-how, wie man hochwertigen Wein herstellt. Dieses Know-how haben sie sich von meiner Mandantin erhofft. Sie haben den Recioto und den Amarone der di Castellos mehrfach verkostet. Anschließend haben sich die Wongs in den Kopf gesetzt, die entsprechenden Trauben auf ihrem Gut anzubauen – in der völlig irrigen Annahme, dort vergleichbare Ergebnisse zu erzielen.«

»Glaubte auch Stefania an ein solches Wunder?«, warf Antonio ein. Da tat sich ein Minenfeld auf, dessen Tragweite das Opfer offenkundig unterschätzt hatte. Es war völlig unwahrscheinlich, dass die Bodenverhältnisse in Shandong denen des Valpolicella-Gebietes eins zu eins entsprachen. Nur dann war aber eine Vergleichbarkeit der Rotweine möglich. Außerdem hatte Elisabetta beim Tasting bereits von Sangiovese-Trauben gesprochen. Diese mochten vielleicht in Shandong gedeihen. Aber aus ihnen ließ sich kein Amarone keltern. Dazu benötigte man in der Hauptsache die Corvina-Traube. Von dem sehr aufwendigen, besonderen Umgang mit den Trauben, die einen mehrere Monate dauernden Trocknungsprozess durchlaufen mussten, ganz zu schweigen. Wann hatte Stefania vor, diese nicht unerheblichen Details mit den Wongs zu besprechen?

Antonios Zweifel wurden umgehend von der Anwältin bestätigt: »So ist es! Meine Mandantin wischte meine Einwände einfach vom Tisch, wollte nicht hören, dass sich da Komplikationen auftaten. Sie hat den Chinesen vor zwei Monaten noch ihre vollumfängliche Unterstützung zugesagt und vereinbart, dass sie zweimal im Jahr für vier Wochen nach China reisen wird, um die richtige Anbauweise zu kontrollieren und bei der Ernte der Trauben und ihrer besonderen Weiterverarbeitung anwesend zu sein.«

Antonio schwirrte der Kopf. Hatte Stefania wieder einmal nur ihre eigenen Interessen verfolgt und Komplikationen einfach weggelacht? Mit ihrem Charme die Asiaten umgarnt und sich bereits auf die Geldsummen gefreut, die dieser Deal für sie und ihr Weingut abwerfen würden?

»Vor zwei Wochen allerdings kam meine Mandantin zu mir in die Kanzlei und ließ die Klausel bezüglich der Anwesenheiten in China durch eine sehr viel weichere Formulierung ersetzen. Sie selbst oder der Önologe ihres Weinguts würden je nach Möglichkeit nach China reisen.«

»*Interessante!* Welchen Grund gab es für diesen Gesinnungswandel?«, wollte Fontanaro wissen.

»Das kann ich nicht sagen, Commissario. Auch ich habe ihr diese Frage gestellt, doch sie hat sie mir nicht befriedigend beantwortet. Sie meinte, sie könne sich doch nicht für Jahre verpflichten, nach China zu reisen. Was täte sie, wenn es ihr dort nicht gefiele? Wenn sie mit den Menschen dort nicht zurechtkäme? Wenn sie dringend zu Hause gebraucht würde?«

»Das klingt ja erst einmal nachvollziehbar«, gab Mauro zu bedenken.

»Das ist richtig, *collega*. Aber wenn Sie zuvor ihre China-Euphorie erlebt hätten, die Zuversicht, welche Möglichkeiten sich durch den Kontakt zu den Wongs für das Weingut im Soave auftäten, wären auch Sie stutzig geworden. Denn die Wongs hätten diese Ausflüge nach China fürstlich entlohnt. Außerdem haben sie sich verpflichtet, die allmähliche Umstellung des Weinguts *Castello del Belvedere* auf biologischen Weinanbau zu unterstützen, sprich: mitzufinanzieren. Die Wongs hätten Anteile von der Familie di Castello erworben.«

»In welcher Höhe?« Antonio beugte sich noch vorne über den Glastisch, der Anwältin entgegen. Jetzt wurde es richtig spannend.

»Zunächst sollten es 25 Prozent sein.«

Staatsanwalt Vincenzo Mauro pfiff leise durch die Zähne und Antonio lehnte sich wieder in seinem Sessel zurück. Ihm fielen gleich mehrere Personen ein, denen das nicht gefallen konnte. Die beiden Männer, die in Stefanias Büro verzweifelt nach einem oder mehreren Verträgen gefahndet hatten, traten ihm bildhaft vor Augen. Scott und Francesco hätten vermutlich durch die Eigenmächtigkeit und Selbstherrlichkeit, anders konnte Antonio das Verhalten der Winzerin nicht bezeichnen, einiges verloren. Sie hatten – jeder aus seinem Blickwinkel heraus – jeden Grund, wütend auf Stefania zu sein. Aber reichte das aus, um sie zu erschlagen? War das der einzige Weg gewesen, die Wongs loszuwerden?

»Was hatte Stefania testamentarisch vorgesehen?«, fragte er deshalb nach. Diese Frage war nun sehr entscheidend, zumindest was Francesco anlangte. Oder hatte Scott zunächst sogar Chancen, von ihr bedacht zu werden – und sei es mittels langfristiger Verträge mit *Montegrano*, die die Erben übernehmen mussten?

»Das Testament war weitgehend ausformuliert, aber befand sich letztlich dennoch in einem Entwurfsstadium. Zumindest nach dem letzten Besuch meiner Mandantin bei mir habe ich vermutet, dass sie die Fassung, die ich dem Notaio zur Unterzeichnung geschickt hatte, nochmals ändern wollte.«

»In welcher Hinsicht?«

»Das weiß ich leider nicht!« Laura Tramonte lächelte Fontanaro und Mauro entschuldigend an.

Ich glaube dir kein Wort, dachte Antonio aufgebracht. Auch der Staatsanwalt hatte eine steile Falte zwischen den Augenbrauen. Er räusperte sich und sagte: »Wollen wir nicht mit offenen Karten spielen, Dottoressa?«

Gedankenverloren strich die Anwältin über den Aktendeckel auf dem Tisch und schwieg. Sie vermied es, einen der beiden Herren, die ihr gegenübersaßen, nochmals anzusehen. Dann erhob sie sich und signalisierte, dass sie das Gespräch für beendet ansah. Sie griff sich die verbliebenen Unterlagen und schob sie zurück in ihre Aktentasche. Ganz offensichtlich hatte sie sich entschlossen, die letzten Informationen für sich zu behalten und ihrer Verschwiegenheitspflicht nachzukommen.

Doch Mauro blieb demonstrativ sitzen und Antonio folgte bereitwillig seinem Beispiel. »Wollen Sie uns nicht den Weg zu Notaio Riccardo Canavale ersparen? Wir haben wirklich wenig Zeit, um dem Täter auf die Spur zu kommen, Dottoressa. Wollen Sie dafür verantwortlich sein, dass der oder die Täter über alle Berge sind, bis wir die nötigen Hinweise zu einer Festnahme beisammenhaben?«

Überrascht blickte Antonio zum Staatsanwalt. Auch dieser schien nun die Wongs ganz oben auf der Liste zu haben.

»Wenn Sie Zeit sparen wollen, meine Herren, dann reden Sie mit der Tante von Stefania di Castello und mit Elisabetta, ihrer Cousine.« Sie öffnete die Tür und sagte, bereits im Hinausgehen: »Ich bin sicher, Sie finden den Weg.«

30

Verona, 10.00 Uhr

Scott Giuliano hatte eine lausige Nacht in der Zelle verbracht. Er wollte sich nicht ausmalen, wie es sein würde, wenn man zwei, drei Jahre oder gar lebenslänglich hinter Gittern verbringen musste. Dagegen war diese Untersuchungshaft vermutlich noch komfortabel. Das Frühstück hatte er nicht angerührt. Espressokaffee aus dem Pappbecher und ein Hörnchen, das schon staubte – da hatte er noch gar nicht hineingebissen – waren absolut nicht nach seinem Geschmack. Er musste zusehen, dass er möglichst rasch dieses unwirtliche Etablissement verlassen konnte. Wie es dann weitergehen sollte, wusste er noch nicht. Mit den di Castellos hatte er es sich wohl für immer verscherzt. Wer aber blieb als Abnehmer seiner Produkte übrig, bevor Bob ihn feuerte? Auf der *Vinitaly* jedenfalls gelang ihm kein Geschäftsabschluss mehr, denn diese ging in wenigen Stunden zu Ende.

Auch die Wongs musste er als Geschäftspartner abhaken. David Wong war unkalkulierbar. Im Zweifel ließ der ihn fallen wie eine heiße Kartoffel. Auf dem Tasting gestern hatte Scott einen Vorgeschmack bekommen, wie es sich anfühlte, wenn einem die kalte Schulter gezeigt wurde. Wie sollte er nachweisen, dass die Wongs mit gezinkten Karten spielten, ohne sich selbst ans Messer zu liefern? Er saß in der Scheiße. Anders war seine Situation nicht zu beschreiben. Vielleicht sollte er den Rat des Commissario beherzigen und es mal mit der Wahrheit versuchen? War es schon so weit? Musste er all seine Geheimnisse preisgeben?

Er tigerte in der Zelle auf und ab. Bisher hatte er sich durchlaviert, die Geschäfte mit Bob und David parallel laufen lassen, in der Annahme, dass zumindest eines davon funktionieren und florieren würde. Vor allem die Abmachungen mit den Chinesen schienen eine bombensichere Sache zu sein. Ihr Ansinnen war so kriminell, dass auch sie ein Scheitern nicht wollen konnten. Und doch: Nun musste er umdenken.

Sollte ihn Bob vor die Tür setzen, musste er eine Menge Rechnungen begleichen. All die Pestizide und Düngemittel, die er in seinem kleinen Lager hortete, musste er dann bezahlen, ohne Einkünfte aus dem Verkauf gegenrechnen zu können. Als Vertragshändler wusste er: Was er nicht verkaufte, war sein eigener Verlust. Und im Moment sah es nach Totalverlust aus. Denn die Wongs dachten ihrerseits nicht daran, die Waren, die er von ihnen bezogen und bereits bezahlt hatte, zurückzunehmen. Sie hatten ihm mit dem Argument, dass ihre Preise unschlagbar günstig seien, seine letzten Ersparnisse abgeluchst. Es sah mehr als trübe für ihn aus. Seine Existenz war bedroht. Bisher hatte er diesen Gedanken erfolgreich verdrängt, doch das ging jetzt nicht mehr.

Vielleicht konnte er noch mit Tomaselli ins Geschäft kommen? Der Winzer war vom alten Schlag. Von biologischen Weinanbauphantasien hielt dieser gar nichts. Ein Strohhalm, an den er sich nun klammerte! Mal sehen, was die Commissari demnächst von ihm wollten. Ganz bestimmt ließen sie ihn nicht ohne weitere Vernehmung oder Zeugenaussage, wie sie es bemäntelnd nannten, laufen.

Wieder drehte er eine Runde in der Zelle, die nur notdürftig durch ein schmales Fenster erhellt wurde. Draußen schien wunderbares Wetter zu sein. Aber er saß hier fest und konnte an seiner prekären Lage nichts ändern. Ihm waren förmlich die Hände gebunden. Sogar Handschellen hatten sie ihm angelegt, wie einem Schwerverbrecher. Entwürdigend war das alles und ungerecht. Denn er tat doch nur, was andere für ein gutes Geschäft hielten. Er führte doch nur aus, was sich andere ausgedacht hatten.

Ob er wirklich mit Tomaselli ins Geschäft kam? Eigentlich waren sie sich nicht grün. Der Winzer sah in ihm den Nebenbuhler, der das Bett mit Stefania hatte teilen dürfen. Etwas, worauf der Italiener vergeblich seit Jahren wartete. Stefania hatte sich in einem Schäferstündchen über den wuchtigen und lauten Winzer, der glaubte, sie heiraten zu können, lustig gemacht: Tomaselli hielt sich doch glatt für eine gute Partie, die Stefania nicht ausschlagen würde. Gemeinsam hatten sie sich weggeworfen vor Lachen, als sie Scott schilderte, wie Alvaro ihr den Hof gemacht hatte.

Ihm fiel der kleine Önologe ein, den Stefania für einige Zeit ebenfalls in ihr Bett gelassen hatte. Ihn hatte er nicht als Konkurrenten angesehen. Ein Bubi war das gewesen, noch grün hinter den Ohren. Als dieser vor Weihnachten unvermittelt von der Bildfläche verschwand, hatte Scott Oberwasser gehabt, hatte ihm die schöne Winzerin allein gehört. Aber dann hatte sie auch ihm den Laufpass gegeben.

Knapp zwei Wochen war das jetzt her. So etwas war Scott zuvor noch nie passiert. Als er jetzt an diese Szene dachte, wurde er erneut zornig. Von diesem Schlag hatte er sich noch nicht erholt. Ihn schickte keine Frau in die Wüste. Soweit kam es noch!

Nun jedenfalls war Schluss mit ihrem ›Bäumchen, wechsle dich‹-Spiel. Keiner würde jemals wieder Stefanias Gunst erlangen. Sie war auf ewig für die Männerwelt verloren.

Allerdings war auch der Deal mit ihr, mühsam über Wochen ausgehandelt, geplatzt. Scott schlug vor Frust und Zorn mit dem Fuß heftig an das Tischbein, so dass der quadratische Tisch, auf dem das Frühstück stand, einen Satz machte und mit Getöse an die Wand krachte. Kaffee ergoss sich aus dem Pappbecher über die

Tischkante auf den Boden. Der Blechteller mit dem Hörnchen flog in hohem Bogen durch die Luft und landete scheppernd in einer Zimmerecke.

Fast unmittelbar darauf öffnete sich die Zellentür und ein Polizist betrat den Raum. »*Che cosa è successo? Cosa c'è* che non va?« Der Polizist deutete mit der Hand auf den Kaffeefleck am Boden. »Was ist los? Was passt dir nicht?«

Scott zog es vor zu schweigen und setzte sich auf den Holzstuhl, der zu dem dürftigen Mobiliar der Untersuchungszelle gehörte. Er wollte sich nicht in noch größere Schwierigkeiten bringen und hielt besser den Mund.

31

Verona, 10.15 Uhr

Fausto und Lavinia standen eng beisammen und lauschten gemeinsam Francesco di Castellos Stimme durch den Lautsprecher des Handys. Antonio hatte die beiden auf den Cousin von Stefania angesetzt. Er wollte wissen, wie genau der Morgen vor Beginn der *Vinitaly* wirklich abgelaufen war.

Nach dem Gespräch mit der Avvocatessa hatte Mauro ihm zum Abschied aufgetragen: »Kümmern Sie sich um den jungen di Castello! Das Alibi von ihm und Scott Giuliano müssen wir überprüfen. Da ist etwas faul. Beide waren kurz vor der Eröffnung in der Messehalle. Nur von Scott haben wir Fingerabdrücke gefunden. Warum nicht von Francesco? War er vorsichtig? Wusste er, was er dort angefasst hatte und hat alles nach der Tat abgewischt? Ist dort gar etwas vorgefallen, wovon wir keine Ahnung haben?«

Der schlaue Staatsanwalt genoss es, ihm so einen Auftrag erteilen, dachte Antonio ärgerlich und gestand sich ein, dass er diese Überprüfung längst hätte vornehmen müssen. Es waren zu viele Personen verdächtig und es gab so unzählig viele Motive für die Tat, dass er immer einen Schritt zu langsam war. Zumindest kam es ihm so vor.

»Er hat beim Aufbau des Messestands nicht mitgeholfen«, versuchte er den unterschwelligen Vorwurf Mauros zu entkräften. »Er hat mit dem Anbau und Verkauf des Weins nichts am Hut.«

»Dennoch war er auf der *Fiera* kurz vor der Tat. War das Zufall oder Kalkül? Das würde mich an Ihrer Stelle schon interessieren, Commissario.« Und mit dieser süffisanten Schlussbemerkung hatte er Antonio vor der Questura stehen gelassen. Und Fontanaro, der mit Brandino nochmals auf das Weingut fahren wollte, um Renata di Castello nach der Familiengeschichte zu befragen, hatte den Auftrag an Lavinia Strano weitergeleitet. Er konnte sich schließlich nicht um alles kümmern.

Deshalb stand die Ispettrice nun mit dem Vice im Gang des zweiten Stocks in unmittelbarer Nähe des Verhörraums. Gemeinsam warteten sie auf Scott Giuliano, der von einem Kollegen aus der Zelle geholt und zur neuerlichen Befragung herbeigebracht werden sollte. Vorher wollten sie rasch noch einige Antworten von Francesco di Castello.

Lavinia fragte direkt und unmissverständlich: »Wann sind Sie mit Scott Giuliano auf der *Fiera* am Eröffnungstag eingetroffen?«

»Meine Güte, wie soll ich das noch so genau wissen?«, reagierte Francesco di Castello ungnädig. Das Telefonat war ihm lästig.

»Vielleicht 8 Uhr oder 8.30 Uhr.«

»Geht es nicht genauer, Signore?«, bohrte die Ispettrice nach.

»*No!*«

»Und Scott Giuliano hat Sie begleitet?«

»*Madonna*, ... ja! Warum ist das wichtig? Scott wollte die schöne Stefania besuchen. Sie hatte sich von ihm getrennt und da wollte er nochmals Süßholz raspeln. Zufrieden?«

»Und Sie? Was wollten Sie auf der *Fiera*?«

»Ich habe Prospektmaterial abgeliefert.«

Zumindest diese Aussage stimmte mit der von Elisabetta überein. Fausto hatte von Antonio ein Kurzprotokoll der Befragung erhalten und wusste Bescheid. Er nickte bestätigend mit dem Kopf und Lavinia fragte direkt weiter:

»Haben Sie gemeinsam mit Giuliano die *Fiera* verlassen?«

Einen Moment herrschte Funkstille. Musste Francesco über die Antwort nachdenken oder versuchte er sich nur zu erinnern?

»Nein, wir sind nicht zusammen weggegangen!«, entgegnete er dann sehr bestimmt. »Wie gesagt, Scott wollte die schöne Stefania treffen, die aber in der Teeküche beschäftigt war, wie uns Elisabetta mitteilte.« Plötzlich schien Francesco sehr gesprächig.

»Sie wollten Ihre Cousine nicht sprechen?«

»*No, certamente no!* Sie hätte nur wieder einen Auftrag für mich gehabt oder lamentiert, dass ich nicht am Stand mithelfe. Diese neuerliche Tirade wollte ich mir ersparen und bin, ohne sie zu begrüßen, wieder gegangen.«

»*Buongiorno* Signore!«, schaltete sich nun Fausto ein. »Vice Commissario Castillio am Apparat.«

Schweigen antwortete ihm.

»Anschließend sind Sie zum Weingut gefahren. Ist das richtig?«

»*Sì!*«

»Warum?«

»Warum, … warum?«, äffte Francesco die Frage nach. »Ich hatte im Büro zu tun. Schließlich muss sich jemand während der Messe um Mails und um Telefonate kümmern. Mit Stefania war ja für vier Tage nicht zu rechnen.«

»Wann ist Scott Giuliano im Weingut eingetroffen?«

Wieder stutzte Francesco di Castello. »Keine Ahnung. Vielleicht eine Viertelstunde später. Vielleicht auch zwanzig Minuten nach mir. Ich habe nicht auf die Uhr gesehen.«

»Haben Sie mit ihm gerechnet?«

»Definitiv nicht. Ich wollte auch, dass er sofort wieder verschwindet.«

»Warum das denn?«, hakte Lavinia nach.

»Er hat mich nur aufgehalten. Wollte Unterlagen von Stefania sehen und machte einen Mordswirbel.«

»Was denn für Unterlagen?«

»Keine Ahnung, er faselte irgendetwas von einem Vertrag, den er mit Stefania abgeschlossen hatte.«

»Sie haben keine Ahnung, um welchen Vertrag es sich handeln könnte?«

»*No!*«, kam es erneut sehr entschieden von Francesco.

»Glauben Sie, er wusste in diesem Moment schon, dass Stefania tot war?« Fausto und Lavinia sahen sich gespannt an. Das war der springende Punkt des Telefonats.

Dieses Mal dauerte die Antwort von di Castello noch eine Spur länger. »Auf diese Idee bin ich noch gar nicht gekommen«, sagte er schließlich zögerlich. »Das könnte schon sein. Vielleicht deshalb seine Bemerkung zum Testament von Stefania? Auch davon wusste ich ja nichts.«

Wer's glaubt, wird selig, dachte Fausto. Es würde interessant sein, was Scott Giuliano zum Ablauf des Morgens am Tattag aussagte.

»Danke, Signor di Castello. Sie haben uns sehr geholfen.«

»Immer wieder gerne!«

32

Verona, 10.30 Uhr

»Komm, ... steh auf, du wirst schon sehnsüchtig erwartet.« Der Polizist lachte dreckig. Er packte Scott Giuliano am Oberarm, zog ihn vom Stuhl hoch und sagte: »Handschellen brauchen wir nicht, oder?«

Folgsam trottete Scott neben dem Mann her und betrat wenig später mit ihm den Vernehmungsraum. Dort erwartete ihn schon Fausto Castillio. Scott ließ sich auf den freien Metallstuhl fallen. Ein Mikrophon und ein Aufnahmegerät standen auf dem Tisch zwischen ihnen und warteten auf den Einsatz. Giuliano kannte das Equipment schon vom Vorabend. Innerlich wappnete er sich gegen die Fragen, die gleich auf ihn einstürmen würden. Er hatte nicht vor, irgendetwas zuzugeben. Nur so viel, dass er möglichst rasch das Gebäude der Questura verlassen und seinen Wagen nehmen konnte. Er durfte keine Zeit mehr verlieren, um mit Tomaselli zu sprechen. Vermutlich musste er dazu wieder auf die *Fiera* fahren, aber das war ihm jetzt auch schon egal. Über den Hintereingang für Lieferanten und Aussteller kam er jederzeit unauffällig rein. Das war kein Problem. Diesen Weg kannte er inzwischen bestens. So würde er das machen!

Unerschrocken erwiderte er den Blick des Commissario. Was konnte der ihm schon anhaben oder gar beweisen? Die *polizia* wusste gar nichts. Sie verfügten nicht über seinen Einfallsreichtum!

»*Allora* Signor Giuliano, hatten Sie eine angenehme Nacht?«, begann Castillio mit einem ironischen Lächeln auf den Lippen.

»Danke der Nachfrage. Alles bestens!«

Fausto lachte kurz auf. »Das glaube ich Ihnen aufs Wort!« Dann wurde er ernst: »Sie haben am Morgen noch vor Eröffnung der Weinmesse zusammen mit Francesco di Castello den Messestand der Familie besucht. Ist das richtig?«

Mit dieser Frage hatte Scott nun gar nicht gerechnet. Worauf wollte der Commissario hinaus? »Das ist richtig«, bestätigte er langsam. »Behauptet Francesco etwas anderes?«

Fausto gönnte ihm darauf keine Antwort. »Und Sie haben gemeinsam die *Fiera* wieder verlassen, um auf das Weingut zu fahren?«

»Das stimmt!«

Der Vice Commissario sah ihn eigenartig an. Was war falsch an seiner Aussage? Nichts, wie er genau wusste.

»Sie haben nicht auch noch etwas ausführlicher Stefania begrüßt und sind erst später auf dem Weingut eingetroffen?«

»Was soll das, Commissario? Wollen Sie etwa behaupten, ich hätte die Gelegenheit genutzt, um Stefania zu erschlagen? Ist es das, was Sie wissen wollen?«

»Und? Stimmt meine Annahme?«

»Sie sind ja völlig verrückt geworden!« Scott Giuliano sprang erregt von seinem Stuhl auf und warf theatralisch die Arme in die Luft. »Ich kann mir schon denken, wie Sie auf so eine Idee kommen! Francesco hat Ihnen ein Lügenmärchen aufgetischt. Er hat behauptet, dass ich erst später auf dem Gut eingetroffen bin. Habe ich recht, Commissario?« Scott stemmte sich mit beiden Händen auf der Tischplatte ab und beugte sich Fausto entgegen.

»Setzen Sie sich wieder hin, Signore! So können wir nicht weiterreden.«

Als Sott keine Anstalten machte, der Aufforderung zu folgen, und stattdessen im Zimmer auf- und ab zu gehen begann und leise Flüche von sich gab, wurde Fausto energisch.

»Entweder Sie setzen sich jetzt augenblicklich hin oder wir unterhalten uns in einer Stunde wieder, wenn Sie zur Ruhe gekommen sind.«

Unwirsch umfasste Scott die Rückenlehne des Stuhls und zog ihn mit lautem Quietschen über den Boden. Geräuschvoll nahm er Platz und stierte wütend vor sich hin. Er war unglaublich zornig auf Francesco. Was wollte ihm der Idiot in die Schuhe schieben? Seit dem Zusammentreffen in der Enoteca von Soave wurde er das Gefühl nicht los, dass Francesco ganz konsequent gegen ihn arbeitete. Warum? Die Vereinbarung, die er mit Stefania bezüglich der Lieferungen von *Montegrano* getroffen hatte, war mit ihrem Ableben hinfällig geworden. Sie hatte allein unterschrieben. Weshalb hätte er sie töten sollen? Jetzt stand er doch mit leeren Händen da!

»Welchen Vertrag haben Sie im Büro von Stefania di Castello gesucht?«, fragte ihn nun prompt der Vice Commissario.

»Francesco und ich haben gesucht. Gemeinsam! Damit das klar ist!«

»Gut. Und wonach haben Sie gesucht? Gemeinsam.«

»Wir wollten wissen, welche Vereinbarungen Stefania mit den Wongs getroffen hat. Wir wollten beide wissen, woran wir waren!«

»Weil Sie beide zu diesem Zeitpunkt bereits wussten, dass Stefania tot ist?«

»*Bullshit!* Das hätten Sie wohl gerne, dass ich das zugebe! Ich habe sie nicht getötet. Was hätte ich davon? Ich brauchte Stefania als Abnehmerin meiner Produkte.«

»Auf die kommen wir gleich noch zu sprechen, Signore! Weshalb dieses Interesse an den Verträgen? Klären Sie mich auf!«

Scott stieß einen Seufzer aus und rieb sich über die Stirn. Was sollte er nur machen? Alles, was er nun sagte, würde man im Zweifel falsch auslegen. Die Fragen des Kommissars bewiesen ihm, dass Francesco ein falscher Hund war.

»Wir wussten, dass Stefania und die Wongs eine Art Joint Venture-Vereinbarung geplant hatten.« Scott rang sichtlich mit sich und fuhr zögernd fort: »Stefanias Know-how sollte die Weinproduktion in China voranbringen. Im Gegenzug sollten die Wongs Finanzhilfen beim Ausbau der Bioweinkapazitäten im Soave leisten. Ich wollte wissen, wie viele Hektar konventionell betriebene Weinflächen übrigbleiben würden, wenn es zur Einigung mit den Wongs käme. Francesco wiederum wollte wissen, ob seine Familie Weinberge an die Wongs verlor. Stefania bekam ihre Tätigkeit für die Wongs bezahlt, aber das reichte ihr nicht. Sie brauchte sofort flüssige Mittel und hat den Wongs einen Weinberg versprochen, damit diese dann in China hochwertigen Weißwein für viel Geld unters Volk bringen könnten. Sie wollten eigene Weißweine mit ihrem Label in Italien produzieren und nicht nur Weine von Stefania abnehmen. Aber die Familie di Castello wusste nicht, welchen Weinberg Stefania den Wongs zugesagt hat.«

»Sollte dieser ebenfalls konventionell weiterbetrieben werden?«, fragte Fausto interessiert nach. »Am besten mit den Chemikalien von *Montegrano*?«

»Das weiß ich eben nicht.« Frustriert schlug Scott mit der flachen Hand auf den Tisch. »Das genau war ja eines meiner Probleme. Ich wusste von Francesco, dass ein Termin mit den Chinesen beim Notar geplant war. Ich hatte die Hoffnung, im Notfall Stefania noch umstimmen zu können. Aber ich wollte wissen, woran ich war. Musste ich nun auch mit den Wongs verhandeln oder konnte ich alles über Stefania abwickeln?« Dass er längst mit den Wongs in Verbindung stand, gehörte nicht hierher, dachte sich Scott. Wer wusste schon, ob sie mit offenen Karten spielten, ob sie weiter mit ihm Geschäfte machten? Deshalb fügte er noch hinzu: »Das war ein wichtiger Aspekt für mich. Doch der Vertrag blieb unauffindbar. Und die Wongs haben mich beim Tasting-Abend mehr oder weniger ignoriert.« Scott lehnte sich erschöpft in seinem Stuhl zurück. Nun hatte er aus seiner Sicht ziemlich viele Details auf den Tisch gelegt. Für ihn sah die Sache nicht rosig aus. Der Mord an Stefania hatte all seine Pläne zunichte gemacht. Das musste der Vice Commissario doch genauso sehen! Er kam doch als Täter überhaupt nicht in Betracht!

Auch Fausto schien nachdenklich geworden zu sein und blätterte in den Papieren, die er mitgebracht hatte.

»Unsere Kriminaltechnik hat den Inhalt Ihrer Kanister, aller Ihrer Kanister, um genau zu sein, inzwischen gründlich untersucht. Eines steht fest: Die Flüssigkeit, die Sie gestern im Olivenhain von Elisabetta di Castello auskippen wollten, enthält alles – nur keine Bestandteile, die zu einem Düngemittel gehören. Entgegen Ihrer Aussage haben wir es vielmehr mit einem Breitspektrum-Pestizid zu tun, das einen Rundumschlag bei der Bekämpfung von Insektenbefall und diversen Pilzarten, also von Fäulnis, ermöglicht. Ein Mittel gegen diverse Schädlinge und das in hoher Konzentration. Was sagen Sie dazu?«

Scott lächelte über den Tisch hinweg, amüsierte sich, weil der Commissario Altbekanntes erneut heruntersetzte, und sagte: »Aha, interessant!« Dann sah er Fausto erwartungsvoll an. Die schlauen Ermittler waren also seit gestern keinen Schritt weitergekommen mit ihren Untersuchungen. Umso besser. Dann konnte er bald nach Hause gehen.

»Was sollte diese Aktion bezwecken?«

»Geht das aus den Analysen Ihrer Kriminaltechnik nicht hervor?« Scott bereute die Bemerkung sofort, als er die hochgezogenen Augenbrauen des Commissario sah. Warum konnte er nicht einfach seinen dummen Mund halten?

»Wenn wir das richtig einschätzen«, antwortete Castillio weiterhin kühl und emotionslos, »hätte die Ausbringung dieser Substanz den Tod der Olivenbäume zur Folge gehabt.«

»Uhuuu, was Sie nicht sagen. Und welchen Vorteil sollte ich davon haben? Einen unzufriedenen Kunden, der nie mehr etwas bei mir bestellt? Halten Sie mich für bescheuert?« Scott war unwillkürlich laut geworden. Er musste sein Terrain verteidigen. Was wusste der Vice schon von Ackerbau und Viehzucht? Ein Commissario, der Verbrecher vermutlich mit mäßigem Erfolg jagte und am Schreibtisch nach Indizien suchte. Der konnte ihm nicht gefährlich werden, dazu war er zu ahnungslos.

»Sie glaubten doch, längst über alle Berge zu sein, wenn sich das Ausmaß der Zerstörung im Olivenhain zeigt.«

Ganz genau, dachte Scott. Das hatte der Typ immerhin folgerichtig erkannt. Doch er hielt nun wohlweislich den Mund.

»Dann erklären Sie mir doch, was das Pestizid bei den Olivenbäumen bewirken sollte!«

Erneut bestätigte die Frage Scotts Annahme, der Commissario hätte keine Ahnung von Landwirtschaft.

»Das steht doch alles auf den Kanistern, die Sie so genau haben untersuchen lassen. Mehr kann ich dazu nicht sagen. Ich bin kein Chemiker. Ich bin Vertriebsmann.« Fast hätte er sich wieder in seiner Mitteilsamkeit vergaloppiert. Deshalb sah er jetzt auf seine Hände, die er in den Schoß gelegt hatte. Sollte der Typ nur versuchen, ihn zu grillen, wenn ihm danach war. Anschließend wäre er nicht schlauer als zuvor.

»Vermutlich denken Sie, ein Commissario hat null Erfahrung, was die Kultivierung von Olivenbäumen und Nutzpflanzen anbelangt!« Fausto Castillio machte eine Kunstpause.

Und Scott rutschte unbehaglich auf seinem Stuhl herum. Was wollte der komische Kauz von gegenüber andeuten? Dass er Kartoffeln erntete, Wein anbaute und Olivenbäume sein Eigen nannte? Das war doch absolut lächerlich. Der wollte ihn einfach nur zum Reden bringen. Da konnte er lange warten.

»Nicht genug damit, dass Sie versucht haben, eine uralte Olivenbaumplantage zu ruinieren, Sie hatten auch noch vor, illegale Pestizide zum Einsatz zu bringen.« Fausto Castillio griff nach einem der Papiere, die er auf dem Tisch abgelegt hatte. »Signor Petrelli, Chef unserer Kriminaltechnik, hat in drei Ihrer Kanister eine Flüssigkeit entdeckt, die in der Zusammensetzung allen Vorschriften der EU zuwiderläuft. Nach einer Untersuchungsreihe, die unseren Kollegen die Nacht über wachgehalten hat, konnte er nachweisen, dass fünf der chemischen Substanzen auf dem Index stehen. Da die Beschriftungen der Kanister in chinesischer Sprache abgefasst sind, haben wir auch noch einen Dolmetscher zu Rate gezogen.« Interessiert sah der Commissario Scott Giuliano ins Gesicht. »Was sagen Sie dazu?«

»Kompliment! Sie waren alle sehr fleißig. Allerdings beherrsche ich genauso wenig Chinesisch wie Sie oder Ihre Kollegen. Und abgesehen davon«, versuchte Scott zu retten, was noch zu retten war, »sehe ich mir nicht jeden Kanister an, den mir der Konzern schickt. Ich les' doch nicht jede Beschriftung. Wo käme ich denn da hin.«

»Wollen Sie damit andeuten, dass Sie alle Behältnisse von *Montegrano* zur Verfügung gestellt bekommen haben?«

Scott schluckte. Was sollte er darauf antworten? Natürlich waren die chinesischen Pestizide nicht von *Montegrano*. Er hatte sie den Wongs abgenommen, weil sie nur ein Drittel der *Montegrano*-Produkte kosteten. Er musste schließlich auch sehen, wo er blieb. Nur eine wohldurchdachte Mischkalkulation versprach am Ende auch für ihn eine gute Umsatzrendite. Deshalb hatte er sich auf den Vorschlag von David Wong überhaupt eingelassen. Zusammen mit der großen Lieferung von chinesischem Rotwein für die Supermarktketten Norditaliens, die Stefania mit ihren Beziehungen unter die Leute bringen sollte, hatte er dreißig Kanister weißliche Flüssigkeit erhalten, die sich bestens einsetzen ließ für jede Form von Schädlingsbefall auf allen Nutzpflanzen.

Wong hatte ihm versichert: »Das Zeug passt für alles. Eine Wunderwaffe gegen jedes Ungeziefer und jeden Pilz und was sich sonst noch denken lässt. Unschlagbar wirkungsvoll! Da können Ihre Amerikaner noch was lernen!«

Wie hätte Scott wissen sollen, dass die Mittel illegal waren? Wie hätte er ahnen sollen, dass Wong damit jenseits der Legalität

Profite machte? Scott saß in einer noch größeren Scheiße, als er bisher gedacht hatte. Weiter den Ahnungslosen spielen oder mit der Wahrheit herausrücken? Welche Konsequenzen das nach sich ziehen würde, konnte er auf die Schnelle nicht abschätzen. Aber der Commissario wollte eine Antwort. Das war klar ersichtlich.

»Ich habe eine große Lieferung aus den USA bekommen und alle Behälter in meinem Lager aufbewahrt. Ich rechnete ja damit, dass in Kürze die Bestellungen der Winzer und Olivenbauern eintreffen würden. Ich habe die Behältnisse nicht kontrolliert. Wie hätte ich das auch machen sollen? Wie gesagt, ich bin Vertriebsmann, kein Chemiker. Würden Sie die Etiketten von hundert Kanistern einzeln überprüfen, Commissario? Würden Sie wissen, ob die Substanzen, die dort aufgezählt sind, den Vorschriften entsprechen? Seien Sie ehrlich.«

Fausto Castillio packte seine Papiere zusammen. »Unsere Kollegen durchsuchen gerade Ihr Büro und Ihr Lager. Ich bin sicher, dass wir Hinweise finden, die uns über Ihre Mitwisserschaft am Deal mit illegalen Pestiziden Aufschluss geben. Wir finden immer etwas, Signore.« Fausto lächelte und fügte noch hinzu: »Wir Polizisten haben das Privileg, nicht immer ehrlich sein zu müssen.« Er war schon fast an der Tür angelangt, da drehte er sich nochmals zu Scott Giuliano um. »Wir setzen unsere Unterhaltung fort, wenn wir von Ihnen weitere Auskünfte benötigen. So lange bleiben Sie unser Gast.«

33

Soave, 10.30 Uhr

Während Fausto Castillio in der Questura dem Italoamerikaner auf den Zahn fühlte, waren Antonio Fontanaro und Enrico Brandino erneut auf dem Weg zum Weingut der di Castellos. Auch die beiden hatten den Bericht von Silvano Petrelli bekommen und aufmerksam gelesen. Enrico saß am Steuer und fuhr bereits den Feldweg entlang, der direkt auf den Innenhof des Anwesens führte. Der Himmel über den Weinfeldern war kristallklar. Es wehte kein Wind und milde Frühlingsluft ließ sich schon durch die Autofenster erahnen. Antonio hätte sich gern Zeit genommen und einen Spaziergang in den Reihen zwischen den Weinstöcken gemacht, nachgesehen, ob die ersten Blättchen schon zu sprießen begannen. Doch für Müßiggang war keine Zeit.

Er brach das Schweigen im Wagen. »Ich kann mir nicht vorstellen, dass Stefania ganz bewusst die Olivenbäume in Bardolino zerstören wollte. Was sollte das für einen Sinn haben? Die Familie lebt doch von den Einnahmen des Weinguts genauso wie von den Einkünften aus dem Olivenhain. Ein hochwertigeres Olivenöl lässt sich kaum denken. Und damit kann man sehr gutes Geld verdienen. Ein Liter Olivenöl bringt bedeutend mehr Geld ein als ein Liter Weißwein.«

»Vielleicht liegt darin die Lösung des Rätsels.« Enrico stellte den Motor ab. »Stell dir mal vor, die beiden Frauen wären sich spinnefeind gewesen. Und Stefania hätte es darauf abgesehen, den anderen Teil der Familie endgültig auszubooten. Ihr erster Schritt dahin war die geplante Beteiligung der Chinesen am Weingut. Ich kann mir nicht vorstellen, dass das im Sinne der Familie ist.«

»Francesco hätte mit dem Komplettverkauf des Weinguts kein Problem.« Antonio öffnete den Wagenschlag und stieg aus. »Ob er auch am Olivenhain beteiligt ist, bezweifle ich allerdings. Ich meine mich zu erinnern, dass Stefania einmal bemerkte, dass dieser ihr und Elisabetta gemeinsam gehört. Nur den beiden Frauen.«

»Das würde meine Theorie bestätigen. Nimm mal an, die Eltern oder Großeltern hätten die Frauen per Testament zu gemeinsamen Eigentümerinnen des Hains gemacht. Aber die Frauen streiten sich unentwegt. Jede hat von der Bewirtschaftung eine andere Vorstellung. Was wäre, wenn Scotts Behauptung stimmt, dass Stefania den Auftrag für die Düngung oder Pestizidbekämpfung erteilt und er nur seinen Job erledigt hat? Und vielleicht hat ihn Francesco nach dem Tod Stefanias darin bestärkt, ihm sogar die Bezahlung der Kanister zugesichert, wenn er diese im Geheimen, ohne dass Elisabetta es mitbekommt, auskippt. Vielleicht war ihm sehr wohl bewusst, was das für ein Teufelszeug ist.«

Beide standen sie im Innenhof des Guts und steckten die Köpfe zusammen. Doch Antonio konnte dieser Spekulation einfach nicht zustimmen.

»Es mag ja sein, dass die Frauen Differenzen hatten. Aber unser Mordopfer war Geschäftsfrau durch und durch. Die Cousinen arbeiteten gemeinsam am Messestand und haben alles vorbereitet, um auf der *Fiera* einen möglichst professionellen Auftritt hinzubekommen.«

»Und genau dort wurde Stefania erschlagen«, warf Enrico ein.

»Niemals hätte Elisabetta die Gans, die goldene Eier legt, getötet.« Antonio ließ sich nicht aus dem Konzept bringen. »Und niemals hätte Stefania es zugelassen, dass das Gardasee-Gold, und nichts anderes ist dieses wunderbar fruchtige, grün schimmernde Olivenöl vom See, gewaltsam zum Versiegen gebracht wird.«

Doch Enrico gab noch nicht auf. »Unter den Dateien, die ich Giorgio Breitwieser weitergeleitet habe, habe ich einige Zeitungsberichte entdeckt. Es werden spezielle Methoden geschildert, die *Montegrano* anwendet, und es wird ein privates Forschungslabor in Padua erwähnt, das einem Universitätsprofessor gehört. Ich habe mich nicht eingehend mit den Daten befasst, denn ich denke, Breitwieser ist froh über die Aufgabe und er hat im Zweifel mehr Durchblick als ich.«

Antonio musste grinsen. Enrico hatte also keine Zeit gehabt oder sich nicht genommen, um die Dateien zu studieren. Doch bevor er das zugab, sagte er lieber, Breitwieser verstünde mehr von der Sache. Dass die beiden hinter seinem Rücken agiert hatten, passte ihm insgeheim immer noch nicht – egal, was sein Spezl schließlich herausfinden würde.

»Aber du hast dennoch etwas entdeckt, oder?«

»Na ja«, druckste Brandino herum. »Wenn ich es richtig verstanden habe, experimentiert das Labor der Universität mit gentechnisch veränderten Rebstöcken und Olivenbaumsetzlingen.«

»Aha!« Nun war Antonio alarmiert. »Und mit welchem Ziel?«

»Die Datei umfasst über fünfzig Seiten. Ich hab' das nicht durchblickt.«

Das glaubte ihm Fontanaro sofort. Jetzt war er sogar froh, dass der Ispettore dem Bayern diese Aufgabe zugeschoben hatte. Für diese Art von Recherche hatten sie während der Ermittlungen definitiv keine Zeit. Und es war überhaupt nicht gesagt, dass diese Forschungsarbeit mit dem Mordfall auch nur das Geringste zu tun hatte.

»Kein Problem, Enrico. Giorgio wird uns informieren. Da bin ich mir sicher.«

Enrico Brandino stieß einen Seufzer der Erleichterung aus. Ganz wohl hatte er sich offenbar nicht in seiner Haut gefühlt.

»Lass uns reingehen und Signora di Castello nochmals befragen.«

Antonio betrat gemeinsam mit Enrico die geräumige Diele des Gutshauses. Die Geräusche aus der Küche verrieten, dass Renata di Castello dort tätig war.

»*Buongiorno* Signora!«, rief Antonio in den Raum, in der Hoffnung gehört zu werden.

Wenige Augenblicke später erschien die Tante von Stefania und trocknete ihre Hände an einer Schürze ab, die sie wie tags zuvor über ihren Jeans trug. »Signori?« Fragend sah sie die Herren an.

Antonio war entsetzt über das Aussehen der Frau. Sie war natürlich längst in den Fünfzigern. Doch die Ereignisse, die ihre Familie getroffen hatten, setzten ihr sichtbar zu. Über Nacht schien sie um Jahre gealtert. Ihre Haare hingen strähnig herab. Sie hatte sich nicht die Mühe gemacht, diese zu waschen. Um die geröteten Augen hatten sich Schatten gelegt. Ihre Wangen wirkten eingefallen und die zahllosen Fältchen um den Mund herum traten deutlicher hervor, wie es ihm schien. Erschöpft sah sie aus und sehr krank.

»Ich kann Ihnen nicht mehr sagen, als Sie schon wissen, Commissario«, wandte sie sich direkt an Antonio. Enrico hatte sie noch nicht kennengelernt, aber er schien sie auch nicht weiter zu interessieren. »Ich habe zu tun, wie Sie sich sicherlich vorstellen können, und keine Zeit für weitere Gespräche mit Ihnen.«

Trotz ihrer zerbrechlichen Erscheinung trat sie hart und entschieden auf. Die Verwandtschaft mit Stefania war nicht zu leugnen. Die Frauen im Hause di Castello wussten, wie sie sich zur Wehr setzen mussten. Sie zu überfahren, war nicht leicht. Und einmal gesteckte Ziele verfolgten sie ohne Rücksicht auf eigene Befindlichkeiten. Aufgeben war kein Thema! Das begriff Antonio in diesem Moment. Renata, Elisabetta und Stefania waren aus dem gleichen Holz geschnitzt. Ein junger Mann in ihren Reihen, der mehr seinen Vergnügungen nachging und sich, wenn schon gearbeitet werden musste, lieber ins Büro zurückzog und an Webauftritten herumbastelte, hatte einen schweren Stand. Francesco konnte sein Heil nur darin sehen, den ganzen Krempel nach Stefanias Tod zu verkaufen, damit er endlich so leben konnte, wie er sich das vorstellte. Und wenn die Hauptanteilseignerin nicht mehr da war, stand der Weg zum Verkauf und zu diesem verheißungsvollen Ziel offen. Zumindest könnte dies der Gedankengang von ihm gewesen sein. Francesco hatte von allen di Castellos das stärkste Motiv für die Tat.

»Signora, ich kann mir gut vorstellen, dass Sie, nach allem, was passiert ist, nicht mit uns sprechen möchten. Doch wir müssen Ihnen leider noch einige Fragen stellen. Ich denke, wir sollten uns nochmals in Ihre gemütliche Sitzecke im Tasting-Room zurückziehen und uns in Ruhe unterhalten.«

Renata di Castello gab unwillig einen knurrigen Laut von sich, öffnete aber dann doch die Tür zum Gastraum. Dort war bereits alles wieder aufgeräumt. Es war gelüftet worden und saubere Gläser für die nächste Weinprobe standen auf dem großen Tisch bereit. Auch Renata überließ nichts dem Zufall und hatte alles für die nächsten Besucher hergerichtet. Zielstrebig ging sie auf die Sitzgruppe zu und ließ sich auf der Kante des großen Ohrensessels nieder. Als wollte sie sprungbereit sein, wenn es die Situation erforderte. Antonio nahm auf dem Sofa Platz und Enrico setzte sich neben ihn.

»Heute ist der letzte Tag der *Vinitaly*. Abends erwarten wir nochmals Gäste, Signori. Ich habe viel zu tun.«

Wann würde sich Renata die Zeit zum Trauern nehmen, fragte sich Antonio besorgt. Ihre Umtriebigkeit hatte etwas Krankhaftes. Wie besessen hielt sie an den einmal gefassten Plänen fest, setzte sie um, was sie sicherlich mit Stefania besprochen und ausgemacht hatte. Koste es, was es wolle. Ein Schauer lief über Antonios Rücken. Surreal war das alles! Übergangslos sagte er: »Ich habe heute Avvocatessa Tramonte besucht.« Dass ihn der Staatsanwalt begleitet hatte, behielt Antonio für sich. »Sie erzählte, dass Stefania ein Testament gemacht hat. Wissen Sie etwas davon, Signora?«

Mürrisch sah sie ihn an. »Nein, davon weiß ich nichts. Meine Nichte war 38 Jahre alt. Haben Sie in diesem Alter Ihr Testament gemacht, Commissario?«

Antonio schüttelte den Kopf. »Ich hätte nicht einmal gewusst, was ich zu vererben hätte«, gab er unumwunden zu. Sein Vater hatte ihn zu diesem Zeitpunkt bereits enterbt. Er hatte alle Ansprüche verloren, soweit das gesetzlich möglich war. Wer einmal das Hotel und die Grundstücke in Bozen bekommen würde, wusste er nicht, und es war ihm auch gleichgültig.

»Wollen Sie tatsächlich bei dieser Aussage bleiben? Es muss vor circa zwei Wochen etwas vorgefallen sein, das ihre Nichte dazu bewogen hat, ihren letzten Willen festzulegen. Was könnte der Auslöser gewesen sein, Signora? Wir müssen das wissen, um dem Täter oder der Täterin auf die Spur zu kommen.«

Widerwillig schüttelte die Frau den Kopf. »Was hat das Testament mit dem Tod von Stefania zu tun?«

»Möglicherweise alles!«

»Das würde ja bedeuten, dass Sie jemanden aus der Familie für den Mord verantwortlich machen möchten.«

»Wir möchten das nicht, wir können es nur nicht ausschließen«, stellte Antonio sofort richtig.

Renata di Castello machte Anstalten, vom Sessel aufzuspringen. Doch Antonio fuhr ruhig fort: »Wir nehmen an, dass es mit einem Arztbesuch ihrer Nichte zusammenhängt«, spekulierte er ins Blaue.

Und richtig, Signora di Castello zuckte zusammen, als hätte man ihr einen Schlag auf den Hinterkopf verpasst. Sie begann ihre Hände, die sie im Schoß abgelegt hatte, zu kneten und sah zu Boden. Plötzlich wirkte sie noch kleiner und zerbrechlicher als zuvor. Nach einer gefühlten Ewigkeit hob sie den Kopf wieder und sah Antonio fest, aber sichtlich erschöpft und traurig an. All ihre Entschlossenheit, die sie bis vor wenigen Sekunden zur Schau gestellt hatte, war von ihr gewichen. Sie stand auf, zog die oberste Schublade einer Kommode auf, die hinter dem Ohrensessel stand, und entnahm ihr ein Fotoalbum. Sie legte das Album auf den Couchtisch und strich zart und nachdenklich mit ihren knochigen Händen, die schrundig und rissig von der Arbeit im Weinberg und in der Küche geworden waren, über dessen Einband.

Antonio wappnete sich. Er ahnte, dass er nun die Familiengeschichte der di Castellos erfahren würde, eine Geschichte, die Stefania nur in Bruchstücken Marissa erzählt hatte. Immer einzelne Puzzlesteinchen, die nie ein Ganzes ergaben, hatte sie von sich gegeben, meist in weinseliger Laune. Und er ahnte, dass das ein längeres und auch für ihn aufwühlendes Gespräch werden würde. Vermutlich würde er Familiengeheimnisse erfahren, die auch die Avvocatessa veranlasst hatten, sich hinter ihrer Verschwiegenheitspflicht zu verschanzen. Wenn Enrico und er das Weingut irgendwann verließen, würden sie mehr wissen und noch tiefer im Fall stecken als bislang schon.

34

Chieming, 12.30 Uhr

Georg Breitwieser brummte der Kopf. Er schloss den Deckel seines Laptops und fuhr sich mit beiden Händen über die Stirn. Was er in den letzten Stunden gelesen hatte, übertraf alles, was er sich bisher unter konventioneller Landwirtschaft vorgestellt hatte. Argwöhnisch betrachtete er die Obstschüssel, die auf seinem Schreibtisch stand und in der ein einsamer Apfel glänzte. Die eigene Ernte vom letzten Jahr war längst aufgebraucht. Seit einigen Wochen kaufte Maria wieder im Supermarkt das Obst ein. Zumindest unterstellte Georg, dass es sich so verhielt. Er schob seinen Stuhl zurück, stieg die Treppe ins Erdgeschoss hinunter, griff sich die Autoschlüssel und machte sich auf den Weg zu seiner Schwester und dem vereinbarten Mittagessen.

Er musste dringend mit Franz, seinem Schwager, reden. In der kleinen Landwirtschaft hielten er und Barbara hauptsächlich Milchkühe. Aber sie bauten auch Gemüse an und hatten einige Obstbäume auf dem Anger stehen. Georg war sicher, dass Franz wusste, wodurch sich konventionelle von biologischer Landwirtschaft unterschied. Und er würde ihm sicherlich auch erklären können, was es mit *Montegrano* auf sich hatte. Ob der Konzern auch im Chiemgau sein Unwesen trieb. Georg hatte das Münchner Kennzeichen von Scott Giulianos Audi bestens im Gedächtnis. Es würde ihn nicht wundern, wenn der Amerikaner auch für Teile von Bayern als Vertriebsmann tätig war.

Als er wenig später auf dem Hof von Schwester und Schwager eintraf, erwarteten ihn die beiden schon in der Küche am Esstisch.

»Komm, setz' dich her, Schorsch.« Franz Kohlmannsberger schien bester Laune. Georg kannte seinen Schwager schon eine Ewigkeit. Viel geredet hatte der eher introvertierte Mann noch nie. Das überließ er seiner Frau. Barbara stand der Mund kaum still.

»Servus miteinander!« Georg setzte sich und schaute sich neugierig auf dem Tisch um. In der Küche hing ein schwacher Essiggeruch, an den er sich noch bestens erinnerte. Aber er wusste nicht mehr, was die Mutter früher immer gekocht hatte, damit es entsprechend roch. Der Topf in der Tischmitte war mit einem Deckel verschlossen und Georg widerstand der Versuchung, diesen zu öffnen. In einer flachen Schüssel glänzten buttrig Salzkartoffeln, die mit Schnittlauchröllchen bestreut waren. Beides stammte sicherlich vom eigenen Anbau. Franz schenkte Weißbiere für alle drei ein.

»Du trinkst schon auch eins, oder?«, fragte er überflüssigerweise nach.

»Freilich! Kennst mich doch! Außerdem hab' ich noch Urlaub!«, wenn er davon auch nichts spürte.

Franz grinste und füllte fachmännisch eine Weißbier-Tulpe, so dass eine schöne Schaumhaube entstand, ohne dass das Bier über das Glas rann. Nichts mochte Georg weniger als bierpappige Gläser.

»Heut' gibt's nur Reste bei uns!«, entschuldigte sich Barbara. »Ich hab' noch Rindfleisch übrig gehabt.«

Jetzt dämmerte es Georg. Seine Schwester hatte Böfflamott gemacht, die bayerische Version von *Boeuf à la mode*, einem edlen Rindfleischgericht. Traditionell wurde beim französischen Original die Rinderschulter in Rotwein gebeizt, mit allerlei Gewürzen und Wurzelwerk verfeinert und mindestens drei Stunden geschmort. Dazu reichte man saisonales Gemüse und Kartoffelpüree.

Katharina Breitwieser, die sich sehr gut darauf verstand, auch aus Resten noch eine schmackhafte Speise zu machen, hatte meist Reste vom Suppenfleisch aufbewahrt und diese in einer Soße aus Mehl und Essig, die deutlich billigere Variante zu Rotwein, aufgewärmt serviert. Saures Rindfleisch nannte sie das Gericht passenderweise. Dazu gab es kein Gemüse, sondern nur Kartoffelpüree, davon aber reichlich. Barbara hatte heute auf das Püree verzichtet, was Georg schmerzte, denn das mochte er zu diesem Gericht, das er gefühlt seit Jahrzehnten nicht mehr gegessen hatte, besonders gern. Er zweifelte nicht daran, dass Barbara das Rezept der Mutter eins zu eins übernommen hatte. Und als sie nun den Topfdeckel hob, mit der Fleischgabel die erste Scheibe heraushob und mit der Schöpfkelle die hellbraune Soße darüber fließen ließ, fand Georg seine Annahme bestätigt.

»Ich hoff', du magst Böfflamott?« Fragend sah sie ihn an.

»Sowieso! Hab' ich lange nicht mehr bekommen!«

Franz schob den ersten Bissen Fleisch in den Mund. Solange gegessen wurde, sprach man nicht im Hause Kohlmannsberger. Katharina Breitwieser hatte das nie so eng gesehen. Wann kam man schon zusammen, wenn nicht beim Essen? Also unterhält man sich auch, sonst erfährt man nichts, war ihre Devise. Doch Georg kannte die Vorlieben seines Schwagers und hielt sich daran.

Kaum jedoch waren die Teller leergegessen, wandte er sich an ihn. »Sag amal, Franz, du kennst dich doch sicher mit Pestiziden aus, oder?«

»Schon, … ja!«

»Setzt du auch welche ein?«

Franz Kohlmannsberger sah ihn erstaunt an und strich dann mit der rechten Hand nachdenklich über sein Kinn. Georg begriff, dass sein Schwager nicht so recht wusste, wie er die Frage beantworten sollte, und fragte sich, ob er schon den ersten Fehler begangen hatte. Wenn es dumm lief, sagte Franz nochmals »Schon, … ja«, stand auf und verabschiedete sich. Dann war Georg so schlau wie vorher. Doch er hatte Glück. Sein Schwager brauchte nur etwas Zeit zum Nachdenken.

»So einfach kann ich dir die Frage nicht beantworten. Es kommt darauf an, was du anbaust und bewirtschaftest. Unser Obstanger zum Beispiel kommt völlig ohne Pestizide aus. Das Obst wird, wie es wird. Manchmal tragen die Apfelbäume reichlich Frucht, in manchen Jahren gibt's halt wenig oder nichts. Auch unsere Kartoffeln bekommen nur im Frühjahr organischen Dünger. Dann lass ich der Natur ihren Lauf. Auf unserem Erdbeerfeld allerdings, das wir am Ortsrand von Hart angelegt haben, funktioniert das nicht so gut.«

Davon hatte Georg noch nie etwas gehört. »Ausgerechnet die Erdbeeren!«, warf er ein. »Die will doch der Verbraucher möglichst biologisch haben.«

»Ja, freilich will er das. Ich möchte das auch, ehrlich gesagt, aber es funktioniert halt nicht in unserem Klima. Ein nasser Juni, wie wir ihn fast jedes Jahr haben, macht alle Mühen zunichte, und das kurz vor Beginn der Ernte. Dann breiten sich Pilze aus, die Früchte verfaulen innerhalb weniger Tage, ohne dass du irgendetwas dagegen tun kannst. Oder der Juni ist heiß, kommt auch vor, dann sind die Früchte sehr schnell reif und nach wenigen Tagen überreif, so dass sie nicht mehr schmecken. So schnell kannst du sie gar nicht ernten. In beiden Fällen ist der Schaden groß.«

Das war so ziemlich die längste Ausführung, die Georg jemals von seinem Schwager gehört hatte. Und überraschenderweise war er sogar in ein astreines Hochdeutsch verfallen.

»Seit wann baust du denn Erdbeeren an?«

»Seit drei Jahren.«

»Zum Selberpflücken?«

»Genau.« Der Redefluss des Schwagers schien wieder zu versiegen.

»Der Franz hat doch die große Wiese am östlichen Ortsrand von Hart vom Großvater geerbt«, schaltete sich nun Barbara ein.

»Anfangs haben wir den Grasschnitt als Heu für den Kuhstall hergenommen. Aber so viel Heu brauchen wir gar nicht. Da reichen die Wiesen hinterm Hof. Und da ist uns die Idee mit den Erdbeeren gekommen. Im ersten Jahr haben wir es ohne Pestizide versucht, aber das war ein Verlustgeschäft. Neben dem Dauerregen im Juni haben wir auch noch einen Befall von Läusen gehabt.«

»Wo's regnet, gibt's auch Läuse«, warf Franz ein. »Und was dir nicht verfault, das fressen dir die Viecher weg.«

»Eigentlich wollten wir gar nicht mehr mit der Idee weitermachen nach dem ersten Reinfall. Aber dann haben wir Vorträge beim Bauernverband angehört. Ein Fachmann von einem Dünger- und Pestizidhersteller hat uns erläutert, wie gut das mit den Mitteln der Firma, die er vertritt, funktioniert, und dann haben wir halt das ausprobiert.« Sehr treuherzig berichtete Barbara von ihrem Ausflug in die Obstwirtschaft. Georg konnte sich nur wundern. Bisher hatte er keine Ahnung davon gehabt, dass auch die Schwester neben der Stallarbeit in die Bewirtschaftung der Wiese eingestiegen war.

»Was baut ihr denn neben den Erdbeeren noch an?«, wollte er wissen.

»Nix weiter. Soviel Zeit haben wir nicht«, warf Franz schnell dazwischen und Georg hatte das ungute Gefühl, dass es da durchaus noch etwas gab, das er aber nicht wissen sollte. Auch gut, dachte er.

»Was war denn das für eine Firma, die den Vortrag beim Bauernverband abgehalten hat?«, bohrte er nach. Aufmerksam blickte er von einem zum anderen. Barbara stand vom Stuhl auf, ging an eine Schublade ihrer Küchenzeile und holte ein Prospekt hervor, das sie ihm reichte.

»*Montegrano*. Ihr zuverlässiger Partner bei allen Fragen von Anbau, Pflege und Schädlingsbekämpfung«, stand auf dem Flyer in großen Lettern. Genau diesen Text hatte Georg am Vormittag in den Dateien von Stefania gefunden. Er hatte sich also nicht getäuscht. Scott Giuliano hatte auch im Chiemgau Kunden gesucht und sogar in seiner Verwandtschaft gefunden. Ernst blickte er seinen Schwager an.

»Mit biologischem Anbau hat das hier«, dabei tippte Georg energisch mit dem Zeigefinger auf das Prospekt, »aber nichts zu tun. Das weißt aber auch, oder?«

»Es geht ja nur um die Erdbeeren!«

Georg lehnte sich in seinem Stuhl zurück und verschränkte die Arme vor der Brust. Ihm gefiel die Sache überhaupt nicht. Mit den kleinen Früchten, die man auch nicht wirklich gut waschen konnte, nahm der Verbraucher eine Menge Rückstände zu sich, die von der intensiven Bewirtschaftung des Erdbeerfeldes herrührten. Da verging ihm definitiv der Appetit.

»Kaufst du auch die Erdbeerpflanzen von *Montegrano*?«

»Sowieso.«

Georg war perplex. »Das musst du mir erklären, Franz. Ihr ernährt euch doch bewusst. Ihr baut für euren privaten Gebrauch Salate, Gurken, Zucchini, Zwiebeln und was weiß ich noch alles hinterm Haus an und ich bin mir sicher, dass du dort nicht spritzt, dass alles so wachsen darf, wie es halt wird.«

Franz Kohlmannberger legte die Unterarme auf den inzwischen abgeräumten Esstisch, verschränkte die Hände ineinander und sah Georg ernst an. »Ich kann mir schon denken, was in deinem Kopf rumspukt, Schorsch.« Fast nachsichtig sagte er das. »Du kannst mir glauben, dass ich mich monatelang mit dem Thema *Montegrano* beschäftigt hab. Das ist kein Konzern, der Produkte entwickelt, um der Menschheit zu dienen. Es geht denen nur ums große Geschäft.«

Georg nickte. So sah er das auch.

»Gentechnisch veränderte Pflanzen und Samen, wie *Montegrano* sie in den USA herstellt, dürfen bei uns per Gesetz nicht angebaut oder verwendet werden. Da macht der Konzern bei uns keinen Stich. Aber …« Franz holte Luft, um sich auf einen längeren Monolog vorzubereiten, den er normalerweise vermied. Georg sah ihm an, dass er über seine Anbaumethode eigentlich nicht reden, dass er ihm, dem Schwager, nicht Rede und Antwort stehen wollte, doch Breitwieser blickte Franz weiter fest ins Gesicht. Er würde nicht lockerlassen. Jetzt wollte er es genau wissen.

»Aber die Erdbeere gehört zu jenen Pflanzen, die sich durch eine große Artenvielfalt auszeichnet. Sie hat sich im Laufe der Jahrtausende durch Mutation mehrfach selbsttätig verändert. An diese sogenannten Hybridformen kann man bei Neuzüchtungen, die ganz legal vorgenommen und auch aus ökologischer Sicht als unbedenklich eingestuft werden, anknüpfen. Hybride Neuzüchtungen, die resistenter – vor allem gegen den Grauschimmel – sind, gibt es seit vielen Jahren. In Privatgärten genauso wie auf größeren Anbauflächen. Der Grauschimmel nach einer Nässeperiode ist die Hauptursache für Ernteausfälle. Die Neuzüchtungen erlauben einen deutlich geringeren Einsatz von Pestiziden als frühere Erdbeersorten. Also ist der Anbau insgesamt besser für den Verbraucher und die Böden. Wenn auch nicht biologisch.«

Franz stand vom Stuhl auf. Er hatte genug gesagt. Für seine Verhältnisse war das ein druckreifer Vortrag für einen ahnungslosen Städter gewesen. »Also bis später dann, Babsi!« Er winkte seiner Frau über den Tisch zu, die am Abwaschbecken stand und die Weißbiergläser mit Wasser ausschwenkte, bevor sie sie in den Geschirrspüler stellte.

»Servus, Schorsch!« Franz gab Georg die Hand. »Grüße auch an die Kati!« Dann war er rasch verschwunden.

Nachdenklich blieb Georg am Tisch sitzen. Er meinte, eines gelernt zu haben: Es kam ganz eindeutig darauf an, welche Pflanzen man anbaute und ob der Einsatz von Produkten des *Montegrano*-Konzerns vertretbar war oder nicht. Olivenbäume und Weinreben gehörten seiner Meinung genauso wenig dazu wie Apfelbäume. In Südtirol gab es kaum noch alte Apfelsorten. Modeäpfel ohne Makel und von gleicher Größe hatten die alten Sorten verdrängt. Die Gesetzgebung Italiens sah in dieser Hinsicht völlig anders aus als in Deutschland. Dort war man weit weniger restriktiv. Was sich leicht erklären ließ: Italien galt, wie Frankreich, Spanien oder Griechenland, als Agrarstaat, der von den Produkten aus der Landwirtschaft einen Großteil seines Bruttosozialprodukts erwirtschaftete. Und die EU-Vorschriften für den Verkauf und die Beschriftungen der eingeführten Agrarprodukte in die Mitgliedstaaten ließ reichlich Spielraum für phantasievolle und wenig aussagekräftige Formulierungen. Bisher hatte er die Frage, woher das Essen auf dem Tisch kam, möglichst verdrängt. Er war kein ausgesprochener Anhänger von Bioprodukten. Denn der Regen, der auf die Wiesen und Äcker fiel, die Luft, die alle Früchte umgab, waren nicht mehr biologisch rein und würden es auch nie mehr werden, egal, was man an Maßnahmen ergriff. Übertjeuerte Preise für Zucchini, Gurke und Co im Supermarkt zu bezahlen, nur weil sie angeblich aus biologischem Anbau stammten, ergab aus seiner Sicht nicht unbedingt Sinn. Außer man kannte den Bauern, vertraute ihm und kaufte in seinem Hofladen direkt vom Erzeuger. Allerdings: Im Fall der Erdbeeren hätte er Stein und Bein geschworen, dass Franz zu den wenigen Landwirten gehören würde, der auf Pestizide verzichtete.

Im Moment jedoch interessierte ihn nur, was *Montegrano* mit dem Mord an Stefania zu tun hatte. Ob Scott Giuliano der Täter war? Aus eigenem Antrieb oder womöglich im Auftrag von irgendjemand anderem, dem die Vorhaben Stefanias im Weg standen? Wem war sie gefährlich geworden? Dieser Antwort war er keinen Schritt nähergekommen.

35

Verona, 13.00 Uhr

Antonio Fontanaro knurrte der Magen, doch für ein ausgiebiges Mittagessen fehlten ihm und Enrico die Zeit. Sie mussten schnellstens zurück in die Questura. Der Ispettore steuerte den Dienst-Alfa durch die *Porta Vescovo*. Das Tor aus dem Mittelalter, ein Teil der erhaltenen alten Stadtmauer, in dessen Räumen des Hauptportals ein unkonventionelles, kleines Radiomuseum untergebracht war, markierte den Übergang vom Außenbezirk *Borgo Venezia* hinein in die Altstadt von Verona. Sie hatten zuvor auf dem Rückweg von Soave einen kurzen Halt noch vor dem Stadttor gemacht, wo sich die Praxis der Hausärztin befand, die die drei Frauen der di Castellos medizinisch betreute. Die Dottoressa hatte ihnen nur wenige Auskünfte gegeben, keinerlei Details erläutert, nur die Aussagen von Renata bestätigt.

Die Tante von Stefania hatte schließlich nicht mehr hinterm Berg gehalten. Es war förmlich aus ihr herausgesprudelt. Immer schneller redete sie von der Vergangenheit und von den zahlreichen, unterschiedlichen Krebserkrankungen, von denen die Winzerfamilie heimgesucht worden war und immer noch wurde. Antonio mochte immer noch nicht glauben, welche Schicksalsschläge die di Castellos in den letzten Jahrzehnten ereilt hatten. Wie hatte Stefania das alles nur ausgehalten? Eine Kindheit und Jugend ohne Eltern. Er hatte sich immer gefragt, wie sie zur Vollwaise geworden war. Doch die Wahrheit in so geballter Form erzählt zu bekommen, hatte ihn schier umgehauen.

»Hast du schon mal etwas von einer Bordeaux-Krankheit gehört?«, fragte Enrico in die Gedanken Antonios hinein und bezog sich damit auf das Gespräch mit der Hausärztin. Fontanaro schwieg und schaute zum Seitenfenster hinaus. Die Dottoressa hatte von dieser Winzerkrankheit gesprochen. Ihm war nicht nach weiterer Diskussion einer nun offensichtlichen Tatsache, von der sie bisher keine Ahnung gehabt hatten, obwohl auch sie als Weintrinker, als Besucher von Weinbauern und Weinbergen davon betroffen waren. Vom täglichen Gebrauch des Olivenöls, das angeblich so gesund und rein war, ganz zu schweigen.

Enrico fuhr den Dienst-Alfa auf den Parkplatz der Questura. Gemeinsam verließen sie den Wagen und strebten auf das Gebäude zu. Vor dem Aufgang über die breite Treppenanlage blieben sie stehen und sahen sich an.

»Wie soll ich jetzt weitermachen?«, fragte der Ispettore hörbar mutlos. »Und was machst du jetzt, Tonio?«

»Wir haben nur noch wenige Stunden Zeit, dann ist die Frist für die erlaubte Untersuchungshaft abgelaufen. Zumindest müssen wir die Aktivisten endlich befragen, die du im *12 Apostoli* festgenommen hast. Sieh dir die persönlichen Daten an, die die Kollegen sicherlich inzwischen in unsere Datenbank eingepflegt haben, und recherchiere den Hintergrund dieser Leute. Und frag bei Giorgio nach, ob er neue Erkenntnisse für uns hat. Ich bespreche mich inzwischen mit Dottoressa Di Silva. Sie müsste die Obduktion von Stefania abgeschlossen haben. Außerdem hoffe ich, dass Petrelli mittlerweile weiß, wer alles am Messestand der di Castellos seine Spuren hinterlassen hat.«

In der Eingangshalle trennten sich ihre Wege. Antonio fuhr mit dem Lift hinunter in die Katakomben, wie die Kollegen die Räume der Gerichtsmedizin im Gebäude der Questura nannten. Seine eiligen Schritte hallten im langen Gang mit seinen Betonwänden und dem gefliesten Boden wider. Schon von Ferne hörte er Stimmengemurmel. Zumindest würde er jemanden antreffen. Er betrat das große Vorzimmer des Sezierraums, das der Dottoressa als Büro und Archiv diente. Sie war nicht allein. Silvano Petrelli, der Chef der Kriminaltechnik, lehnte an der Kante ihres riesigen Schreibtisches, der penibel aufgeräumt war. In der Hand hielt er einen kleinen Pappbecher, den der Automat des Kellergeschosses ausspuckte, wenn man ihn mit einem Eurostück fütterte. Er lieferte lediglich einen dürftigen Ersatz für einen ordentlichen *caffè*.

»Mit dir haben wir schon seit über einer Stunde gerechnet! Hast du dich mal wieder nicht von Brunos Köstlichkeiten losreißen können?« Silvano grinste ihn frech an.

Doch Antonio war weder zu Scherzen aufgelegt, noch wollte er sich mit langen Widerreden aufhalten. »Dottoressa, was können Sie mir abschließend zur Todesursache von Stefania sagen?«

Überrascht zog die Gerichtsmedizinerin ihre rechte Augenbraue in die Stirn. »Da hat sich nichts weiter ergeben, Commissario. Sie wurde eindeutig mit dem dicken Flaschenboden einer Doppelmagnum erschlagen. Es gibt keinerlei Abwehrspuren. Sie wurde überrascht. Der Angriff kam von hinten. Oder sie hat die Person gekannt, sie plauderten, sie wandte sich einen Moment ab, den der Täter oder die Täterin dazu benutzte, um mit Wucht zuzuschlagen. Da war jemand keinesfalls zimperlich. Der Schlag saß.«

»Es könnte auch eine Frau gewesen sein?«

»Ja, könnte. Aber diejenige müsste schon eine gehörige Wut auf das Opfer gehabt, über eine kräftige Muskulatur der Oberarme verfügt und richtig ausgeholt haben. Denn die Flasche wiegt einige Kilos. Da braucht man Muskeln, um damit so richtig auszuholen.«

»Dann wohl doch eher ein Mann, oder?«

Die Dottoressa zog die Schultern hoch.

»Spielt die Größe des Angreifers eine Rolle?«, bohrte er nach.

»Tut es immer. Stefania war von durchschnittlicher Größe. Knapp eins siebzig groß. Der Angreifer sollte mindestens fünf, besser zehn Zentimeter größer als sie gewesen sein, damit er den Schlag leichter ausführen konnte. Aber auch bei gleicher Größe wäre es möglich gewesen.«

Sowohl Giuliano als auch Tomaselli – und sein Freund Breitwieser – maßen über einen Meter achtzig. Den Freund hatte Petrelli ja schon als Täter ausgeschlossen. Mit Gedanken an ihn musste er sich nicht mehr aufhalten. So verglich er nun Francesco di Castello und die Aktivisten mit den Angaben. Sie wären alle sowohl kräftemäßig als auch von der Größe her dazu in der Lage, den Schlag auszuführen. Gleich groß wäre nur Elisabetta. Renata schied aus. Sie war kleiner als Tochter und Nichte.

Antonio sinnierte: »Es wäre auch für Personen, die nicht größer als Stefania sind, möglich gewesen, selbst wenn sich der Tresen zwischen Täter und Opfer befand, man sich über ihn drüber beugen musste?«

»Gerade dann. Der Täter oder die Täterin hätte sich kurz aufstützen und zuschlagen können. Der Tresen wäre kein Hindernis. Aber ich denke, dass die Person sehr nah im Rücken von Stefania stand. Denn Stefania hat sich im Fallen noch das Kinn auf der Küchenablage aufgeschlagen. Dort hat Silvano Blutspuren gefunden.«

»Was haben Sie sonst noch herausgefunden? War Stefania krank?«

Die Dottoressa schüttelte langsam den Kopf.

»Sie haben keine Erkrankung feststellen können? Sind Sie sicher?« Antonios Stimme war deutlich lauter geworden.

»Ich habe Ihnen die Lage schon einmal erläutert! Nachdem die Todesursache eindeutig geklärt ist, habe ich den Leichnam nicht weiter geöffnet. Das ist nur dann nötig und vorgeschrieben, wenn Zweifel an der Todesursache bestehen.« Geradezu indigniert gab sie dies zu verstehen.

»*Merda!*« Antonio fuhr sich mit beiden Händen verzweifelt durch die Haare. Erneut würde er Zeit verlieren, wenn die Medizinerin auf einen weiteren Beschluss von Vincenzo Mauro bestehen würde.

»Dottoressa, hören Sie zu!« Eindringlich sah er sie an. »Ich komme gerade von Stefanias Hausärztin. Renata di Castello hat Enrico und mir vor wenigen Stunden eine furchtbare Familiengeschichte offenbart. Stefanias Mutter ist mit 35 Jahren an Unterleibskrebs gestorben. Beim Vater ist man unsicher, ob er wirklich bei einem Autounfall ums Leben kam oder ob er sich aus Verzweiflung das Leben genommen hat. Er hatte Lungenkrebs, der weit fortgeschritten und unheilbar war. Renata selbst hat Leukämie und weiß nicht, wie lange sie noch zu leben hat. Die Ärztin sprach von der sogenannten Bordeaux-Krankheit und meinte damit Krankheiten, die in Frankreich im Bordeaux verstärkt bei den Winzern und ihren Familien auftreten. Dabei macht man zwischen verschiedenen Krebsarten keinen Unterschied. Auch Parkinson kommt dort öfter vor als in anderen Regionen des Landes. Diese zahlreichen Fälle sind ...«

»Ich weiß, wie es zu den zahlreichen Fällen kommt«, unterbrach ihn die Dottoressa energisch. »Winzer und Landwirte spritzen zu viele Pestizide auf unsere Nutzpflanzen. Beim Wein ist es besonders schlimm. Zunächst atmen die Winzer beim Einbringen der Pestizide auf den Weinbergen zwischen den Reben den Giftschleier ein und sind ihm schutzlos ausgeliefert, wenn sie keine Spezialanzüge tragen. Was dummerweise die Wenigsten machen. Anschließend nehmen wir Verbraucher die Gifte über den Wein zu uns. Denn es werden die Trauben – sowieso schon ungenügend gewaschen – zusammen mit Laub und Zweigen, die am Erntegut hängen geblieben sind, zu Maische verarbeitet und später in den Tanks zu Wein vergoren. Das birgt für uns alle das Potential, durch den Weingenuss an verschiedenen Krebsarten zu erkranken.«

»Wenn sich die Pestizidhersteller dann nicht an die gesetzlichen Vorschriften halten, wird es nochmals gefährlicher«, warf Silvano ein. »Die Kanister von Scott Giuliano haben teilweise hochgiftige Pestizide enthalten, die in China hergestellt worden und deren Inhaltsstoffe in der EU verboten sind. Entweder hatte Giuliano davon keine Ahnung und hat einfach gemacht, was ihm irgendjemand aufgetragen hat. Oder er hat sein eigenes Süppchen gekocht.«

Antonio schüttelte widerwillig den Kopf. So eine wahnsinnige Geschichte hatte ihm auch schon Fausto kurz gemailt.

»Weder Renata di Castello noch die Hausärztin wollten uns etwas über den Gesundheitszustand von Stefania mitteilen. Renata behauptete, sie wisse nichts darüber. Sie meinte nur, dass Stefania die Kontrollbesuche bei den Ärzten sehr ernst nahm und große Angst vor einer eigenen Erkrankung hatte.« Bedeutsam sah er in die Runde und erreichte nur, dass die Dottoressa den Kopf senkte. Wütend sah er von ihr zu Petrelli. Zum Teufel mit der Schweigepflicht! Zum Teufel mit der Bürokratie! Er wollte hier und jetzt Antworten auf seine Fragen haben. Er würde den Raum nicht eher verlassen, bevor sich die Dottoressa erneut um Stefania kümmerte. »Was wir wissen:«, bellte er in den Raum, »Sie hat ihre Anwältin aufgesucht und ein Testament gemacht. War sie bereits krank? Oder gab es einen anderen Grund, um ihre persönlichen Dinge bereits jetzt, in ihren jungen Jahren zu regeln? Weder haben wir eine Ahnung, ob das Testament unterzeichnet und gültig ist, noch wem das Erbe zufällt, beziehungsweise welche Anteile wer erhält. Wir nehmen aber sehr stark an, dass das Mordmotiv mit ihrem Testament in Zusammenhang stehen könnte.«

Die Dottoressa rieb sich nachdenklich die Hände. Dann sah sie Antonio sehr traurig an. Ihr setzte der Mord an Stefania sichtlich zu. Auf ihrem Seziertisch lag für sie kein anonymes Mordopfer, um das sie sich bemühen musste. Sondern sie sollte einer Bekannten, vielleicht sogar Freundin den Körper aufschneiden und nachsehen. Antonio wusste nicht, wie nahe sich die Frauen gestanden hatten. Aber es kannte in Verona und Umgebung wirklich jeder jeden. Und sei es nur durch gemeinsame Restaurantbesuche bei *Da Bruno*. Er konnte durchaus verstehen, weshalb sie davor zurückschreckte, die Obduktion auf den ganzen Körper auszuweiten. Zumal es rechtlich nicht unbedingt nötig war.

»Sie denken, wenn Stefania definitiv bereits an einer tödlichen Krankheit erkrankt war, wäre es absolut nachvollziehbar, dass sie ein Testament aufsetzt. Wenn sie nicht krank war, müssten Sie nach anderen Motiven für diesen Schritt suchen – und vielleicht auch für den Mord? Sehe ich das richtig?«

Bevor Antonio darauf eine Antwort geben konnte, schaltete sich Silvano Petrelli ein. »Darf ich noch etwas dazu anmerken? Ein Kollege von mir war heute Morgen nochmals sehr zeitig auf der *Fiera*. Er hat von allen Winzern, die rund um die di Castellos ihre Messestände aufgebaut haben, Fingerabdrücke genommen. Auf freiwilliger Basis, versteht sich. Alle haben mitgespielt. Ohne Ausnahme.«

»Auch Tomaselli?«

»*Sì*.« Der Kriminaltechniker sah zu Boden und bewegte seine rechte Fußspitze gedankenverloren über das Linoleum. Offenbar suchte er nach den richtigen Worten, was bei ihm eine Seltenheit war. Petrelli war nie um Worte oder Sprüche verlegen. Dann hob er den Kopf und sagte: »Doch unsere Aktion hat uns nicht weitergebracht. Denn wir haben so zahlreiche Übereinstimmungen, dass sie uns keine Auskunft darüber geben können, wer als Täter oder Täterin eindeutig in Frage käme. Elisabetta hat dann auch bestätigt, dass sie sich beim Aufbau der Stände alle gegenseitig unterstützen. Das ergibt für uns keinen sinnvollen Anhaltspunkt und hilft dir auch nicht für deine Ermittlungen.«

»Es gibt auch Fingerabdrücke von Scott Giuliano auf dem Stand?«, fragte Antonio zur Sicherheit nach.

»*Sì*, Tonio. Sehr viele sogar. An den Regalen, am Tresen, an den Küchenschränken. Er hat mitangepackt. Das kann man sagen.«

»Vielleicht besonders übereifrig?«

»Möglich! Das ist nicht auszuschließen. Dann hätte er den Mord definitiv geplant. Denn ihn in einem solchen Fall anhand der Abdrücke als Täter zu überführen, kannst du vergessen, Tonio. Auch von Giorgio aus Bayern haben wir Abdrücke in der Küche und an den Türgriffen gefunden. Doch das weißt du ja bereits und bedeutet nur, dass er auch am Stand war.«

»Habt ihr die Flaschen in den Regalen überprüft?«

»Wir haben bei den Weinen und Olivenölen Stichproben genommen. Aber wir haben uns jede einzelne Flasche Spumante Millesimato angesehen. Es lässt sich festhalten, dass Elisabetta wohl für das komplette Sortiment zuständig war. Nur ihre Fingerabdrücke ließen sich nachweisen. Und sie hat bestätigt, dass einzig und allein sie das Einräumen der Regale übernommen hatte.«

»Und ihr konntet alle Fingerabdrücke zuordnen? Es waren keine weiteren fremden zum Beispiel in der Küche vorhanden?«

»Nein! Nichts! Wir haben uns auch den verwaisten Putzwagen angesehen. Keine Hinweise auf Benutzung durch fremde Personen. Allerdings waren dort insgesamt wenige Abdrücke sicherzustellen. Die Damen von der Putzkolonne verwenden bei der Arbeit Handschuhe.«

Antonio nickte resigniert. Er hatte ein solches Ergebnis erwartet. Dennoch fühlte er sich um weitere Hoffnungen beraubt und deprimiert. Dann kam ihm noch ein Gedanke. »Haben wir von den Wongs Fingerabdrücke zum Abgleich?«

Petrelli lächelte gequält. »*No.* Diplomatenstatus! Aber da wir eigentlich alle Fingerabdrücke zuordnen konnten, können von den Wongs keine dabei sein.«

»Außer sie hätten mit Handschuhen gearbeitet.« Wieder verstummte Antonio. Dann fragte er nach: »Die Tatwaffe weist nur eindeutige Abdrücke auf? Nichts ist verwischt? Nichts ist durch Abwischen nur noch teilweise sichtbar?«

»Eindeutige Fingerabdrücke weist die Flasche nur von Elisabetta auf. Da hat sich nichts Neues ergeben. Aber teilweise sind sie verwischt, weil jemand vermutlich mit Handschuhen den Flaschenhals angefasst hat.« Silvano Petrelli betrachtete erneut sehr eingehend seine Fußspitzen. »Ich kann dir leider nicht weiterhelfen!«, schob er entschuldigend nach.

»Keine Abdrücke irgendwo von Francesco?«

»*No.*«

Die Dottoressa erhob sich von ihrem Drehstuhl und schlug Antonio kameradschaftlich auf die Schulter. »Ich sehe nach, was mit Stefania los war, ob sie krank war. Du hörst so rasch wie möglich von mir.«

36

Traunstein, 14.00 Uhr

»Ja Bua, wo kommst denn du jetzt her?« Katharina Breitwieser saß hoch aufgerichtet in ihrem Krankenhausbett, im Rücken durch zwei dicke Kissen gestützt, und hielt eine Kuchengabel in die Hand. Vor sich auf dem ausziehbaren Tisch des Nachtkästchens hatte sie einen Teller mit einer zur Hälfte aufgegessenen Donauwelle stehen. Ihre grauen Haare, die sie sonst aufgesteckt trug, waren zu einem langen Zopf geflochten, der ihr über die Brust hing. Dadurch wirkte ihr Gesicht schmäler und dünner als sonst. So kam es Georg vor. Oder hatte seine Mutter während der letzten Tage gehörig abgenommen? Kurz war er versucht, ihre Frage mit »vom Mond« zu beantworten, entschloss sich aber dann doch, anständig nachzufragen: »Wie geht's dir denn, Mama?«

Blass sah sie aus und gebrechlich. Oder war die elende Krankenhausluft und -atmosphäre an ihrem schlechten Aussehen schuld? Georg machte um jede Klinik einen großen Bogen. Allein die Gerüche in den Räumen machten ihm schon zu schaffen. Katharina teilte sich das Zimmer mit einer weiteren alten Frau, die im Bett lag und schlief. Georg fühlte, wie die Beklemmung in seiner Brust zunahm. Das ganze Zimmer strahlte Endzeit aus. Seine Mutter musste schnellstmöglich hier wieder raus.

»Was sagt denn der Arzt?«, wollte er wissen.

»Dass ich noch ganz gut beieinander bin für mein Alter!« Sie lachte ihr bekanntes ironisches Lachen. »Als hätte er mit seinen gerade mal vierzig Jahren eine Ahnung vom Alter«, schob sie noch nach, bevor ein Stück Donauwelle zwischen ihren Lippen verschwand. Listig sah sie zu Georg hin. »Na, war's schön in Italien? Lange bist ja nicht ausgeblieben! War das Wetter schlecht?«

Georg wollte gerade darauf hinweisen, dass er wegen ihrer plötzlichen Erkrankung seinen Urlaub unterbrochen hatte, als sie noch hinzufügte: »Oder hat deine alte Flamme keine Zeit für dich gehabt?« Das Lächeln war aus ihrem Gesicht verschwunden. Ernst und forschend sah sie ihn an. Welche Gedanken spukten im Kopf seiner Mutter herum, fragte sich Georg. Gleichzeitig fühlte er einen Stich im Herzen, weil Stefania für Katharina Breitwieser immer nur eine Flamme geblieben war, die sie nicht ernstnehmen wollte. Dennoch hatte sie diese Flamme im fernen Italien gefürchtet, als Nebenbuhlerin um den Sohn betrachtet, die man besser ignorierte, damit sie nicht gefährlich werden konnte. Das war Georg wohl bewusst. Misstrauisch und auch ein wenig wachsam lenkte er das Gespräch auf das hier eigentlich wichtige Thema: »Was genau hat dir denn gefehlt, Mama?«

»A Schlagerl war's, hat der Doktor gemeint. Aber nicht so schlimm wie beim letzten Mal. Morgen oder übermorgen darf ich heim.« Katharina griff nach der Hand von Barbara, die neben ihr am Bett stand. »Dann brauchst dich nicht mehr sorgen. Dann kann die Maria wieder auf mich aufpassen!« Und zu Georg gewandt sagte sie: »Aufregen soll ich mich halt nicht in der nächsten Zeit. Aufregungen sind ganz schlecht für mich und für mein Herz, hat er gemeint, der Herr Doktor.«

Georg verstand den Wink mit dem Zaunpfahl. Seine Urlaubsreise war der Anlass für ihr Schlagerl gewesen. So deutete zumindest seine Mutter ihren Zusammenbruch und machte ihm damit erneut zielsicher ein schlechtes Gewissen. Gleichzeitig bäumte sich in ihm alles gegen diese mütterliche Vereinnahmung auf. Sollte er nur noch arbeiten und auf sie aufpassen? Seine volle Konzentration auf seinen Beruf, der ihm kaum Spielraum für ein Privatleben ließ, hatte ihn zu einem einsamen Menschen gemacht. Daran war seine Mutter nicht schuld. Das wusste er wohl. Aber sie nutzte den Umstand schamlos für sich aus. Was würde aus ihm, wenn die Mutter nicht mehr wäre? Ein einsamer, alter Mann! Daran sollte er schleunigst etwas ändern, das war keine Perspektive für die restlichen mehr als dreißig Jahre, die er auf jeden Fall noch zu leben gedachte. Er verspürte große Lust, seiner Mutter doch noch einen Seitenhieb zu verpassen. Eigentlich hatte er ihr den Tod von Stefania verheimlichen wollen. Was ging es sie an, was sich in Verona zugetragen hatte? Doch er fühlte, dass er sich gegen sie und ihre egoistische Einstellung wehren musste und auch durfte.

»Meine alte Flamme, wie du Stefania gern nennst, ist tot, Mama. Jemand hat sie erschlagen und ich habe sie gefunden.«

Erschrocken riss Katharina die Augen auf. Auch Barbara gab einen erstickten Laut von sich. Sie sahen ihn nur beide an und schwiegen.

»Deshalb muss ich jetzt auch rasch ins Kommissariat. Toni und ich stecken mitten in den Ermittlungen. Und da es dir schon wieder deutlich besser geht, Mama, lass ich euch zwei Damen allein. Wir sehen uns ja dann spätestens übermorgen wieder zu Hause.« Als immer noch niemand etwas sagte, fügte er hinzu: »Ich freu mich, Mama, wenn du wieder in deinen vier Wänden bist. Ich ruf die Maria an, damit sie sich gleich in den Zug setzt und kommt.« Er beugte sich seiner sprachlosen Mutter entgegen und gab ihr einen Kuss auf die Wange.

Leise sagte sie zu ihm: »Es tut mir leid, Schorsch! Das hat die junge Frau nicht verdient.«

»Nein, das hat sie nicht!«

Georg flüchtete geradezu aus dem Gebäude und stieg in seinen Alfa, den er im Parkhaus abgestellt hatte. Dann atmete er tief durch. Die Sorge um die Mutter war ihm genommen. Erst einmal war Katharina wiederhergestellt und konnte zu Hause weiter von Maria gepflegt werden. An diesem Zustand hatte sich nichts geändert. Und er war ausgesprochen froh darüber. Die Vorstellung, die nächsten Schritte gehen und ihr einen Platz in einem Heim suchen zu müssen, hatte ihn auf der Fahrt von Italien zurück immer wieder beschäftigt. Doch er hatte die Fragen, die sich daran anschlossen, bisher erfolgreich verdrängt. Und so konnte es erst einmal bleiben. Jeder Monat, der im alten Fahrwasser verging, war ein Segen.

Unschlüssig überlegte er, was er als Nächstes tun sollte. Ins Kommissariat fahren oder Franco Barone die Durchschläge seiner Bestellungen überreichen? Da er eigentlich immer noch Urlaub hatte, sollte er vielleicht besser erst einmal die Angelegenheit mit Barone zum Abschluss bringen. Doch zuvor wollte er im Computer seiner Dienststelle nachsehen, ob hier in Deutschland gegen Scott Giuliano etwas vorlag. Nach dem Gespräch mit seinem Schwager hielt er dies durchaus für möglich. Es konnte ja immerhin sein, dass sich der Amerikaner auch in Bayern irgendetwas zuschulden hatte kommen lassen.

Keine Viertelstunde später betrat er die Polizeiinspektion Traunstein und war gerade auf dem Weg zum Aufzug, als ihn eine Frauenstimme ansprach.

»Ah, Herr Breitwieser, das trifft sich gut!«

Langsam drehte sich Georg um und stand unmittelbar Richterin Doktor Dorothea Schaller gegenüber. Sie schenkte ihm ein breites Lächeln und schien sich ehrlich zu freuen, ihn zu sehen.

»Hallo, Frau Schaller«, brachte er mühsam zustande.

»Ich komme gerade von Kriminaloberrat Pfaffenrieder.«

Gott steh mir bei, dachte Georg ergeben. Er war im Urlaub. Er hatte wirklich keine Lust, über seinen Vorgesetzten zu sprechen oder ihn gar zu treffen.

»Er wird sicherlich noch heute versuchen, Sie zu erreichen.«

Na, bravo, dachte Georg. Nichts wie weg und das so schnell wie möglich.

»Haben Sie einen Moment Zeit für eine Tasse Kaffee?« Geradezu aufmunternd sah sie ihn an. Es wurde immer besser. Normalerweise war die Richterin noch mehr auf dem Sprung als er. Immer bestrebt, die Polizeiinspektion so schnell wie möglich wieder zu verlassen und in ihr Amt zu entschwinden. Ablehnen konnte er schlecht. Er hatte keinen wichtigen Termin. Im Gegenteil, er hatte immer noch Urlaub. Doch das schien niemanden zu interessieren.

»Sicher. Sehr gerne.« Fast mühelos ging ihm die Lüge über die Lippen.

Die Richterin drückte den Liftknopf zum Untergeschoss und in wenigen Augenblicken hatten sie die Cafeteria erreicht, die sich im Souterrain der Polizeiinspektion befand. Zu dieser Stunde war kaum jemand von den Kollegen dort und so konnten sie sich einen Tisch im hinteren Bereich des langgestreckten Raums aussuchen, um ungestört zu sein.

»Darf ich Ihnen ein Stück Kuchen bringen?«, fragte Breitwieser, um sich von seiner besten Seite zu zeigen.

»Eine Quarktasche wäre schön und ein Cappuccino.«

Georg marschierte zum Buffet, bestellte zweimal das Gleiche und fragte sich währenddessen, was das nun werden würde. Was hatte Pfaffenrieder mit der Schaller zu besprechen? Die Ermittlungsrichterin war mit aktuellen Fällen befasst, der Kriminaloberrat bearbeitete seit Jahren keine Fälle mehr. Er machte Politik, entschied über Versetzungen und Einstellungen, gab Pressekonferenzen und wartete auf seinen verdienten Ruhestand, der doch eigentlich gar nicht mehr so fern sein durfte, ging es Breitwieser durch den Kopf.

Mit dem Tablett bewaffnet, strebte er auf den Tisch zu, reichte Dorothea Schaller die gewünschte Quarktasche und einen in seinen Augen reichlich missratenen Cappuccino und setzte sich. Das

Verhältnis von Kaffee und Milch wurde im Land der Milchkühe eindeutig entsprechend ausgelegt.

Die Richterin gab etwas Zucker in die Tasse, rührte um, bis der kaum vorhandene Schaum endgültig in sich zusammenfiel, und nahm den ersten Schluck. Gespannt wartete Georg auf ihre Reaktion, doch am Gesichtsausdruck ließ sich nicht ablesen, ob der Cappuccino mundete. Oder doch? Zumindest fiel der Blick, den sie ihm nun über den feinen Goldrand ihrer Brille zuwarf, sehr kritisch aus.

»Entschuldigen Sie, wenn ich das so offen sage, Herr Breitwieser, aber Sie sehen angegriffen aus. Sind Sie krank? Herr Pfaffenrieder meinte, Sie seien im Urlaub. Aber ehrlich gesagt sehen Sie nicht danach aus.«

»Ich bin im Urlaub!«

»Und warum sind Sie dann nicht irgendwo, wo es schön und warm ist?«

»Ich war in Verona einige Tage.«

»Aha!« Nun schien sie bestürzt zu sein. »Mich geht es ja nichts an«, begann sie vorsichtig, »aber wollen Sie nicht mal etwas anderes kennenlernen als immer nur Verona und den Gardasee? Die Welt ist schon ein bisschen größer, glaube ich.« Wieder lächelte sie ihr feines Lächeln, aber ihr Blick blieb besorgt.

Verdammt, dachte Georg, was gingen die Schaller sein Gesundheitszustand und seine Reisegewohnheiten an? Andere fuhren immer in den Bayerischen Wald. Das fand auch niemand seltsam. Er allerdings schon.

»Sie könnten sich mit meiner Mutter zusammentun. Sie wollte mich in die Karibik schicken.«

»Ihre Mutter gefällt mir.«

Aber meiner Mama gefällst du nicht, ging es Georg durch den Kopf und unterdrückte ein Schmunzeln. Eine weitere weibliche Gefahr in seiner Nähe hätte vermutlich unweigerlich ein weiteres Schlagerl bei Katharina Breitwieser zur Folge.

»Was hat denn Kriminalrat Pfaffenrieder auf dem Herzen, dass Sie zuvor mit mir sprechen wollen? Oder wollen Sie mich vorwarnen?«

Dorothea Schaller nickte heftig. Offenbar hatte er ins Schwarze getroffen.

»Pfaffenrieder lädt nächste Woche zu einem Umtrunk ein. Bei sich zu Hause«, fügte die Richterin noch vielsagend hinzu und schob ihre Tasse ein gutes Stück in die Tischmitte, als bräuchte sie Platz für weitere unangenehme Mitteilungen.

»Sein letzter Umtrunk liegt schon einige Jahre zurück.« Georg dachte laut nach.

»Genau. Damals war ich Gott sei Dank verreist und bin der Festivität entkommen. Doch dieses Mal habe ich keine Ausrede und Sie vermutlich auch nicht?« Fragend sah sie ihn an.

»Noch bin ich nicht eingeladen. Könnt' gut sein, dass mich der Kriminaloberrat vergisst.«

»Machen Sie sich keine Illusionen.«

»Was ist denn der Anlass?«

»Darüber schweigt er sich aus! Sein 65. Geburtstag steht erst in einem Jahr an. Ich hatte gehofft, Sie wüssten vielleicht, was es zu feiern gibt?«

Aber Georg schüttelte den Kopf. »Da muss ich passen, Frau Schaller. Keine Ahnung.«

»Auf jeden Fall sind alle Mitarbeiter und Mitarbeiterinnen des Morddezernats bei ihm eingeladen. Immerhin fünfzehn Personen, wenn alle Zeit haben. Und Staatsanwalt Hartmann meint, wir bräuchten ein repräsentatives Geschenk, bei dem alle zusammenlegen.« Nun war ihr Blick aufmunternd und fragend. Was sollte das? Was erwartete die Schaller jetzt von ihm? Für Geschenkideen war er der Falsche. Sie konnte doch nicht im Ernst glauben, dass er nun einen Knüller aus dem Hut zauberte.

»Und was schlägt Herr Hartmann vor?«

»Er denkt an Wein oder Hochprozentiges!«

»Ja, das passt doch. Soll er halt was besorgen und wir zahlen.«

Für Georg war die Sache erledigt. Er sah immer noch nicht, wo das eigentliche Problem der Richterin lag, dass es dieses Treffens in der ungemütlichen Cafeteria bedurfte. Herzhaft biss er in die Quarktasche.

»Kollege Hartmann ist überzeugter Nichttrinker!« Jetzt verschluckte sich Georg fast, als die Schaller weitersprach. Glaubte sie das im Ernst?

»Und ich habe keine Ahnung von Wein, ehrlich gesagt. Hochprozentiges ist auch nicht meine Sache«, gestand sie dann noch passenderweise. Georg wusste darauf nichts zu sagen und schwieg. Deshalb fuhr sie zögernd fort: »Könnten Sie uns nicht weiterhelfen, Herr Breitwieser? Ich weiß, dass Sie Wein schätzen und sich sicherlich auch gut auskennen. Wir denken an eine Kiste Wein mit sechs Flaschen oder vielleicht auch an Champagner? Was meinen Sie?«

Georg lehnte sich in seinem Stuhl zurück und verschränkte die Arme vor der Brust. Seine erste Reaktion war, das Ansinnen schlichtweg abzulehnen. Doch dann begann er nachzudenken und eine Idee entwickelte sich hinter seiner Stirn. Unvermittelt beugte er sich der Richterin entgegen.

»Haben Sie Lust auf eine Spazierfahrt, Frau Schaller?«

Das Gesicht der Frau überzog sich mit einer feinen Röte. Sein Vorschlag überrumpelte sie sichtbar, was Georg sehr amüsierte. Betont auffällig sah sie auf die Uhr.

»Ich hab' gleich noch einen Termin um 15 Uhr.«

»Muss ja nicht sofort sein. Sagen wir 15.30 Uhr bei Ihnen im Amt? Ich hol' Sie ab.«

37

Verona, 15.00 Uhr

»*Ciao* alter Schwede!«, meldete sich Georg in altbekannter Manier, als ihn Antonio endlich erreichte. Der Bayer war offenbar in deutlich besserer Stimmung als zuletzt in Verona.

Fontanaro hielt sich nicht mit Plänkeleien auf und kam gleich zum Grund seines Anrufs. »Hast du inzwischen in den Dateien, die dir Enrico geschickt hat, irgendetwas entdeckt, das uns weiterbringt, Giorgio?« Zusammen mit Brandino saß er in dessen Büro. Gemeinsam warteten sie darauf, den Aktivisten Massimo Solari vernehmen zu können. Antonio war wild entschlossen, endlich mit den Ermittlungen vorwärtszukommen. Es ärgerte ihn gewaltig, dass er immer noch keine Ahnung hatte, wer von den zahlreichen Verdächtigen Stefania erschlagen hatte. Jetzt hoffte er darauf, dass der Spezl in ihrem Datensalat fündig geworden war. Sein Groll auf ihn, weil er sich so klammheimlich aus dem Staub gemacht hatte, war verraucht.

Sie saßen am den vollgepackten Schreibtisch Brandinos und schlugen die Zeit tot, bis Lavinia Strano Solari endlich zur Vernehmung brachte. Ungeduldig klopfte Antonio mit den Fingern seiner linken Hand auf die Tischplatte. Das Warten auf den jungen Winzer machte ihn nervös. Solari galt als Anführer der Aktivistengruppe, die sich den Bentley der Wongs vorgenommen hatte und vom Ispettore im Ristorante *12 Apostoli* festgenommen worden war. Der Winzer war kein unbeschriebenes Blatt und vor allem von Stefania di Castello mehrfach angezeigt worden. In der Hauptsache ging es um Pöbeleien und um die gesprühten Hassparolen auf der Umfassungsmauer des Weinguts *Castello del Belvedere*. Und nun kamen noch die Angriffe auf die Gäste Tomasellis während der Weinverkostung dazu. Alvaro Tomaselli hatte Solari ebenfalls angezeigt und zudem Schadenersatz verlangt. Er machte glaubhaft, dass ihm aufgrund der Vorfälle wichtige Einnahmen entgingen und er auf den Kosten der Weinprobe im teuersten Restaurant der Stadt sitzenblieb. Auch der Anwalt der Wongs hatte sich gemeldet. Die Chinesen hatten nicht die Absicht, die Angelegenheit auf sich beruhen zu lassen. Das würde teuer werden, soviel war jetzt schon klar. Allerdings interessierten Antonio diese Sachverhalte nur am Rande. Dafür waren andere Kollegen zuständig.

»Du fällst ja gleich mit der Tür ins Haus, Toni«, bemerkte Georg trocken. Dann jedoch wurde er ernst. »Das Material, das Stefania über Wochen zusammengetragen hat, ist umfangreich. Und nicht alles ist wichtig«, begann er zu berichten. »Aber es gibt ein paar Fakten, die ihr kennen solltet.« Und so erfuhr Antonio in knapper Form, was die Winzerin in den letzten Wochen vor ihrem Tod umgetrieben hatte:

In einem Forschungslabor in der Nähe von Padua arbeitete Professor Marco Poiano seit vielen Jahren an einer Versuchsreihe. Zusammen mit Studenten der Agrarökonomie, Önologie und Biologie untersuchte er Möglichkeiten von Neuzüchtungen. Olivenbäume und Weinstöcke, so die Vorstellung, sollten gegen Schädlinge und Krankheiten resistent sein.

Anlass der Forschungen war das vermehrte Auftreten eines Bakteriums in Süditalien, das für den Olivenbaum absolut tödlich ist: das sogenannte Feuerbakterium. Es gab bislang kein Mittel dagegen. Ein Baum, der befallen war, musste sofort gefällt werden – und alle weiteren in seiner Nähe ebenfalls. Dies hatte vor allem in

Apulien vor einigen Jahren zur unwiderruflichen Vernichtung sehr alter Olivenhaine geführt und damit den Ertrag eines der besten Olivenöle, die in Italien produziert wurden, um viele Hektoliter reduziert. Ein riesiger ökologischer wie ökonomischer Schaden für die an sich schon arme Region.

Professor Marco Poiano war es mit Hilfe seiner Studenten gelungen, einen Olivenbaum zu züchten, der gegen das Feuerbakterium weitgehend immun war. Das Projekt hatte über mehrere Jahre gedauert und große Geldsummen verschlungen, bis man an die Aufzucht von Sprösslingen denken konnte, die sich nun in größerer Stückzahl verkaufen ließen. Verschiedene Konzerne hatten sich an der Finanzierung beteiligt.

»Unter anderem auch *Montegrano*!« Georg unterbrach seine Ausführungen an dieser Stelle und wartete auf eine Reaktion von Antonio. Doch der Commissario schwieg und wartete auf weitere Details.

»Dazu muss man wissen«, fuhr Georg schließlich fort, »dass das Erscheinungsbild der vom Bakterium befallenen Blätter sehr ähnlich dem Erscheinungsbild von massiv mit Pestiziden behandelten Blättern ist. In beiden Fällen werden die Blätter vom Rand her rötlich. Bis schließlich das ganze Blatt eine rötliche Farbe annimmt, eintrocknet und abfällt. Innerhalb kürzester Zeit verlieren die Olivenbäume all ihr Laub, das dann vertrocknet im Gras liegt. Das Bakterium ist so ansteckend, dass das befallene Laub, der Boden darunter und das Holz der gefällten Bäume verbrannt beziehungsweise abgefackelt werden müssen. Ein ähnliches Erscheinungsbild lässt sich auch bei den Blättern von Weinreben feststellen, wenn man sie mit hochkonzentrierten Pestiziden besprüht. In den Dateien von Stefania finden sich einschlägige Abbildungen von ruinierten Weinbergen und Olivenhainen«, führte Georg weiter aus. »Und der Einsatz der Pestizide von *Montegrano* führen zu einem entsprechenden Ergebnis.«

Nun schilderte der Bayer das weitere Vorgehen des Konzerns aus L.A., der den Bauern nicht nur Pestizide, sondern auch die neuen, genmanipulierten Setzlinge für Neuanlagen von Olivenhainen verkaufte. In Süditalien mussten große Flächen, ganz im Interesse des Konzerns, neu bepflanzt werden. Glaubte man den Versprechungen von *Montegrano*, dann trugen die Bäume bereits nach drei Jahren Früchte, die sich zur Olivenölgewinnung eigneten. Bei alten Sorten konnte es schon zehn Jahre dauern, bis die Früchte zu Öl verarbeitet werden konnten. Und dann verkaufte der Konzern auch noch die entsprechenden Düngemittel, um den Ertrag der Neuzüchtungen zu steigern.

»Damit die Rechnung für *Montegrano* aufging«, in Georgs Stimme schwang nun hörbar Zorn mit – je länger er über das Verhalten von *Montegrano* berichtete, desto wütender wirkte er –, »wurden die Bauern zu langfristigen Verträgen überredet, man kann auch sagen: genötigt. Denn es müssen Lizenzgebühren für die Olivenbäume entrichtet werden, weil *Montegrano* diese entwickelt und gezüchtet hat. Die Neuzüchtungen sollten, so die Garantie des Konzerns, über zirka dreißig Jahre reiche Erträge bringen, wenn der Dünger *Sanograno* zum Einsatz kam. Dann allerdings würde der Baum ausgelaugt sein und ersetzt werden müssen.«

»Das ist doch nicht dein Ernst!« Antonio unterbrach Georg zum ersten Mal. »Ein Olivenbaum hat doch praktisch das ewige Leben! So ein Baum ist der Stolz einer Familie über Generationen hinweg!«

»Ja, für die alten Sorten gilt das! Da kann dir in manchen Gegenden von Sizilien ein Baum gezeigt werden, der über tausend Jahre alt sein soll. Solche habe ich selbst schon gesehen. Aber wenn diese wegsterben, weil das böse Bakterium sie dahinrafft, hast du gar keine Ernte mehr.«

»Du hast doch noch etwas entdeckt, Giorgio? Ich höre das an deinem Unterton.«

»Du kennst mich gut.« Georg lachte leise, obwohl die Faktenlage alles andere als lustig war. »Der *Professore* aus Padua ist inzwischen ins Zwielicht geraten. Denn es steht der Verdacht im Raum, dass man in Süditalien gesunde Olivenbäume bei Nacht und Nebel mit Pestiziden besprüht und so zum Absterben gebracht hat. Es hieß dann, das Feuerbakterium hätte erneut zugeschlagen. Anschließend konnte der Konzern im großen Stil seine Neuzüchtungen an die Bauern verkaufen. Und wenn man dann noch weiß, dass *Montegrano* Kredite vergibt, damit die Bauern diese Neuzüchtungen auch bezahlen können, dann wird klar, dass es hier ums ganz große Geschäft geht und die Bauern in maximale Abhängigkeit geraten.«

»Das ist ja eine riesengroße Sauerei!« Antonio konnte es nicht fassen. Es war unglaublich, auf welche Ideen Firmen kamen, damit der Umsatz stimmte. »Und Stefania wollte einen solchen Vertrag mit Scott Giuliano abschließen?«, fragte er ungläubig nach. »Ist es das, worum sich alles dreht? Hast du dazu auch etwas in ihren Dateien gefunden?«

»Allerdings. Vor Unterzeichnung der Verträge hat sie angefangen zu recherchieren. Nachdem sich Elisabetta eingeschaltet hatte. In einer Mail verbietet sie Stefania sehr bestimmt im Ton, sich in die Bewirtschaftung des Olivenhains in Bardolino einzumischen.

Durch einen Beitrag in einer Fachzeitschrift für Olivenbauern, den ihr Elisabetta weitergeleitet hatte, ist Stefania auf das Labor von Marco Poiano aufmerksam geworden. Als ihr die ganze Tragweite der Machenschaften klar wurde, die Scott Giuliano plante, hat sie die Beziehung zu ihm abrupt beendet und ihm unmissverständlich erklärt, dass es keinen Vertrag geben wird. Der Mailverkehr zwischen den beiden ist eindeutig. Stefania nahm zudem an, dass das ganze Liebesgesäusel von Scott nur dazu dienen sollte, sie über den Tisch zu ziehen.«

»Dann ist unsere Annahme, der Amerikaner wollte Olivenbäume von Elisabetta di Castello zum Absterben bringen, nicht aus der Luft gegriffen. Mehr noch. Nachdem er bei Stefania gescheitert war, hoffte er darauf, dass die Cousine nicht so gut informiert sein und in ihrer Not Verträge mit ihm abschließen würde. Da hatte er sich allerdings mächtig geirrt. Mit den di Castellos war kein Geschäft zu machen.«

»Ich denke, dass Scott Giuliano extrem frustriert ist. All seine Pläne scheiterten und die Hauptschuldige sieht er in Stefania. Entweder hat er sie mit vollem Vorsatz getötet oder sein letzter Versuch, sie am Eröffnungstag der *Vinitaly* noch zu irgendeinem Geschäft zu überreden, ging schief. Er sieht sich in seiner Existenz ernsthaft bedroht und erschlägt sie voller Wut.«

»Du denkst, Scott Giuliano ist der Täter?«

»Ja, da bin ich mir ganz sicher!«

»Ist es dem Professore auch gelungen, fäulnisresistente Weinstöcke zu züchten? Ist das noch ein weiteres, erfolgreiches Geschäftsmodell, das *Montegrano* finanziert?«

»Nein. Bisher gibt es keine Reben, die man entsprechend genetisch verändern kann. Hier wird weiter geforscht. Einzige Möglichkeit der Winzer, Fäulnis und Schädlingsbefall zu minimieren, ist die Behandlung mit Pestiziden oder, wie im biologischen Weinbau meist üblich, mit einer Kupfersulfatlösung zu spritzen. Eine Methode, die man im Weinbau schon seit Jahrhunderten einsetzte, bis man die Segnungen der Chemieindustrie für erfolgsversprechender ansah. Kupfersulfat ist zwar nicht wirklich gesund, aber bei weitem nicht so schädlich wie die chemisch produzierten Mittel.

Und es gibt natürlich die sogenannten alten Reben, die widerstandsfähiger sind als neue Sorten, die mehr und mehr angepflanzt werden, um möglichst hohe Erträge zu erwirtschaften. Die alten Reben halten die wechselnden Klimabedingungen besser aus. Deshalb versuchen die Weinbauern auch, wo immer möglich, auf diese Rebsorten zurückzugreifen, bevor sie weiter exzessiv Gifte versprühen.«

»Aber für einen echten Soave Classico braucht es die Garganega-Traube. Mit einer Chardonnay-Traube zum Beispiel kommt man nicht ans Ziel.« Bei der Vorstellung, *Montegrano* würde mit einer Neuzüchtung in das Erbgut dieser alten Rebsorte eingreifen, wurde Antonio richtig wütend. Wie Antonio von Stefania wusste, wurde die Garganega-Traube schon im 13. Jahrhundert im Gebiet von Verona angebaut. Eine uralte Sorte, die es unbedingt zu erhalten galt. Nach Georgs Erklärung musste man sich um die Rebe richtig Sorgen machen. Wie musste es da erst Stefania ergangen sein, als ihr das ganze Ausmaß von Scott Giulianos Ansinnen klar wurde?

»Ich hoffe, ich habe euch jetzt die letzten Beweise für die Schuld von Scott Giuliano geliefert, und nehme jetzt ab sofort meinen restlichen Urlaub, wenn's recht ist.« Georg wollte sich verabschieden, aber Antonio fragte nach:

»Du willst wirklich nicht mehr weiter mit uns ermitteln?«

»Das ist doch sicherlich ganz in deinem Sinne!« Es sollte nur leicht ironisch klingen, aber Georg hörte selbst, dass seine Antwort vorwurfsvoll klang.

»Wir halten dich auf dem Laufenden!«

Antonio schob sein Handy in die Hosentasche und Enrico sah ihn erwartungsvoll an.

»Der Commissario hat den Fall gelöst?«

»Ich weiß es nicht. Möglich! Aber vielleicht hattest du recht mit deiner Vermutung, dass sich Elisabetta und Stefania nicht grün waren.«

Enrico machte große Augen, doch bevor er Antonio fragen konnte, wie er zu dieser Annahme kam, steckte Lavinia Strano den Kopf zur Tür herein.

»Massimo Solari wartet auf euch.« Sie lächelte entschuldigend und fügte hinzu: »Mauro ist auch eingetroffen. Er hat Unterlagen mitgebracht, die euch interessieren könnten. Meinte er jedenfalls.« Dann verschwand sie wieder.

»Wieso ist Mauro dabei?«, fragte Enrico überrascht und zog dabei eine Augenbraue in die Stirn.

»Ich habe den Dottore um eine Bankauskunft gebeten und um Nachweise vom Katasteramt. Ich will wissen, mit wem wir es bei Massimo Solari zu tun haben. Außer dass er Anzeigen von verschiedenen Seiten am Hals hatte wegen immer gleicher Delikte, wissen wir gar nichts über ihn. Offenkundig ist nur sein gehöriger Hass auf das Opfer. Deshalb befragen wir ihn jetzt gründlich.«

38

Rimsting, 16.00 Uhr

Kurz war Georg versucht gewesen, den längeren Fahrtweg von Traunstein nach Rimsting über die Landstraße und die zahlreichen Orte entlang des Chiemsees zu nehmen. Diese Strecke bot schöne Ausblicke auf Wiesen, Wäldchen und große Bauerngehöfte. Allerdings kaum welche auf den See und so entschied er sich doch für die Fahrt über die Autobahn. Der Ausflug mit Doktor Schaller musste ja nicht länger als nötig dauern, dachte er und fragte sich inzwischen, ob seine schnelle Idee, mit ihr zu Barone zu fahren, wirklich eine gute war. Andererseits hatte sie den Vorschlag mit dem Geschenkwein für Pfaffenrieder gemacht. Dann war es nur recht und billig, dass sie auch die Verantwortung für eine gemeinsame Auswahl übernahm. Er hatte keine Lust, allein für das Geschenk zuständig zu sein. Staatsanwalt Hartmann hatte gelegentlich eine scharfe Zunge und dass er wirklich Abstinenzler war, wie er der Richterin weismachen wollte, bezweifelte Georg ganz entschieden. Da war es schon besser, die Schaller miteinzubeziehen. Hartmann würde es nicht wagen, sich offen über die Weinauswahl der Kollegin lustig zu machen.

Wie auch immer. Er beschloss, den Urlaubstag ab jetzt zu genießen. Der Himmel hatte am Nachmittag aufgeklart. Es ging zwar ein kühler Wind, aber die Sonne schien und, als sie jetzt an der Feldwieser Bucht vorbeifuhren, kräuselten sich die Wellen des Chiemsees. Einige Enten schaukelten im saphirblauen Wasser, dessen hüpfende Wellenberge silbrig in der Nachmittagssonne aufblitzten. Ein einsamer Segler nutzte die Thermik und hatte sportliche Schräglage. Ein paar Kilometer weiter nahm Georg die Ausfahrt Bernau und fuhr über Prien in Richtung Rimsting. Warum sollte er die Geschenkfrage nicht mit dem Nützlichen verbinden? Ein Besuch bei Franco Barone war ohnehin nötig.

Bisher hatte Dorothea Schaller angenehm wortkarg zum Fenster hinausgesehen. Sie schien die Autofahrt zu genießen. Georg fand Gefallen an seiner stillen Beifahrerin, die einfach schweigen konnte, ohne dass sich dadurch eine ungute oder angespannte Stimmung ausbreitete.

»Sie waren also auf der Weinmesse in Verona«, bezog sie sich dann doch auf eine bei der Abfahrt gemachte Bemerkung von Georg. Die Landstraße in Richtung Prien führte fast schnurgerade voran. Vom See war weit und breit nichts mehr zu sehen. Flaches Gelände lag auf der rechten Seite der Fahrbahn, durchzogen von den Schienen der Überlandbahn. Vereinzelt standen Schilfbüschel zwischen den noch braunen Wiesen. Einst reichte der See bis hierher. Inzwischen war er längst verlandet und hatte saure, nasse Wiesen und moorige Untergründe zurückgelassen. Links von der Straße begannen die ersten Hügel aufzusteigen. Kleine und größere Bauernhöfe wechselten sich ab. Unmittelbar nach einem Kreisverkehr tauchten sie in die Bebauung von Prien ein. Geschäftshäuser, Handwerksbetriebe, Tankstellen und größere Mietsblöcke bestimmten neben rustikalen Landhäusern und Villen das Stadtbild, wie es für den Chiemgau durchaus üblich war.

»Ja, ich wollte immer schon mal auf die *Vinitaly*. Aber wenn ich zufällig einmal einen Fall mit Commissario Fontanaro zu lösen habe und gleichzeitig auch noch Messe ist, bleibt keine Zeit für solche Vergnügen. In diesem Jahr hätte mein Urlaub nicht besser passen können.«

»Und diese Enoteca in dem kleinen Ort ...?«

»In Rimsting.«

»Ja, genau, die kennen Sie schon länger und kaufen dort gern Ihren Wein ein.«

Es war keine Frage, sondern eine Feststellung und Georg sah keinen Grund für Erklärungen. Die Geschichte mit seinem Autokauf wollte er der Schaller nicht auf die Nase binden.

»Gleich sind wir da. Sie werden staunen, Frau Schaller. Die Enoteca ist in einem sogenannten Itakerhof untergebracht. Ein architektonisches Kleinod, wie man es nur noch in wenigen Exemplaren rund um den Chiemsee vorfindet.« Und er schilderte ihr kurz die wenigen Informationen, die er dazu von Franco Barone erhalten hatte.

Breitwieser hielt wenig später seitlich neben dem Gebäude. Dorothea Schaller und er stiegen aus dem Wagen und gingen zum Eingang. Georg drückte die Klinke nach unten, doch die Eingangstür war verschlossen. Er trat an die Hausmauer heran und blickte in eines der Fenster, wo er den Verkaufsraum dahinter wusste. Es war kaum etwas zu erkennen. Kein Licht brannte.

»Es tut mir leid, Frau Schaller. Ich hätte vorher anrufen sollen.«

Georg ging zum Eingang zurück und las die Öffnungszeiten. Eigentlich hätte die Enoteca geöffnet sein sollen. Er betätigte den Klingelknopf und ein durchdringender Ton klang deutlich bis nach draußen.

»Ist ja kein Drama«, beschwichtigte Dorothea Schaller. »Dann versuchen wir es halt ein andermal. Noch ist Zeit.«

»Wann soll denn der Umtrunk bei Pfaffenrieder stattfinden?«

»In acht Tagen, am Freitag.«

Schritte waren zu hören und dann wurde ein Schlüssel im Schloss umgedreht. Franco Barone stand in der Tür und schaute überrascht seine Kunden an. Erneut trug er eine schwarze Hose und ein blassblaues Hemd. »Was für eine schöne Überraschung!«

Georg fand, dass der Weinhändler im Gegensatz zum letzten Mal sehr müde und erschöpft aussah.

»Gut, dass Sie geläutet haben, Herr Breitwieser. Ich muss eingeschlafen sein. Kommen Sie bitte herein.« Barone wandte sich zur Seite und Georg, gefolgt von Dorothea Schaller, betraten die Diele des ehemaligen Bauernhofs und schließlich auch den Verkaufsraum der Enoteca.

»Darf ich Ihnen ein Glas Prosecco anbieten? Schön, dass Sie dieses Mal Ihre Frau mitgebracht haben, Herr Breitwieser. *Piacere Signora*. Es freut mich, Sie kennenzulernen.« Barone machte eine kleine Verbeugung und lächelte die Richterin an. Sie lachte auf und stellte sofort richtig: »Nein, Sie irren sich! Ich bin eine ...«, sie zögerte einen Moment und ergänzte dann, »Kollegin von Herrn Breitwieser.«

Georg war ihr dankbar für diese sehr allgemeine Formulierung. Bisher wusste Barone nichts von seiner Profession und es war besser, wenn es dabei blieb. Wer hatte schon gern die Polizei oder gar die Mordkommission im Haus? Da hatte er schon die seltsamsten Reaktionen erlebt. Und die Schaller wollte sich offenbar auch nicht gleich als Richterin outen. Sie zwinkerte Georg doch jetzt tatsächlich zu und sagte dann: »Ein Glas Prosecco würde ich wirklich gern annehmen.«

Flink und betont beflissen öffnete Barone einen Kühlschrank und förderte eine Magnum-Flasche zutage. Einer antiken Anrichte entnahm er drei Sektflöten und schon verteilte er die perlende Flüssigkeit.

»Haben Sie meine Bestellungen aufgeben können, Herr Breitwieser?«

»Natürlich. Ich soll Sie von Tomaselli grüßen. Er hat Sie vermisst.«

Dann stockte Georg. Wie sollte er sich nun verhalten? Den Tod von Stefania di Castello erwähnen, die Barone natürlich gut kannte, oder sollte er warten, ob Barone selbst auf die di Castellos zu sprechen kam? Er entschied sich, abzuwarten, denn sonst würde auch Richterin Schaller auf der Heimfahrt Fragen stellen und wissen wollen, ob sein Urlaub von einem Fall der besonderen Art zunichte gemacht worden war. Er kramte die Lieferscheine aus der Brusttasche seiner Lederjacke und legte die Unterlagen auf den Tisch. Doch Barone interessierte sich nicht dafür. Sein Vertrauen in Georgs Erledigung des Auftrags schien groß. Stattdessen prostete er ihm und der Schaller zu.

»Ah, Tomaselli, der alte Gauner!« Barone lachte kurz auf. »Welche Weine hat er Sie denn kosten lassen?«

Nun lachte auch Georg. »Da ist er sehr selektiv. Erst als ich ihm sagte, für wen ich die Bestellungen anfrage, durfte ich den Ripasso probieren.«

»Da haben Sie aber Glück gehabt. Den hütet er wie seinen Augapfel. Einen Amarone hat er auf der Messe gar nicht am Stand.«

»Sagen Sie, Signor Barone, wie geht es Ihrer Frau inzwischen? Hat sie sich erholt?«

Über das gerade noch heitere Gesicht des Weinhändlers glitt ein Schatten. Er schüttelte den Kopf und sah auf seine Füße. Dabei drehte er das Sektglas, das er auf der Anrichte abgestellt hatte, zwischen den Fingern hin und her. »Sie kommt nicht darüber hinweg, dass Fabio in Kalifornien ist. Sie sitzt den ganzen lieben langen Tag am Küchentisch und wartet darauf, dass er anruft oder bei der Tür hereinspaziert.« Verstört fast sah Barone auf und fügte hinzu: »Mich macht das fertig! Mir fehlt mein Sohn auch, aber die Kinder müssen doch irgendwann ihr Leben leben dürfen. Wir müssen sie doch los- und gehenlassen! Oder etwa nicht? Und die Erfahrungen, die er als Önologe im Nappa Valley machen kann, sind unbezahlbar.«

Nicht zufällig dachte Georg bei diesen Worten an seine Mutter. Sie hatte ihn gehen lassen, damals zum Studium nach München – in der festen Annahme, dass er anschließend wieder nach Hause käme. Ihre Enttäuschung war riesig gewesen, als er stattdessen einen Job bei der Kripo in der verhassten Großstadt annahm. Aber sie hatte es ihm nie vorgeworfen. Dass sie heute mit knapp achtzig Jahren Angst davor hatte, der Sohn würde erneut verschwinden, konnte er verstehen. Wenn es ihm auch nicht gefiel.

Aber es ging ihm noch ein anderer Gedanke durch den Kopf: Wusste Fabio Barone möglicherweise etwas über Stefania und ihre Schwierigkeiten? Über die Vorgänge im Soave? Waren ihm die Anfeindungen durch die Ökoaktivisten bekannt? Ahnte oder wusste er etwas über die fragwürdigen Geschäfte, die Scott Giuliano oder die Wongs im Schilde führten? Immerhin hatte Barones Sohn auf dem Weingut von Stefania mitgearbeitet. Wäre es nicht fahrlässig, diese Quelle für seine Ermittlungen ungenutzt zu lassen?

Bedächtig trank Georg sein Glas leer und überlegte, wie er möglichst unverfänglich nach der Telefonnummer von Fabio Barone fragen konnte. »Gibt es denn einen Austausch zwischen den Winzern vom Nappa Valley und denen im Soave? Wenn ich das richtig mitbekommen habe auf der *Vinitaly*, dann werden auch transatlantische Geschäfte abgewickelt. Da könnte Ihr Sohn vermutlich mehr als nur vermitteln.«

Erstaunt sah ihn Franco Barone an. »Der Gedanke ist mir noch nie gekommen, ehrlich gesagt.« Er strich mit der Hand über die Anrichte, als müsste er sich diese Überlegung wirklich durch den Kopf gegen lassen. Georg wartete ab, ob er ihm einen Vorschlag machte, doch der Weinhändler schwieg und drehte sein Glas weiter zwischen den Fingern. »Darf ich Ihnen nochmal nachschenken, Signora?«

»Gerne! Der Prosecco schmeckt wirklich sehr gut. Was kostet denn da eine Flasche?«

Prima. Die Schaller dachte an das eigentliche Vorhaben. Georg war ihr dankbar für den Themenwechsel. Pfaffenrieder und seinen Umtrunk durften sie nicht aus dem Auge verlieren. Mit Prosecco konnte man ja nicht viel falsch machen.

»Das wäre doch etwas für unseren Kollegen oder was meinen Sie, Herr Breitwieser?«

»Da bin ich ganz Ihrer Meinung, Frau Schaller!« Erwartungsvoll blickten sie beide Barone an. Der schien endlich aufzuwachen. Er war schon Geschäftsmann genug, um zu erkennen, wann er seine sieben Sinne beisammenhaben sollte.

»Die Einzelflasche verkaufe ich für 18 Euro. Im Sechser-Karton können Sie die Flasche für 16 Euro haben.«

Das war jetzt kein Schnäppchen. Der italienische Feinkostladen im Zentrum von Traunstein, Signora Maria, bot sehr gute Prosecchi ab 10 Euro an. Georg war versucht, mit Barone zu handeln, doch Dorothea Schaller nickte zustimmend.

»Das ist ein guter Preis, Herr Barone. Was meinen Sie«, wandte sie sich an Breitwieser, »nehmen wir zwei Kartons davon?«

Georg brummte unwillig. »Lassen Sie uns noch einen schönen Rotwein probieren. Haben Sie einen preislich interessanten Barolo oder Amarone, den wir verkosten könnten?« Breitwieser grinste den Händler frech an. Mal sehen, dachte er, ob er wie Tomaselli die guten Tropfen unter Verschluss hielt. Und wirklich, Franco Barone zeigte ihm einen tadelnden Zeigefinger, wandte sich um und prüfte die Regalwand hinter ihm. Dort standen dicht an dicht die Weine aus dem Veneto. Georg sah mit einem Blick, dass dort keine Flasche unter 30 Euro kostete und ein Barolo war natürlich auch nicht dabei. Der wurde im Piemonte produziert und war der Bordeaux-Konkurrent der Italiener.

»Ich habe einen sehr guten Valpolicella Superiore. Wollen Sie diesen mal probieren?« Barone hielt Georg eine Flasche von einem Winzer hin, der ihm gar nichts sagte. Zweifelnd sah er Barone an und der Weinhändler lächelte nun seinerseits verschmitzt.

»Den kennen Sie nicht, oder? Dann wird es Zeit!« Ohne auf eine Zustimmung zu warten, entkorkte er die Flasche, nahm zwei bauchige Gläser von der Anrichte und füllte sie etwas mehr als bodenbedeckend mit einem tiefroten Wein. Dann hielt er das Glas ins Licht, kippte es leicht und ließ die Flüssigkeit an der Glasinnenwand ablaufen. Georg sah den bläulichen Schimmer und er sah die Schlieren, auch Kirchenfenster genannt, die der Wein während des Ablaufens auf der Glasinnenwand hinterließ. All das waren gute Zeichen für einen gehaltvollen, reifen Wein.

Er nahm einen kleinen Schluck und behielt ihn einige Augenblicke im Mund. Nichts Kratziges oder Pelziges konnte er schmecken, nur einen weichen, fast fetten Geschmack nach dunklen Beeren. Dieser Tropfen war fast zu gut für Pfaffenrieder, ging es ihm durch den Kopf. Ob er oder seine Gäste die Qualität erkennen und schätzen würden? Fragend sah er Dorothea Schaller an. Auch über ihr Gesicht glitt ein zufriedenes Lächeln. Sie mochte vielleicht keine Ahnung von Weinen haben, aber sie erkannte ohne Mühe, was gut war, was gut schmeckte.

»Davon hätte ich ebenfalls gern einen Sechser-Karton«, sagte sie dann auch prompt und machte den Weinhändler grenzenlos glücklich. Mit einem Mal sah er gar nicht mehr so müde und erschöpft aus.

»Wollen Sie gar nicht wissen, was die Flasche kostet?«

»Doch!« Sie lachte. »Aber es ist mir eigentlich egal.«

Mit Frauen konnte man in keinen Laden gehen, dachte Georg nur ein bisschen verärgert. Sie verhinderten zielsicher, dass man noch über Preise verhandeln konnte. Nur ein Blödmann würde jetzt noch mit sich reden lassen.

»Sie gefallen mir, Signora!«

Na klar.

Nun lachten sie alle drei.

»Mal Spaß beiseite, Signor Barone. Wie kommen wir ins Geschäft? Frau Schaller und ich nehmen jeweils einen Karton vom Prosecco und vom Rotwein. Und dann brauchen wir nochmals je einen Karton für unseren Kollegen. Und jetzt geben Sie Ihrem Herzen einen Stoß und machen uns einen guten Preis!«

Franco Barone zog eine Schublade unter der Anrichte auf und holte einen Taschenrechner heraus. Dann tippte er mehrmals herum.

»Bei einem regulären Preis von 35 Euro pro Rotweinflasche würde alles in allem 930 Euro kosten, wenn ich richtig gerechnet habe.«

Georg war überschlägig auf 950 Euro gekommen, nickte und wartete ab. Dabei hatte er die Frage nach der Telefonnummer von Fabio Barone nicht vergessen.

»Mit 850 Euro kommen wir ins Geschäft.« Fragend blickte der Weinhändler seine Kundschaft an.

»Einverstanden.« Georg reagierte schnell. »Sie sind geschäftstüchtig, Signor Barone. Und ich bin mir sehr sicher, dass Ihr Sohn diese Gabe von Ihnen geerbt hat.«

Der Weinhändler sah ihn seltsam von der Seite an.

Doch Georg blieb bei seinem Weg, den er nun mal eingeschlagen hatte. Egal, wie der Junior gestrickt war, jetzt musste er dabeibleiben, dem Alten ein wenig Honig ums Maul zu schmieren. »Tomaselli ist ebenfalls mit allen Wassern gewaschen. Ich hab' mich auf der Messe ein wenig mit ihm unterhalten.«

»Das muss ein gutes Gespräch gewesen sein«, bemerkte Barone, »wenn Sie den Ripasso probieren durften.«

Georg nickte bestätigend und begann nun zu fabulieren. »Tomaselli ist ziemlich wütend, weil sich die Chinesen im Soave breit machen wollen. Er erzählte mir, dass es Winzer gibt, die ernsthaft überlegen, Weinberge an die Asiaten zu verkaufen, weil sie keine Erben für ihre Güter haben oder schlicht das Geld fehlt, um neue Stahltanks zu kaufen oder auf biologische Anbauweise umzusteigen. Ein Trend, der sich auch im Soave immer mehr durchsetzt.«

Alarmiert sah ihn Barone an. »Aber das kann doch nicht sein«, reagierte er aufgebracht. »Gerade Tomaselli ist doch reich genug, um Weinberge aufzukaufen, die keiner mehr bewirtschaften kann oder will.«

»Aber nicht reich genug, fürchte ich. Die Chinesen sind bereit, sehr große Summen für sehr kleine Parzellen zu zahlen. Sie wollen einfach in Italien Fuß fassen, egal, was es kostet. Und ich frage mich jetzt, ob es nicht weniger schlimm wäre, wenn ein erfahrener Winzer aus dem Nappa Valley zum Zug käme. Was denken Sie darüber, Signor Barone? Fragen kostet doch nichts, oder?«

Gespannt wartete Breitwieser ab.

»Nun ja, wenn Sie es so betrachten wollen«, entgegnete er vorsichtig. »Sie meinen, man müsste die Parteien zusammenbringen?«

»Ja, das denke ich. Wenn Sie wollen, geben Sie mir die Telefonnummer oder die Mailadresse Ihres Sohnes und dann frage ich mal nach.«

Das war natürlich Blödsinn. Warum sollte Barone das nicht selbst in die Hand nehmen? Er kannte Tomaselli und die Winzer im Soave besser als Georg. Doch der Kommissar hoffte auf das Überraschungsmoment. Und er hatte Glück.

»Warum nicht? Tomaselli wird sich nicht lumpen lassen, wenn Sie ein Geschäft einfädeln.« Listig sah der Weinhändler Breitwieser an.

So konnte man den Vorstoß natürlich auch betrachten. Eine Hand wäscht die andere. Das war eine Sichtweise, die Georg nicht ganz so geläufig war und überhaupt nicht behagte.

»Ich hol' nur rasch mein Handy und notiere Ihnen die Nummer unseres Sohnes. Und bestellen Sie schöne Grüße von seiner Mamma. Sie freut sich, wenn er sich mal meldet.«

Als Franco Barone aus dem Raum verschwand, wandte sich die Richterin an Breitwieser. Ihr Blick war ein einziges Fragezeichen. »Was führen Sie im Schilde? Da steckt doch etwas ganz anderes dahinter? Sie sind doch der Letzte, der seine Zeit mit Verhandlungen über Weinberge vergeudet. Und warum ruft der Mann seinen Sohn nicht selber an, damit die Mutter mal mit ihrem Sohn spricht?«

Die Frau Doktor war schlau, dachte Georg anerkennend. Ihr konnte er nichts vormachen. »Richtig!« Und dann legte er seinen Zeigefinger über seine Lippen.

»Sie sind an einem Fall dran, Herr Kommissar!« Dorothea Schaller ignorierte den Fingerzeig. Sei es unbeabsichtigt oder mit Kalkül.

In jedem Fall sprach sie nicht leise genug, denn unvermittelt fragte Franco Barone: »Sie beide sind von der Polizei?« Er stand im Türrahmen und hatte einen kleinen Zettel in der Hand. »Was wollen Sie hier?« Lauernd und gar nicht mehr freundlich fragte Barone nach. »Was haben Sie für einen Grund, sich bei mir buchstäblich einzuschleichen?« Irritiert sah er den Zettel an. »Wollen Sie meinem Sohn etwas anhängen?«

Georg Breitwieser versuchte, den Weinhändler zu beruhigen. »Das ist richtig, wir beide sind von der Polizei. Doch unser Besuch bei Ihnen ist rein privat. Das können Sie mir gerne glauben. Und nein, wir haben keine Veranlassung, Ihrem Sohn irgendetwas anzuhängen. Machen Sie sich keine Sorgen.« Er ging auf den Weinhändler zu und nahm ihm ohne Vorwarnung den Zettel ab.

Völlig überrumpelt starrte Barone Breitwieser an. »Ich glaube Ihnen kein Wort!«

Einen Moment herrschte lastendes Schweigen in dem Verkaufsraum.

Schließlich war es Doktor Schaller, die die Lage zu entspannen versuchte. »Herr Breitwieser ist ein sehr korrekter Kommissar. Wenn er sagt, es ist alles in Ordnung, dann ist es das auch. Sehr gerne machen Sie uns jetzt die Rechnung fertig und wir laden die Weinkartons in den Kofferraum. Dann sind Sie uns auch ganz schnell wieder los.«

Und als Franco Barone darauf nicht reagierte, ging sie zu ihm und reichte ihm versöhnlich die Hand. »Es hat mich sehr gefreut, Sie und Ihren schönen Laden kennenzulernen. Wenn Sie erlauben, werde ich Sie gerne weiterempfehlen und auch einmal wiederkommen.« Fragend sah sie ihm ins Gesicht.

Ein scheues Lächeln huschte über Franco Barones Gesicht. »Gerne kommen Sie wieder, Signora!« Ob in diese Aufforderung auch Georg Breitwieser einbezogen war, blieb offen.

39

Verona, 16.00 Uhr

Etwa zur gleichen Zeit betraten Antonio und Enrico den Vernehmungsraum, in dem bereits Massimo Solari und Vincenzo Mauro warteten. Der Staatsanwalt hatte sich mit einem Stoß von Papieren auf dem Schoß in eine entfernte Ecke zurückgezogen, als wolle er lediglich Zuschauer bei der Befragung bleiben. Antonio nickte ihm zu und fragte sich, was diese Distanz sollte. Als er sich jedoch Solari gegenüber an den Vernehmungstisch setzte, glaubte er den Grund für den großen Abstand zu erkennen. Enrico blieb an der Tür stehen und sollte, dort postiert, eingreifen, falls der Zeuge plötzlich den Drang verspürte, den Vernehmungsraum fluchtartig zu verlassen.

Massimo Solari hing im Moment jedoch nachlässig und völlig entspannt auf dem Metallstuhl, auf dem kurz zuvor Scott Giuliano deutlich nervöser gesessen hatte. Solari schob die Hände in die Taschen seiner Jeans und wartete ab. Der grüne Parka, den er allem Anschein nach auch am Abend zuvor im *Ristorante 12 Apostoli* getragen hatte, war an den Kanten abgestoßen und mit zahlreichen Flecken übersät. Ganz offensichtlich hatte er selbst etwas von den faulen Tomaten abbekommen, die er auf die Wongs und die Tischgesellschaft von Tomaselli geworfen hatte. Auch der Geruch, den er mitbrachte, war nicht angenehm. Gut möglich, dass er die spartanische Waschgelegenheit in der Zelle der Untersuchungshaft ganz bewusst nicht genutzt hatte. Antonio wappnete sich. Dies würde keine angenehme Vernehmung werden. Kein Wunder, dass Mauro auf Abstand ging.

Fontanaro wusste aus den Unterlagen, die ihm Enrico zusammengestellt hatte, dass der Aktivist und Weinbauer ein kleines Weingut führte. Antonio fragte sich, ob er damit neben den Platzhirschen des Soave überleben konnte. Er wagte es zu bezweifeln. Deshalb hatte er Mauro gebeten, Bankauskünfte einzuholen. Der lässige Eindruck, den der Weinbauer zu vermitteln suchte, sollte ein Überlegenheitsgefühl demonstrieren, das ihm Fontanaro allerdings nicht abnahm. Zudem war er mehr als polizeibekannt, die Liste der Anzeigen gegen ihn bedrückend lang. Sie ließ nur den einen Schluss zu, dass sie es mit einem aufsässigen Querulanten zu tun hatten, der sich offenbar besonders auf Stefania di Castello und ihr Weingut eingeschossen hatte.

Solaris Weingut lag zudem in unmittelbarer Nachbarschaft von Tomaselli. Das Verhältnis der beiden war Antonio unklar. Hier hoffte er ebenfalls auf die Erkenntnisse von Staatsanwalt Vincenzo Mauro.

»Signor Solari, Sie sind gestern in Begleitung von zwei weiteren Personen im Restaurant unangenehm aufgefallen«, begann er mit der Vernehmung.

»Tatsächlich?« Der Weinbauer lachte leise auf. Ihn schien die Formulierung sehr zu amüsieren.

»Allein gestern Abend haben Sie sich drei weitere Anzeigen eingehandelt, als hätten Sie davon nicht schon genug. Tomasellis Gäste, David und Su Wong, fühlten sich durch den Bewurf mit faulen Tomaten tätlich angegriffen und machen zudem Ansprüche auf Kostenerstattung ruinierter Kleidungsstücke geltend. Von dem mutwillig stark beschädigten Lack des Bentley ganz zu schweigen. Der Anwalt hat der Anzeige eine umfangreiche Kostenaufstellung beigelegt. Das wird teuer für Sie.«

Massimo hob nur geringschätzig die Schultern und signalisierte, dass ihn diese Mitteilung nicht interessierte.

»Außerdem hat Tomasellis Anwalt eine Anzeige erstattet. Ihr Konkurrent und Nachbar fordert Schadenersatz für den Tasting-Abend im *12 Apostoli*. Er stellt Ihnen die kompletten Kosten für die Einladung in Rechnung sowie den Ausfall von Einnahmen, die dieser Tasting-Abend zur Folge haben sollte. Dabei berechnet er Ihnen die Einnahmen aus dem Vorjahr als Verlust. Der Anwalt verlangt im Auftrag von Tomaselli rund 80.000 Euro.«

Massimo Solari brach in schallendes Gelächter aus. »Das hätte er wohl gerne, der Herr Nachbar!«

»Und das Restaurant hat sich ebenfalls bei der *polizia* gemeldet. Hier geht es um Hausfriedensbruch und um die Erstattung von Reinigungs- und Malerkosten. Ihre faulen Tomaten haben nicht nur die Kleidung der Gäste beschmutzt, sondern auch Flecken auf dem historischen Gemäuer hinterlassen. Ob die durch die Fäulnis entstanden Flecken vom Fußboden, der mit hochglänzenden Fliesen aus Veroneser Marmor und Botticino belegt ist, rückstandslos zu entfernen sind, wird sich weisen. Der Betreiber des Restaurants wartet noch auf den Kostenvoranschlag einer Spezialfirma, die in der Lage ist, den Anforderungen, die der Denkmalschutz an dieses historische Gebäude stellt, zu entsprechen und die Renovierungsarbeiten zu übernehmen. Anschließend erfahren Sie, um welche Summe es sich handelt.«

Antonio Fontanaro machte eine Kunstpause und wartete auf eine Reaktion. Doch Solari betrachtete die Tischplatte und schwieg.

»Sie und Ihre Begleiter haben wirklich ganze Arbeit geleistet«, schaltete sich nun Staatsanwalt Vincenzo Mauro aus der Ferne ein. »Bin neugierig, ob Ihre Haftpflichtversicherung die aufgelaufenen Kosten übernimmt?« Auch er wartete auf eine Reaktion des Aktivisten.

Doch dieser schwieg beharrlich, als ginge ihn das gar nichts an. Das Lachen war ihm inzwischen vergangen.

»Bei grob fahrlässigen oder gar vorsätzlichen Zerstörungen von Eigentum dritter Personen besteht in der Regel kein Versicherungsschutz«, ergänzte Mauro seine Belehrung. »Das wird ein wirklich teurer Abend für Sie!«

»Was geht es Sie an?«, entgegnete Solari aufsässig. »Was wollen Sie von mir? Diese ganzen Anzeigen fallen doch nicht in das Gebiet der Mordkommission! Mit diesen ganzen Kinkerlitzchen soll sich mein Anwalt auseinandersetzen. Sie haben überhaupt keine Handhabe, mich hier länger festzuhalten.«

»Wir ermitteln im Tötungsdelikt Stefania di Castello und da kommen Sie sehr wohl ins Spiel, Signor Solari.«

»Da bin ich aber neugierig, wie Sie das begründen wollen!«

»In welcher Beziehung stehen Sie zu Alvaro Tomaselli?«

»Was meinen Sie denn mit Beziehung? Ich bin nicht schwul, damit das gleich einmal klar ist.«

»Es gibt verschiedene Formen von Beziehungen. *Allora*, was haben Sie mit Tomaselli zu schaffen?« Fontanaro ließ sich nicht aus dem Konzept bringen.

»Gar nichts. Wir sind Nachbarn! Wir sind Winzer! Wir sind Konkurrenten! Was schließen Sie daraus, Commissario?« Er machte eine Pause und Antonio tat ihm nicht den Gefallen zu antworten. »Wir sind keine Freunde!«

»Dann erklären Sie uns doch mal, weshalb Ihnen der wenig gelittene Konkurrent in den letzten beiden Monaten insgesamt 15.000 Euro überwiesen hat? Was haben Sie denn für diese Summe als Gegenleistung erbracht?«, hakte Mauro nach.

Massimo Solari wand sich sichtlich auf seinem Stuhl. Es war ihm anzusehen, dass er nach einer plausiblen Antwort suchte und wohl auch nicht mit einer solchen Frage gerechnet hatte.

»Ich habe ihm im Weinberg und bei den Vorbereitungen der *Vinitaly* geholfen. Nachbarschaftsdienste.«

»Das glauben Sie doch selbst nicht.« Mauro war ehrlich entrüstet. »Ich denke, Tomaselli hat Ihnen unter die Arme gegriffen, einen Kredit gegeben, weil auf Ihrem Bankkonto permanent Ebbe herrscht.

Schon im Dezember letzten Jahres haben Sie von ihm 5.000 Euro überwiesen bekommen. Interessanterweise unmittelbar bevor die erste Anzeige von Signora di Castello eintraf. Damals wurde die Gutshofmauer erstmals großflächig mit Hassparolen beschmiert. War das Ihre Gegenleistung für den Kleinkredit von Tomaselli? Und tischen Sie uns nicht erneut eine Lüge auf, Signor Solari! Also heraus mit der Sprache: Welche Geschäfte wickeln Sie mit Alvaro Tomaselli ab?«

Antonio sah überrascht von einem zum anderen. Dieser Aspekt war auch ihm neu. Von Krediten, die Tomaselli an Solari vergeben hatte, wusste er nichts. Offenbar kam Mauro anhand der Bankauskunft zu diesem Schluss. Fontanaro hätte den Staatsanwalt aufklären können, dass es um weit mehr als um Kredite ging. Die Kredite gewährte Tomaselli nicht einfach so, gegen Zinsen. Er erwartete von Solari darüber hinaus mit Sicherheit deutlich mehr als nur deren Rückzahlung. Das war ein Gefallen, der eine Gegenleistung nach sich zog. Aber Antonio war gespannt, wie Solari auf diese Vermutung reagierte.

Doch der Winzer ging auf diese Unterstellung gar nicht ein. Sondern fragte aufgebracht: »Wie kommen Sie darauf, dass ich persönlich für die Schmierereien verantwortlich bin?«

»Sie führten die Gruppe an, die gestern im *12 Apostoli* mit faulen Tomaten um sich warf. Sie alle werden zur Verantwortung gezogen werden«, klärte ihn Mauro bereitwillig auf.

»Das eine hat ja wohl mit dem anderen nichts zu tun. Glauben Sie allen Ernstes, Tomaselli hat mich für den Auftritt gestern Abend fürstlich entlohnt? Und anschließend zeigt er mich und meine Gruppe an? Das ist doch absurd.«

Mauro wog bedächtig seinen ergrauten Schädel hin und her.

Fontanaro hielt den Atem an. Welche Idee verfolgte der Staatsanwalt?

Dieser nahm mit großer Geste seine Brille mit den dicken Gläsern ab, als hätte er nun Folgenschweres zu berichten, und schob sie sich in die Haare. »Das mag im ersten Moment absurd erscheinen. Doch ich glaube, Sie haben ihre Aktion gestern Abend leichtfertig übertrieben. Keinesfalls wollte Tomaselli, dass Sie seinen Tasting-Abend ruinieren. Die Verschmutzung des Bentley war sicherlich ganz in seinem Sinn, um den Wongs klar zu machen, dass sie als Geschäftsleute oder gar als zukünftige Winzer im Soave nicht erwünscht sind. Aber Weine, am besten in großem Umfang, wollte Ihr Konkurrent ganz sicherlich an die Chinesen verkaufen.«

Solari lachte auf. »Das sind ja die reinsten Spekulationen. Das können Sie mir doch alles nicht nachweisen.«

»Was denken Sie, welche Geschichte uns Tomaselli erzählen wird?«, sprang Antonio dem wohl tatsächlich wild spekulierenden Mauro bei und sah dem Zeugen ernst ins Gesicht. »Es wäre für Sie von großem Vorteil, Sie sagten hier und jetzt die Wahrheit. Schließlich wollen Sie nicht auch noch im Verdacht stehen, Stefania di Castello erschlagen zu haben. Ihre Hassparolen lassen diesen Schluss nämlich durchaus zu.«

»Diese Idee ist doch völlig absurd.«

»Kaum! Die Anwältin von Signora di Castello hat ein Gerichtsverfahren gegen Sie angestrengt. Es geht um Sachbeschädigung und üble Nachrede im Zusammenhang mit den Schmierereien an der Hofmauer. Das Verfahren sollte morgen in Verona endgültig verhandelt werden.« Damit stellte Fontanaro die Befragung wieder auf eine sichere Faktenlage. »Da Sie bereits einmal eine Bewährungsstrafe wegen ähnlicher Delikte erhalten haben, wäre eine Verurteilung für Sie vermutlich dieses Mal mit einer Freiheits- oder einer größeren Geldstrafe einhergegangen. Der Schluss liegt schon nahe, dass Sie davon profitieren würden, wenn die Klägerin nicht mehr am Leben wäre.«

»Sie glauben allen Ernstes, dass mir das einen Mord wert wäre? Verurteilung wegen Graffiti und Rufmord? Dass ich die Hofmauer mit Parolen beschmiert haben soll, muss außerdem erst noch bewiesen werden. Das ist lediglich eine Vermutung von Ihnen.«

»Da muss ich Sie enttäuschen, Signor Solari. Es gibt sehr wohl einen Zeugen, der Sie bei der Besprühung der Mauer im Dezember beobachtet hat.«

Alle Augen waren auf den Weinbauern gerichtet, der nun erstmals verunsichert auf dem Stuhl herumrutschte.

»Wer zum Teufel soll denn das gewesen sein? Das höre ich zum ersten Mal!«

»Vermutlich wollte sich die Avvocatessa diese Tatsache bis zum Prozess aufheben. Sie war so freundlich und hat uns auf Anfrage vor einer Stunde ihre Unterlagen zur Verhandlung geschickt, die nun erst einmal vertagt wurde, bis geklärt ist, ob Sie auch in den aktuellen Fall verstrickt sind.«

»Und wer hat mich nun angeblich beobachtet?«

Massimo Solari fühlte sich erstmals in Bedrängnis, wie Antonio mit einiger Genugtuung feststellte. Kurz überlegte er, ob er es riskieren konnte, den Namen des Zeugen bekanntzugeben. Gut möglich, dass Solari Vergeltungsphantasien entwickelte. Doch der Zeuge war weit weg.

»Fabio Barone!«

»Diese linke Bazille!« Wie aus der Pistole geschossen reagierte Solari.

»Mehr fällt Ihnen dazu nicht ein?«, fragte Staatsanwalt Mauro. »Was können Sie uns denn über Signor Barone berichten?«

»Ein Grünschnabel war das! Hat geglaubt, er könnte uns Winzern erklären, wie man Weine keltert. Tat so, als hätte er das Pulver erfunden. Ein Deutschitaliener, der auftrat, als gehöre ihm das Soave. Wir brauchen keine Ausländer, die uns sagen, wo es langgeht!«

»Das gilt dann wohl auch für die Geschwister Wong?«, fragte Antonio interessiert nach.

»Gerade für die! Was wollen denn die Chinesen bei uns? Machen sich überall breit und unsere Familienbetriebe kaputt. Eine

Schande ist das!« Unvermittelt verstummte der Weinbauer. Merkte er, dass er sich gerade sehr verdächtig machte?

Langsam, aber sicher kamen die eigentlichen Probleme ans Licht. Antonio konnte den jungen Winzer teilweise verstehen. Ihm war auch nicht wohl dabei, dass ganze Häuserzeilen im Zentrum von Verona und Weingüter im Umland in ausländische Hände übergingen, weil entweder die Renovierungskosten der alten Gebäude jedes private Budget überstiegen, weil Erben fehlten oder die Anbauflächen zu gering waren, um Profite abzuwerfen. Genau in diese Kategorie fiel Massimo Solari. Das war Antonio durchaus bewusst.

Doch jeder Winzer und jeder Geschäftsmann hatte das Recht zu verkaufen, an wen auch immer. Es war wohlfeil, den Moralapostel zu spielen und den Ausverkauf Italiens anzuprangern, wenn man nicht selbst zu den betroffenen Geschäftsleuten gehörte. Ohne die finanziellen Mittel von außerhalb waren manche Unternehmen im Land nicht mehr zu halten. In vielen Städten war der Leerstand an Geschäften und Wohnungen bereits besorgniserregend. Der Verstand sagte ihm, dass dies der logische Gang der Zeit war, nicht aufzuhalten, und dass es durchaus sinnvoll sein konnte, wenn sich potente Investoren aus dem Ausland interessiert zeigten. Sein Herz sprach manches Mal eine andere Sprache. Und in genau dieser Zwickmühle hatte sich auch Stefania befunden. Das wurde ihm mehr und mehr klar. Nein, sie hatte keine Berührungsängste mit Ausländern gehabt. Allerdings benutzte sie sie nur. So lange, wie es für sie selbst dienlich war. Die illegalen Erntehelfer, die sie Jahr für Jahr zur Lese einsetzte, waren ihm immer ein Dorn im Auge gewesen. Gott sei Dank fiel dies nicht in seinen Arbeitsbereich und er hatte stillgehalten, die Freundin nicht angezeigt. Obwohl er sich dabei alles andere als wohl in seiner Polizistenhaut gefühlt hatte.

Weshalb der Vertrag mit den Geschwistern Wong und ihr nun nicht zustande kam, weshalb sie sich in letzter Minute umentschieden hatte, wusste er bislang nicht. Antonio sah auf die Uhr. Eigentlich sollte die Obduktion von Stefania inzwischen abgeschlossen sein. Das Ergebnis war für die weitere Befragung wichtig. Deshalb stand er von seinem Stuhl auf, winkte Mauro zu sich und gemeinsam verließen sie den Verhörraum.

Auf dem Gang fragte der Staatsanwalt: »Was ist los, Fontanaro?«

»Ich rufe Dottoressa Di Silva an. Ich muss endlich wissen, ob unser Opfer Vorerkrankungen hatte, ob dies einen Einfluss auf ihr Verhalten genommen hat und vor allem, ob darin der Grund lag, ein Testament aufzusetzen.« Durchdringend sah er Mauro an. »Haben Sie diesbezüglich etwas herausgefunden?«

»*Sì*. Ich konnte inzwischen mit dem Notar sprechen«, gab der Staatsanwalt unwillig zu. »Ich hätte Sie im Anschluss an die Vernehmung informiert.«

Na, klar, dachte Antonio ärgerlich. Warum sollte er auch gleich mit der Neuigkeit herausrücken? Es hatte doch Zeit! Die Tote tot! Es kam doch auf eine Stunde, zwei oder einen halben Tag gar nicht an. Fontanaro fühlte, wie er in Zorn geriet. Sie nahmen immer mehr Verdächtige in die Mangel und kamen trotzdem nicht voran. Entgegen Georgs Meinung, Scott Giuliano sei der Täter, sah Antonio dies in keiner Weise bisher als bewiesen an. Fragend blickte er Mauro ins Gesicht und wartete auf eine Äußerung von ihm.

»Stefania di Castello hat ihre Cousine Elisabetta zur Alleinerbin bestimmt!«

»Alle anderen gehen leer aus?«, fragte Antonio überrascht nach.

»So ist es!«

»Das wird Francesco nicht gefallen!«

»Ich denke, dass wir zumindest ihn als potentiellen Täter ausschließen können. Eine tote Stefania nützt ihm nichts.«

»Bleibt Elisabetta!« Antonio gefiel diese Schlussfolgerung nicht. Renata schied aus, wenn man den Täter oder die Täterin innerhalb der Familie suchte. Sie hatte nicht mehr die Kraft und Energie, ein Weingut zu führen. Das war Stefania klar gewesen. Und eine Doppelmagnum als Waffe einzusetzen, war der Tante ebenfalls nicht möglich. Dass Renata am Messestand irgendwelche Arbeiten ausgeführt oder vor Messebeginn dort geholfen hatte, dafür gab es keine Hinweise. Antonio zog sein Handy aus der Hosentasche und rief die Rechtsmedizinerin an.

»Dottoressa, haben Sie Ergebnisse für uns?« Gleichzeitig stellte er das Telefon laut, damit Mauro mithören konnte.

Es herrschte Funkstille am anderen Ende der Leitung. Dann räusperte sich die Ärztin. »Ja …«, begann sie und unterbrach sich erneut. Antonio hatte das Gefühl, dass sie um Fassung rang.

»So etwas habe ich schon lange nicht mehr gesehen«, begann sie schließlich. »Unser Opfer …«, sie rettete sich in diese unpersönliche Bezeichnung, kämpfte um jedes Wort, »hatte nur noch wenige Monate zu leben. Ich kann nicht mit Sicherheit sagen, mit welcher Krebsart alles begonnen hat. Jedenfalls ist der Körper von unzähligen Krebsgeschwüren durchwuchert. Der Mord an ihr war sinnlos und zugleich ein großes Geschenk. Das, was dem Opfer in den letzten Wochen seines Lebens bevorgestanden hätte, wäre ein kurzer, aber heftiger Leidensweg gewesen. Denn soweit ich das beurteile, hat es keine Behandlung gegeben. Aus welchem Grund auch immer.«

»*Grazie* Dottoressa!« Antonio sah Mauro an. Die Frage, ob Stefania auch noch schwanger gewesen war, eine schnelle Idee des Staatsanwalts bei ihrer letzten Besprechung, unterließ er. Es war gleichgültig geworden.

»*Merda!*«, war alles, was Mauro äußerte. Auch er war sichtlich bestürzt.

Antonio unterbrach die Verbindung. Dann fragte er laut und mehr zu sich selbst: »Ob Stefania wusste, wie lange sie noch zu leben hatte?« Und er spekulierte weiter: »Wahrscheinlich nicht genau. Zur Sicherheit machte sie ihr Testament. Die Verhältnisse in der

Familie sollten geregelt sein. Aber wie sie sich gegenüber den Wongs verhalten sollte, welchen Vertrag sie am Ende mit ihnen machen wollte, das war ihr bis zum bitteren Ende nicht klar. Deshalb hat sie die Papiere mehrmals von ihrer Anwältin überarbeiten lassen.«

»Gut möglich, dass ihr die Ärztin das wahre Ausmaß der Erkrankung nicht erläutert hat.« Auch Mauro begann in diese Richtung zu überlegen. »Nicht jeder Arzt setzt seine Patientin oder seinen Patienten in Kenntnis. Das ist keine Botschaft, die man gerne überbringt.«

»Das denke ich auch. Stefania wusste zumindest, dass sie schwer erkrankt war, hat deshalb keine regelmäßige Reisetätigkeit nach China mehr in Aussicht gestellt. Und sie wollte einen Weinberg verkaufen, um über flüssige Mittel zu verfügen.«

»Um entweder das Weingut schuldenfrei zu bekommen oder ihre Behandlung zu finanzieren.« Der Staatsanwalt nickte. »Das ergibt jetzt alles Sinn! Aber wer hat die Tat ausgeführt? Und vor allem, warum?« Fragend blickte Mauro Antonio an. Und es war keine anzügliche oder provokative Frage, wie sie Mauro gerne stellte. Auch er war ratlos.

Antonio behielt die eindeutige Vermutung von Breitwieser für sich. Stattdessen sagte er: »Lassen Sie uns Solari weiter auf den Zahn fühlen.«

40

Verona, 17.00 Uhr

Als sie alle wieder auf ihren Stühlen im Vernehmungsraum Platz genommen hatte, führte Antonio Fontanaro die Befragung des Verdächtigen unverzüglich fort, als hätte es keine Unterbrechung gegeben.

»Aus den Prozessunterlagen von Avvocatessa Tramonte geht ferner hervor, dass Fabio Barone zur Zeit seiner Zeugenaussage an der Universität seine Masterarbeit am Lehrstuhl für Önologie fertig gestellt hatte. Er dürfte also keineswegs so unbedarft sein, wie Sie ihn hinstellen. Er galt als absolut glaubwürdiger Zeuge.«

»Und wo ist er denn jetzt, Ihr grandioser Zeuge? Seit Weihnachten hat ihn keiner mehr gesehen oder gesprochen. Hat alles stehen und liegen gelassen, als ihm Stefania den Laufpass gab.«

»Ah, über diese pikante Geschichte sind Sie also bestens informiert?«, ließ sich Mauros Stimme erneut vernehmen.

»Über diese pikante Geschichte spricht ganz Soave, wenn Sie es genau wissen wollen.«

»Was spricht man denn über Signora di Castello im Soave?«, fragte Antonio, hellhörig geworden, nach.

»Sind Sie an Klatsch interessiert, Commissario? Halten Sie mich deshalb hier fest?«

»Ich bin weder an Klatschgeschichten noch an übler Nachrede über eine Tote interessiert. Tomaselli und Sie haben das Opfer im Winzerverband mehrfach auflaufen lassen. Dabei sind auch Sie beide Kontrahenten, wenn ich das richtig verstanden habe. Es kam zu handfestem Streit, wie mir Renata di Castello glaubhaft berichtet hat, und Tomaselli drohte mit dem Ausschluss des Weinguts *Castello del Belvedere* aus dem Verband unabhängiger Winzer. Warum diese Aufregung?«

»Weil es gegen die Satzung des Verbandes verstößt, Weinland an Ausländer zu verkaufen. Gemäß der Satzung dürfen die Weinberge des Soave nur von unabhängigen Winzern, die aus dem Soave stammen, bewirtschaftet werden. Die Verbandsmitglieder sind unabhängige Winzer, die keinem Großkonzern angehören. Sie arbeiten auf eigene Rechnung und eigenes Risiko.«

»Der Ausschluss aus dem Verband hätte für Stefania den Weg erst frei gemacht, um an die Chinesen zu verkaufen? Habe ich das richtig verstanden?«, fragte Antonio nach.

»*Esatto!*«

»Wissen Sie, dass Stefania di Castello den Vertrag mit den Wongs in letzter Minute nicht unterschrieben hat, dass es zu keiner Einigung mit den Chinesen gekommen ist, schon vor ihrem Tod? Offenbar wollte sie die Konsequenzen im Endeffekt nicht tragen.«

Langsam schüttelte Solari den Kopf. »Nein, das wusste ich nicht!«

»Lassen Sie uns auf Fabio Barone zurückkommen«, schaltete sich Mauro erneut in das Gespräch ein. »Gab es neben dem Zerwürfnis zwischen Barone und Signora di Castello einen weiteren Grund, weshalb der Önologe kurz vor Weihnachten auf Nimmerwiedersehen verschwand?«

»Woher soll ich das wissen?«

Das war der Augenblick, auf den Antonio gewartet hatte, um dem Staatsanwalt die Lust auf weitere Spekulationen zu nehmen. Die Fakten sprachen vielleicht keine eindeutige Sprache, aber das Wenige, was sie mitteilten, konnte Solari vielleicht aus der Reserve locken.

»Im Mailverkehr zwischen Stefania und Fabio haben wir eine interessante Nachricht gefunden.« Antonio zog aus seinem Stapel von Papieren, die das Ergebnis der Recherche von Enrico Brandino waren, ein Blatt heraus. »Dort heißt es wörtlich: ›Wenn du mich schon mein Semester nicht bei dir beenden lässt, so hilf mir wenigstens, einen Winzer zu finden, der mich noch für drei Monate beschäftigt, damit ich auch meine Praktika in der vorgeschriebenen Zeit hinter mich bringe. Im anderen Fall ist meine Masterarbeit nicht viel wert. Kannst du nicht ein gutes Wort für mich bei Massimo Solari einlegen? Er ist mit dem biologischen Anbau von Weißweinen einen deutlichen Schritt weiter als dein Weingut. Das würde mir wirklich helfen.‹ Was sagen Sie dazu, Signor Solari?«

»Stefania hat mit mir nicht über Barone gesprochen. Nicht ein Wort! Und ich hätte ihm gewiss keine Stelle angeboten. Nicht einmal für eine Woche!«

»Sie haben nicht mit ihr gesprochen. Das ist wohl richtig. Sie hat Ihnen aber eine Mail geschrieben und Sie haben diese Mail auch beantwortet.« Erwartungsvoll sah Antonio den Weinbauern an.

Doch dieser schwieg beharrlich.

»Ich zitiere: ›Lass mich mit dem eingebildeten Deutschen in Frieden. Der soll nach Hause gehen und sich um seine Angelegenheiten kümmern. Wir im Soave brauchen ihn gewiss nicht. Wir wissen selbst, wie man Wein anbaut.‹ Kann es sein, dass uns Fabio Barone weitere interessante Details aus seiner Zeit hier bei uns berichten könnte? Dinge, die mit dem Tod von Stefania nun nicht mehr ans Licht kommen?«

»Sie haben ja eine blühende Phantasie, Commissario! Was wollen Sie mir denn sonst noch für Untaten unterstellen?«

»Sie bezeichnen Tomaselli als Konkurrenten. Und vor wenigen Minuten haben Sie bestätigt, dass Sie keine Freunde sind. Deshalb frage ich mich, warum Sie von Tomaselli zwei Zahlungen erhalten haben, wie uns der Staatsanwalt vorhin mitteilte?«

»Mich interessiert, welche Gegenleistung Sie für insgesamt 15.000 in den letzten beiden Monaten erbracht haben«, griff Mauro den Faden auf. Solaris vorherige Antwort, er habe Tomaselli auf der *Vinitaly* und im Weinberg geholfen, reichte weder ihm noch Antonio aus. Sie glaubten ihm nicht.

Massimo Solaris Miene wurde noch eine Spur verschlossener. Fontanaro sah ihm an, dass er diese Frage nicht anders beantworten würde als bisher, und versuchte es mit einem Bluff. Er musste die Verstrickung der beiden Winzer offenlegen und spekulieren wie Mauro zuvor. Tomaselli, der als Mann bei der Winzerin nicht hatte landen können und gegenüber dem deutlich jugendlicheren Liebhaber leer ausgegangen war, hatte Stefania vielleicht einen erpresserischen Deal angeboten. Er versuchte sich für die Schmach, die sie ihm zugefügt hatte, auf seine Weise zu rächen. Avvocatessa Tramonte hatte zumindest diesen Deal angesprochen.

Tomaselli sollte darauf verzichten, seinen Weinberg weiterhin mit Pestiziden zu besprühen, der unmittelbar neben Stefanias Weinberg lag. Genau diese große Parzelle wollte sie nutzen, um einen biologisch zertifizierten Wein herzustellen und damit endlich in die Profitzone zu kommen. Im Gegenzug hätte sie Tomaselli einen ihrer besten Weinberge verkauft, der zwischen den Parzellen anderer Winzer lag und herkömmlich bewirtschaftet wurde.

Der kleine Weinberg, der bereits das Zertifikat erhalten hatte und von dem sie Bruno ein paar Flaschen zum Probieren vorbeigebracht hatte, war ein Experiment gewesen, ein erfolgreicher Versuch und Beweis, dass es möglich war, auch im Soave einen biologisch und ökologisch sauberen Wein zu produzieren. Allerdings hing alles Weitere vom guten Willen des abgewiesenen Mannes und Winzers ab. Hätte Stefania auch noch den Vertrag mit den Chinesen abgeschlossen, hätte sie im Endeffekt zwei wichtige und ertragreiche Weinberge verloren, um einen ökologisch sauberen zu erhalten, der mit deutlich mehr Aufwand und weniger Ertrag verbunden war.

Zudem wäre sie aus dem Winzerverband geflogen. Hatte sie das alles wirklich gewollt? Antonio bezweifelte es. Aber er hatte keine weiteren Hinweise, um zu vermuten, wie sie sich letztlich entschieden hätte.

»Tomaselli hat Ihnen für die wiederholten Wandschmierereien 15.000 Euro bezahlt. Vorausgesetzt, Sie nehmen dieses Delikt allein auf Ihre Kappe. Geldbußen, die eventuell die Folge sind, sollten damit abgegolten sein. Damit sollte Stefania vor aller Augen mächtig unter Druck gesetzt werden. Sie sollte, um das Gesicht zu wahren und weiterhin im Soave wohlgelitten zu sein, den Deal mit den Chinesen absagen. Außerdem gehe ich davon aus, dass sie einen ihrer besten konventionell angebauten Weinberge, den sie eigentlich niemals aus der Hand geben wollte, an Tomaselli verkaufen sollte. Diese Aussicht hätte sich Tomaselli vielleicht doch etwas kosten lassen. Im Gegenzug müsste er freilich seine Parzelle, die neben ihrem biologisch zertifizierten Weinberg lag, ebenfalls auf nachhaltige Anbauweise umstellen.«

Renata di Castello hatte erzählt, dass Tomaselli damit prahlte, demnächst einen der besten Weinberge der di Castellos für ein Butterbrot erwerben zu können. Sie hatte dies für die übliche Großspurigkeit des Winzers und Konkurrenten gehalten. Weshalb sollte Stefania Weinland an ihn verkaufen, hatte sie Enrico und Antonio gefragt. Doch nun schien diese Prahlerei Tomasellis keineswegs mehr aus der Luft gegriffen zu sein.

Massimo Solari wurde bleich. Starr sah er Antonio an und dann fiel sein Blick auf den Staatsanwalt, der ihn nur amüsiert angrinste.

»Haben Sie das Spiel nicht durchschaut, Signor Solari? Haben Sie nicht gewusst, dass ihre Aktionen mit den Aktivisten, die Tomaselli so großzügig sponserte, ihrem Kontrahenten einen der besten Weinberge der di Castellos einbringen würde?«, fragte er noch überflüssigerweise nach. »Sie sind doch sonst mit allen Wassern gewaschen. Und jetzt bleiben Sie auch noch auf den Kosten des verdorbenen Tasting-Abends im *12 Apostoli* inklusive einer umfangreichen Renovierung des angemieteten Raums und der Werkstattkosten für den Bentley sitzen! Dumm gelaufen, würde ich sagen!«

Fontanaro sah gespannt zu dem jungen Weinbauern und fragte sich, ob sie mit ihren Vermutungen richtig lagen.

»Und was wollen Sie jetzt noch von mir? Weitere Informationen? Haben Sie sich nicht gefragt, was Tomaselli macht, wenn Stefania nicht mitspielt? Er hat genauso wenig wie ich gewusst, dass die Chinesen nicht zum Zug kommen. Wir wissen nicht, ob nach dem Tod von Stefania Francesco das Ruder übernimmt und womöglich noch mehr Land an die Asiaten verkauft als ursprünglich geplant. Wenn uns das klar gewesen wäre, wäre ich mit meinen Leuten niemals im *12 Apostoli* aufgekreuzt. Tomasellis Ziel war es keineswegs, Geschäfte mit den Chinesen zu machen, wie Sie vielleicht unterstellen, sondern er wollte sie endgültig in die Flucht schlagen, ihnen klar machen, dass es für sie im Soave nichts zu holen gibt.«

»Ich glaube, das sehen Sie falsch!«, widersprach Mauro. »Hatten Sie denn einen klaren Auftrag für den Auftritt gestern Abend?«

Solari schüttelte den Kopf. »*No!* Ich dachte mir, wir legen noch einmal nach, vertreiben die Wongs ein für alle Mal. Das konnte nur im Sinne von Tomaselli sein.«

»Ihr Konkurrent wollte aber möglichst viele Weinflaschen an die Geschwister Wong verkaufen. Natürlich kein Weinland! Aber ein Verkaufserfolg sollte der Abend schon werden. Dieses Geschäft haben Sie ihm glänzend vermasselt.«

Antonio schob ihm ein leeres Blatt über den Tisch und sagte: »Wir wollen in jedem Fall noch mit Fabio Barone sprechen. Schreiben Sie uns seine Telefonnummer und Mailadresse auf. Erst einmal bleiben Sie unser Gast. Mal sehen, was uns der Önologe erzählt. Der Verdacht, dass Sie etwas mit dem Tod von Stefania di Castello zu tun haben könnten, ist keineswegs ausgeräumt.«

41

Donnerstag, 13.04.2017

Traunstein, 10.00 Uhr

Georg Breitwieser war hundemüde. Er hatte sich die halbe Nacht um die Ohren geschlagen, um Fabio Barone in Kalifornien an die Strippe zu bekommen. Doch der Önologe ging nicht ans Telefon. Die Zeitverschiebung hatte zur Folge, dass Georg gegen 3 Uhr früh den letzten Versuch unternahm. Dann schrieb er eine Mail mit der dringenden Bitte, ihn zurückzurufen. Nicht nur er selbst hatte die Idee, sich mit dem jungen Barone in Verbindung zu setzen. Auch sein Spezl hatte nach der Zeugenbefragung von Massimo Solari den Eindruck gehabt, der Önologe von Stefania könnte Dinge wissen, die Licht ins Dunkel des Falls bringen. Und so hatte Georg mit Antonio noch in der Nacht vereinbart, den Vater von Fabio Barone zu befragen. Die Telefonnummer in den USA musste falsch sein. In der Eile hatte Franco Barone mehrere Zahlendreher hineingebracht oder sich verlesen. So Georgs Annahme. In jedem Fall unterschied sich die Nummer deutlich von der, die Massimo Solari nach dem Verhör notiert hatte. Die Ziffern stimmten an keiner Stelle überein. Und auch die Mailadresse hatte sich geändert, was bei einem Aufenthalt in den USA und neuem Arbeitgeber nicht ganz unwahrscheinlich war. Vielleicht hatte er gar keine private Mailadresse mehr. Wer wusste das schon.

Innerlich schrieb Georg seine letzten beiden Urlaubstage ab. So wie sich die Ermittlungen entwickelten – oder vielmehr eben nicht –, musste und wollte er seinen Beitrag leisten. Jetzt saß er in seinem Büro im Polizeipräsidium von Traunstein und las die letzten Mails, die Stefania und Fabio Barone gewechselt hatten, nochmals genau durch. Bisher hatte er sich lediglich auf die Dokumente gestürzt, die sie zum Thema *Montegrano* und Pestizide gesammelt hatte. Für ihren privaten Mailverkehr hatte er sich nicht interessiert. Doch wenn er ehrlich zu sich war, dann hatte er große Scheu davor gehabt, in der Privatsphäre von Stefania herumzuschnüffeln. So genau wollte er es gar nicht wissen. Doch Enrico Brandino hatte diesbezüglich keine Hemmschwelle gehabt und für Antonio einige interessante Nachrichten ausgegraben und vor dem Verhör mit Solari ausgedruckt. Und so war er auf die letzte Mail gestoßen, die Stefania an Fabio gerichtet hatte.

Am 20. Dezember 2016 hatte die Winzerin an ihren verflossenen Liebhaber geschrieben: »Es tut mir leid, dass ich dir bei der Suche nach einem Praktikumsplatz nicht helfen kann. Sowohl Solari als auch Tomaselli haben es abgelehnt, dir zu helfen. Als Vorstand des Winzerverbands hat Tomaselli auch die anderen Mitglieder entsprechend beeinflusst. Du bekommst bei uns im Soave keine Möglichkeit, dein Semester nach Weihnachten ordnungsgemäß zu beenden. Ich kann dir nur empfehlen, in Deutschland, Frankreich oder in den USA dein Glück zu versuchen.«

Soweit war die Nachricht klar und ließ keine Fragen offen. Man wollte Fabio Barone im Soave nicht mehr haben. Stefania deutete zudem an, dass die Winzer keine Ausländer in ihren Reihen duldeten. Doch die letzten Zeilen der Mail lasen sich kryptisch, mehrdeutig und, wie Georg fand, sehr beunruhigend.

»Ich gebe dir den guten Rat, Fabio«, schrieb Stefania weiter, »nimm endlich dein Leben in die eigenen Hände. Du kannst nicht immer deinem Vater alles recht machen wollen. Wenn du ehrlich bist, hast du deine langjährige Freundin Lisa keineswegs vergessen. Deine Affäre mit mir war eine Art Trostpflaster. Ich nehme es dir überhaupt nicht übel. Aber ich bin nicht allein daran schuld, dass aus uns kein dauerhaftes Liebespaar geworden ist. Du hängst an dem Mädchen, also versöhne dich mit ihr und heirate sie. Egal, was dein Vater dazu sagt. Und mach vor allem keine Dummheit! Du bist zu jung, um dein Leben wegzuwerfen.«

Eine Mail von Fabio Barone, die als Reaktion auf Stefanias gut gemeinte Ratschläge gelten konnte, fand Georg nicht. Die letzten Sätze bedeuteten nichts Gutes, fand Georg. Es war nicht ausgeschlossen, dass der Önologe, traurig, frustriert und enttäuscht wie er nach dem Zerwürfnis war, nochmals nach Italien und zur *Vinitaly* gefahren war. Wer sagte ihnen denn, dass sie nicht nach ihm suchen sollten? Dass er der Täter war? Wenn jemand ein Mordmotiv hatte, neben einigen anderen Personen, dann sicherlich auch Fabio Barone. Und ausgerechnet dessen Alfa hatte er gekauft. Wenn er über diesen Zufall nachdachte, kam er schon gehörig ins Grübeln. Irgendetwas stimmte da nicht.

Entschlossen klappte er seinen PC zu und ging hinüber ins Büro von Oberinspektor Florian Huber, der Georgs Urlaubsvertretung übernommen hatte. Den wollte er jetzt erst einmal überraschen.

Als Georg dessen Zimmer betrat, bekam der Kollege einen hochroten Kopf, als sei er bei etwas ertappt worden. Eilig sprang er vom Schreibtischstuhl auf und begrüßte Breitwieser. »Ja, Chef, was machen denn Sie da? Ich denk', Sie sind im Urlaub in Italien. War's Wetter schlecht?«

Huber stellte die gleiche dumme Frage wie am Tag zuvor schon Katharina Breitwieser.

»Nein, alles bestens!« Breitwieser hatte keine Lust auf Geplänkel. »Haben Sie im Moment zu tun oder können Sie mich nach Rimsting begleiten? Dienstlich!«

»Freilich! Was gibt es denn so Eiliges?«

»Erklär ich Ihnen auf der Fahrt. Einen Dienstwagen bräuchten wir auch noch.«

»Geht klar. Bis gleich auf dem Parkplatz.!«

Eine gute halbe Stunde später parkte Huber wie von Breitwieser angewiesen neben dem Itakerhof von Franco Barone. Direkt vor dem Eingang stand ein langer, weißer Volvo. Georg stieg aus dem Dienstfahrzeug und ging, gefolgt von Huber, den er in groben Zügen während der Fahrt über den Fall Stefania di Castello ins Bild gesetzt hatte, zum Eingang der Enoteca. Die schwere Holztür stand sperrangelweit offen. Im Inneren des Gebäudes waren Stimmen zu hören. Aber Georg konnte nicht verstehen, was gesprochen wurde. Sie betraten die Diele. Schritte kamen näher. Dann erschien ein junger Mann in Jeans und Anorak, der, mit einer bauchigen Ledertasche in der Hand, die Treppenstufen herabeilte. Abrupt blieb er vor den beiden Männern stehen. Huber trug wie üblich Uniform, Breitwieser war in Zivil.

»Was wollen Sie hier?«, fragte der Mann. »Habe ich falsch geparkt? Ich bin Arzt. Es hat hier einen Notfall gegeben.«

Georg zückte seinen Dienstausweis. »Nein, keine Sorge. Wir wollten nur kurz mit Franco Barone sprechen. Wenn das möglich ist?«

»Hm«, machte der Arzt. »Das ist jetzt nicht so günstig. Frau Barone geht es schlecht. Ich habe ihr gerade ein Beruhigungsmittel gegeben.«

Wieder hörte Breitwieser Schritte, die aber rasch leiser wurden. Offenbar lief jemand ein Stockwerk nach oben. »Herr Barone ist im Haus, oder nicht?«

»Ja, ja, er wollte sich eine Strickjacke holen. Er ist ziemlich durcheinander. Seine Frau macht ihm großen Kummer.«

»Sie vermisst ihren Sohn. Dass er in den USA lebt, kann sie offensichtlich nicht verwinden«, meinte Georg, um dem Arzt zu signalisieren, dass er über die Verhältnisse der Familie Barone Bescheid wusste. »Ich habe selbst die halbe Nacht versucht, ihn zu erreichen, aber er geht nicht ans Telefon.«

Eigenartig sah ihn der Arzt an. »Wie kommen Sie auf die Idee, Fabio Barone könnte in den USA sein?«, fragte er nach.

»Signor Barone hat mir das bei meinem letzten Besuch erzählt. Stimmt das nicht? Wo hält sich denn der junge Barone auf?«

»Fabio Barone ist tot.« Trocken und klar gab der Arzt Auskunft. Breitwieser starrte ihn sprachlos an. »Er hat sich im letzten Jahr am Heiligen Abend hier im Haus, in der großen Tenne, erhängt. Seine Mutter hat ihn gefunden. Seither spricht sie kein Wort mehr. Aber an manchen Tagen schreit sie stundenlang, bis es Franco Barone nicht mehr aushält. Dann holt er mich und bittet darum, dass ich seine Frau ruhigstelle.«

Georg versuchte zu begreifen, was er da hörte, und es entwickelte sich in ihm eine furchtbare Ahnung. Hatte er den freundlichen Weinhändler mit dem sympathischen Gesicht falsch eingeschätzt? Was hatte er in seiner Unwissenheit angerichtet, womöglich eine Katastrophe losgetreten, oder spielte ihm die Betroffenheit über Stefanias Tod jetzt einen gewaltigen Streich? Sah er Gespenster? Doch ganz konnte er den Verdacht, der da in ihm keimte, nicht abschütteln. Erst hatte er für Barone den Weineinkäufer gespielt, dann hatten er und Richterin Schaller ihm gestern für viel Geld Wein abgekauft – ausgerechnet für den Kriminaloberrat. Ging es nicht noch absurder? Von dem Autokauf ganz zu schweigen? Im Kopf von Georg rotierten die Gedanken. Dann sagte er langsam, als wollte er nicht wahrhaben, was ihm plötzlich wie Schuppen von den Augen fiel.

»Wo sagten Sie, ist Signor Barone gerade hingegangen?«

»Er wollte sich eine Strickjacke holen ...«

Georg ließ den Arzt gar nicht weiterreden, sondern drehte sich um und stürzte die Treppen nach oben. Er ließ das erste und zweite

Geschoss hinter sich, hörte dabei Florian Huber in seinem Rücken schnaufen, und nahm die letzten Stufen bis zum Dachgeschoss, in dem die Tenne des Bauernhauses untergebracht war, so schnell er konnte.

»Nein!« Sein Schrei gellte durch den hohen Raum. »Nein, Signor Barone! Nicht! Das hat doch keinen Sinn!«

Starr vor Schreck blieb Georg in der Tür stehen. Florian Huber und der Arzt zwängten sich an ihm vorbei und blickten wie er entsetzt nach oben. Von einem der Holzbalken des offenen Dachstuhls baumelte ein dickes Seil. Darunter hatte der Weinhändler einen alten Tisch geschoben, den er mit Hilfe eines Küchenhockers erklommen hatte. Gerade war er dabei, sich das Seil zu greifen, um es sich um den Hals zu legen. Der Arzt fasste sich als Erster. Mit wenigen Schritten erreichte er ihn. Beherzt umfing der Arzt mit den Armen die beiden Waden des Weinhändlers und zog sie ruckartig nach unten, sodass der Mann den Halt verlor, über den Tisch und zusammen mit dem Arzt auf den Boden stürzte. Das schmerzte sicherlich enorm, aber Barone war erst einmal außer Gefahr. Breitwieser, der hinzugeeilt war, aber nicht mehr helfend eingreifen konnte, schlug das Herz bis zum Hals. Das war knapp. Wimmernd lag Franco Barone im Staub am Boden und vergrub sein Gesicht in den Händen. Der Mediziner rappelte sich auf und klopfte sich die Hose sauber.

Georg atmete tief durch und versuchte seinen Puls unter Kontrolle zu bekommen. Zumindest hatten sie einen weiteren Suizid verhindert. Gleichzeitig wurde er unglaublich wütend auf den Mann, der seinen Sohn in den Tod getrieben hatte. So zumindest interpretierte er in diesem Augenblick die Nachricht von Stefania. Der Vater hatte sich gewaltig in das Leben von Fabio eingemischt. Wie weit er dabei gegangen war, musste ein Verhör klären, das er hier und jetzt zu führen gedachte. Gut, dass der Arzt anwesend war. Ein Zeuge mehr neben Oberinspektor Huber konnte ihm nur recht sein.

»Stehen Sie auf, Signor Barone!«

Doch dieser schüttelte Georgs Hände, die ihn an den Oberarmen packten, störrisch ab. Er schien furchtbar aufgebracht darüber zu sein, dass sein Selbstmordversuch vereitelt worden war.

»Verschwinden Sie! Alle! Lassen Sie mich gefälligst in Ruhe!« Schweiß lief dem Weinhändler in Strömen über das hochrote Gesicht und in die Augen. Beim Versuch, diesen wegzuwischen, hinterließen seine Finger graue Schmutzspuren auf den Wangen.

Nur mit Mühe gelang es Breitwieser zusammen mit Oberinspektor Huber und dem Hausarzt, den widerspenstigen Franco Barone nach unten in seinen Verkaufsraum mehr zu schleppen als zu führen. Immer wieder machte er Anstalten, sich den harten Griffen zu entwinden, sich aufzubäumen. Dabei entwickelte er eine Kraft, die Georg ihm nicht zugetraut hätte.

Als sie endlich den Verkaufsraum erreicht hatten, herrschte er Barone an: »Setzen Sie sich hin! Oder müssen wir Ihnen Handschellen anlegen, damit wir uns mit Ihnen unterhalten können?«

Barone warf sich auf einen seiner Holzstühle und starrte böse von einem zum anderen.

Der Arzt lehnte sich mit der Schulter an die Wand und sah betreten zu Boden.

Georg sah ihm an, dass er sich fragte, was hier eigentlich los war, was sich hier abspielte. Doch um die Befindlichkeiten des Mediziners konnte er sich jetzt nicht kümmern.

An Florian Huber gewandt, sagte er: »Pass auf ihn auf!« und deutete auf Barone. Dann eilte Georg in die Diele des Bauernhauses, sperrte die Haustür ab und schloss die Zimmertür hinter sich. Anschließend setzte auch er sich an den groben Holztisch, auf dem noch Gläser von den letzten Kunden, die Weine probiert hatten, herumstanden. Das sah irreal normal aus, schoss es ihm unwillkürlich durch den Kopf, während er sein Handy aus der Hosentasche holte und die Aufnahmetaste drückte.

»Rimsting, den 13. April 2017. Befragung von Franco Barone zum Tötungsdelikt Stefania di Castello.«

»Was geht hier vor?«, schaltete sich endlich der Mediziner ein.

Doch Breitwieser ignorierte ihn. Vielmehr konzentrierte er sich voll auf den Weinhändler, von dem er jetzt einige Erklärungen erwartete.

»Ich nehme das Gespräch auf und weise Sie der Ordnung halber darauf hin, dass Sie die Aussage verweigern können, falls Sie sich damit selbst belasten sollten …«

Doch der Widerstand, den Barone bisher aufgebracht hatte, schien sichtlich zusammenzubrechen. Müde winkte er ab und hing erschöpft in seinem Holzstuhl. Er bot ein Bild des Jammers, doch Georg empfand nur Zorn, gepaart mit großem Unverständnis. Wie kam es dazu, dass ein Vater den Sohn in den Tod trieb? Der Mord an Stefania di Castello bestimmte im Moment nicht vorrangig sein Interesse. Was war in dieser Familie schiefgelaufen? Georg lehnte sich in seinem Stuhl zurück, verschränkte die Arme vor der Brust und stellte die erste Frage. Mitleid empfand er keines mit Franco Barone. Das passierte ihm selten bei einem Verhör.

»Ihr Sohn hat sich das Leben genommen. Genau dort oben in der Tenne, wo Sie vor wenigen Minuten das Gleiche vorhatten. Warum?«

»Ich hab' alles falsch gemacht«, brach es aus Barone heraus. »Meine Frau spricht nicht mehr mit mir, weil sie mich so sehr hasst, dass ihr die Worte fehlen, um mir Vorwürfe zu machen.« Lautlos liefen ihm Tränen über die bleichen Wangen. Dann verbarg er sein Gesicht mit den Händen. Er setzte an, um weiterzusprechen, aber es kamen nur krächzende Laute aus seinem Mund.

»Was haben Sie gesagt, Herr Barone? Ich kann Sie nicht verstehen!« Georg sprach laut und bestimmt.

Mit einem wilden Ausdruck in den Augen sah der Weinhändler Breitwieser an. »Ich hab Stefania di Castello erschlagen!«, schleuderte er ihm dann entgegen.

Georg, nun doch davon überrascht, seinen eigenen Verdacht so hart und deutlich bestätigt zu bekommen, schnappte hörbar nach Luft.

Der Kopf des Mediziners schnellte ruckartig nach oben.

Und auch Florian Huber, der sich hinter dem Verdächtigen postiert hatte, entschlüpfte ein erstickter Laut.

»Warum?«, fragte Breitwieser jetzt sehr leise. Das Geständnis Franco Barones füllte den Raum, hallte dröhnend in seinem Kopf nach.

»Weil sie, eine alte, verbrauchte Frau, meinen Sohn verführt und dann verschmäht hat.«

Es schüttelte Georg und ihm stieg die Galle hoch. Wie kam dieser verbohrte Mann dazu, die lebenslustige Stefania als verbrauchte, alte Frau zu bezeichnen? Er hielt schwer an sich, um ihn nicht anzubrüllen und zu maßregeln. Doch er musste ihn zum Sprechen bringen. Da war seine Wut fehl am Platz.

Und Barone tat ihm den Gefallen und sprach weiter, jetzt, wo er schon mal angefangen hatte, auszupacken.

»Das alles ist nur passiert, weil ich Fabio vorschreiben wollte, wen er zu heiraten hatte. Er wäre der Erste in unserer Familie gewesen, der keine Italienerin zur Frau genommen hätte.« Mit fester Stimme machte er seine Aussage, als ginge es ihm mit seinen Erklärungen nicht schnell genug. Es gab nichts mehr zu beschönigen. Die ganze furchtbare Wahrheit war längst gesagt und auf dem Tisch. »Fabio hätte ein ungeschriebenes Gesetz gebrochen, das seit Generationen für die Männer, aber auch die Frauen der Barones gilt. Das konnte ich nicht zulassen!«

Vor Georg tat sich ein Abgrund auf. Gab es das? Im 21. Jahrhundert? Man heiratete nur innerhalb der Sippe? Man duldete keine Ausländer als Berater bei der Weinproduktion? Man vergab keine Praktika an Fremde, die nicht im eigenen Dorf geboren worden waren? Man verkaufte keine Weinberge an Chinesen, lieber ging man pleite?

»Wen wollte Ihr Sohn denn heiraten?«

Überrascht sah Franco Barone auf. Die Frage passte ihm nicht so recht ins Konzept. »Ein Bauernmädel aus der Nachbarschaft!«, gab er widerwillig Auskunft. »Lisa Hauser. Sie war sehr nett. Meine Frau mochte sie gern. Aber sie war von hier und nicht von zu Hause!«

»Wo sind Sie denn geboren worden, Signor Barone?«

»Na, hier in diesem Haus, wie mein Vater. Meine Mutter kam aus Udine. Er hat sie auf der Hochzeit eines Cousins kennengelernt.«

»Und Ihre Frau? Wo haben Sie sie kennengelernt?«

»Sie ist die Schwester von meiner Schwägerin Alice. Ich habe einen Bruder, der auch hier geboren wurde, aber nach Triest ging und dort eine Familie gegründet hat. Dort habe ich meine Frau kennengelernt.«

»Und Ihr Sohn sollte es ebenso machen? Zum Studienabschluss nach Verona gehen und nach Möglichkeit auf der Universität ein nettes Mädchen kennenlernen und nach Hause bringen. Und stattdessen lernt er Stefania di Castello lieben, eine Frau, die zehn Jahre älter ist als er. Das hat Ihnen nicht gefallen.«

»Was würden Sie sagen, Commissario, wenn Ihr Sohn eine solche Frau heiraten will? Sie hätte verhindert, dass er in Italien noch die Richtige findet! Und dann macht sie ihn auch noch kreuzunglücklich. Lässt ihn fallen wie eine heiße Kartoffel und holt sich den nächsten Kerl ins Bett. Das tut man doch nicht, oder? Die Frau hat doch kein Herz im Leib!«

Du aber auch nicht, dachte Georg, und musste sich ziemlich beherrschen, um nicht über den Tisch zu greifen und Barone am Kragen zu packen und zu schütteln. Er beobachtete die anderen im Raum, wollte sehen, wie das Geständnis und vor allem die Begründung der Tat auf sie wirkten.

Florian Huber schaute wie gebannt und sehr ungläubig auf den Weinhändler. Er schien gar nicht zu begreifen, was er hörte.

Der Hausarzt der Familie Barone blickte wie erschlagen vor sich hin. Die Hände in die Taschen seiner Jeans geschoben, lehnte er noch immer an der Wand. Kraftlos jetzt, als wäre die Luft aus ihm gewichen. Die Familientragödie, die er wohl schon seit Monaten medizinisch begleitete, setzte ihm sichtbar zu. Als er den Blick Georgs fühlte, sah er hoch und sagte etwas heiser: »Jetzt brauchen S' mich nicht mehr, oder?«

»Möglicherweise brauchen wir von Ihnen noch eine Einschätzung, ein Gutachten, über den Geisteszustand von Signor Barone.«

»Ja, sicher.« Er griff in die Hosentasche und holte eine Visitenkarte heraus, die er Georg reichte. »Melden Sie sich einfach, dann vermittle ich Ihnen einen erfahrenen Psychologen. Ich bin für solche Fragen nicht der Richtige.«

»Aber Sie kennen doch Ihren Patienten am besten.«

»Das Gegenteil dieser Annahme habe ich gerade gelernt, Herr Kommissar.«

Der Doktor hatte die Hand schon am Griff der Zimmertür, als Georg nachhakte: »Was wird aus Frau Barone und dem Haus hier, wenn wir den Verdächtigen nachher mitnehmen?«

»Ich geb' der Nachbarin Bescheid. Sie kümmert sich immer ums Haus, wenn die Barones im August nach Italien fahren. Sie wird das sicherlich übernehmen. Und Frau Barone lasse ich morgen, wenn die Beruhigungsmittel nicht mehr wirken, in die Klinik fahren. Dann sehen wir weiter.« Der Arzt drehte sich um und zog die Zimmertür leise ins Schloss.

»Eine Frage habe ich noch«, wandte sich Breitwieser wieder Signor Barone zu. »Weshalb haben Sie ausgerechnet mir das Auto Ihres Sohnes verkauft? An einen Kommissar der Mordkommission Traunstein?«

»Das wusste ich ja nicht!«

Georg nickte. Natürlich. Aber war das wirklich alles so einfach? Auffordernd sah er Barone an in der Hoffnung, der Weinhändler würde sich noch weitergehend äußern.

Florian Huber hatte jetzt nur noch Augen für seinen Chef. Dass dieser sich offenbar ein neues Auto gekauft hatte, war ihm bislang entgangen. Georg unterdrückte, bei aller Schwere der Ereignisse, ein Grinsen. Diese Tatsache war für seinen Oberinspektor unübersehbar interessanter als alle Geständnisse. Doch für ihn gab es noch eine entscheidende Frage zu klären.

»Wann hatten Sie denn den Entschluss gefasst, die Geliebte Ihres Sohnes zu töten?« Das war für ihn der springende Punkt.

Franco Barone schien wieder in seine eigene Welt abzutauchen. Georg fragte sich, ob er überhaupt eine Antwort bekam. Doch dann begann Barone erneut langsam zu erzählen.

»Ich hatte nach dem Tod von Fabio keinen anderen Gedanken mehr als diesen: Wie kann ich Stefania di Castello zur Verantwortung ziehen? Ich hatte mir alles Mögliche überlegt, wie ich dieses Weib aus dem Weg räumen könnte, dann aber alles wieder verworfen. Wie sollte ich das anstellen? Von Rimsting aus? Und dann kamen Sie vorbei, kauften den Wagen Fabios. Ein weiterer Teil meines Sohnes verschwand aus meinem Leben. Einerseits wollte ich das Auto so schnell wie möglich loswerden, andererseits zerriss es mir das Herz, seine geliebte *macchina* zu verkaufen.«

Barone strich sich über die Stirn, als müsste er über seine nächsten Worte nachdenken, sich selber fragen, wie es zur finalen Tat hatte kommen können.

»Eigentlich wollte ich selbst auf die *Vinitaly* fahren. Schließlich musste mein Geschäft ja weitergehen. Doch die Krankheit meiner Frau ließ keine Reise zu. Dann kamen Sie in meinen Laden geschneit.« Vorwurfsvoll sah er zu Breitwieser über den Tisch. Wollte dieser ihm jetzt noch Schuldgefühle einreden?

Georg wappnete sich. Als Sündenbock ließ er sich keinesfalls missbrauchen. Soweit kam es noch!

»Stefania di Castello ließ mich nicht los. Sie verfolgte mich Tag und Nacht auf Schritt und Tritt, ebenso wie das Bild meines toten

Sohnes. Und in den vier Wochen bis zur Weinmesse gewann eine Idee mehr und mehr die Oberhand. Sie, ein Fremder, führen an meiner Stelle auf die *Vinitaly*. Sie erzählten allen, dass meine Frau krank sei, dass ich nicht selbst kommen könne. Niemand erwartete mich dort.«

Listig, mit einer gewissen Bauernschläue im Blick, sah er Georg an. Es war für ihn der Einfall schlechthin gewesen, Breitwiesers Bereitschaft nach Verona zu reisen, für seine Zwecke zu nutzen.

»Anfänglich wollte ich dort, als Handwerker verkleidet, über den Hintereingang in die Messehallen eindringen. Dazu hatte ich mir einen großen Werkzeugkoffer und einen Overall besorgt. Es gibt kurz vor der Eröffnung der Messe immer Weinbauern, die am Stand noch letzte Hand anlegen. Da würde ich nicht auffallen. Aber der Koffer war schwer und unhandlich.« Barone fand immer mehr Gefallen an seiner Schilderung. Flüssig berichtete er von der Planung und vom Hergang der Tat.

Georg fragte sich, ob der Mann eine Vorstellung davon hatte, wie sehr er ihn damit quälte? In diesem Moment hasste er seinen Beruf, der ihm vorschrieb, bis ins kleinste Detail die Wahrheit ans Licht bringen zu müssen.

»Dann entdeckte ich auf dem Parkplatz für Messebauer einen verwaisten Putzwagen. Irgendjemand hatte ihn einfach stehen gelassen. Das war meine Chance. Das war besser, als ich es mir ausgemalt hatte. Ich zog den Overall an, nahm den Wagen, gelangte über den Hintereingang zum Stand der di Castellos und drang in die Teeküche ein. Signora di Castello hatte die Tür nach hinten geöffnet. Offenbar wollte sie mehr Luft bekommen oder mehr Licht hereinlassen. Sie war dabei, Brötchen zu schmieren, und drehte mir den Rücken zu. Auf dem Tresen hatte sie eine Magnum-Flasche abgestellt. Ich griff sie mir und schlug zu.« Barone stockte. Er strich sich erneut mit der Hand über die Stirn, als fragte er sich, ob es wirklich so war. »Sie ist einfach weggesackt«, sprach er weiter, offenbar selbst überrascht von seinem Schlag und der prompten Wirkung, »und zu Boden gegangen. So schnell ich konnte, bin ich über den Hinterausgang geflohen, hab den Putzwagen irgendwo hingestellt, bin in den Wagen gestiegen und nach Rimsting zurückgefahren!« Der Weinhändler atmete aus, als hätte er einen schnellen Lauf hinter sich gebracht. Böse fast musterte er Breitwieser. »Wie konnte ich ahnen, wem ich das schöne Auto meines Sohnes verkaufte? Wie konnte ich ahnen, dass ich einen Commissario mit dem Ausweis meines Sohnes auf die *Vinitaly* schickte?«

Georg schüttelte auch den Kopf. Die Vorstellung, sein Auftauchen hätte Barone erst auf seine fatale Idee gebracht, war für ihn nur schwer erträglich. Seine Erwiderung rang er sich ab, obwohl er es ganz anders empfand: »Es war alles ein dummer Zufall!«

»Nein!«, widersprach Franco Barone sofort. »Es war kein Zufall, Commissario, es war mein Schicksal. Gott wollte nicht, dass ich ungeschoren davonkomme. Er hat Sie mir geschickt!«

42

Verona, 17.00 Uhr

Antonio Fontanaro hielt sein Gesicht in die angenehm warme Abendsonne. Er saß auf der *Piazza delle Erbe* und genoss die Ruhe, die er sich nach diesen wahnsinnigen Tagen seit Stefanias Tod genehmigte. Niemand sprach ihn an, keiner wollte etwas von ihm wissen, niemand forderte Entscheidungen oder Ergebnisse. Die Touristen und Flaneure, die an der Bar entlangschlenderten oder auch vorbeieilten, störten seinen Müßiggang nicht. Er griff nach der Sektflöte, die auf dem runden Tischchen neben ihm stand und die ihm der Kellner der *Caffè Brasserie Filippini* mit einem wohlwollenden »*Salute*« kredenzt hatte. In Gedanken prostete er der Winzerin mit ihrem Spumante zu. Ein trockener Tropfen, spritzig, kühl und erfrischend, so wie Spumante sein musste. Oliven und Blätterteiggebäck hatte der Kellner, der ihn gut kannte, auch gebracht, damit der Sekt den richtigen Geschmack entfaltete. Fontanaro liebte diese Abendstunde, diese Zeit für einen Aperitif inmitten der Leute und dennoch allein, für sich. Sehr selten gönnte er sich so eine Auszeit. Aber nach der hektischen und angespannten Stimmung in der Questura nach Stefanias Tod hatte er sich diese Auszeit verdient. Ja, er hatte sie sich selbst verordnet.

Wer würde in Zukunft über die Qualität der Weine von *Castello del Belvedere* wachen, ging es ihm durch den Kopf. Wer würde das Weingut am Leben erhalten und es im Sinne von Stefania weiterführen? Elisabetta hatte alles geerbt. So viel war inzwischen bekannt. Doch was bedeutete das? Würde die Cousine neben dem großen Olivenhain in Bardolino und dem Hofladen auch die Weinberge bewirtschaften können? Wer sollte ihr helfen? War am Ende doch noch die Stunde von Tomaselli und Solari gekommen? Konnten die beiden, nachdem sie alles getan hatten, um Stefania im Soave der Kritik der anderen Weinbauern auszusetzen, ja sie sogar zu erpressen, den Sieg für sich verbuchen? Würde Elisabetta an die beiden verkaufen müssen? Als Antonio soweit mit seinen Gedanken gekommen war, war es mit der Ruhe auch schon wieder dahin und er dachte unweigerlich an das Gespräch mit Georg, seinem Spezl, das sie kurz vor dem Mittagessen geführt hatten.

»Wie geht's eigentlich deiner Mamma, Giorgio?« hatte Antonio gefragt, nachdem er das Protokoll von Oberinspektor Florian Huber gelesen hatte. Breitwiesers Kollege hatte mit Hilfe der Handyaufzeichnungen seines Chefs ein Protokoll erstellt und es Antonio via Mail geschickt. Plötzlich war der Fall gelöst! Ein Geständnis lag auf dem Tisch. Er hatte es kaum glauben können.

»Sie isst schon wieder Donauwelle.«

»Was bitte isst sie?«

»Vergiss es, Toni, das willst du gar nicht wissen.«

»Was hat ihr denn eigentlich gefehlt?«

Georg überlegte, ob er die Erkrankung seiner Mutter eingehender thematisieren sollte, die bei der bloßen Vorstellung, ihr Sohn könnte sich mit seiner alten Liebe in Italien treffen, einen Herzanfall erlitten hatte. Doch dann hielt er sich lieber bedeckt. »Der Arzt meint, es könnte wieder ein Schlaganfall gewesen sein, ein deutlich milderer als beim letzten Mal«, griff er die Version auf, die Katharina selbst zum Besten gegeben hatte.

»*Bene.* Das ist doch eine gute Nachricht.«

Kam auf die Sichtweise an, dachte Breitwieser, schwieg aber dazu.

»Staatsanwalt Vincenzo Mauro ist geradezu euphorisch, weil wir mit dir zusammen den Fall Stefania di Castello so rasch gelöst haben. Er gibt in einer Stunde eine Pressekonferenz, um sich erneut mit unseren Federn zu schmücken und zu betonen, dass der Täter aus Deutschland kam. Das kommt bei unseren Leuten immer gut an«, fügte er noch entschuldigend hinzu. »Aber in Wahrheit stehen wir doch mit ziemlich leeren Händen da.«

Antonio Fontanaros Stimme klang niedergeschlagen. Georg wunderte sich.

»Was meinst denn damit?«

»Na ja, die Herren Solari, Giuliano und Tomaselli kommen ungeschoren davon. Wir können sie für den Tod von Stefania nicht verantwortlich machen, aber sie alle haben Dreck am Stecken. Bevor wir Scott Giuliano heute Vormittag aus der U-Haft entlassen mussten, haben wir ihn nochmal befragt. Dabei bestätigte er uns, dass ihm die Wongs illegale Pestizide angedreht hatten. Giuliano will allerdings nicht gewusst haben, wie gefährlich die Mittel sind. Erst die Untersuchungen unserer Kriminaltechnik hätten ihm gezeigt, dass er ganz versehentlich einzelne Bäume des Olivenhains von Elisabetta ruiniert hätte, wenn es euch nicht gelungen wäre, ihn in letzter Sekunde zu stoppen. Es wird schwer werden, ihm das Gegenteil zu beweisen. Er war und ist angeblich der festen Meinung, es hätte sich um Düngemittel gehandelt. Dennoch werden die Kollegen versuchen, ein Verfahren gegen ihn anzustrengen. Dabei ist er natürlich das Bauernopfer der Wongs. Diese werden uns jede Auskunft verweigern. Ihnen nachzuweisen, dass sie mit ihrer umfangreichen Rotweinlieferung auch einige Kanister illegaler Pestizide nach Italien exportiert haben, ist eine kriminalistische Herausforderung. Die Firma, die auf den Kanisterlabeln aufgedruckt ist, weist zumindest dem ersten Anschein nach keine Beziehungen zu den Wongs auf. Aber das muss nichts heißen. Ist aber auch nicht das Problem der Mordkommission. Inzwischen sind die Geschwister abgereist. Bei erneuter Einreise nach Italien kann es schon sein, dass sie Schwierigkeiten bekommen, aber nicht einmal das ist sicher.

Es wird sehr darauf ankommen, ob Mauro wirklich seine Kollegen der Staatsanwaltschaft auf die diversen Delikte all unserer ehemaligen Mordverdächtigen ansetzt und ob es ihm gelingt, sie dafür nachhaltig zu interessieren. Es liegen zwar eine Reihe von Anzeigen vor und die Avvocatessa will den Prozess gegen Solari im Auftrag der Familie di Castello erneut aufleben lassen, doch auch da ist der Ausgang ungewiss.«

Einen Moment zögerte Antonio Fontanaro, bevor er die Frage stellte, die er eigentlich beantwortet haben wollte: »Wie geht es dir denn mit dem Ergebnis deiner Ermittlungen?«

»Ich bin unglaublich wütend auf den verbohrten Franco Barone. Seine unnachgiebige, dumme Haltung, sein Itakerhof müsse ausschließlich in italienischen Händen bleiben, hat zwei Familien zerstört und Menschenleben gekostet. Und ich bin mir nicht einmal sicher, ob er begreift, dass er an all dem Leid, das über ihn, seinen Sohn und seine Frau gekommen ist, Schuld hat. Vom gewaltsamen Tod Stefanias, den er allein zu verantworten hat, ganz zu schweigen.«

Georg war nicht gewillt, auch nur einen winzigen Teil der Verantwortung zu übernehmen. Schon gar nicht vor Antonio. Was hätte es für einen Sinn, sich vor dem Freund selbst zu bezichtigen? Er hatte keines der Ereignisse bewusst gesteuert. Barone allein war der Schuldige. Ein anderes Gefühl wollte er nicht aufkommen lassen.

»Seine unbeschreibliche Sturschädeligkeit ist kaum zu ertragen. Ganz abgesehen davon hat der Weinhändler durch sein Verhalten das unwiederbringliche Ende der eigenen Familie im Chiemgau verursacht. Wer soll denn jetzt das Erbe in Rimsting antreten? Wer die Enoteca weiterführen?«

»Im Protokoll, das Oberinspektor Huber mir geschickt hat, ist die Rede von einem Bruder des Täters, der mit seiner Familie in Triest lebt. Vielleicht übernimmt er den Krempel.«

»Möglich.« Georg war es im Grunde egal, was aus dem Anwesen am östlichen Chiemseeufer wurde. Es hatte Stefanias Leben gekostet. Sie würde nie mehr in ihren Weinbergen arbeiten. Diese Tatsache war für Georg schwer zu verkraften. Nachdem nun der Täter gefasst war, blieb ihm nichts mehr zu tun. Er konnte nichts mehr retten, nichts mehr gutmachen.

Was die anderen Verdächtigen anbelangte, die Antonio Kopfzerbrechen machten, gab er sich keinen Illusionen hin. Sie würden ihren Geschäften nachgehen wie bisher. Allenfalls würden sie Geldstrafen aufgebrummt bekommen. Aber die Drahtzieher für die ganz großen Geschäfte dieses Kriminalfalls saßen in L.A. und in Shandong. Milliardenschwere Pestizidkonzerne und Weinbauern mit einer Anbaufläche so groß wie halb Italien. Denen war nicht beizukommen.

Georg musste mit diesem Fall für sich abschließen! Auch für Antonio würde das besser sein. Seufzend verabschiedete er sich von seinem Spezl: »Nimm es dir nicht zu sehr zu Herzen, Tonio. Wir sind nur kleine Polizeibeamte. Am großen Rad drehen immer die anderen. Mach's gut und grüß mir Marissa!«

Fontanaro legte einen 10-Euroschein unter das inzwischen leer gegessene Olivenschälchen und machte sich auf den Nachhauseweg. Marissa würde erleichtert sein, dass der Täter gefasst war. Doch zurück blieb für sie alle ein Kopf voller übler Erkenntnisse und eine ziehende Leere im Herzen. Eine Freundin war gegangen. In der Erinnerung lebte sie weiter, doch die Lücke würde bleiben. Mehr als je zuvor hatte ihn sein Beruf eingeholt, war der Fall nicht irgendein Fall gewesen. Sondern der Mensch, der wegen der Verbohrtheit eines anderen hatte sterben müssen, hatte ihnen nahegestanden. Dieses Mal hatte es ihn selbst getroffen und er betete, dass ihm das nie wieder passieren würde.